Charlotte Williams
Im Schatten der Klippen

Zu diesem Buch:
Die Psychotherapeutin Jessica Mayhew hat es nicht leicht: Der dramatische Auftritt des Schauspielers Gwydion Morgan in ihrer Praxis kommt zu einem Zeitpunkt, als ihr Leben ohnehin schon anstrengend genug ist. Jessicas Mann hat ihr gerade erst gestanden, dass er einen One-Night-Stand mit einer viel jüngeren Frau hatte. Gwydion ist talentiert – jedoch geistig viel zu labil. Er leidet unter einer seltenen Phobie, und Jessica ist entschlossen, die Ursache für seine Angst zu finden. Als Gwydions Mutter sie anruft, weil ihr Sohn Selbstmordgedanken hegt, beschließt Jessica, der Familie einen Hausbesuch abzustatten. Die Morgans leben in einem Anwesen auf einer hohen Klippe, mit eigenem Privatjet und einer malerischen Aussicht über die Felsenbucht. Ein abgelegener und zugleich faszinierender Ort. Bei ihrem Besuch findet Jessica heraus, dass Gwydions Au-pair-Mädchen in seiner Kindheit unter mysteriösen Umständen in der Bucht ertrank. Was ist damals geschehen? Hat ihr Patient eine dunkle Seite … oder steckt noch Schlimmeres dahinter?

Über die Autorin:
Charlotte Williams hat Philosophie studiert und als Journalistin gearbeitet, bevor sie mit dem Schreiben begann. Sie hat sich vor allem mit Hörspielen einen Namen gemacht. Im Schatten der Klippen ist ihr erster Roman.

Die Romane von Charlotte Williams bei LYX:

Im Schatten der Klippen
Im düsteren Tal *(erscheint Oktober 2015)*

CHARLOTTE WILLIAMS

Im Schatten der Klippen

Roman

Ins Deutsche übertragen von
Hanne Hammer

LYX
EGMONT

Die Originalausgabe erschien 2013 unter dem Titel
House on the Cliff bei Macmillan, einem Imprint von
Pan Macmillan, London, UK.

Deutschsprachige Erstausgabe Mai 2015 bei LYX
verlegt durch EGMONT Verlagsgesellschaften mbH,
Gertrudenstraße 30–36, 50667 Köln

1. Auflage
Redaktion: Angela Herrmann
Umschlaggestaltung & Umschlagillustration: bürosüd, München
Satz: KCS GmbH, Stelle | www.schriftsetzerei.de
Printed in Germany (670421)
ISBN 978-3-8025-9744-2

www.egmont-lyx.de

MIX
Papier
FSC FSC® C083411

Für Henry und Natàlia

Prolog

Du hast sie regelmäßig beobachtet, nicht wahr? Sie beobachtet wie ein Habicht, jede ihre Bewegungen. Nun gut, die Leute taten das, natürlich. Sie war ein hübsches Mädchen. Rosige Wangen und ein himmelblauer Pullover, blonde Locken, kurze Shorts und diese langen, braun gebrannten Beine mit den eckigen, knochigen Knien wie bei einem Kind. Diese Oberschenkel ohne die kleinste Delle und der Flaum auf den Unterschenkeln, weich und seidig wie ein Pfirsich. Gerade erst der Kindheit entwachsen, das war sie – du sahst es daran, dass sie nicht still sitzen konnte, wenn sie fernsah, las, dort auf dem Sofa saß und mit ihren schlaksigen Beinen herumzappelte, mit ihrem Haar spielte und plötzlich merkte, dass du sie beobachtetest, und sich aufrichtete, die Füße wieder auf den Boden stellte, die Arme verschränkte, ihre Brust verbarg, unsicher plötzlich.

Und wie sie gelacht hat, wie Glockengeläut – wie man es nur im Märchen hört, Feenglöckchen, Glöckchen, die an einem Schlitten im Schnee klingeln … Oh, what fun it is to ride … Es war gut, das im Haus zu hören, weil es die düstere Stimmung durchbrach, sie durchschnitt, als sei sie Sülze, trüber Aspik, und wir mitten darin. Sie rief uns, erinnerte uns, wie glücklich auch wir sein könnten, gewesen sein könnten, vielleicht noch werden könnten, wenn nur …

Immer schien ihr ein Lachen auf den Lippen zu liegen, das sah man, ihre Worte schwankten an seinem Rand entlang, schlüpften über ihre rosa Zunge, die der eines Kätzchens glich, ihr Atem war süß und warm wie eine Untertasse mit Milch. Mädchen machen das nicht mehr, wenn sie erwachsen werden, sie machen das nicht, nicht wahr – jede Frage mit einem Zappeln und einem Kichern beantworten. Ein Segen in gewisser Weise, dass sie immer so geblieben ist, lebhaft und glücklich, glücklich und lebhaft, leicht schwindelig an der Grenze ihres Lebens, auf das Wasser hinabschauend, ihren Mut sammelnd, um einzutauchen. Dass sie nie müde aufgewacht ist, ohne jemandem neben sich, alleine dagelegen hat, die Glieder träge, die Eingeweide von Schmerz erfüllt, einem leeren, sauren Schmerz, dem Schmerz des Versäumnisses, aus dem Fenster auf die regennassen Bäume draußen geschaut hat, deren Äste krumm in den Winterhimmel ragten und sich gefragt hat, wie so viele Jahre einfach vergehen, so schnell an ihr vorbeirauschen konnten, so listig, ein jedes ein Spieler in einem sommerabendlichen Spiel von Statuen, die lange Schatten werfen und sich jedes Mal, wenn du zurückschautest, weiter heranschlichen, nahe, näher, immer näher, bis einer schließlich vortrat und dir auf die Schulter klopfte …

Oh, komm jetzt, hör auf. Du krepierst noch nicht. Werd nicht rührselig. Die Vergangenheit ist vergangen. Sie ist dort, wo du sie gelassen hast, weit entfernt. Eines Tages gehst du um eine Ecke und kannst sie nicht mehr sehen. Sie ist vorbei. Endgültig. Niemand sonst weiß etwas, oder? Nur du und sie, und wenn du jetzt beschließt, dich nicht zu erinnern … nun, dann war es das. Gott hat sich davongemacht, und er kommt nicht zurück.

Natürlich war sie selbst schuld. Sie hat genau gewusst, worauf sie sich einließ. Du hast ihr gesagt, dass sie kein Recht hat, so mit den Leuten umzuspringen. Sich so zu produzieren, sich zu nehmen, was immer sie wollte, wann immer sie wollte. Es war nicht fair. Du hast nur getan, was du tun musstest. Dem Ganzen einen Riegel vorgeschoben, an Ort und Stelle.

Und hinterher hat es dir nicht leidgetan, es tut dir noch immer nicht leid, es wird dir nie leidtun, weil sie es letzten Endes, verdammt noch mal, verdient hatte. So kokett und kichernd dazusitzen, als könne sie kein Wässerchen trüben.

Dummes, kleines Miststück. Es war ihr Fehler. Ihr eigener, blöder Fehler. Nicht meiner …

1

Es war ein sonniger Montag im September. Der Tag begann wie jeder andere: Bob war auf Dienstreise, Nella und Rose stritten sich während des Frühstücks und schwiegen beide im Auto, als ich sie zur Schule fuhr. Ich setzte sie am Schultor ab und sah ihnen nach, wie sie in einem bestimmten Abstand zueinander die Straße hinuntergingen, Rose ordentlich und gepflegt, in ihrem marineblauen Anorak, das Haar zurückgekämmt, Nella, schlendernd, in ihrer zerrissenen Jeans, den Kopf im Rhythmus der Musik aus ihrem iPod bewegend. Ich fragte mich, ob Rose eventuell zu gut geraten war, ein wenig zu sehr darauf bedacht zu gefallen. Und Nella das genaue Gegenteil, eher zu schlampig, zu unbekümmert. Ich seufzte unwillkürlich, als ich ihnen nachschaute.

Ich hoffe, sie sind okay, dachte ich, als sie eine nach der anderen um die Ecke aus meinem Gesichtsfeld verschwanden. Ich fühlte dieses vertraute Ziehen, aus Liebe oder Angst oder was immer es war, das mich regelmäßig überkommt, wenn meine Kinder von mir fortgehen, hinaus in die Welt; dann beugte ich mich vor, schaltete das Radio ein und fuhr zur Arbeit.

Der Verkehr stand die ganze Cathedral Road hinunter, und während ich im Stau stand, drehte ich den Rückspiegel zu mir hin und überprüfte mein Aussehen. Ich hatte in der Nacht nicht gut geschlafen, die Schatten unter meinen Augen zeugten davon. Ich holte einen Lippenstift aus meiner Tasche und rieb mir etwas Farbe auf die Wangen in der Hoffnung, dass sie von den Schatten ablenken würde. Das tat es, aber nicht auf vorteilhafte Weise. Ich überlegte, ob ich die Farbe wieder abwischen sollte, als der Fahrer hinter mir hupte, sodass ich den Spiegel zurückdrehte und auf das Gaspedal trat, wobei ich der Versuchung widerstand, ihm den Mittelfinger zu zeigen.

Auf dem Weg ins Büro kaufte ich mir in dem Tante-Emma-Laden um die Ecke einen Kaffee zum Mitnehmen. Ich parkte hinter dem Gebäude, in dem ich arbeite, und ging zum Haupteingang. Auf dem Weg in mein Büro blieb ich bei Branwen, unserer Empfangsdame, stehen, um sie zu begrüßen, und wir hatten eine ausführliche Diskussion darüber, ob es heute regnen würde. Dann stieg ich die Treppe in die zweite Etage hoch, schloss die Tür zu meinem Büro auf und trat ein.

Der Raum war so ruhig, hell und einladend wie immer. Die Sonne fiel durch die Blätter der Bäume vor dem Fenster, ließ Schatten an der Decke spielen, und von der Straße unten war das leise Brummen des Verkehrs zu hören. Es herrschte eine perfekte Ordnung. Meine Bücher standen in geraden Reihen in den Regalen, und mein Relief im Stil Ben Nicholsons blickte ernst von der gegenüberliegenden Wand herunter. Die beiden Sessel standen genau richtig – nicht zu nah und nicht zu weit auseinander, um vertrauliche Gespräche zu ermöglichen –, und die Couch am Fenster wirkte mit ihrem Polster in einem gedämpften Grün eher einladend als einschüchternd.

Ich ging zu meinem Schreibtisch, schaltete den Computer an, und während er hochfuhr, sah ich meine Post durch. Unter den Rechnungen und Reklamesendungen war nichts von Bedeutung, nur ein paar Einladungen zu Konferenzen, eine in Leipzig und eine in Stockholm, an denen ich wahrscheinlich nicht teilnehmen würde. Ganz unten in dem Stapel stieß ich auf einen kleinen, braunen Umschlag, auf dem in ordentlichen Großbuchstaben mein Name und meine Adresse standen. Ich öffnete ihn und fragte mich, was wohl darin sein mochte. Er enthielt keinen Brief, nur das Foto eines mittelalten Mannes. Er hatte etwas Finsteres an sich, und als ich genauer hinsah, erkannte ich auch den Grund: Seine Augen waren mit einem Marker ausgemalt, sodass sie ganz schwarz waren.

Ich war verwirrt. Das Foto war draußen aufgenommen, möglicherweise am Meer – jedenfalls irgendwo, wo es windig war. Der Mann war attraktiv, erinnerte an einen Patrizier mit dichtem, grau werdendem Haar, einer knochigen Adlernase und der Art Falten, die ein Gesicht eher unverwechselbar machen und von gelebtem Leben künden, als dass sie es verlebt und besiegt aussehen lassen. Er trug eine Lederjacke, deren Kragen lässig gegen den Wind hochgeschlagen war. Die Andeutung eines Lächelns spielte um seine Lippen. Er wirkte wie ein Mann, der mit sich und seinem Platz auf der Welt zufrieden war, der den Betrachter vielleicht sogar ein wenig hochmütig ansah. Selbst die schwarz ausgemalten Augen konnten dieses Flair von Selbstvertrauen nicht zerstören.

Ich guckte noch einmal in den Umschlag, ob nicht doch ein Brief darin war, aber er war leer. Ich drehte ihn herum und studierte den Stempel. Der Brief war gestern hier aufgegeben worden. Ich fragte mich, wer in aller Welt ihn an mich geschickt hatte und warum. Ich war neugierig, aber nicht beunruhigt. Es gehörte zu den Berufsrisiken meines Jobs, seltsame Sendungen zu bekommen. Frühere Klienten oder deren Familienangehörige schickten mir gelegentlich weitschweifige, wirre Briefe, die überschwänglich oder ausfällig waren oder beides. Gewöhnlich überflog ich sie, legte sie zur Seite und schickte nach einigen Wochen ein paar höfliche Zeilen als Antwort zurück. In diesem Fall würde ich das offensichtlich nicht müssen, da kein Absender auf dem Umschlag stand.

Ich steckte das Foto zurück in den Umschlag und legte ihn in die Ablage für die noch zu erledigenden Dinge. Die Briefe aus der morgendlichen Post, die ich noch brauchte, legte ich darauf und warf die Reklameschreiben in den Papierkorb. Dann machte ich meinen mitgebrachten Kaffee auf, blies hinein und nippte daran.

Das Telefon klingelte. Ich meldete mich nicht, weil ich wusste, wer es sein würde – Bob war auf einer Konferenz. Der Anrufbeantworter schaltete sich ein, und ich hörte Bobs Stimme.

»Jess, ich wollte nur hören, wie es dir geht.« Er klang irgendwie besorgt. Gut, dachte ich. Geschieht ihm recht. Soll er ruhig leiden.

Vor einem Monat war Bob von einer Dienstreise zurückgekommen und hatte mir gestanden, dass er einen One-Night-Stand gehabt hatte. Er hatte gesagt, dass er fest entschlossen gewesen sei, es mir nicht zu sagen, aber, als er erst wieder zu Hause war, gemerkt habe, dass er nicht mit der Schuld leben konnte. Er hatte mich um Verzeihung gebeten, erklärt, dass er nicht unglücklich mit mir, sondern berufsmäßig frustriert gewesen sei. Es sei ein pathetischer Versuch gewesen, sein Ego aufzubauen, hatte er gesagt. Ich hatte nicht sehr verständnisvoll reagiert.

»Und wie geht es den Mädchen?«, fuhr Bob fort. »Ich hoffe, Nellas Konzert heute läuft gut. Sag ihr, dass es mir leidtut, dass ich nicht da sein kann.« Pause. »Sag ihr, dass ich sie lieb habe, ja? Wünsch ihr Glück von mir.« Noch eine Pause.

Ich hatte ihn gefragt, wie alt die Frau gewesen war. Um die

Dreißig, hatte er beschämt geantwortet. Wer sie war, hatte ich wissen wollen. Nur eine Übersetzerin vor Ort, hatte er mir erklärt. Niemand Wichtiges. Das hatte mich empört. Ein Mann von zweiundfünfzig, der Chef der Rechtsabteilung des walisischen Parlaments, hatte mit einer Frau geschlafen, die so viel jünger war als er, mit einer Frau, die er für unwichtig ansah. Ich hatte nicht weiter nachgefragt. Und ich hatte ihm auch nicht vergeben.

»Dein Handy scheint nicht zu funktionieren. Meins ist jetzt eingeschaltet, falls du mich anrufen willst.« Er seufzte. »Jedenfalls bin ich am späten Abend zurück. Ich nehme mir ein Taxi am Flughafen und werde gegen neun da sein.« Stille. »Bis dann. Ich habe eine Überraschung für dich.«

Ich hoffte, dass es keine Blumen sein würden.

Bob weiß, dass ich Blumen liebe, sodass er mir laufend welche mitgebracht hatte, große Sträuße, die darauf warteten, dass ich sie in die Vase stellte, und wenn ich das nicht tat, tat er es selbst. Wenn ich sie dann, ungeschickt arrangiert, auf dem Kaminsims stehen sah, hätte ich weinen können. Oder schreien. Aber das tat ich nicht, nur im Stillen. Ich wollte die Mädchen nicht beunruhigen. Und ich wollte an meiner Ehe festhalten … zumindest vorläufig.

Bob legte auf. Ich beugte mich vor und stellte den Ton aus, um nicht erneut gestört zu werden.

Ich sah auf die Uhr. Bis zu meinem ersten Termin, dem Erstgespräch mit einem neuen Klienten, war noch eine Stunde Zeit. Ich beschloss, sie mit der Recherche zu einer meiner Stammklientinnen zu verbringen, mit der ich später einen Termin hatte, statt mir weiter über Bob und darüber Gedanken zu machen, was er auf der Konferenz machte und ob ich ihm seinen Treuebruch jemals würde vergeben können.

Ich las gerade einen Artikel über komplexe Trauer im *Journal of Phenomenological Psychotherapy*, als es an der Tür klopfte. Ich schaute auf die Uhr. Mein neuer Klient war ein wenig zu früh, doch da es sein erster Termin war – und zudem noch ein Erstgespräch und keine reguläre Stunde –, legte ich den Artikel weg, griff nach meinen Notizen, ging zur Tür und bat ihn herein.

In dem Moment, in dem er ins Zimmer trat, fiel mir auf, dass er ein erstaunlich attraktiver Mann war, groß und breitschultrig, mit einer natürlichen Anmut. Ich schätzte ihn auf Ende zwanzig. Er trug Jeans im Destroyed-Look, einen schwarzen V-Ausschnitt-Pullover ohne etwas darunter und ein paar moderne Laufschuhe. Sein schulterlanges Haar war aus dem Gesicht gekämmt, und er hatte einen Eintagebart.

»Setzen Sie sich doch«, sagte ich und zeigte auf einen der Sessel in der Ecke des Raums.

»Tut mir leid, dass ich etwas zu früh bin.« Er sprach langsam und höflich.

»Das macht nichts.«

Er wählte den Sessel, der am nächsten zum Fenster stand. Ich setzte mich ihm gegenüber und sah in meine Notizen.

»Haben Sie etwas dagegen, wenn ich Sie Gwydion nenne, Mr Morgan?«

»Ganz und gar nicht.«

»Und bitte nennen Sie mich Jessica.«

Er nickte. Aus der Nähe sah ich, dass seine Augen grün und von dicken, schwarzen Wimpern eingerahmt waren. Ich wandte den Blick ab. Alles andere wäre mir ungehörig erschienen.

Ich wartete darauf, dass er zu reden begann. So, wie ich ausgebildet worden war, ist das das natürliche Prozedere.

Man wartet, bis der Klient das Gespräch beginnt. Man hört aufmerksam zu, dann gibt man das Feedback, das heißt, man wiederholt, was der Klient gerade gesagt hat, wobei man das Gesagte eventuell leicht interpretiert. Nur dass ich nicht immer tue, was ich tun soll. Eigentlich nie, um genau zu sein. Heute, nach all den Jahren praktischer Erfahrung, vertraue ich darauf, was mir natürlich erscheint. Deshalb fragte ich nach einer kurzen Pause, »Wie kann ich Ihnen helfen?«

Ich war mir bewusst, dass seine Augen auf mir ruhten, während ich mit ihm sprach. Normalerweise komme ich recht formell gekleidet zur Arbeit, in maßgeschneiderten Hosenanzügen und schicken Blusen. Ich mag Vintage-Kleidung von hoher Qualität und Retro-Outfits, die zu finden und zusammenzustellen ich mir einige Mühe mache. Doch an diesem Morgen war ich in einem bedruckten Baumwollkleid im Stil der 40er-Jahre und hochhackigen Espadrilles eher lässig gekleidet, da es ein warmer Tag war. Plötzlich fühlte ich mich unsicher mit meinen nackten Beinen und wünschte, ich hätte etwas weniger Freizügiges gewählt.

»Ich weiß es nicht.« Er fuhr sich frustriert mit der Hand durch das Haar. »Es ist etwas …« Seine Stimme verlor sich.

Wieder breitete sich Schweigen aus. Diesmal sagte ich nichts. Die Erfahrung hat mich gelehrt, dass gleich meist etwas Interessantes kommt, wenn jemand plötzlich ins Stocken gerät.

»Es ist seltsam … Ich weiß nicht, wie …« Er wurde rot.

Ich fragte mich, ob es um frühzeitigen Samenerguss ging. Das ist eins der häufigsten Probleme, mit denen Männer zu mir kommen. Vor allem Männer unter dreißig, wie er. Deshalb wartete ich auf eine Gelegenheit, ihm zu helfen, es auszusprechen, falls es das war.

Er blickte zu Boden. Seine dicken, schwarzen Wimpern schlugen unregelmäßig gegen seine geröteten Wangen. Schließlich sprach er.

»Es geht um Knöpfe«, sagte er.

»Um Knöpfe?« Ich wiederholte das Wort ruhig und gelassen. Feedback, Sie wissen schon. Manchmal ist es natürlich am besten, dem korrekten Vorgehen zu folgen.

»Ja, Knöpfe.«

Ich senkte den Blick, um zu sehen, ob seine Jeans einen Nietenknopf hatte. Falls es so war, war er unter dem Gürtel verborgen.

»Irgendwelche besonderen Knöpfe?«

Er sah mich an, erleichtert, dass ich ihn nicht ausgelacht hatte.

»Die aus Plastik sind am schlimmsten. Die mit den vier kleinen Löchern. Aber eigentlich mag ich sie alle nicht.«

Eine Pause entstand.

»Gut.« Ich lächelte ihn beruhigend an, wie ich hoffte.

»Das ist nicht so ungewöhnlich, wie Sie vielleicht denken. Es ist ein durchaus bekanntes Syndrom. Es hat sogar einen Namen. Koumpounophobie.«

»Wirklich?« Er sah erleichtert aus. »Koumpou… Wie hieß es doch gleich?«

»Koumpounophobie. Das Wort wurde für Menschen geschaffen, die eine solche Knopfphobie haben, dass sie das Wort ›Knopf‹ nicht einmal aussprechen können.«

»Verstehe.« Er lächelte mich vorsichtig an. »Nun gut, so schlimm ist es bei mir nicht. Ich kann über Knöpfe sprechen. Ich kann sie nicht tragen, aber ich kann sie ansehen. Aus der Ferne. Ich würde sie aber nicht anfassen. Und wenn sie lose werden. Oder abgehen …« Er schauderte.

Ich hatte schon früher mit Fällen von Koumpounophobie zu tun gehabt. Sie waren schwierig zu behandeln. Manchmal, wenn ich gar nicht weiterkam, schickte ich sie zu Dougie hinüber, dem Verhaltenstherapeuten auf der anderen Seite des Flurs. Meinir, der Hypnosetherapeut eine Etage über mir, war auch sehr gut in so etwas.

Gwydion seufzte und fuhr sich mit der Hand über die Stirn. Sein glänzendes Haar fiel ihm vor das Gesicht.

»Wenn ich gestresst bin, ist es schlimmer.«

»Das ist häufig so.«

Jetzt sah er leicht enttäuscht aus. Menschen sind seltsam, was das angeht, ist mir aufgefallen. Zuerst sind sie erleichtert zu hören, dass sie ein Syndrom mit einem wichtig klingenden Namen haben. Dann machen sie sich Sorgen, dass ihre Beschwerden nicht exklusiv genug sein könnten.

»Im Moment stehe ich stark unter Stress«, sagte er. »Ich arbeite sehr viel, stecke gerade in der Endphase einer Serie.« Er hielt inne und sah mich forschend an. »Einer Fernsehserie.« Er hielt erneut inne. »Ich bin Danny aus *Down in the Valley*. Wahrscheinlich haben Sie das schon einmal gesehen.«

»Ah.« Ich nickte unverbindlich.

Down in the Valley ist eine walisische TV-Soap, die es schon ewig gibt. Die Mädchen ließen keine Folge aus. Aber ich hatte noch nie eine Episode bis zum Ende geguckt, und Danny ganz bestimmt nie im Fernsehen gesehen. Wenn doch, hätte ich mich an ihn erinnert.

Er begann, mir von sich zu erzählen. Er war nicht nur Danny in *Down in the Valley*, er hatte auch in *The War of the Dragon Kings* und in diversen anderen Filmen mitgespielt, die auf Curtain Call Casting, einer Internetseite, aufgelistet waren, sagte er. Er stand gerade vor dem Durchbruch, ihm war eine Hauptrolle in einer großen Historienserie angeboten worden, einer Verfilmung des Romans *Helen* von Maria Edgeworth, einer Zeitgenossin von Jane Austen. Er freute sich sehr darüber und würde in drei Monaten mit den Proben beginnen. An mich hatte er sich gewandt, weil er fürchtete, nicht mit seinem Kostüm zurechtzukommen – den Knöpfen an der Weste, der Jacke und so weiter. Er wirkte sehr konzentriert, war wortgewandt und empfindsam und offensichtlich sehr engagiert, was seine Arbeit anging. Trotz – oder gerade wegen – seiner Zurückhaltung hatte er eine starke Präsenz, und ich konnte mir durchaus vorstellen, dass er ein talentierter Schauspieler war. Ich sah auch, dass ihm seine Phobie sehr zu schaffen machte, dass er Angst hatte, diese lang ersehnte Gelegenheit könnte ihm durch die Finger schlüpfen.

Als er zum Schluss gekommen war, sagte ich: »Ich frage mich, ob Sie zurzeit noch andere Probleme haben?«

»Wie meinen Sie das?«

»Quält Sie noch etwas anderes?«

»Zum Beispiel?«

»Nun ja, Beziehungsprobleme beispielsweise.«

»Ich habe keine Freundin, falls Sie das meinen. Ich meine, es gab … es gibt … hin und wieder …« Er wandte den Blick ab. Mich überraschte diese Schüchternheit, da er ein sehr attraktiver Mann war. »Aber nichts Ernsthaftes. Im Moment jedenfalls nicht.«

»Und Ihre Familie?«

»Ich bin ein Einzelkind. Ich habe eine sehr enge Beziehung zu meiner Mutter. Mein Vater …« Er verstummte.

»Ich komme mit meinem Vater nicht zurecht, wirklich nicht«, fuhr er nach einer kurzen Pause fort. »Er hat etwas von einem Egomanen.« Er zögerte. »Aber um ehrlich zu sein, möchte ich darauf nicht näher eingehen. Ich will nur für diese Knopfphobie eine Lösung finden und weiterkommen.«

Ich nickte. »Ja, das verstehe ich, gerade angesichts dieser großen Rolle. Aber ich fürchte, dass ich Ihnen nicht helfen kann, wenn es schnell gehen soll. Ich bin Psychotherapeutin. Was ich mache, braucht viel Zeit und viel Mühe. Und es funktioniert nicht immer.«

Er sah überrascht aus.

»Wenn Sie zu mir kommen würden, müssten wir uns auf jeden Fall Ihre Familienverhältnisse genauer ansehen, vor allem die, die Ihnen schwierig erscheinen, verstehen Sie.«

Ein Anflug von Verärgerung zeigte sich auf seinem Gesicht, aber ich fuhr fort.

»Wenn Sie schnell etwas tun möchten, wenden Sie sich am besten an meinen Kollegen auf der anderen Seite des Flurs. Er arbeitet ganz anders. Er wird Ihnen helfen, Ihre negativen Gedankenmuster aufzuspüren, ihre ganz persönlichen Ängste, und er wird Übungen mit Ihnen machen, um diese zu verändern. Er wird möglicherweise mit einer Technik arbeiten, die sich Expositionstherapie nennt. Zuerst sprechen Sie über Knöpfe, dann sehen Sie sich Bilder von Knöpfen an, dann werden Sie aufgefordert, einen anzufassen und so weiter, bis Sie Ihre Phobie überwunden haben.« Ich machte eine Pause. »Ist es das, was Sie wollen?«

Er schien unsicher.

»Diese Methode ist sehr wirksam«, sagte ich. »Und gerade diesen Kollegen kann ich wärmstens empfehlen.«

»Die Sache ist die …« Er sah weg, wich meinem Blick aus. »Es geht nicht nur um die Knöpfe.«

Plötzlich machte er einen scheuen, verlegenen Eindruck. Wieder kam mir der Gedanke, dass er ein sexuelles Problem haben könnte, doch ich schob ihn zur Seite. Die eigenen Gedanken ausklammern, genau das muss man, wenn man anderen zuhört. Sie in Parenthese setzen und später auf sie zurückkommen. Das ist eine gute Regel, an die ich mich zu halten versuche.

»Es fällt mir schwer, darüber zu sprechen.« Seine Stimme wurde zu einem Flüstern.

Ich fragte mich, was es sein konnte. Meiner Ansicht nach waren Phobien bezüglich Knöpfen und Spinnen und dergleichen ziemlich leicht zu verstehen, wenn auch nicht zu kurieren. Sie sind die sicheren, bequemen Stützen, an denen wir unsere Ängste angesichts der wirklich großen Dinge festmachen, die wir nicht kontrollieren können, angefangen bei der Tatsache, dass wir geboren werden und dass wir sterben müssen und nicht wissen, warum. Es ist leichter, Angst vor Knöpfen zu haben als vor so etwas. Es sei denn, es wird heftiger, natürlich.

Schließlich hob er den Blick und sah mir direkt in die Augen. »Ich muss Sie besser kennenlernen, bevor ich …«

Ich versuchte zuzuhören, fühlte mich aber langsam wie ein erschrockenes Kaninchen, das im Scheinwerferlicht eines Autos gefangen war.

»Ich hoffe, jemanden zu finden …«

Eines Autos mit sehr großen Scheinwerfern in einer sehr dunklen, verregneten Nacht.

»… jemanden, dem ich vertrauen kann.«

Plötzlich fühlte ich eine Hitzewelle von meiner Brust aufsteigen. Ich wandte den Blick ab, hoffte, dass sie sich nicht bis in mein Gesicht ausbreitete.

Gegenübertragung, sagte ich mir. Wenn du emotional auf deine Klienten reagierst, anfängst zu glauben, dass du sie leidenschaftlich liebst oder hasst. Das sind nur verdrängte Emotionen aus anderen Beziehungen in deinem Leben. In diesem Fall war es sehr viel schneller dazu gekommen als üblich, noch vor der Übertragung. (Das ist die Phase, in der der Klient glaubt, dich leidenschaftlich zu lieben oder zu hassen.) Aber ich machte mir keine allzu großen Sorgen. Ich war mir ziemlich sicher, dass ich damit zurechtkam. Die Situation konnte sich für uns beide sogar als hilfreich erweisen, wenn sie unter Kontrolle blieb. Wie gesagt, über die Jahre hatte ich gelernt, mir zu vertrauen.

Gwydion blinzelte, und ich blinzelte, und der Moment war vorüber.

Ich sah zu dem Relief an der gegenüberliegenden Wand hin. Es war weiß, besänftigend und heiter. Der Kreis schien ganz natürlich zwischen den Quadraten zu sitzen, in vollem Vertrauen darauf, dass er an seinem rechtmäßigen Platz war.

»Nun gut, Gwydion«, sagte ich. Ich sah ihn an und lächelte mein nettestes, einfühlsamstes Lächeln. »Ich betrachte mich als ziemlich vertrauenswürdig. Wenn Sie sich entscheiden, zu mir zu kommen, werde ich mein Bestes tun, um Ihnen zu helfen.«

2

Nach Gwydion Morgan hatte ich noch vier andere Klienten, die alle seit Langem zu mir kamen, die ihre Geschichten erzählten, die mich noch immer faszinierten und bewegten, entweder die Geschichten selbst oder die Art, wie sie sie erzählten. Dann fuhr ich zu Nellas Schule. Sie würde an diesem Nachmittag auf einem Konzert singen. Sie hatte erst vor Kurzem mit Singen angefangen – alle Mädchen machten das im Musikkurs in der zehnten Klasse, hatte sie gesagt, es war einfacher, als ein Instrument zu lernen –, doch bis jetzt hatte ich sie nicht einen einzigen Ton hervorbringen hören. Bei den seltenen Malen, die sie geübt hatte, hatte sie ostentativ ihre Zimmertür zugemacht, ihre Stereoanlage voll aufgedreht und mir verboten, in ihr Zimmer zu kommen, bevor sie fertig war. Und sie hatte nicht gewollt, dass ich zu dem Konzert kam, aber ich hatte darauf bestanden.

Ich war spät dran, deshalb fuhr ich ein wenig schneller als sonst, bog auf den Vorplatz ein und parkte eilig. Dann rannte ich zu der Aula hinüber und schloss mich den letzten Eltern an, die hineinströmten. Ich suchte mir einen Platz, nickte den Leuten, die ich kannte, höflich zu und sah zu Nella hinüber. Sie stand mit ihren Klassenkameradinnen an der Seite der Bühne. Als sie mich sah, winkte ich diskret, doch sie winkte nicht zurück. Stattdessen wandte sie sich um und begann, mit ihren Freundinnen zu reden.

Der Lehrer schloss die Tür, und die Gespräche im Raum

verstummten. Dann ging er auf die Bühne, stellte sich vor und bedankte sich für unser Kommen. Er schien ein wenig zu dankbar für unsere Anwesenheit, was nichts Gutes versprach.

Die ersten beiden Künstler waren zwei schrecklich schüchterne Jungen mit E-Gitarren, von denen der eine einen langweiligen Bluesriff zum Besten gab, während der andere willkürlich und übertrieben improvisierte. Während sie spielten, wanderten meine Gedanken zurück zu dem Foto, das ich heute Morgen mit der Post bekommen hatte. Wahrscheinlich ist es nur von einem aufgebrachten Klienten, sagte ich mir, aber trotzdem war es seltsam. Ich musste herausfinden, wer der Mann auf dem Foto war; vielleicht würde mir das verraten, wer es mir geschickt hatte …

Als Nächste trat ein molliges, linkisches Mädchen mit einer Brille auf, die sich durch ein Cello-Stück sägte. Sie machte den Eindruck einer jungen Frau, die es im Leben nicht leicht hatte, aber trotzdem fest entschlossen war, Bachs flattergeistige Arpeggios zu besiegen und dafür eine Eins zu bekommen. Am Ende des Stückes hatte ich das Gefühl, aufstehen und klatschen zu müssen, obwohl es quälend gewesen war zuzuhören.

Der Lehrer machte einen leicht erschöpften Eindruck, als er zurück auf die Bühne kam, sich an das Klavier setzte und ankündigte, dass jetzt die Sängerinnen kommen würden. Wie Nella gesagt hatte, waren es alles Mädchen. Nicht ein Junge war unter ihnen.

Die Erste war eine hübsche Fünfzehnjährige mit sorgfältig geglättetem und gefröntem Haar, deren gesittete Darbietung von *My Heart Will Go On* auf die Note perfekt war. Trotz des unsinnigen Textes – für den sie natürlich nichts konnte – und ihrer auf absurde Weise dramatischen Gesten erntete sie wilden Applaus. Anschließend schlurfte Nella auf die Bühne, den Kopf gesenkt, die Haare vor dem Gesicht, die Hände in den Taschen ihrer Jeans vergraben.

Ich hielt den Atem an, und mein Herz begann zu klopfen. Ich versuchte, nicht auf der Stuhlkante zu sitzen. Als der Lehrer die ersten Noten des Lieds spielte, wünschte ich, sie würde das Publikum ansehen, doch sie sah stur weiter auf den Boden.

Sie begann zu singen. Ihre Stimme war ein Flüstern, fast nicht zu hören. Ich war verärgert, frustriert. Was war mit meiner Tochter los? Warum war sie nicht zuversichtlich, selbstsicher wie das Mädchen mit dem geglätteten Haar? Sie war genauso hübsch und vermutlich eine ebenso gute Sängerin. Wenn sie nur …

Dann hob sie den Kopf. Jetzt war ihre Stimme laut und klar. Ich schluckte. Tränen traten mir in die Augen. Sie hatte eine wunderschöne Stimme, und ich hörte sie zum ersten Mal. Einen kurzen Augenblick sah sie mich an. Sie musste mir meine Gefühle angesehen und sie mussten ihr Mut gemacht haben, denn als sie zu der letzten Strophe kam, schien sie ihre Hemmungen loszulassen und zu vergessen, wo sie war.

Als sie zu Ende gesungen hatte, blickte sie triumphierend auf, als das Publikum zu klatschen begann. Ich klatschte mit, so fest ich konnte. Jemand rief »Bravo«, als sie die Bühne verließ, und ich sah sie lachen, während ihre Freundinnen sich um sie drängten und ihr gratulierten.

Die nächste Schülerin betrat die Bühne, ein großes Mädchen mit einer Klarinette. Ich hörte höflich zu, als sie mit ihrer Darbietung begann, aber ich hatte genug. Während die Töne aus dem Instrument herausströmten, ein seltsames Quäken und Kreischen, wurde mir extrem heiß, und ich legte mir die

Hand auf die Stirn und schloss für einen Moment die Augen. Dabei sah ich Gwydion Morgans dicke, schwarze Wimpern gegen seine geröteten Wangen schlagen.

Die Hitzewelle flaute ab, und ich öffnete die Augen. Keine Panik, sagte ich mir. Das sind nur die Hormone. Und die Überraschung, Nella singen zu hören, so wunderschön, so unerwartet.

Die Klarinette gab ein hohes Quietschen von sich, und im Publikum wurde gelacht. Das Mädchen fing an zu kichern und hörte einen Moment auf, an dem Hals des Instruments herumzufingern, während der Lehrer am Klavier geduldig wartete. Das Publikum rutschte auf den Sitzen hin und her, und einige Eltern erhoben sich leise und gingen, da sie die Darbietung ihrer Kinder bereits gesehen hatten. Ich nutzte die Gelegenheit, mit ihnen aus dem Saal zu schlüpfen, wobei ich Nella schnell zuwinkte. Ich wusste, dass es sie verlegen machen würde, wenn ich zu ihr ginge und ihr gratulierte. Sie wandte den Blick ab, doch ich bemerkte trotzdem, wie sie versuchte, ein Lächeln zu unterdrücken.

Draußen auf dem Parkplatz ging ich schnell zu meinem Auto, schloss die Tür auf und wollte mich gerade hineinsetzen, als ich hinter mir jemanden meinen Namen rufen hörte. Ich drehte mich um und sah einen Mann in den Dreißigern in einem weiten, karierten Hemd und Jeans. Er trug einen Gitarrenkasten. Zuerst erkannte ich ihn nicht, doch als er näher kam, erinnerte ich mich an ihn als einen früheren Klienten.

»Emyr«, sagte ich. »Hallo.« Ich schwieg einen Moment. »Was machen Sie denn hier?«

Ich werde oft von früheren Klienten angesprochen, wenn ich meinen täglichen Geschäften nachgehe – Cardiff ist schließlich ein kleiner Ort –, und in der Regel freue ich mich, sie zu sehen. Doch Emyrs etwas zu vertrauliches Verhalten verursachte immer ein leicht unbehagliches Gefühl in mir.

»Dasselbe wie Sie. Ich habe mir die Show angesehen.«

Er lächelte und kam näher. Er hatte ein breites Lächeln – Reihen gerader, weißer Zähne – und hellbraune Sommersprossen. Er war einen Kopf größer als ich, und sein Haar hatte diese goldene, kastanienbraune Farbe, die man so oft sieht, obwohl man sich Waliser eher dunkel und klein vorstellt.

»Ich wollte mir nur mal angucken, was die jungen Leute so machen«, fuhr er fort. »Augen und Ohren offenhalten.«

»Die jungen Leute.« Vielleicht war das das Problem. Emyr hatte eine Vorliebe für lehrerhafte Wörter wie »die jungen Leute«. Er war vor ein paar Jahren mit einer nicht wirklich schweren Depression zu mir gekommen, nachdem er seinen Job verloren hatte, doch da er nur über die Ungerechtigkeit der Situation hatte wettern wollen, statt sich seine Reaktion darauf anzusehen, hatte ich nicht viel für ihn tun können, und nach ein paar Stunden war er nicht mehr wiedergekommen.

»Ich habe Ihre Tochter singen gehört«, fuhr er fort. »Sie hat Talent, finden Sie nicht?«

»Danke. Ja, das hat sie.« Gerade wollte ich ihm erzählen, dass ich vor dem heutigen Tag Nella nicht einen Ton hatte singen hören, doch aus irgendeinem Grund ließ ich es.

»Wie geht es Ihnen inzwischen?«, fragte ich stattdessen.

»Ich arbeite als A&R-Manager, um es einmal so auszudrücken.« Er grinste schief. »Ich baue ein neues Musikprojekt der Gemeinde auf. Subventioniert vom Gemeinderat. Wir suchen nach jungen Leuten, die vielleicht gerne unser Studio nutzen würden. Vierundzwanzig Magnetspuren, aktuelle Technik. Umsonst.« Er kramte in seiner Jeanstasche, fischte eine leicht ramponierte Visitenkarte heraus und gab sie mir.

Ich warf einen Blick auf die Karte. Sie war in grellen Farben gehalten, und der Name »Safe Trax« prangte in einer sehr an Graffiti erinnernden Schrift darauf, die Nella als »schwach« abtun würde, dessen war ich mir sicher. Darunter standen sein Name und eine Kontaktnummer.

»Danke.« Ich steckte die Karte in meine Tasche. »Schön, Sie wiedergesehen zu haben.«

»Gleichfalls. Passen Sie auf sich auf.«

Ich stieg in mein Auto, nickte ihm durch das Fenster zu und gab Gas. Als ich durch das Tor fuhr, sah ich, wie er sich umdrehte und mir nachsah und dann langsam Richtung Schule ging.

An diesem Abend machte ich das Lieblingsessen der Kinder, um Nella eine Freude zu machen: Hamburger und Pommes frites. Wir aßen vor dem Fernseher. Die Hamburger waren vom Wild, das weniger fett ist, aber das hatte ich ihnen nicht gesagt; die Brötchen waren aus Vollkornmehl, und die Fritten hatte ich selbst gemacht in der Hoffnung, dass sie etwas gesünder waren als die gekauften. Auf jeden Teller kam zudem noch ein kleiner Salat aus Blattsalat, Tomaten und Brunnenkresse, obwohl ich wusste, dass Rose ihren nicht essen würde. Doch selbst wenn sie das nicht tat, konnte ich mich zumindest damit trösten, dass ich mein Bestes getan hatte. Wie sang Merle Haggard, Bobs Lieblingscountrysängerin, doch so schön – *Mama Tried*.

Nachdem wir zu Abend gegessen und abgeräumt hatten, ging Rose in die Küche, um Klarinette zu üben, während Nella nach oben verschwand, um ihre Hausaufgaben zu machen. Ich wusste, dass nach wenigen Minuten laute Musik aus ihrem Zimmer kommen würde, unterbrochen von Ruhepausen, wenn sie auf dem Handy telefonierte. Vor Kurzem hatte ich beschlossen, nicht weiter zu intervenieren – schließlich war sie jetzt sechzehn –, deshalb ging ich in Bobs Arbeitszimmer und schaltete den Computer an. Dann machte ich die Tür fest zu und setzte mich.

Ich gab einen Namen in die Suchmaske ein: Curtain Call Casting. Ich zögerte einen winzig kleinen Moment, fragte mich, ob ich wirklich der Aufforderung meines neuen Klienten nachkommen sollte, dann klickte ich die Seite an. Ich scrollte an einer Liste herunter, fand seinen Namen und klickte noch einmal.

Oben auf der Seite war eine Werbeaufnahme. Die Beleuchtung war dunkel und trübe, und Gwydion stand direkt vor der Kamera. Er trug ein enges weißes T-Shirt und eine schwarze Jogginghose, die so tief auf den Hüften saß, dass sie nicht nur den Bund seiner Designer-Boxershorts freigab, sondern auch einen flüchtigen Blick auf seinen muskulösen Bauch erlaubte. Sein Haar war strubbelig, und seine Augen waren halb geschlossen, als käme er gerade aus dem Bett.

Neben dem Foto war eine Spalte, die mit »Kurz und bündig« betitelt war. Ich sah sie mir an und las die entscheidenden Daten oder wie immer man das bei einem Schauspieler nennt. Spielalter: 25. Größe: 1,85 m. Gewicht: 80 Kilo. Haarfarbe: braun. Augenfarbe: nussbraun – nein, das stimmte nicht, seine Augen waren grün. Körperbau: durchschnittlich. Das war alles.

Unter dem Werbefoto waren seine Rollen aufgelistet. Außer in *The War of the Dragon Kings* schien er vor allem in unbedeutenden walisischen Fernsehshows mitgewirkt zu haben, einschließlich der berühmt-berüchtigten Serie *Down in the Valley*, und dann waren noch zwei Cameos in Filmen, von denen ich noch nie etwas gehört hatte, sowie Radio- und Fernsehwerbespots aufgeführt. Ich scrollte weiter herunter. Die kommende Rolle in dem Historiendrama wurde noch nicht erwähnt.

Musik dröhnte oben aus Nellas Zimmer. Ich beschloss, sie zu ignorieren.

Unter der Spalte »Kurz und bündig« gab es einen Link zu einer anderen Seite, den ich anklickte. Er führte zu einer Filmdatenbank und lieferte noch mehr Details zu *The War of the Dragon Kings* sowie ein weiteres Foto von Gwydion, auf dem er nicht viel mehr als einen Lendenschurz trug. Der Film war ein Remake von einer der Geschichten des Mabinogions und dem Mangel an Besprechungen nach zu urteilen kein sonderlich erfolgreiches. Ich scrollte zu den Kommentaren unten auf der Seite herunter, um mir die letzten Posts anzusehen, in denen es um seine Rolle in dem Film ging. Leider wurden seine schauspielerischen Fähigkeiten nirgendwo erwähnt. Dafür warf die erste Mitteilung, die von jemandem mit dem Namen Shelleewellee kam, die Frage auf: »Ist Gwydion nicht ein absoluter Leckerbissen«, was von allen in Wendungen, die keinen Zweifel aufkommen ließen, mehr als bejaht wurde. Der einzige Kommentar, der möglicherweise als Kompliment zu seiner schauspielerischen Leistung ausgelegt werden konnte, kam von jemandem mit dem Namen »Gigigirl«: »Der Typ ist gut besetzt, was für ein super Film, das Ende war so traurig, dass ich nach der Schachtel mit den Taschentüchern greifen musste …«

Die Musik oben wurde lauter. Ich fragte mich, ob ich doch hochgehen und einschreiten sollte. Aber wieder entschied ich mich dagegen. Es war an der Zeit, dass Nella lernte, ihre Hausaufgaben ohne meine Einmischung zu machen und in der Schule die Konsequenzen zu tragen, wenn sie sich nicht zusammenreißen konnte. Davon einmal abgesehen, hatte ich selbst zu arbeiten.

Ich kam mir einen Moment etwas albern vor, als ich die Cyber-Gemeinschaft von Gwydions leicht schwachsinnigen Schulmädchen-(und Schuljungen-)Fans anklickte, doch statt die Seite zu schließen, scrollte ich an einer mit »Facts am Rande« überschriebenen Rubrik herunter, der ich entnahm, »Ausgebildet an der Royal Academy of Dramatic Art (RADA)«. Am Ende der Spalte war ein Link »Weiter«.

Ich wollte gerade den Link anklicken, als ich mir selbst Einhalt gebot. Obwohl Gwydion mich mehr oder weniger dazu aufgefordert hatte, ihn zu googeln – eigentlich sogar angedeutet hatte, dass es als seine neue Therapeutin meine Pflicht sei, das zu tun –, fand ich, für den Moment genug erfahren zu haben. Er musste mir seine Geschichte zu der für ihn richtigen Zeit selbst erzählen, mit seinen Worten. Es war ihm gegenüber nicht fair, so voreilig zu handeln. Oder mir gegenüber, was das anging. Es würde leichter, viel leichter für mich sein, ihm zu helfen, wenn ich nicht zu viele vorgefasste Meinungen über ihn hatte.

In dem Moment ging die Tür auf, und Bob kam herein. Er ist ein großer, gut gebauter Mann, und er dominiert jeden Raum, sobald er ihn betritt. Er hatte noch seinen Mantel an, einen perfekt geschnittenen, schwarzen Überzieher, und Regentropfen funkelten auf seinen Schultern. Sein lockiges Haar war leicht strubbelig, seine Brille hatte er hoch in die Haare geschoben, und sein Gesicht erstrahlte in einem enthusiastischen, jungenhaften Lächeln. Wann immer er nach Hause kam, brachte er den Duft kalter, frischer Luft, ferner Städte und eines aufregenden, ereignisreichen Lebens außerhalb der Grenzen unserer häuslichen Welt mit, der mein Herz schneller schlagen ließ. Doch nicht dieses Mal.

Er hatte eine schwarze Papiertüte mit einem silbernen Rand in der Hand.

Er trat zu mir an den Schreibtisch. »Bitte schön«, sagte er.

Ich nahm ihm die Tüte ab und warf einen flüchtigen Blick auf ihren Inhalt. Darinnen steckte, in einem Kokon aus weißem Seidenpapier, eine Gardenie.

»Danke«, sagte ich. Ich konnte den Duft der wachsartigen Blume riechen, steckte aber nicht den Kopf hinein und schnupperte daran, wie ich das normalerweise getan hätte.

Stattdessen stellte ich die Tüte neben meine Füße auf den Boden.

»Du bist also zurück«, sagte ich.

Als er die Emotionslosigkeit in meiner Stimme hörte, erstarb sein Lächeln.

»Ja, ausnahmsweise gab es keine Verspätung.«

Um seine Enttäuschung zu verbergen, sah er geistesabwesend über meine Schulter auf den Computerbildschirm. Ich folgte seinem Blick und fragte mich, wie ich erklären sollte, was ich da gerade tat. Doch als ich auf den Bildschirm sah, stellte ich fest, dass Gwydions Website verschwunden war. Nur noch der Bildschirmschoner war zu sehen, ein Ferienschnappschuss von der Familie, die in Neoprenanzügen der Größe nach aufgestellt wie eine lächerliche Reihe von Pinguinen, irgendwo an einem windigen Strand in Westwales stand.

3

Jean, meine erste Klientin an diesem Tag, langweilte mich. Sehr. Das tat sie hin und wieder, vor allem wenn wir in der vorhergehenden Stunde einen Schritt weitergekommen waren. Dann kam sie und begann, nach einer äußerst flüchtigen Begrüßung, sich über irgendein kleineres häusliches Problem im Detail auszulassen: über einen verstopften Abfluss, einen Badewannenstöpsel, der nicht passte, ein seltsames Geräusch, das von dem Staubsauger kam. Heute war es eine defekte Gardinenschiene.

»Man kann nicht einfach das kaputte Teil reparieren, verstehen Sie.« Sie seufzte frustriert. »Man muss jemanden finden, der eine Neue anfertigt. Das kostet ein Vermögen …«

»Und dann ist da natürlich noch die Anbringung …«

Ich dachte an den Artikel, den ich über komplexe Trauer gelesen hatte. Man spricht von komplexer Trauer, wenn jemand sich nach mehr als einem Jahr noch so verhält, als hätte der Verlust ihn gerade erst getroffen. Ich hatte ihn in der Hoffnung gelesen, Jean irgendwie helfen zu können weiterzukommen, aber es schien nichts genützt zu haben.

»Ich habe keine Ahnung, wo ich jemanden finden soll, der sie anbringt …«

Meine Gedanken schweiften ab. Ein Bild von Gwydion erschien vor meinem inneren Auge. Er saß auf einem Pferd, mit nichts als einem knappen Lendenschurz bekleidet und einem Köcher mit Pfeilen auf dem Rücken. Er blickte in die Ferne, sein gebräunter Körper war schweißnass. An seiner Schulter klebte Erde, als sei er vor nicht allzu langer Zeit heruntergefallen…

»Ich habe in den Gelben Seiten nachgesehen, aber …«

Er drehte den Kopf, seine grünen Augen verengten sich, als er mich sah …

»Ich weiß nicht, worunter ich nachsehen soll. Brauche ich einen Innenarchitekten? Einen Schreiner? …«

Er wendete das Pferd und kam langsam auf mich zugeritten. Ich beobachtete das Spiel der Muskeln unter seiner Haut, während er sich näherte, bevor er sich schließlich hinunterbeugte, die Hand ausstreckte und …«

»Sie hören mir nicht zu, richtig?«

Jean hörte auf zu reden.

Ich brauchte einen Moment, um zu begreifen, dass ich meilenweit weg gewesen war.

»Natürlich tue ich das.«

Ich war über mich selbst erschüttert. Was zum Teufel war mit mir los, dass ich mitten in einer Stunde vor mich hin träumend – nein, fantasierend – dasaß? Bobs Seitensprung hatte mich offenbar tiefer getroffen, als mir bisher bewusst gewesen war. Ich musste wirklich mit diesem Unsinn aufhören und mich zusammennehmen, sagte ich mir, vor allem da Gwydion – der reale Gwydion – sich entschlossen hatte, eine Therapie bei mir zu machen und direkt nach Jean kommen würde.

Jean schniefte. »Ich muss Sie wohl sehr langweilen.«

Ein Schweigen entstand.

»Nein.« Ich wählte meine Worte mit Bedacht. »Aber vielleicht würde es Ihnen helfen, wenn Sie Ihre Gefühle direkter zum Ausdruck brächten.«

»Das versuche ich doch.« Sie war wirklich wütend.

Jean hatte recht. Hätte ich mich konzentriert, hätte ich mitbekommen, dass sie ihren Problemen Ausdruck verliehen hatte, ihr Leben nach dem Tod ihres Mannes in den Griff zu bekommen (»man kann nicht einfach das Kaputte reparieren«), ihrem Ärger über ihre angespannte finanzielle Situation (»das kostet ein Vermögen«), ihrer Angst, nie mehr einen neuen Partner zu finden (»ein Mann, der passt«) und ihrer Verzweiflung, plötzlich im Alter von fünfundsechzig Witwe zu sein, die all dem zugrunde lag. Es war mein Job, ihre Codes zu knacken, ihr zu helfen, das wirklich anstehende Problem zu sehen, und das hatte ich nicht getan.

Sie war verärgert. Sie begann, an dem noppigen Stoff ihres Reißverschluss-Oberteils zu ziehen. Es war aus marineblauem Polyester, und sie trug eine passende marineblaue Hose dazu, die in den Katalogen voller lächelnder, gesund aussehender älterer Leute mit langweiligen Klamotten als »Slacks« bezeichnet worden wäre. Nur dass Jean weder lächelte noch gesund aussah. Ihre Haut war fleckig und runzlig und ihr Haar ungewaschen, dünn und schlecht gefärbt.

»Also, heute bin ich wirklich durcheinander. Nicht, dass Sie das interessiert …«

Ich spitzte die Ohren. Jetzt wurde es wichtig.

»Durcheinander?«

»Ja. Und müde. Ich konnte letzte Nacht nicht schlafen.«

»Sie konnten nicht schlafen?«

»Hören Sie auf, alles zu wiederholen, was ich sage«, fauchte sie. Eine Pause entstand. »Es ist so, dass ich von Derek geträumt habe.«

Diesmal schwieg ich. Derek war ihr verstorbener Mann.

»Er hat furchtbar ausgesehen«, fuhr sie fort. Ihre Stimme

begann zu zittern. »So dünn. Als wäre er …« Ihre Stimme brach, und sie begann zu weinen.

Auf dem Tischchen zwischen uns lag eine Packung Papiertaschentücher. Ich beugte mich vor und schob sie ihr hin. Sie nahm ein Taschentuch, wischte sich die Augen und fuhr fort.

»Er hat mich angefleht, ihn nicht zu vergessen.«

Ich sah flüchtig zur Uhr. Unsere fünfzig Minuten waren eindeutig vorbei. Wir waren sogar etwas über der Zeit.

Verdammt, dachte ich. Sie hatte es wieder getan. Jean hatte die Angewohnheit, wichtige Dinge zum Schluss der Stunde zur Sprache zu bringen. Obwohl sie die Uhr gut sehen konnte, schien ihr dieses Verhaltensmuster völlig unbewusst zu sein.

Ich wartete, während sie sich die Nase putzte, das Taschentuch in ihren Ärmel stopfte und sich zurück in ihren Stuhl setzte. Sie wollte gerade fortfahren, als ich sie unterbrach.

»Es tut mir leid, Jean.« Ich sprach sanft zu ihr, versuchte, so freundlich und mitfühlend zu klingen, wie ich konnte. »Für heute müssen wir hier aufhören. Unsere Zeit ist um.«

Ich hoffte, noch eine Pause zu haben, bevor mein neuer Klient, Gwydion Morgan, eintraf. Ich habe zwischen den Stunden gerne ein paar Minuten für mich, um mir Notizen zu machen, meine Mails zu checken, einen Blick auf meinen Terminplan zu werfen, zur Toilette zu gehen und mir vielleicht eine Tasse Tee zu machen, wenn die Zeit reicht. Eine Pastille gegen Mundgeruch zu lutschen. Eine Zigarre zu rauchen. Einen Highball zu trinken. Schon gut, natürlich rauche ich keine Zigarren und trinke keine Cocktails, ich weiß nicht einmal genau, was ein Highball ist, aber bildlich gesprochen ist es das, was ich zwischen den Stunden tue. Dasitzen und ins Leere starren und nachdenken. Das Spiel der Schatten beobachten, die die Bäume draußen an die Decke werfen. Doch diesmal hatte ich keine Gelegenheit dazu. Denn als Jean sich wieder gefasst hatte und ich sie hinausbegleitete, saß Gwydion bereits im Wartezimmer. Sie war spät dran und er früh.

Es war genau die Situation, die ich zu vermeiden suche. Ich mag es nicht, wenn meine Klienten sich die Klinke in die Hand geben. Sie werden eifersüchtig und neugierig und beginnen, Fragen zu stellen. Der Gedanke, dass ich mich auch um andere Klienten kümmern muss, scheint ihnen nie zu kommen, bevor sie ihnen nicht wirklich begegnen und der Realität ins Auge sehen müssen. Und wenn das passiert, neigen sie dazu, ihren Zorn auf die eine oder andere Weise an mir auszulassen. Natürlich ist all das Wasser auf die Mühlen des Therapeuten, und es zeigt mir, wie meine Klienten mit Konkurrenz umgehen – Geschwisterrivalität und all das –, aber alles in allem führt es nur zu Komplikationen, und ich fühle mich immer ein bisschen unwohl dabei.

Als Jean Gwydion sah, drehte sie sich mit einem verletzten, anklagenden Blick zu mir um, bevor sie sich leicht verärgert verabschiedete, während Gwydion mich seinerseits mitfühlend anlächelte, als würde er mich bedauern, dass ich mich mit einer so langweiligen Person abgeben musste. Um Jean irgendwie zu besänftigen und Gwydion auf seinen Platz zu verweisen, fasste ich Jean besorgt an der Schulter, während ich mich von ihr verabschiedete und dann Gwydion ansah und höflich fragte, ob es ihm etwas ausmachen würde, bis zum Beginn seiner Stunde draußen zu warten und erst dann hereinzukommen.

Als ich wieder in meinem Sprechzimmer war, griff ich nach meiner Tasche und machte mich auf die Suche nach einem Lippenbalsam und einer Haarbürste. Meinen Compact-Puder fand ich nicht, sodass ich keinen Spiegel hatte. Dann ging ich zu meinem Stuhl, setzte mich und sah das weiße Relief an der Wand an, fest entschlossen, Gwydion so gefasst gegenüberzutreten, wie er das von mir erwartete.

Der Kreis war wie immer an seinem rechtmäßigen Platz zwischen den Quadraten. Doch als ich genauer hinsah, fiel mir auf, dass er leicht pulsierte. Die Bewegung war fast nicht zu erkennen, doch sie war da. Ich hatte das noch nie gesehen. Der Kreis hatte immer friedlich in der Mitte geruht, seine ernste Ruhe hatte auf die Vierecke um ihn herum ausgestrahlt. Ich sagte mir, dass mir nur das Licht einen Streich spielte, aber trotzdem nervte es mich. Und dann spürte ich eine intensive Hitze von meiner Brust in meinen Nacken aufsteigen, in mein Gesicht und meine Arme.

In dem Moment klopfte es an der Tür.

»Herein.«

Die Tür ging auf, und Gwydion kam herein. Heute trug er Jeans und eine Lederjacke. Darunter hatte er ein weißes T-Shirt an wie auf dem Reklamefoto.

Ich zeigte auf den freien Sessel mir gegenüber. »Nehmen Sie Platz.«

Er ging zu dem Sessel und setzte sich. Dabei konnte ich nicht umhin, die Wölbung seiner Brust zu bemerken, die sich unter dem T-Shirt abzeichnete. Ich wandte den Blick ab.

»Danke.« Er setzte sich in dem Sessel zurecht. Eine Pause entstand, dann sagte er: »Ich weiß nicht, wo ich anfangen soll.«

»Wo immer Sie möchten.« Ich bemühte mich, neutral zu klingen.

Er antwortete nicht. Stattdessen sah er mich forschend an, versuchte, Augenkontakt zu mir aufzunehmen. Ich blickte so ruhig zurück, wie ich konnte.

Er seufzte und fuhr sich mit der Hand durch das Haar. »Wo immer ich möchte …« Er runzelte die Stirn. Einen Moment lang schien er meine Anwesenheit vergessen zu haben. »Also …«

Schweigen entstand.

»Okay, dann fange ich mit etwas an, das mich beunruhigt. Außer den Knöpfen. Mit einem Traum, den ich immer wieder träume – manchmal sogar zweimal in der Woche.«

Das schien der Tag der Träume zu sein, dachte ich. Und zumindest kam dieser zu Anfang und nicht zu Ende der Stunde zur Sprache.

»Eigentlich ist es mehr ein Albtraum«, fuhr er fort. »Ich weiß nicht, worauf er sich bezieht, aber er erfüllt mich mit Angst.« Er hörte auf zu reden und biss sich auf die Lippe.

»Okay.« Ich begann, mich zu entspannen. Gwydion schien zu den Klienten zu gehören, die direkt zur Sache kommen und nicht dazu überredet werden müssen, sich auf das Wesentliche zu konzentrieren. Und jetzt, da wir miteinander zu arbeiten begannen, schienen meine albernen Fantasien über ihn verschwunden zu sein. »Vielleicht können Sie damit anfangen, mir zu erzählen, was in dem Traum passiert.«

»Ja, natürlich.« Er setzte sich in dem Sessel zurück, schloss halb die Augen und senkte die Stimme zu einem Flüstern. »Ich bin ein Kind. Ich weiß nicht, wie alt.« Er zögerte. »Aber ich bin klein. Und da, wo ich bin, ist es dunkel. Stockdunkel.«

Er hatte die Augen jetzt ganz geschlossen, und auf seinem Gesicht lag ein Ausdruck völliger Konzentration. Ich war überrascht, wie schnell er auf meinen Vorschlag eingegangen war, führte es aber auf seine schauspielerische Ausbildung zurück.

»Ich bin in einer Kiste eingesperrt. Jemand hat mich dort

eingeschlossen. Ich kann nichts sehen, und ich kann nicht atmen. Die Luft wird knapp …«

Obwohl er total ernst war, und ich seine Aufrichtigkeit nicht infrage stellte, hatte sein Verhalten etwas Theatralisches. Ich konnte mich des Gedankens nicht erwehren, dass er wie jemand aus einem Buch aus der Selbsthilfe-Ecke von Waterstones, der hiesigen Buchhandlung, klang – *Papa, tu das nie wieder,* vielleicht. Aber dann senkte ich den Blick und sah ihn am Stoff seines Ärmels kratzen, daran zerren, ihn auf eine unbeholfene Weise zwirbeln, genau wie Jean es vorhin getan hatte, und ich spürte, dass das nicht gespielt war.

»Ich will um Hilfe rufen«, fuhr er fort, »aber ich weiß, dass ich das nicht darf. Ich muss still sein. Deshalb fange ich im Dunkeln an zu zählen. Eins, zwei, drei, vier …«

Gwydion zögerte. Er öffnete die Augen und sah mich an. Dann schloss er sie wieder.

»Fünf, sechs, sieben … Ich zähle weiter, bis ich bei zehn bin.« Er holte scharf Luft und öffnete wieder die Augen. »Und an diesem Punkt wache ich auf.«

Er strich sich über das Gesicht, ließ seine Handflächen einen Moment auf den Augen ruhen. Noch eine melodramatische Geste, doch ich meinte, etwas Echtes darin zu sehen, etwas, das ich schon früher bei aufgewühlten Klienten gesehen hatte. Es ist eine besondere Art von Körpersprache, die von Erschöpfung und Niederlage erzählt, von ungelösten Alltagskonflikten. Konflikte, die man nicht kontrollieren kann, die das Leben zu einem Jammertal machen. Das Gegenteil von dem Versuch, aus dem Nichts ein Drama zu kreieren. Eine Art resignierter Stoizismus. Bei kleinen Kindern kann das herzzerreißend sein.

Gwydion sah mich erwartungsvoll an. Nachdem er mir

seinen Traum erzählt hatte, schien er offenbar zu erwarten, dass ich ihm hieb- und stichfest auseinandersetzte, was er zu bedeuten hatte, als wäre ich ein Schamane, womit er nicht so falsch lag. Wir Psychotherapeuten sind in gewisser Weise Schamanen. Schließlich ging es in Freuds Hauptwerk um die Interpretation von Träumen. Und wenn das nicht schamanisch ist, weiß ich auch nicht, was es ist.

»Okay, was meinen Sie, was der Traum Ihnen sagen will, Gwydion?«

Gwydion sah mich frustriert an. »Sie sollen mir das doch sagen, oder?«

»Ich?«

»Ja, natürlich Sie.«

Ich hatte für seinen Ärger Verständnis. Dieses ganze »Rückmeldung geben« konnte einem ganz schön auf die Nerven gehen. Wie ein Papagei die Fragen der Leute nachzuplappern. Ihre verwirrten, verwirrenden Erklärungen zu wiederholen. Aber unglücklicherweise ist das ein wesentlicher Bestandteil meiner Arbeit. Weil ich glaube, dass meine Klienten sehr viel mehr über sich wissen, als ich das je tun werde. Deshalb ist es auch nicht meine Aufgabe, ihnen zu sagen, was in ihrem Unbewussten vor sich geht. Ich versuche ihnen einfach zu ermöglichen, mir das zu sagen, was sie über sich selbst wissen. Und einige Dinge, von denen sie nicht wissen, dass sie sie wissen, weil sie nie versucht haben, sie jemandem zu erklären.

»Ich würde zuerst gerne Ihre eigenen Gedanken dazu hören.« Ich wartete. »Sie haben gesagt, dass es ein Traum ist, der ›immer wiederkommt‹.«

»Ja. Ein wiederkehrender Traum. Wenn ich angespannt bin, wird er schlimmer.«

Ich dachte einen Moment lang nach. »Sie sagen, dass Sie

in dem Traum um Hilfe rufen wollen, aber das Gefühl haben, das nicht zu dürfen. Warum ist das so, was glauben Sie?«

»Okay, das hat vermutlich mit meinem Vater zu tun. Ich bin in der Angst vor ihm aufgewachsen. Er war ein unbeherrschter Alkoholiker.« Er runzelte die Stirn. »Jeder wusste das, na klar, aber niemanden hat das interessiert. Er ist damit durchgekommen, wegen seiner Reputation.«

»Seiner Reputation?«

»Na, kommen Sie schon.« Gwydion verdrehte die Augen. »Wo leben Sie? Auf dem Mars?«

Vielleicht, vielleicht hätte ich diesen »Weiter«-Link auf der Filmdatenbank doch anklicken sollen, dachte ich.

»Tut mir leid, Gwydion, aber ich weiß nicht, wer Ihr Vater ist.«

»Evan Morgan. Der Theaterregisseur. Sie müssen schon von ihm gehört haben.«

Ich nickte. Der Name war mir bekannt, doch da ich nicht oft ins Theater gehe, wusste ich nicht viel über ihn.

»Evan ist ein großer Mann. Angeblich. Aber als Vater war er ein absoluter Arsch.« Gwydion sprach ohne Ärger. Oder mit einem Ärger, der so alt war, dass er sein Feuer verloren hatte. »Er hat sich nie das kleinste bisschen für mich interessiert. Oder für meine Mutter. Er hatte immer zu viel zu tun. Und er musste seine Sekretärinnen vögeln. Persönliche Assistentinnen, nennt er sie jetzt. Die derzeitige ist jünger als ich.«

Ich nickte. Zu dieser Information gab es nichts zu sagen. »Wie furchtbar« oder »mein Gott« wäre in einem sozialen Kontext angemessen, doch das hier war eine therapeutische Begegnung, wie es in der Branche heißt, und derartige leichtgewichtige Mitleidsbekundungen waren unangebracht.

Gwydion seufzte. »Aber ich bin nicht hier, um über ihn zu

sprechen. Alles läuft immer wieder auf ihn hinaus. Aber hier geht es um mich.«

Ich nickte erneut.

»Tatsache ist, dass ich zum Ende dieses Traums kommen will«, fuhr er fort. »Ich denke immer, dass ich herausfinden könnte, was passiert ist, wenn ich nicht vor dem Ende aufwachen würde. Dann bekäme ich vielleicht alles in den Griff.«

»Und was würde das für Sie bedeuten? Dass Sie alles in den Griff bekämen?«

»Nun ja, dass ich nachts ordentlich schlafen könnte, zunächst einmal. Dass ich mich tagsüber richtig konzentrieren und meinen Text lernen könnte. Mir keine Sorgen machen müsste, ob ich diese Sache mit den Knöpfen schaffe, wenn es zur Kostümprobe kommt.« Er zuckte mit den Schultern. »Ich bin das alles so leid. Deshalb bin ich zu Ihnen gekommen.«

Ich nickte. Ein Schweigen entstand, dann sagte ich: »Es gibt vermutlich einen Grund, warum Sie aufwachen, bevor der Traum zu Ende ist.«

»Und der wäre?«

»Nun ja, vielleicht will ein Teil von Ihnen nicht wissen, was passiert ist.«

Er runzelte die Stirn. »Heißt das, Sie meinen, es könnte zu … erschütternd sein?«

»Ja, und bevor sich dieser Teil nicht verändert, werden Sie es nicht herausfinden.« Ich zögerte. »Weil er Sie daran hindert.«

Er antwortete nicht. Stattdessen sah er mit einem verwirrten Gesichtsausdruck zu Boden. Dann lehnte er sich in seinem Sessel zurück und sah mich an.

»Sie reden wie eine Psychotherapeutin«, sagte er. »Aber Sie sehen nicht wie eine aus.«

Es war eine bekannte Taktik, das Thema zu wechseln. Aber ich erhob keine Einwände.

»Wirklich?« Ich lächelte, aber ich fühlte mich wieder unsicher. »Und wie sieht eine Psychotherapeutin aus?«

»Mütterlich irgendwie, nehme ich an. Vernünftig.« Er schwieg einen Moment. Ich fragte mich, ob er versuchte, mit mir zu flirten. »Obwohl das Kleid, das Sie da tragen etwas …«

Ich trug ein taubengraues Wollkleid mit einem Coeur-Dekolletee und Perlmuttknöpfen. Ich hatte mich dafür entschieden, weil ich gedacht hatte, dass er diese Knöpfe vielleicht als nicht ganz so bedrohlich ansehen würde. Sie sahen eigentlich nicht wie richtige Knöpfe aus, eher wie … ja, wie Perlen.

»… etwas …«

Ich ging darauf nicht ein. Stattdessen ließ ich ihn innehalten, bevor ich sagte: »Ist diese Art Knöpfe für Sie okay?«

»Ja, danke.« Er schwieg. Meine Frage schien ihn etwas verwirrt zu haben. »Ich habe Sie nie nach Ihren Qualifikationen für diesen Job gefragt.«

»Also, ich bin ausgebildete Psychotherapeutin auf dem Gebiet der existenziellen Psychotherapie.«

»Was zum Teufel bedeutet das?«

»Das ist eine therapeutische Schule. Die eher die Freiheit betont und die Wahl als die Idee, dass das Leben des Menschen durch die Umstände der Geburt bestimmt wird.«

Er nickte gedankenverloren. »Okay, dem stimme ich zu.« Er schwieg. »Wo haben Sie studiert?«

»In London. Am …«

Er winkte ab. »Es ist nicht wichtig. Es bedeutet mir nichts.« Eine weitere Pause. »Und wie lange machen Sie das schon … diese … wie heißt das ….? Existenzielle …«

»Zwanzig Jahre. Mehr oder weniger.«

»Verstehe.«

Er sah stirnrunzelnd in seinen Schoß. Eine Weile saßen wir schweigend da. Und als das Schweigen zu laut wurde, redete er.

»Entschuldigung, ich wollte nicht unhöflich sein. Mit Ihrem Kleid.«

»Das ist in Ordnung. Sie waren nicht unhöflich.«

»Und nicht neugierig. Was Ihre Qualifikation angeht.«

»Ganz und gar nicht. Es ist Ihr gutes Recht, zu fragen. Schließlich vertrauen Sie sich mir an. Ich bin Ihre Therapeutin.«

Er nickte. Ein kurzes Schweigen entstand, dann sagte er: »Sie kennen diesen Teil von mir, von dem Sie gesprochen haben? Den Teil, der nicht wissen will, was in meiner Kindheit passiert ist?«

Ich nickte.

»Ich muss etwas ändern, nicht wahr? Wenn ich es herausfinden will.«

»Wahrscheinlich.«

»Und Sie glauben, mir dabei helfen zu können?«

»Das hoffe ich. Es hängt von Ihnen ab. Und ob Sie in Ihrem tiefsten Inneren wirklich etwas verändern wollen.«

»Das will ich.«

Er sah zu mir hoch und lächelte, zum ersten Mal. Es war ein süßes, ehrliches Lächeln, wie das eines kleinen Jungen. Ich dachte an das Kind in der Kiste, das sich die Ohren zuhält und bis zehn zählt. Ich lächelte ihn an, dann wandte ich den Blick ab und sah zu dem Relief an der Wand hinter seinem Kopf hin. Ich gratulierte mir im Stillen, die Situation so ruhig bewältigt zu haben, obwohl ich mich bei seinen Bemerkungen zu meinem Aussehen unwohler gefühlt hatte, als das sonst bei einem neuen Klienten der Fall war. Zu meiner Bestürzung sah ich, dass der Kreis noch immer schwach zwischen den Vierecken pulsierte.

Ich stand am Herd und briet Makrelenfilets. Normalerweise genieße ich es, abends für meine Familie zu kochen; nach einem langen Tag voller intensiver Begegnungen mit gefühlsbetonten Klienten, empfinde ich es als beruhigend, mich von den einfachen Abläufen des Schälens, Hackens, Erhitzens, Umrührens und Probierens gefangen nehmen zu lassen. Und jetzt, da die Mädchen älter werden – Nella ist fast sechzehn und Rose bald zehn –, werde ich langsam in der Wahl der Gerichte etwas experimentierfreudiger. Rose ist immer noch eine pingelige Esserin, sicher, aber mir ist klar, dass sich das nie ändern wird, wenn ich ihr immer das Gleiche vorsetze.

Wenn Bob zu Hause war, aßen wir gewöhnlich alle vier zusammen am Tisch zu Abend, es sei denn, es kam etwas Besonderes im Fernsehen. Ich bin so erzogen worden. Meine Mutter hat abends immer für die Familie gekocht, und ich mache es genauso. Bob erledigte an den Wochenenden den Großteil der Einkäufe anhand einer Liste, die ich ihm mitgab. Er befolgte sie akribisch, wenn auch ein wenig fantasielos, und rief mich oft vom Supermarkt aus an, um zu hören, was genau ich wollte. Er hatte von Anfang an begriffen, dass mein Job ebenso anspruchsvoll war wie seiner und im Alltag emotional sehr viel kraftraubender. Über die Jahre hatte er mich bei jedem beruflichen Schritt unterstützt, vor allem, als die Kinder noch klein waren und ich mit dem Aufbau meiner Praxis zu kämpfen hatte. So war er. Gut. Aufmerksam. Rücksichtsvoll. Oder so war er gewesen, bevor er so viel dienstlich unterwegs war und es zu diesem kurzen Abenteuer, diesem Moment des Wahnsinns – oder wie immer man es nennen soll – gekommen war. In gewisser Weise machte die Tatsache, dass er immer so treu gewesen war, den Schock über sein Geständnis nur noch größer. Ich brachte es nicht zusammen, verstand es nicht, so sehr ich es auch versuchte.

»Kannst du jetzt bitte den Tisch freimachen, Bob?« Ich versuchte, die Anspannung aus meiner Stimme herauszuhalten. »Wir essen gleich.«

»Wie bitte?« Er blickte auf.

Ich beugte mich vor, um einen der Fische umzudrehen und bekam dabei einen Tropfen von dem heißen Öl ab, der nur um Haaresbreite mein Auge verfehlte.

»Kannst du bitte mal mit anfassen?« Ich schrie nicht, aber ich hatte die Stimme erhoben. »Das Essen ist fast fertig.«

»Okay, entschuldige.« Er nahm den Laptop und stellte ihn auf die Anrichte neben eine Schale mit Obst. Mir fiel auf, dass er ihn nicht zumachte. »Was soll ich tun?«

»Ich weiß nicht. Den Tisch decken oder etwas in der Art.« Der Fisch begann zu qualmen. »Einfach helfen.«

Bob ging zum Küchenfenster und öffnete es einen Spaltbreit, um den Rauch hinauszulassen. Dann holte er Messer, Gabeln und Gläser aus dem Geschirrspüler und begann den Tisch zu decken. Als er fertig war, kam er zu mir und stellte sich neben mich.

»Teller?«

»Hier.« Ich griff nach den Tellern, die ich auf dem Kochfeld warm gestellt hatte, und gab sie ihm.

Er nahm sie entgegen und blieb einen Moment neben mir stehen.

»Hör zu, es tut mir leid, dass ich die ganze Arbeit mit nach

Hause bringe. Ich habe wahnsinnig viel zu tun. Es hört nie auf.«

Ich mag es nicht, wenn jemand neben mir steht, während ich koche, deshalb scheuchte ich ihn weg.

»Diese ganze verdammte Bürokratie«, fuhr er fort und trat einen Schritt zurück. »Komitees, Testgruppen, Gremien. Ich weiß nicht, ob ich das noch länger aushalte.«

»Gut, dann kündige.« Ich beugte mich vor, um einen weiteren Fisch umzudrehen. Das Öl spritzte, doch diesmal wich ich ihm aus. »Mach dich wieder selbstständig.«

»Ich wüsste nicht, wie. Ich bin ganz oben angekommen, mehr erreichen kann ich nicht.« Er zögerte. »Und das Gehalt …«

»Ach, vergiss das Gehalt.« Ich war ungeduldig. »Wir kommen zurecht. Das haben wir auch früher geschafft.«

Bob blieb noch einen Moment mit den Tellern in der Hand stehen, er sah verletzt aus, dann ging er und deckte den Tisch.

Wir hatten diese Diskussion oft, doch normalerweise war ich verständnisvoller. Sie verlief immer gleich. Er beklagte sich über seinen Job, und ich erinnerte ihn daran, dass er noch vor wenigen Jahren als Anwalt selbstständig gewesen war und seine Arbeit geliebt hatte; und dass er sich, seit er den Job beim walisischen Parlament angenommen hatte, der scheinbar eine riesige Beförderung war, unwohl fühlte und in der Bürokratie versank. Wir hatten darüber gesprochen, dass er kündigen und wieder ein paar wichtige politische Fälle übernehmen, vielleicht eine Beratertätigkeit ausüben könnte. In der letzten Zeit war es mir so vorgekommen, als ob sich etwas tat, dass er einer Entscheidung näherkam. Doch seit seinem Seitensprung mit der Übersetzerin hatte ich das Interesse an seinem Dilemma verloren.

Ich wendete den letzten Fisch, schaltete den Ofen aus und

piekste in die Ofenkartoffeln. Als ich aufblickte, sah ich Bob an der Anrichte stehen, den Blick auf den Bildschirm des Laptops gerichtet.

»Was machst du da?«, fragte ich. Der Ärger in meiner Stimme war offenkundig.

»Ich beende das nur gerade.«

»Aha, kannst du bitte die Mädchen holen?«

Bob ging in die Diele und rief die Treppe hinauf, während ich den Fisch auf den Tellern verteilte und zusammen mit den Ofenkartoffeln und dem gedünsteten Gemüse zum Tisch brachte. Ich wusste, dass Rose das Gemüse nicht essen würde, aber zumindest schrie sie nicht mehr, bis ich es von ihrem Teller nahm, wie sie es als kleines Kind getan hatte. Dann holte ich einen großen Krug mit Wasser, füllte alle Gläser und stellte den Krug mitten auf den Tisch. Bevor ich fertig war, kamen die Mädchen die Treppe hinunter und in die Küche.

Ein Moment der Windstille entstand, als ich meine Schürze auszog und wir uns zum Essen hinsetzten und mit dem versorgten, was wir dazu haben wollten: Butter, Salz, Pfeffer, Senf, Tomatensoße. Ich verspürte ein kurzes, aber befriedigendes Erfolgserlebnis, als ich sah, wie meine Familie sich daran machte, das sorgfältig geplante, köstliche und doch nahrhafte Essen zu verzehren, das ich für sie gekocht hatte.

Meine Befriedigung währte allerdings nur kurz. Mir war aufgefallen, dass Nella einen ungewöhnlich fröhlichen Eindruck machte, ihre Wangen waren leicht gerötet, und dann platzte sie mit den Neuigkeiten heraus.

»Ich bin von einem A&R-Mann entdeckt worden«, sagte sie. Sie ließ sich die Worte, die offensichtlich neu für sie waren, auf der Zunge zergehen.

»Was ist ein A&R-Mann?« Rose griff nach der Tomatensoße und gab einen großen Klecks auf eine Seite ihres Tellers. Dann verteilte sie ihn auf dem Fisch.

Nella ignorierte sie.

»Das ist ein Talentscout, Rose«, sagte Bob. »Jemand, der nach guten Sängern und Musikern sucht, um eine Platte zu machen.«

»Er hat gesagt, dass ich eine fantastische Stimme habe«, fuhr Nella fort. »Er will ein Demoband einspielen und es an einen Fernsehproduzenten in London schicken.«

»Das ist fantastisch.« Bob lächelte sie begeistert an. »Wann hat er dich singen gehört?«

Er beugte sich über den Tisch und schnitt sich ein Stück Butter für seine Kartoffel ab. Ein sehr großes Stück, dachte ich und fragte mich, ob ich nicht lieber einen kalorienarmen Aufstrich kaufen sollte.

»Auf dem Schulkonzert.« Nella lächelte über das ganze Gesicht.

»Es hat mir so leidgetan, dass ich es verpasst habe, Liebling.«

Nella zuckte mit den Schultern. »Mama war da, oder?«

Ich nickte, während ich langsam begriff, was auf dem Konzert passiert war, nachdem ich gegangen war.

»Ja, du warst fantastisch, Nella. Du hast einfach wundervoll gesungen.« Ich zögerte einen Moment. »Wie heißt dieser … dieser A & R-Mann eigentlich?«

»Emyr. Emyr Griffiths.«

Mir war plötzlich unwohl zumute.

»Er hat ein eigenes Aufnahmestudio, mit vierundzwanzig Spuren. Und er will ein paar Backing Tracks zusammenstellen, und wir werden meinen Billie-Holiday-Song aufnehmen und vielleicht noch ein paar andere und dann …«

Nella redete aufgeregt weiter, aber ich hörte nur mit halbem Ohr zu. Ich hatte gehofft, dass diese Situation niemals eintreten würde. Ich hatte ihr Emyrs Karte nicht gegeben, und dafür gab es einen Grund.

In seinen Stunden bei mir hatte Emyr erzählt, warum er seinen Job als Lehrer verloren hatte. Eine seiner Schülerinnen, ein Mädchen im Teenageralter, hatte sich in ihn verliebt, ihm ihre ewige Liebe erklärt und war in Tränen ausgebrochen, als er sie zurückgewiesen hatte. Er hatte versucht, sie zu trösten, ihr besorgt den Arm um die Schulter gelegt, als sie geweint hatte, woraufhin sie ihn prompt der Schulleiterin gemeldet hatte. Die Schulleiterin war verständnisvoll gewesen, aber da er das Mädchen tatsächlich angefasst hatte, war sie gezwungen gewesen, ihn zu entlassen. Emyr hatte als Lehrer keine Stelle mehr gefunden. Das war der Grund für seine Depression gewesen. Die ganze Situation war reichlich unfair, und ich hatte Verständnis für ihn. Er schien ein anständiger Mann zu sein, wenn auch ein wenig naiv. Trotzdem musste ich zugeben, wenn es um meine eigene Tochter ging … Nun gut, etwas blieb immer hängen …

»Wir werden nach London fahren, um seinen Produzenten zu treffen. Er ist auch Manager …«

Nella wurde zusehends lebhafter, während sie Emyrs Pläne für ihren künstlerischen Durchbruch darlegte.

»Ich weiß nicht, Nella«, unterbrach ich sie, bevor ich mich zurückhalten konnte. »Du bist viel zu jung, um mit einem völlig Fremden nach London zu fahren. Und außerdem musst du dich jetzt, da die ganzen Prüfungen anstehen, auf die Schule konzentrieren …«

Nella hörte auf zu reden. Ihr Blick wurde mürrisch, und sie begann, mit dem Essen herumzuspielen, schob es mit der Gabel auf dem Teller hin und her.

Bob versuchte, den Schaden wiedergutzumachen. »Alles, was Mama sagen will, Liebes, ist, dass wir einen Schritt nach dem anderen machen sollten …«

Nella legte ihre Gabel hin und starrte mich an. »Du willst einfach nicht, dass ich glücklich bin, stimmt's?« Tränen der Wut standen in ihren Augen. »Du bist so überbeschützend. Keine meiner Freundinnen hat Eltern, die so scheiß …«

»Sie hat Scheiß gesagt«, murmelte Rose und sah auf ihren Fisch hinunter, der jetzt ganz mit Tomatensoße überzogen war.

»Komm schon, Nella, sei nicht so empfindlich. Niemand verbietet dir irgendwas.« Bobs Ton war beschwichtigend. »Wir wollen nur sichergehen …«

Nella stand von ihrem Stuhl auf, schob ihn zurück, dass er laut über den Boden scharrte, und marschierte aus dem Zimmer, die Tür hinter sich zuschlagend.

Ein langes Schweigen entstand.

»Soll ich ihr hinterhergehen?«, fragte Bob.

»Wenn du willst.« Ich legte Messer und Gabel hin, fühlte mich plötzlich erschöpft. Es war ein langer Tag gewesen. »Ich würde sie eine Weile in Ruhe lassen, ihr Zeit geben, sich zu beruhigen.«

»Warum bist du ihr direkt an die Gurgel gegangen? Wo sie doch so begeistert war?« Bob klang eher erstaunt als anklagend.

»Tut mir leid, ich habe es nicht so gemeint. Es ist nur …« Ich zögerte. »Kein Grund, sich Sorgen zu machen, wirklich. Ich sage es dir später.«

Rose sah interessiert von ihrem Fisch auf.

»Vielleicht hat Nella gar nicht so unrecht«, fuhr ich fort. »Ich glaube, ich bin manchmal ein bisschen zu beschützend.«

»Aber das ist doch nur natürlich.« Bob knetete Butter unter seine Kartoffel. »Du bist ihre Mutter. Das ist deine biologische Bestimmung.«

»Was ist eine biologische Bestimmung?«, meldete Rose sich zu Wort.

»Etwas, gegen das man nichts tun kann«, antwortete ich. »Wie eine Frau zu sein. Oder ein Mann.«

Rose sah verwirrt aus, aber ich war zu zerfahren, um es ihr weiter zu erklären. Bob kam mir zu Hilfe.

»Das bedeutet, Rose, dass du als Mutter den Instinkt hast, dich um deine Kinder zu kümmern und sie vor Gefahren zu beschützen. Du kannst nichts dagegen tun. Selbst wenn deine Kinder dich nervtötend finden.«

»Das stimmt«, sagte ich. Während ich seiner Erklärung zuhörte, fühlte ich mich weniger schuldig, so unsensibel gewesen zu sein und Nella auf den Boden der Tatsachen zurückgeholt zu haben.

»Wir sagen Nella einfach, dass sie zu jung ist, um mit diesem Typen allein nach London zu fahren«, fuhr er fort. »Ich biete ihnen an, sie im Auto hinzufahren, mich im Hintergrund zu halten, aufzupassen. Ich bin mir sicher, damit ist sie einverstanden.«

Ich nickte, wohl wissend, dass sie das nicht sein würde.

Wir aßen eine Zeit lang schweigend weiter oder zumindest Bob und ich taten das. Rose bediente sich eifrig an der Tomatensoße, und ich tat mein Bestes, es zu ignorieren. Für den Moment hatte ich der Begeisterung meiner Kinder genug Dämpfer aufgesetzt, ob es nun um Popstarruhm oder Unmengen von Tomatensoße ging.

»Das reicht.« Bob lehnte sich über den Tisch und nahm ihr die Soßenflasche weg.

Ich lächelte ihn an, dankbar, dass er eingegriffen hatte. Obwohl ich wütend auf ihn war, musste ich zugeben, dass er fantastisch mit den Mädchen umging. Er vergötterte sie, und sie vergötterten ihn, obwohl – oder vielleicht weil – er so oft nicht da war. Deshalb fragte ich mich, ob ich mir größere Mühe geben sollte, dass alles wieder gut wurde, wenn auch nur ihretwegen.

Bob stand vom Tisch auf. »Ich gehe zu Nella und spreche mit ihr. Und wenn ich wiederkomme, möchte ich, dass du deinen Fisch aufgegessen hast, Rose. Wenn du das geschafft hast, nehmen wir uns die Wii und spielen ein bisschen Dance Party.«

Er nahm eine John-Travolta-Pose ein, und Rose lachte. Unwillkürlich musste ich auch lachen. Er bemerkte es, suchte meinen Blick und sah mich verschwörerisch an. Dabei tauchte ein bestürzend klares Bild vor meinem inneren Auge auf.

Er redete mit einer jungen Frau. Sie trug ein Headset und sprach in ein Mikrofon. Sie war blond und schlank, hatte perfekt geschminkte blaue Augen und mattrosa Lippen, und sie lächelte, wobei sie ihre geweißten Zähne zeigte. Sie trug eines dieser kleinen Kleider, die junge Frauen heute gerne tragen, nicht mehr als ein kleines Stückchen bunt gemusterten Stoffs, das an gebräunten Gliedmaßen hing. Der asymmetrische Schnitt enthüllte bei jeder Bewegung die Form ihres Körpers, um sie dann wieder zu verbergen. Trotzdem sah sie völlig unschuldig aus, als sei es absolut normal für sie, bei der Arbeit so viel Haut zu zeigen. Er lächelte sie an, sprach mit ihr, nickte ihr aufmunternd zu, ließ seine Augen auf ihrem Gesicht ruhen. Dann sah ich ihn aufstehen und zu ihr hinübergehen. Er beugte sich vor, griff nach ihrer Hand, zog sie an sich und …

Nur eine Übersetzerin vor Ort. Niemand Wichtiges. Bobs Worte klangen in meinem Kopf nach, zusammen mit ein paar anderen, die ich hinzufügte. *Falsch. Heimtückisch. Hinterlistig.*

»Wenn du damit einverstanden bist, Jess.«

Mir wurde klar, dass Bob mit mir sprach, auf eine Antwort wartete.

»Okay«, sagte ich und sah weg. »Aber lass sie nicht zu lange aufbleiben. Es ist bald Schlafenszeit.«

4

Ich habe ein paar Regeln für meinen Job. Nummer eins: Lasse dich nie zu sehr auf deine Klienten ein. Nummer zwei: Triff dich nie mit ihnen außerhalb ihrer Stunden. Nummer drei: Nimm keine Anrufe ihrer Familien entgegen. Nummer vier: Suche sie nicht zu Hause auf. Nummer fünf: Okay, die Liste geht weiter. Aber ich mache Ausnahmen, wenn ich glaube, dass ein Klient in Gefahr ist. Und als Arianrhod Morgan, Gwydions Mutter, mich anrief, um mir zu sagen, dass er eine schwere Depression hatte und sie befürchtete, er könnte Selbstmord begehen, nahm ich sie ernst. Sie war verzweifelt und wollte wissen, ob sein Verhalten, als er bei mir war, mir Anlass zur Sorge gegeben hatte.

Ich sagte ihr, dass er auf mich nicht übermäßig deprimiert gewirkt hatte, und stellte ihr ein paar Routinefragen, zum Beispiel, ob er in der Vergangenheit schon einmal einen Selbstmordversuch unternommen oder spezielle Andeutungen gemacht hatte, wie eine Überdosis zu nehmen, was sie verneinte. Er lag jedoch im Bett und weigerte sich, sein Zimmer zu verlassen, und war offensichtlich nicht fähig oder nicht gewillt, mit jemandem zu sprechen, erzählte sie. Er stand morgens nicht mehr auf, wusch sich nicht und zog sich nicht an. Und in den letzten Tagen hatte er praktisch aufgehört zu essen. Sie schien wirklich besorgt und bat mich zu kommen und ihn mir anzusehen. Ich hatte den sicheren Eindruck, dass sie übertrieb, was die selbstmörderischen Tendenzen anging, doch ich beschloss, ihm einen Besuch abzustatten, nur um sicherzugehen. Normalerweise hätte ich die Situation mit meiner Supervisorin besprochen – von allen praktizierenden Therapeuten, ungeachtet ihrer Erfahrungen, wird erwartet, dass sie eine oder mehrere Stunden Supervision pro Monat absolvieren –, doch sie hatte kürzlich ein Sabbatjahr genommen, und ich hatte noch niemand Neuen gefunden, sodass ich im Moment auf mich allein gestellt war.

Es war ein nasser, stürmischer Tag, als ich auf der M4 gen Westen fuhr, aus Cardiff hinaus Richtung Carmarthen. Die Straßen waren in die Art wabernden Nebel gehüllt, die Worte wie »Mabinogion« unaufgefordert im Kopf auftauchen ließ. Als ich an den Fabriken und den auf den Bergen gelegenen Windfarmen vorbeikam, merkte ich, dass ich trotz des nüchternen Anlasses für meinen Trip froh war, der Stadt für einen Tag den Rücken zu kehren. Es hatte etwas mit der Landschaft zu tun, mutmaßte ich. West Wales hat für mich einen ganz eigenen Zauber: die brütenden, schwarzen Berge; die zerfallenen Burgen; die langen Strände mit ihren beeindruckenden Gezeiten; die keltischen Kreuze, die auf den alten Friedhöfen aufragen; die weißen Steincottages mit ihren schwarzen Schieferdächern … Blenden wir einfach für einen Moment die mit Brettern zugenagelten Geschäfte aus, die zertrümmerten Telefonzellen, die zahnlosen Junkies, die Teenager-Eltern. Sie gehören nicht in diese ganz besondere Geschichte.

Ich fuhr an der Ausfahrt nach Porthcrawl vorbei, der Verkehr wurde dünner, und ein Soloklavierstück kam im Radio. Chopin, dachte ich, dem Klang nach zu urteilen. Ich fragte mich, welches Stück es war. Es konnte eine Prélude sein, eine Nocturne oder ein Scherzo, es konnte alles sein. Sogar eine Polonaise, eine Ecossaise oder eine Mazurka. Ich hatte die

Ankündigung verpasst, ich hatte nicht zugehört. Doch was immer es war, ich fand es ungeheuer beruhigend. Das Fehlen von Trommeln oder Worten oder mittelatlantischen nasalen Klagelauten sprach mich ganz besonders an. Ich seufzte, entspannte in meinem Sitz und schob meinen Rock ein wenig hoch. Er hatte ein Hundezahnornamentmuster und eine Gehfalte und saß ein bisschen eng um die Hüften. Ich hatte ihn mit einer cremefarbenen Seidenbluse – ohne Knöpfe –, einem Kaschmirpullover und Schnürschuhen kombiniert. Ich trat aufs Gaspedal.

Als ich am Meer entlangfuhr, sah ich die teuflischen Mühlen von Port Talbot, die großen Schornsteine, die eine Decke aus gelbem Rauch ausstießen, die meilenweit über der Küste waberte, und der Begriff »chimmey sweeping« fiel mir ein. Kamin-Ausfegen, so hatte Anna O., die erste psychoanalytische Patientin, ihre Therapie bei Dr. Breuer, dem Vorgänger von Freud, genannt. Sie prägte auch den Begriff der »talking cure« oder der Redekur. In dieser Branche leisten die Patienten die ganze Arbeit, einschließlich der Benennung der Behandlung. Ein gründliches Ausfegen, das war alles, was Gwydion brauchte, dachte ich. Eine Chance, die Spinnweben wegzublasen, seine tiefen Ängste und Sorgen aus seinem System herauszubekommen. Er würde mit mir reden, meine Hand halten können, im rein metaphorischen Sinn, obwohl Dr. Breuer wirklich Annas Hand gehalten und ihr stundenlang zugehört hatte, als sie auf dem Bett in der Dunkelheit gelegen und ihm ihre Märchen erzählt hatte. Ich hatte natürlich nicht vor, das zu tun. Die moderne Berufsethik beugt dergleichen vor, und außerdem hat es nicht gut geendet mit Dr. Breuer und Anna O., was hinreichend dokumentiert ist. Trotzdem war ich sicher, Gwydion helfen, ihm in seiner Stunde der Dunkelheit, seiner Stunde der Bedürftigkeit beistehen zu können. Und selbst wenn ich das nicht konnte, war ich entschlossen, es zu versuchen.

Ich kam am frühen Nachmittag in Creigfa House, dem Wohnsitz der Morgans, an. Er lag ein paar Meilen von einem kleinen Fischerdorf entfernt, in einsamer Pracht auf einer Felsenkuppe thronend da, mit Blick über die St Bride's Bay. Bevor ich meine Ankunft ankündigte, parkte ich am Straßenrand und betrachtete durch die gewaltigen Eisentore das Haus. Es war unglaublich eindrucksvoll. Sehr viel imposanter, als ich es erwartet hatte. Eines dieser jakobinischen Anwesen mit großen Schornsteinen, spitzen Giebeln und Türmchen und Zinnen und dergleichen auf dem Dach. Es wirkte wie aus einem Märchen. Überall waren vergitterte Fenster, gedrehte Säulen umgaben die Vorhalle, und über die Haustür neigten sich aus Stein gehauene Girlanden. Doch so eindrucksvoll es auch war, wenn man genauer hinsah, fiel einem auf, dass vor allem an den Seitenflügeln Teile zerfielen. Es gehörte zu den Häusern, deren Verfall nicht aufzuhalten war, egal, wie viel Geld man hineinsteckte. Trotzdem war es noch immer wunderschön. Einzigartig. Rokoko. Barock, möglicherweise.

Ich zögerte einen Moment. Das Haus machte einen einschüchternden Eindruck, genauso wie es diese räuberischen Lords vor Jahrhunderten beabsichtigt hatten. Aber es hatte auch etwas Melancholisches. Ich verspürte das plötzliche Bedürfnis, wegzurennen, doch stattdessen zwang ich mich, auf die Klingel zu drücken, in die Sprechanlage zu sprechen, meinen Namen zu nennen und der Versuchung zu widerstehen, etwas so Dummes wie »Sesam, öffne dich« zu sagen.

Sofort schwangen die Tore auf, fast wie durch Magie, und

schlossen sich wieder, als ich hindurchgefahren war. Auf dem Weg zum Haus begann mein Herz dumpf zu schlagen. Die Reifen knirschten auf dem Kies. Auf dem Rasen des Vorgartens stolzierten Pfauen umher. Als ich an ihnen vorbeifuhr, hob einer von ihnen seinen Schwanz, breitete seine Federn aus und schrie mich schrill an. Alles war furchtbar gotisch. (Rokoko, Barock, Gotik? Entscheide dich, Jessica.)

Am Ende der Auffahrt war eine dieser runden Rasenflächen mit einem Beet aus Ringelblumen in der Mitte. Ich hielt, stellte den Motor aus, griff nach meiner Tasche, stieg aus dem Auto, sah mich um und hoffte, dass der Pfau mich nicht attackierte. Dann tauchte eine Frau unter den Girlanden auf.

»Dr. Mayhew?«

Sie war schlank und groß und hatte dunkle Haare. Ihr Gesicht war faltig, ein wenig wettergegerbt, aber wohlgeformt, mit hohen Wangenknochen und geschwungenen Brauen.

»Mrs Morgan. Ich freue mich, Sie zu kennenzulernen.« Ich streckte ihr die Hand entgegen.

»Bitte, nennen Sie mich doch Arianrhod. Ich freue mich auch, Sie kennenzulernen.« Sie schüttelte kräftig meine Hand. Mir fiel auf, dass ihre Hände rau waren, wie die eines Gärtners.

»Wo kann ich das Auto parken?«

»Lassen Sie es einfach dort stehen.« Sie drehte sich um und führte mich zum Hauseingang. »Treten Sie ein.«

Wir gingen durch einen dunklen Korridor mit großen Steinplatten auf dem Boden, bis wir in eine moderne, gut beleuchtete Küche kamen. Arianrhod forderte mich auf, mich an den Küchentisch zu setzen. Sie schob einen Stapel mit Büchern, Zeitungen und Briefen zur Seite, um mir Platz zu machen. Dann ging sie zum Herd und setzte den Kessel auf.

»Schön haben Sie es hier«, sagte ich zu ihrem Rücken.

»Danke«, antwortete sie, ohne sich umzudrehen. »Es macht viel Arbeit, aber ich … wir lieben es.«

Ich registrierte das Zögern und fragte mich, wo der räuberische Lord war und ob er irgendwann auftauchen würde.

Ich beobachtete Arianrhod, während sie sich in der Küche zu schaffen machte, Kaffee kochte. Ihr Alter war schwer zu schätzen. Mit Jeans, einem marineblauen Pullover und abgenutzten, braunen Slippern war sie einfach, aber elegant gekleidet. Ihr Haar war lose zurückgekämmt und hin und wieder strich sie sich eine Strähne aus den Augen. Sie bewegte sich schnell wie eine junge Frau, doch als sie sich zu mir umdrehte, sah ich im Licht der Lampen, dass sie mindestens Anfang Fünfzig sein musste.

»Milch? Zucker?«

Ich lehnte beides ab. Sie stellte eine Kaffeekanne, zwei Tassen und einen Teller mit Keksen auf den Tisch und setzte sich mir gegenüber.

»Ich bin Ihnen so dankbar, dass Sie gekommen sind. Ich weiß, dass es viel verlangt ist. Aber ich mache mir solche Sorgen. Gwydion hatte immer schon seine Stimmungstiefs, aber so schlecht ist es ihm noch nie gegangen. Sein Hausarzt war keine große Hilfe – er kennt sich in so etwas nicht so gut aus.«

»Das ist schon in Ordnung.« Ich hielt inne. »Wo ist er übrigens?«

»Oben in seinem Schlafzimmer. Wie üblich. Ich bringe Sie gleich zu ihm.« Sie wühlte in ihrer Tasche und holte einen Beutel mit Tabak heraus. »Stört es Sie, wenn ich rauche? Ich gehe nach draußen, wenn Ihnen das lieber ist.«

»Seien Sie nicht albern. Das ist Ihr Haus.«

Sie zog einen Aschenbecher zu sich heran. »Aber Ihre Lungen.«

Ich winkte ihren Einwand ab, schätzte es aber, dass sie gefragt hatte.

Sie rollte sich eine Zigarette. Ich wurde neidisch, während ich sie beobachtete. Ich hatte vor Jahren aufgehört zu rauchen, aber es fehlte mir immer noch. Nicht so sehr der Geschmack oder das Stechen des Nikotins in den Lungen oder dieser leichte Schwindel, der im Gehirn auftritt, sondern das Konspirative daran, sich mit jemandem bei einem Kaffee oder einem Drink eine Zigarette anzuzünden und gemütlich zu unterhalten.

Arianrhod schien meine Gedanken gelesen zu haben. Sie zeigte auf den Beutel. »Bedienen Sie sich.«

»Nein, danke. Aber einen Keks nehme ich gern.« Sie reichte mir den Teller. Es waren Shortbread Fingers von guter Qualität, butterig und krümelig. Ich nahm einen, tauchte das Ende in meinen Kaffee und kaute genussvoll. Arianrhod rollte weiter.

»Wie geht es Gwydion heute?«, fragte ich nach einer Weile.

»Oh.« Sie holte ein Feuerzeug aus ihrer Tasche. »Nicht anders als die letzten Tage auch. Aber er sagt, dass er Sie sehen will.« Sie gab sich Feuer, inhalierte tief und blies den Rauch langsam aus. »Gott sei Dank.«

Ich konnte nicht anders, als mit ihr einzuatmen. Der Tabak roch warm und herrlich mit nur einem Hauch dieser Schärfe, die später die Luft im Zimmer sauer riechen lässt.

»Ich kann wirklich bald nicht mehr, wissen Sie«, fügte sie hinzu. Blauer Rauch wirbelte um ihren dunklen Kopf, und sie fächelte ihn mit einer zarten Bewegung ihrer Hand weg. Dann zog sie noch einmal an der Zigarette und blies erneut

Rauch aus. Noch mehr Rauch, blaugrau diesmal, passend zu ihren Augen. Das alles war sehr schön, dachte ich. Wenn auch nicht gut für die Gesundheit.

»Nun, das überrascht mich nicht«, sagte ich. »Es ist ein schweres Stück Arbeit, mit jemandem zusammen zu sein, der ... ein bisschen wackelig ist.«

Sie lachte kurz auf, scheinbar unbeabsichtigt. »So nennt ihr Ärzte das also?«

»Ich bin keine Ärztin. Keine Medizinerin jedenfalls.«

»Oh.« Sie seufzte, zog noch einmal an ihrer Zigarette und legte sie auf dem Rand des Aschenbechers ab. »Stört es Sie, wenn ich Sie doch Dr. Mayhew nenne? Es gibt mir ein Gefühl der Sicherheit.«

Ich war gerührt. »Nennen Sie mich, wie immer Sie wollen«, sagte ich. »Innerhalb gewisser Grenzen.«

Sie lachte erneut. Ich spürte, dass meine Gegenwart ihre Stimmung hob. Ich fühlte mich langsam besser, dachte, dass mein Besuch vielleicht doch nützlich war, nicht nur für Gwydion, sondern auch für seine Mutter. Bis jetzt hatte sich Arianrhod als gar nicht so schwierig erwiesen, wie ich erwartet hatte. Doch dann senkte ich den Blick und sah die raue Haut und die Nikotinverfärbungen an ihren Fingern und wurde daran erinnert, dass nichts hiervon leicht werden würde.

Ein langes Schweigen entstand. Die Zigarette brannte noch immer im Aschenbecher, der von ihr aufsteigende Rauch war dünn und beißend. Als sie schließlich ausging, machte Arianrhod sich nicht die Mühe, sie wieder anzuzünden. Stattdessen stand sie auf, als hätte sie plötzlich einen Entschluss gefasst.

»Kommen Sie«, sagte sie. »Sie können Ihren Kaffee mitnehmen, wenn Sie wollen. Ich bringe Sie nach oben.«

Arianrhod führte mich durch schmale Flure mit gewölbten Decken und unebenen Böden, bis wir vor Gwydions Tür standen. Sie klopfte, bekam aber keine Antwort und öffnete behutsam die Tür.

»Gwydi? Dr. Mayhew ist hier.«

Ich sah über ihre Schulter in das Zimmer. Es war dunkel, die Vorhänge waren vorgezogen. Ich konnte nur ein Bett neben dem Fenster erkennen.

»Sie möchte gerne mit dir sprechen.«

Aus dem Bett war ein fast nicht hörbares Stöhnen zu vernehmen. Arianrhod öffnete die Tür ein Stück weiter, trat zur Seite und schob mich sanft in den Raum.

»Viel Glück«, flüsterte sie. Dann schloss sie die Tür hinter mir und ging.

Ich blieb einen Moment an der Tür stehen, damit sich meine Augen an die Dunkelheit gewöhnen konnten. Ich war mir nicht sicher, was ich tun sollte. Deshalb blieb ich, wo ich war, und sagte mit einer, wie ich hoffte, beruhigenden Stimme: »Gwydion, ich bin's, Jessica. Haben Sie etwas dagegen, wenn ich hereinkomme und mich eine Weile zu Ihnen setze?«

Ein weiteres Stöhnen war zu hören, das ich als Zustimmung wertete. Ich ging ruhig zu dem Bett, zog mir einen niedrigen Sessel heran und setzte mich.

Gwydion lag mit geschlossenen Augen im Bett. Er war nicht rasiert, und sein Haar war fettig. Er sah blass und ungesund aus. Ich sah, dass er unter der Bettdecke einen Pullover, einen Schal, einen Morgenmantel und einen Schlafanzug trug. Im Zimmer war es sehr zugig – wie überall im Haus –, aber es war mit Sicherheit nicht kalt. Ich fragte mich, ob er sich oft derartig viel anzog oder ob das etwas Neues war. Ich dachte an die Knopfphobie, konnte beides aber nicht zusammenbringen.

Es war lange still. Endlos lange. Ich sah mich in dem Zimmer um. Es schien Gwydion seit seiner Kindheit zu gehören. Auf den Wandregalen lagen Stapel mit Comics, ein Game Boy und ein Schachspiel. Ein alter Kricketschläger, der unten, wo das Holz gebrochen war, mit Klebeband geflickt war, stand in einer Ecke. Auf einer Kommode thronten ein Schafschädel und ein selbst gebasteltes Katapult. Alles wirkte idyllisch und erinnerte an eine Kindheit, die man in Büchern, aber nur selten im wirklichen Leben findet, in der strubbelige Jungen im Wald Höhlen bauen und das Schlimmste, was passieren kann, ein aufgeschürftes Knie vom Klettern auf einen Baum ist oder eine Erkältung nach dem Spielen im Regen: gesund, glücklich, sorgenfrei. Nur dass mir der Anblick der Gestalt in dem Bett sagte, dass das hier nicht zutraf. Und wenn doch, dass seitdem irgendetwas gründlich schiefgelaufen war.

»Ich hatte wieder diesen Traum.« Ich fuhr zusammen, als Gwydion sprach. Er hatte die Augen noch immer geschlossen.

»Ja?«, sagte ich. Ich versuchte, ermutigend zu klingen, ohne aufdringlich zu sein.

Erneutes Schweigen.

»Diesmal waren Stimmen da.« Gwydion flüsterte fast.

»Stimmen?«

»Ja.« Er runzelte die Stirn. »Ich bin wieder in der Kiste«, fuhr er fort. Seine Stimme war monoton. »Es ist dunkel. Ich kann nichts sehen, aber ich kann etwas hören …« Er zögerte. Es schien ihn ungeheure Anstrengung zu kosten, sich an etwas zu erinnern. »Zwei Stimmen … die eines Mannes und die einer Frau …«

Er hörte zu reden auf und drehte sein Gesicht zur Wand.

Wir saßen eine Weile schweigend da. Dann sagte ich:

»Gwydion, würde es Ihnen etwas ausmachen, für einen Moment die Augen zu öffnen und mich anzusehen?«

Ich weiß nicht, warum ich das gesagt habe. Wahrscheinlich aus Ärger darüber, dass er nicht die Höflichkeit besessen hatte, die Augen zu öffnen, mich zu begrüßen und meine Gegenwart zur Kenntnis zu nehmen. Doch in dem Moment, als ich es aussprach, bereute ich es. In meiner Stimme hatte eine Ungeduld mitgeschwungen, die ich nicht hatte verbergen können.

Er drehte sich herum, wandte mir den Rücken zu.

Mein Ärger wuchs. Ich begann, mich zu fragen, ob es Absicht war, irgendein absurdes Spiel, das er mit mir spielte. Natürlich hätte ich es besser wissen müssen: Menschen, die mit mentalen Krankheiten zu kämpfen haben, spielen Spiele und führen ihre Therapeuten und andere an der Nase herum; es ist Teil der Krankheit. Wenn Gwydion also schauspielerte, gab es wahrscheinlich einen guten Grund dafür. Und wenn das nicht so war, war ich rücksichtslos gewesen. Was immer auch zutreffen mochte, in meiner Ungeduld hatte ich riskiert, nicht zu erfahren, was dieser Grund sein könnte.

»Es tut mir leid, Gwydion.« Ich zögerte. »Ich hätte das nicht sagen sollen. Es ist egal, ob Sie mich ansehen oder nicht. Sprechen Sie einfach weiter. Ich höre zu.«

Aber Gwydion sah weiter die Wand an und schwieg.

Er sagte auch die nächste halbe Stunde nichts, und ich machte mir weiter Vorwürfe, dass ich ihn mitten in seinen Ausführungen unterbrochen hatte. Doch allmählich schwand meine Ungeduld, und stattdessen überkam mich eine tiefe Traurigkeit. Hier war dieser junge Mann, in der Blüte seiner Jahre, und lag in einem dunklen Zimmer und ließ sein Leben langsam an sich vorbeiziehen, unfähig, es in die Hand zu nehmen, es auszukosten. Und niemand schien ihm helfen, ihn erreichen zu können, am allerwenigsten ich.

Ich schaute zum Fenster hinüber und sah, dass hinter den Vorhängen die Sonne herausgekommen war. Ein kleiner Sonnenstrahl kroch langsam an der Fensterbank entlang. Ich musste an ein Gedicht denken, das meine Mutter mich als Kind gelehrt hatte.

Ich erinnere mich, ich erinnere mich,
an das Haus, in dem ich geboren bin,
an das Fenster, durch das am Morgen
die Sonne hereingesehen hat …

Erschrocken wurde mir bewusst, dass ich in meiner Tagträumerei laut gesprochen hatte. Dann hörte ich Gwydions Stimme den Vers beenden.

Nicht einen Augenblick kam sie zu früh
Noch brachte sie einen Tag, der zu lang
Doch wie oft wünsche ich jetzt, die Nacht
Hätte meinen Atem mitgenommen …

Während er die Worte flüsterte, füllten sich meine Augen mit Tränen. Tränen um Gwydion in seinem Leid, aber da war auch noch etwas anderes: die plötzliche Erkenntnis, dass meine Mutter mich nie den zweiten Vers gelehrt hatte – vielleicht in der Hoffnung, mich vor dem Leid des Erwachsenwerdens beschützen zu können, vor der endgültigen Machtlosigkeit ihrer Liebe und mich ein wenig länger in der Sicherheit der Kindheit zu wiegen. Sie hatte in diesen frühen Jahren ihr Bestes für mich getan, das begriff ich jetzt. Wie die meisten

Mütter. Wie Arianrhod höchstwahrscheinlich. Und sollte es nicht gut genug gewesen sein, dann lag das an der Welt, am Erwachsenwerden und nicht an ihr.

»Der Traum, Gwydion.« Ich flüsterte, um die Dringlichkeit aus meiner Stimme herauszuhalten. »War es der Gleiche – oder war etwas anders? Irgendein kleines Detail vielleicht, egal wie unbedeutend, das uns helfen kann herauszufinden, was nicht in Ordnung ist … wovor Sie weglaufen.«

Gwydion sah weiter die Wand an, regungslos.

»Möchten Sie mir noch etwas erzählen?«

Er schüttelte den Kopf, aber er drehte sich nicht um.

Ich fühlte mich plötzlich erschöpft. Ich musste aus dem dunklen, stickigen Raum heraus zurück ans Tageslicht.

»Gwydion, ich werde jetzt gehen. Es sei denn, Sie möchten, dass ich bleibe.«

Er schüttelte erneut den Kopf.

»Sie haben meine Telefonnummer. Sie können mich jederzeit anrufen. Oder …«, ich zögerte einen Moment, bevor ich ziemlich unbesonnen sagte, »oder ich kann noch einmal hierher zu Ihnen kommen.«

Ich bekam keine Antwort, deshalb stand ich auf und ging zur Tür, blieb noch einen Moment stehen und wartete, ob er noch etwas sagen wollte, bevor ich ging. Aber das tat er nicht, und ich öffnete die Tür, trat auf den Flur hinaus und schloss sie leise hinter mir.

5

Als ich hinunterkam, fand ich Arianrhod in der Küche. Sie fragte mich, wie es gelaufen sei, und ich erzählte ihr, dass Gwydion nicht viel gesagt, dass er mir nur von einem Traum erzählt hatte, den er geträumt hatte. Sie schien enttäuscht und fragte, ob ich vielleicht über Nacht bleiben und morgen früh noch einmal mit ihm reden könnte. Ich verneinte das, erklärte, dass ich nach Hause müsse, was auch der Wahrheit entsprach: Bob würde lange arbeiten, und ich musste mich am Abend um die Mädchen kümmern und auch noch einiges an Papierkram erledigen. Daraufhin sah sie noch niedergeschlagener aus und schlug mir einen Spaziergang über das Grundstück vor, damit ich mir etwas die Beine vertreten konnte, bevor ich nach Hause fuhr. Ich willigte ein, obwohl ich wusste, dass sie in Wirklichkeit weiter mit mir über Gwydion sprechen wollte, wozu ich eigentlich nicht bereit war.

Wir gingen in die Halle und holten unsere Mäntel – das Wetter hatte aufgeklart, aber die Luft war noch immer schneidend kalt – und wollten uns gerade auf den Weg machen, als der Hausherr persönlich auftauchte. Er fuhr in einem Range Rover vor, trat auf die Bremse, sprang aus dem Auto und öffnete den Kofferraum, um zwei große gefleckte Hunde herauszulassen.

»Wer zum Teufel hat sein verdammtes Auto …?«, platzte er heraus. Dann sah er mich und hielt inne.

Er war ein gut gebauter, gut aussehender Mann Ende

Fünfzig, mit den gleichen leuchtend grünen Augen wie sein Sohn.

»Evan. Das ist Dr. Mayhew.« Arianrhod schien über seinen Ausbruch nicht überrascht. »Dr. Mayhew, mein Mann, Evan Morgan.«

Ich nickte ihm zu.

Er räusperte sich und streckte mir die Hand hin. »Guten Tag.«

Wir schüttelten uns kurz die Hände. Er sah ungewöhnlich jugendlich aus, fiel mir auf, und bis auf die Falten an Stirn und Schläfen, die vorstehenden Wangenknochen und die violetten Schatten unter seinen Augen ähnelte er Gwydion auf bemerkenswerte Weise. Doch sein Auftreten hatte nichts von Gwydions Unsicherheit.

Er ließ meine Hand los und wandte sich Arianrhod zu. »Ist Gwydion endlich aufgestanden?«

»Noch nicht, nein.« Ein ängstlicher Ton schlich sich in ihre Stimme. »Aber er wird früher oder später aufstehen, da bin ich mir sicher …«

»Also keinen Erfolg gehabt?« Er drehte sich aufgebracht zu mir herum. »Ich weiß wirklich nicht, was wir mit ihm machen sollen. Er liegt den ganzen Tag im Bett wie ein Teenager. Hängt immer noch am Rockzipfel seiner Mutter. Manchmal verzweifle ich an ihm …«

Ich antwortete nicht, aber ich spürte Ärger in mir aufsteigen. Kein Wunder, dass Gwydion Probleme hatte, bei so einem Vater, dachte ich.

»Ich hoffe, Sie können ihm helfen. Es wird Zeit, dass er sich zusammenreißt. Sich ein eigenes Leben aufbaut, fern von hier.« Er sah mir beim Sprechen in die Augen, und ich spürte, wie sich Wärme von meinem Nacken aus ausbreitete.

Er schien mich zu taxieren, meine Kompetenz einzuschätzen, ob als Frau oder als Ärztin oder beides, konnte ich nicht sagen.

»Dr. Mayhew und ich wollten gerade ein paar Schritte gehen, bevor sie nach Hause fährt«, sagte Arianrhod. In ihrer Stimme lag ein leichter Anflug von gequälter Geduld. Sie zögerte. »Es wird nicht lange dauern. Wir können die Hunde mitnehmen, wenn du möchtest.

»Wie du willst.« Er stöhnte verdrossen. »Rhiannon kommt gleich herüber.«

Bei der Erwähnung dieses Namens nahm Arianrhods Gesicht einen gepeinigten Ausdruck an, doch sie tat ihr Bestes, es zu verbergen.

»Wir haben massenhaft zu tun …« Er hielt inne, als wäre ihm plötzlich meine Anwesenheit wieder eingefallen. »Auf Wiedersehen, Dr. …«

Er sah mich erneut an, nahm mein Unbehagen wahr, und ein feines Lächeln umspielte seine Lippen.

»Mayhew«, erinnerte ich ihn. »Jessica Mayhew.«

Er nickte knapp, dann ging er zum Haus, seine Stiefel knirschten auf dem Kies. Als ich ihm nachsah, wurde mir plötzlich klar, warum er so vertraut ausgesehen hatte. Es war nicht nur seine Ähnlichkeit mit Gwydion oder die Tatsache, dass ich sein Gesicht möglicherweise schon in der Zeitung oder im Fernsehen gesehen hatte. Er war zweifelsfrei der Mann auf dem Foto mit den schwarz ausgemalten Augen, das mir mit der Post zugeschickt worden war.

Arianrhod und ich gingen über den Rasen, die Hunde umkreisten uns aufgeregt angesichts eines weiteren Spaziergangs. Dann rannten sie vor uns her, folgten irgendeiner Spur und kamen immer einmal wieder zu uns zurückgeschossen, während wir die von einer Mauer umgebenen Gärten ansteuerten, von denen aus man auf das Meer sehen konnte.

Eine Weile sprach keine von uns. Meine Gedanken überschlugen sich. Ich wusste jetzt, wer der Mann auf dem mysteriösen Foto war, aber ich wusste noch immer nicht, wer es mir geschickt hatte und warum.

»Entschuldigen Sie wegen eben«, sagte Arianrhod schließlich, als wir außer Hörweite waren. »Evan ist nicht der Geduldigste. Jedes Mal wenn Gwydion … krank ist, ist er aufgebracht. Er macht sich Sorgen um ihn. Und das äußert sich auf eine … nun ja, seltsame Weise. Er hat ihn wirklich sehr gern. Er meint es nicht böse.«

Ich nickte, aber ich antwortete nicht. Ich war in Gedanken noch immer bei dem Foto. Dann begriff ich. Gwydion musste es mir geschickt haben. Ich hatte es schließlich an dem Morgen bekommen, an dem er das erste Mal bei mir war. Er war offensichtlich labil, und er hasste seinen Vater – das hatte er mir in unserer letzten Stunde erzählt. Klienten schickten mir oft lieber Mitteilungen, die sie im Voraus geschrieben hatten, statt schwierige Themen während der Stunde anzusprechen. Und das war offensichtlich nur eine Variante dieses Verhaltens.

Ich empfand eine gewisse Zufriedenheit. Obwohl ich es beiseitegeschoben hatte, hatte mich die Frage nach dem Foto und der Nachricht, die dahintersteckte, doch, seit ich den Umschlag bekommen hatte, beschäftigt. Jetzt konnte ich diese kleine, aber irritierende Abweichung in meinem üblichen Tagesablauf als erledigt betrachten.

Wir kamen zu einer hohen Steinmauer.

»Hier entlang.« Arianrhod öffnete eine kleine Holztür in der Mauer und führte mich hindurch.

Gärten am Meer sind seltsame Orte. Sie besitzen eine ihnen eigene Schönheit, aber sie sind nicht lieblich, behaglich, zahm. Der salzige Wind hemmt die Bäume in ihrem Wachstum, verzerrt ihre Form, und die Sträucher, Büsche und Pflanzen wirken robust und kampfbereit, als müssten sie ihr Recht, zu überleben, verteidigen. Arianrhods Garten bildete da keine Ausnahme, nur dass die zum Meer hin gewandten Steinmauern einen gewissen Schutz boten. Er war sorgfältig bepflanzt, wobei der Schwerpunkt auf der architektonischen Gestaltung lag, auf den kontrastierenden Formen und Farben der Äste und Blätter und nicht so sehr auf den Blumen. Auch die Anlage des Gartens war schön mit den vielen ummauerten Karrees, von denen jedes mit dem nächsten durch eine kleine Holztür verbunden war, mit den schmalen Wegen, die um die Rasenflächen und Beete herumführten.

Ich selbst bin keine große Gärtnerin – ich hebe mir das für mein Alter auf, wenn ich mehr Zeit habe –, doch bei unserem Rundgang sah ich durchaus, dass in die Pflege dieses Ortes sehr viel Arbeit gesteckt worden war. Die Rasenflächen in jedem ummauerten Karree waren gemäht, die Ecken der Beete beschnitten, die Blätter zu ordentlichen Haufen in den Ecken zusammengeharkt. Er war so liebevoll gepflegt, wie ein solch windumwehter Ort es nur sein konnte.

»Machen Sie das alles selbst?«, fragte ich, als wir das letzte Karree betraten, bei dem es sich ganz offensichtlich um den Küchengarten handelte.

»Wir haben einen Mann, der sich um den Rasen kümmert.« Arianrhod strich sich das Haar aus den Augen. »Aber das ist auch alles.«

»Es muss sehr viel Arbeit sein.«

»Das stimmt. Aber mir gefällt es.« Sie griff nach oben und

pflückte im Vorbeigehen die welken Blütenblätter von einer Rose ab. »Es ist friedlich hier draußen. Entspannend.« Sie zögerte. »Ich bin die meiste Zeit furchtbar angespannt. Gwydions wegen und …« Sie zögerte.

Ich spürte, dass sie mir etwas Vertrauliches mitteilen wollte, vielleicht über Evan, aber ich kam ihr zuvor.

»Der Garten ist wunderschön. Sie haben ganz offensichtlich ein Händchen dafür.«

Ich war nicht ohne Mitgefühl, aber ich wollte nicht mit Arianrhod über ihren Mann sprechen. Sie war nicht meine Klientin, Gwydion war mein Klient. Und wenn es Probleme in der Familie gab, was offensichtlich der Fall war, würde ich sehr viel lieber von Gwydion darüber informiert werden als von seiner Mutter.

Arianrhod schien die Botschaft verstanden zu haben und wechselte das Thema. »Möchten Sie auf die Klippen hinaus und die Aussicht genießen?«, fragte sie. »Sie ist ziemlich eindrucksvoll.

»Gern«, sagte ich. Ich verspürte das Bedürfnis, von hier fortzukommen, bevor Arianrhod auf die Idee kam, sich mir weiter anzuvertrauen, aber ich wollte nicht Nein sagen. Außerdem wollte ich das Meer sehen, bevor ich fuhr, wollte es zum zukünftigen Gebrauch im Gedächtnis bewahren. Wenn ich mir tagsüber etwas Schönes länger ansehe, kann ich es mir oft nachts im Bett bis ins kleinste Detail vorstellen, was mir beim Einschlafen hilft. Es ist ein Trick, den ich gelernt habe und manchmal meinen Klienten als kostenlose Alternative zu Schlaftabletten empfehle.

Wir traten durch eine weitere kleine Holztür auf einen schmalen Weg hinaus, der oberhalb der Klippen durch ein dichtes Dickicht von Stechginster und Brombeerbüschen auf eine schmale Lichtung führte. Dort blieben wir stehen und sahen auf das weite, schiefergraue Meer hinaus, das sich bis zum diesigen Horizont erstreckte.

Es war wirklich spektakulär. Gerade war Ebbe, und unter uns fielen die Klippen schwindelerregend steil zu dem offen vor uns liegenden Meeresboden ab, einer Fläche aus zerklüfteten Felsen, wie ein schlammiger, brauner Mond, gezackt, ausgehöhlt, heimtückisch. Eingerahmt von einer Wand aus gelben Klippen, deren weicher Kalkstein sich wie lose Ziegeln auf einem halb zerfallenen Gebäude schichtete.

Ohne nachzudenken hielt ich den Atem an und trat einen Schritt vom Rand zurück. Es gab keinen Zaun und keine Hecke zwischen uns und dem Abgrund, und ich wünschte, es wäre eine da gewesen.

»Ich weiß«, sagte Arianrhod. »Das überwältigt einen ein bisschen, nicht?«

»Mir geht es gut«, sagte ich, »so lange ich mich vom Rand fernhalte. Ich bin nicht ganz schwindelfrei, fürchte ich.«

Schweigend blickten wir über das Meer. Dann senkte ich den Blick und sah, dass in die Klippen ein paar Stufen und ein Geländer gehauen waren, die zu einem Steg hinunterführten, der über die Felsen unten führte.

»Kann man da hinuntergehen?«, fragte ich. »Nicht, dass ich vorhabe, es zu versuchen.«

Arianrhod lachte. »Es ist sicherer, als es aussieht, wirklich. Wir gehen im Sommer oft dort hinunter, um von dem Steg aus zu schwimmen. Selbst zu dieser Jahreszeit, wenn das Wetter gut ist. Das Meer ist inzwischen warm. Ich meine, wenn ich warm sage …« Sie lachte wieder. Sie schien die Angewohnheit zu haben, ihre Sätze mit einem Lachen zu beenden beziehungsweise nicht zu beenden.

Sie führte mich zu den Stufen, und ich warf einen vorsichtigen Blick hinunter. Jetzt, da ich dicht davor stand, sah ich, dass sie ziemlich tief in den Felsen gehauen waren. Wenn man sich an dem Geländer festhielt, dürften sie relativ sicher sein, wenn auch ein wenig rutschig. Trotzdem war es ein langer Weg bis zum Meer hinunter.

»Ich muss jetzt wirklich fahren«, sagte ich. »Ich möchte gern zu Hause sein, bevor es dunkel ist.«

»Natürlich. Es wird spät. Mir war nicht klar …« Ein weiterer unbeendeter Satz. Ein weiteres Lachen.

Ich wollte mich gerade umdrehen und gehen, als mir die kleine Tafel oben an den Stufen auffiel, auf der ein Name und ein Datum eingraviert waren: Elsa Lindberg, 1971–1990. Darunter standen ein paar Worte in einer fremden Sprache. Einer nordischen, den As mit den kleinen Kreisen darauf und den Os mit den Umlautzeichen nach zu schließen.

»Was ist das?«

»Oh.« Sie zögerte einen Moment. »Das ist eine traurige Geschichte. Ein junges Mädchen, eine Touristin aus Schweden, glaube ich. Es ist lange her. Über die Jahre hat es hier bedauerlicherweise ein paar Tote gegeben. Meistens Leute, die zu weit hinausgeschwommen sind. Die Strömung kann sehr tückisch sein.«

Die Art, wie sie es sagte, hatte etwas Beiläufiges und passte nicht zu ihrer üblichen Intensität. Ich fragte mich, ob der Unfall sie mehr erschüttert hatte, als sie sich anmerken ließ.

»Das kann ich mir vorstellen.« Das Bild des Mädchens und ihres kalten, einsamen Todes in dem schiefergrauen Wasser draußen tauchte kurz vor meinem inneren Auge auf. Aber es brachte nichts, dabei zu verweilen, deshalb fügte ich nach einem Moment hinzu: »Kommen Sie. Lassen Sie uns gehen.«

Als wir den Weg zurückgingen, warf ich einen letzten Blick auf die Stufen und das Meer. In der kurzen Zeit, in der wir hier gewesen waren, war die Flut hereingekommen, verstohlen, ohne dass ich es bemerkt hatte, sodass das Wasser jetzt bis zum Fuß der Klippen reichte. Ich schauderte unwillkürlich. Ich war froh, diesen Ort zu verlassen.

6

Als ich nach einer ermüdenden Fahrt auf der Autobahn zurück nach Hause kam, war das Haus leer. Ich sah auf mein Handy und fand zwei Nachrichten. Bob würde lange arbeiten – was weiter keine Überraschung war –, und Nella war mit ihren Freundinnen ausgegangen. Rose war auf einem Schulausflug, um sich ein Theaterstück anzusehen, das wusste ich. Beide hatten mit Bob ausgemacht, dass er sie auf dem Heimweg einsammelte. Für mich blieb nichts zu tun, niemand brauchte mich. Ich konnte mich entspannen, wenn ich wollte, es mir gemütlich machen, etwas Zeit mit mir genießen, wie die Frauenzeitschriften das nannten: mir einen Drink eingießen, ein langes, heißes Bad nehmen, mir ein Gericht kochen, das die Mädchen nicht mochten – Risotto vielleicht oder eine Suppe –, etwas Anspruchsloses lesen und früh ins Bett gehen.

Doch heute wollte ich keine Zeit mit mir genießen. Ich wollte ausgehen, Menschen um mich haben; Licht, Krach, Geplapper. Alles, was mich davon abhielt, zu intensiv nachzudenken, alles, was die Erinnerung an meinen Abstecher zum Landsitz der Morgans dämpfte: an dieses seltsame Haus, seine seltsamen Menschen und meine seltsame Rolle in ihren Leben. Glücklicherweise war Freitag.

Einige meiner Freunde, alles Frauen, trafen sich regelmäßig jeden Freitagabend auf einen Drink im Kulturzentrum unseres Ortes. Manchmal aßen wir dort etwas, oder wir sahen uns einen Film an, doch meistens saßen wir einfach zusammen und redeten und spannten nach einer arbeitsreichen Woche aus. Wir sind ungefähr sechs, aber oft fehlen eine oder zwei. Es ist ein einfaches Arrangement: Du kommst, wenn du dich danach fühlst, und wenn nicht, lässt du es. Ich rief schnell eine von ihnen, Mari Jones, an, um zu hören, ob sie heute hingehen würde, und als sie es bejahte – wenn auch erst später, nachdem sie gegessen hatte –, beschloss ich, es auch zu tun.

Als ich zum Kulturzentrum kam, war es bereits kurz vor zehn. Es war sehr voll, aber meine Freundinnen hatten einen Tisch in einer ruhigen Ecke des Foyers gefunden. Ich begrüßte sie, fragte, ob jemand einen Drink wolle, nahm eine Reihe Bestellungen entgegen und ging zur Bar. Nach kurzem Zögern entschloss ich mich für ein halbes Reverend James, das hiesige Bier, das nach einem viktorianischen Seelenretter benannt war, der im Nebenerwerb Bier verkauft hatte.

Ich ging mit meinem Drink zurück an den Tisch und setzte mich.

Die Unterhaltung war in vollem Gange, dominiert von Mari wie meistens. Mari ist Schauspielerin mit einer soliden Karriere im walisischsprachigen Theater, Fernsehen und Radio. Sie ist laut, lustig und bezaubernd; und wenn sie manchmal etwas zu viel redet und ein wenig zu exaltiert lacht, habe ich Nachsicht mit ihr, weil sie warmherzig und aufgeschlossen und einfach unglaublich ist. Neben ihr saß Sharon, eine amerikanische Akademikerin, die an der Uni arbeitet. Sharon ist das absolute Gegenteil von Mari, ruhig, nachdenklich und ein Bücherwurm. Trotzdem sind die beiden enge Freundinnen, vielleicht die engsten in unserem Kreis. Die beiden anderen, die heute Abend da waren, waren Polly, eine hauptamtliche Hausmanagerin – das klingt doch viel besser als Hausfrau, oder? –, und Catrin, die in den Arkaden eine Boutique für Vintage-Kleidung betreibt, aus der viele meiner Outfits kommen.

Ich hörte zu, während Mari eine Rede hielt, und lachte mit den anderen mit, als sie die absurde Wichtigtuerei des Theaterregisseurs nachahmte, mit dem sie diese Woche gearbeitet hatte. Mit fortschreitendem Abend wurden die Gespräche um den Tisch angeregter, aber es fiel mir schwer, mich daran zu beteiligen. Mein Kopf war voll mit den Geschehnissen des Tages. Natürlich konnte ich nicht erzählen, was ich von Gwydion und seinem Familienleben erfahren hatte, schließlich war er ein Klient von mir, aber ich bekam es auch nicht aus dem Kopf. Deshalb begann ich stattdessen, Mari über die Rolle der Morgans in der Theaterwelt auszufragen.

»Dein Regisseur, das ist nicht zufällig dieser Evan Morgan, oder?«

»Nein.« Mari grinste schief. »Warum fragst du?«

»Ach, nur so. Er ist der einzige walisische Theaterregisseur, von dem ich jemals gehört habe, das ist alles.«

»Ich wünschte, er wäre es«, seufzte Mari. »Evan ist brillant, absolut brillant. Der beste Regisseur, mit dem ich je gearbeitet habe.« Sie schwieg einen Moment. »Obwohl er ein seltsamer Typ ist. Er hatte ein ernsthaftes Alkoholproblem und manchmal abscheuliche Launen. Und er ist ein furchtbarer Frauenheld.«

Sie zögerte. Ich wartete. Ich wusste, dass noch mehr kommen würde. Mari ist kein Musterbeispiel an Diskretion, weshalb ich sie auch nach Informationen ausquetschte, nahm ich an.

»Ich hatte tatsächlich einmal ein …« Sie hielt mitten im Satz inne, ein verschämtes Lächeln spielte um ihre Lippen.

Ich sagte nichts. Ich hatte das Gefühl, dass sie keine Aufforderung brauchte.

»Es war eigentlich nichts«, fuhr sie nach einer kurzen Pause fort. »Nur ein kurzes Abenteuer, vor ein paar Jahren. Es hatte keine Zukunft.« Sie seufzte erneut. »Obwohl wir viel Spaß miteinander hatten damals.«

Ich wartete wieder. Und da kam noch mehr, genau wie ich vermutet hatte.

»Ich habe ihn seit Ewigkeiten nicht mehr gesehen.« Sie zögerte.

»Es hat irgendeinen Skandal gegeben, erinnere ich mich, das liegt eine ganze Weile zurück. Irgendwas mit … ich weiß nicht, einem jungen Mädchen. Wer hätte das gedacht. Egal, es ist alles vertuscht worden. Er steht heute besser da denn je – er soll sogar in den Ritterstand erhoben werden.« Noch eine kurze Pause. »Aber ein glücklicher Mann ist er nicht. Er führt eine furchtbare Ehe. Seine Frau ist eine dieser piekfeinen Anglo-Waliserinnen aus dem Grenzgebiet.«

Mari hielt inne, trank einen Schluck von ihrem Gin Tonic und fuhr fort: »Arianrhod Meredith. Sie war noch sehr jung, als sie sich kennengelernt haben. Und sehr schön. Evan hatte erst Großes mit ihr vor, aber schließlich ist sie nur seine Frau geworden, hat Partys für seine Freunde gegeben …«

Ich empfand ein gewisses Mitgefühl mit Arianrhod, doch Mari war jetzt in Fahrt, und ich hütete mich, sie zu unterbrechen.

»Und als sie älter wurde und nicht mehr so gut aussah, war es das. Sie ist total von der Bildfläche verschwunden, ist nicht mehr unter die Leute gegangen und so. Ich glaube, sie lebt heute wie eine Einsiedlerin. Aber sie und Evan sind noch immer zusammen. Und er hurt noch immer herum, wie ich gehört habe.« Sie runzelte die Stirn. »Eine Scheißbeziehung, aber irgendwie scheint sie zu halten.«

»Haben Sie Kinder?« Ich hätte das nicht fragen sollen, aber meine Neugier, was sie antworten würde, hatte mich überwältigt.

»Nur einen Sohn, Gwydion. Er ist absolut hinreißend, wie sein Vater früher. Sehr sexy. Ich würde ihn nicht von der Bettkante stoßen, Gott bewahre …« Mari riss sich zusammen. »Er ist auch ein guter Schauspieler. Und er könnte noch viel mehr erreichen, wenn er die Kontakte seines Vaters nutzen würde, aber das tut er nicht. Offensichtlich scheint er Evan dafür zu hassen, wie er Arianrhod behandelt. Man kann es ihm nicht verdenken.«

Ich stellte keine weiteren Fragen. Gwydion war mein Klient, und ich kam mir seltsam illoyal vor, als ich mir Maris Klatsch über seine Familie anhörte.

Mari schien meinen Widerwillen, das Gespräch weiterzuverfolgen, zu spüren, zuckte mit den Schultern und griff nach Zigaretten und Feuerzeug. »Ich gehe raus, eine rauchen. Bin gleich wieder da. Wenn du willst, bringe ich dir einen Drink mit, wenn ich zurückkomme. Was möchtest du haben?«

»Nichts, danke. Ich bin mit dem Auto hier.«

Sie verdrehte die Augen. »Dann nimm ein Taxi nach Hause. Lass das Auto stehen. Es ist Freitagabend, oder?«

Das Auto irgendwo stehen zu lassen und es am nächsten Tag zu holen, gehörte zu den Dingen, die bei Mari an der Tagesordnung waren. Auch mit Ende Vierzig trank sie noch immer, rauchte, ging bis spät in der Nacht aus, stand spät auf und ließ es sich gut gehen. Sie war geschieden, und ihre Kinder lebten nicht mehr zu Hause, aber sie schien nicht einsam zu sein. Sie war unglaublich gesellig und hatte weiterhin ihre diversen

Affären. In mancher Beziehung beneidete ich sie, aber ich wusste, dass ich absolut nicht wie sie war. Ich war gerne unter Menschen, in gewissen Grenzen, aber ich brauchte auch Ruhe und Frieden und Zeit zum Nachdenken. Und wenn ich keine Familie gehabt hätte, zu der ich abends nach Hause gehen konnte, wäre ich tatsächlich einsam gewesen. Sehr einsam.

»Ich denke, ich fahre jetzt«, antwortete ich. »Ich gehe mit dir raus.«

Ich verabschiedete mich, entschuldigte mich bei Polly, dass wir keine Zeit gehabt hatten, uns richtig miteinander zu unterhalten, doch es schien ihr nichts auszumachen. Sie und Catrin waren in ein Gespräch mit Sharon vertieft und sahen kaum auf, als wir gingen.

Draußen regnete es. Wir standen unter dem Dachgesims des Gebäudes, und Mari zündete sich eine Zigarette an und inhalierte tief. Sie behielt den Rauch einen Moment lang in den Lungen, bevor sie ihn langsam und genüsslich wieder ausstieß. Ich beobachtete sie, beneidete sie um ihre Fähigkeit, den Moment zu genießen.

»Kann ich eine haben?«

Mari sah überrascht aus. »Aber du rauchst doch gar nicht.«

»Das stimmt. Ich möchte aber trotzdem eine.«

Sie gab mir die Packung, und ich nahm mir eine Zigarette. Sie hielt mir das Feuerzeug hin, und ich beugte mich vor und schirmte die Flamme mit den Händen ab.

»Stimmt irgendwas nicht?«, fragte sie, als ich mich wieder aufrichtete.

»Das kann man so sagen«, sagte ich. Ich zog an der Zigarette, dann blies ich den Rauch in die Luft, wobei ich leicht husten musste. »Bob hat mich betrogen. Er hat mit einer anderen Frau geschlafen.«

»Verdammt. Was ist passiert?«

Ich zögerte. Wie ich bereits gesagt habe, ist Mari nicht die Diskretion in Person. Aber sie ist nicht bösartig, absolut nicht, und ich musste mit jemandem reden. Außerdem war ich noch immer so wütend auf Bob, dass es mir, um ehrlich zu sein, egal war, wer davon erfuhr, was er getan hatte.

Ich zog noch einmal an der Zigarette, obwohl mir bereits schwindelig war.

»Er war vor ein paar Wochen auf einer Konferenz, in München. Als er zurückkam, führte er sich seltsam auf, und nach ein paar Tagen hat er mir gestanden, dass er einen One-Night-Stand hatte.«

»Der Mistkerl.« Mari war schockiert. »Mit wem?«

»Mit einer der Übersetzerinnen der Konferenz. Einer Deutschen, vermute ich. Jünger als ich, sehr viel jünger. Um die dreißig. Als unwichtig hat er sie bezeichnet.«

»Ist das früher schon mal vorgekommen?«

»Nein.« Ich zögerte. »Jedenfalls sagt er, dass es das nicht ist. Obwohl ich mich langsam frage …«

Sie griff nach meinem Arm. »Hör zu. Ich bin mir sicher, dass er die Wahrheit sagt. Das ist eine einmalige Sache. Bob ist ein netter Typ. Er liebt dich und die Mädchen hingebungsvoll, das sieht jeder.«

»Ich weiß«, sagte ich. »Und er hat furchtbare Schuldgefühle. Ich wünschte, ich könnte mit ihm darüber reden, es loslassen. Aber das kann ich nicht. Ich stelle mir immer wieder vor, wie sie ausgesehen hat … was genau passiert ist … was sie gemacht haben …« Ich hielt inne.

»Ich würde da nicht weiter drüber nachdenken, wenn ich du wäre, *Cariad,* Liebe.« Mari drückte meinen Arm.

»Aber warum hat er das getan?«, fuhr ich fort. »Nach all

den Jahren. Ich dachte, unsere Beziehung wäre okay. Ich dachte …«

»Hattet ihr Probleme?«

»Nein.« Ich zog noch einmal an der Zigarette. Mir wurde übel davon, aber ich rauchte trotzdem weiter.

»Ist der Sex okay?«

Ich dachte darüber nach. »Ja, ich glaube schon. Nicht spektakulär. Aber ganz … brauchbar, würde ich sagen.«

Ein kurzes Schweigen entstand, dann lachte Mari. »Brauchbar, ja? Also, vielleicht braucht ihr beide ein bisschen Abwechslung.« Sie zögerte. »Warum zahlst du es ihm nicht mit gleicher Münze heim? Und gönnst dir eine kleine Affäre?«

»Mach dich nicht lächerlich.« Ich war fassungslos. »Das würde ich nie tun.«

»Warum nicht?«

»Weil … also … weil mich andere Männer nicht interessieren.« Ich zögerte. »Früher war das anders, klar. Ganz anders. Aber heute denke ich an so etwas nicht einmal.«

»Wirklich?«

»Ja, wirklich.« Ein Bild von Gwydion in seinem engen T-Shirt tauchte kurz vor meinem inneren Auge auf, doch ich verscheuchte es. »Es würde mir nicht im Traum einfallen, meine Ehe zu gefährden. Ich muss an die Mädchen denken. Es wäre absolut unverantwortlich.«

»Niemand sagt, dass du ihn verlassen sollst.« Mari zögerte. »Und Bob ist wohl kaum in der Position, dir Vorwürfe zu machen. Wenn ich du wäre, würde ich die Situation ausnutzen. Du hast jetzt sozusagen *carte blanche*. Genieß deine Freiheit. Wahrscheinlich kommst du sobald nicht mehr in ihren Genuss.«

Ich war schockiert. »Aber das ist kindisch, Mari. Kindisch

und gefährlich. Eine Ehe ist kein Machtspiel. Und es geht auch nicht nur um Sex.« Ich merkte, dass ich langsam anfing, scheinheilig zu klingen, aber ich redete trotzdem weiter. »Es geht um Liebe und Vertrauen. Und …« Ich tat mein Bestes, den Satz zu beenden, doch die Worte blieben mir im Hals stecken.

Mari lächelte mich schief an. »Okay, vielleicht hast du recht. Vielleicht haben sich die Dinge geändert, seit ich noch verheiratet war.«

Sie zuckte mit den Schultern und zog ein letztes Mal an ihrer Zigarette. Dann warf sie die Kippe neben mir auf den Boden, wo sie in einer Pfütze landete. Wir sahen beide zu dem Parkplatz hinüber und beobachteten, wie der Regen von dem Dach vor uns rann. Schließlich sagte sie: »Komm auf einen Drink wieder mit rein, Jess. Ich glaube, du kannst einen gebrauchen. Oder auch mehrere.«

»Nein«, sagte ich. Ich gab ihr einen Kuss auf die Wange. »Ich bin müde. Ich fahre nach Hause. Danke, dass du mir zugehört hast.«

»Gern geschehen.« Sie legte mir den Arm um die Schulter und drückte mich. »Lass mich wissen, wie es läuft.«

»Das werde ich tun.«

Sie drehte sich um, um wieder hineinzugehen, und ich lief in den Regen hinaus und winkte ihr kurz nach. Dann setzte ich mich in mein Auto und fuhr nach Hause, die dunklen Straßen entlang zu unserem Haus, das im Regen ruhig auf mich wartete, im Schein der Straßenlaternen.

Am folgenden Montag wartete ich in meinem Büro darauf, dass Jean zu ihrer Stunde erschien. Sie hatte bereits eine halbe Stunde Verspätung. Normalerweise war sie immer sehr früh da, saß draußen in meinem Wartezimmer, und wenn ich zufällig an ihr vorbeikam, sah sie mich vorwurfsvoll an, als wollte sie ihre Unzufriedenheit darüber zum Ausdruck bringen, dass ich ihr keine zusätzlichen fünf Minuten meiner Zeit einräumte. Daher wusste ich, dass es ihr absolut unähnlich sah, auch nur eine Sekunde von ihrer Stunde zu verpassen, geschweige denn eine ganze halbe Stunde.

Ich war gereizt, rastlos. So sehr Jean mich auch frustrierte und zu Tode langweilte, brachte es mich aus dem Konzept, von ihr versetzt zu werden. Das Problem ist, dass ich nie erleichtert bin, wenn meine Patienten nicht zu ihren Stunden erscheinen, gleichgültig, wie schwierig sie sind. Ich habe das Gefühl, versagt zu haben. Keine gute Therapeutin zu sein. Und manchmal mache ich mir natürlich Sorgen, dass sich ihr Zustand verschlechtert haben könnte.

Das war aller Wahrscheinlichkeit bei Jean nicht der Fall. Sie war nicht der depressive Typ. War zu zornig, zu empört über die Ungerechtigkeit, gerade in dem Moment zur Witwe geworden zu sein, als ihr Mann und sie in Rente gegangen waren und sich darauf freuten, es gemütlich angehen zu lassen. Zu wütend auf mich und meine mangelnde Fähigkeit, ihr zu helfen. Nein, für Jeans Ausbleiben war keine chronische Depression verantwortlich, eher schon … ich dachte daran, was sie mir erzählt hatte, dass ihr Mann ihr im Traum erschienen war, dünn und blass, wie er es vor seinem Tod gewesen war. Er hatte sie – wie hatte sie sich ausgedrückt? – *angefleht, ihn nicht zu vergessen*. Was bedeutete … ja, natürlich. Es war offensichtlich. Sie fing an, ihn zu vergessen. Und fühlte sich schuldig.

Ich seufzte und wollte mich gerade vom Fenster abwenden, als ich meine ältere Tochter die Straße hinunter auf das

Café gegenüber zugehen sah. Sie wurde von einem Mann mit kastanienbraunem Haar begleitet, dessen Gesicht ich nicht richtig sehen konnte. Er war größer als sie, ein erwachsener Mann, kein Schuljunge. Ich fragte mich, was sie mit ihm zu tun haben mochte und ob sie die Schule schwänzte. Als er die Tür zu dem Café für sie aufhielt und hinter ihr hineinging, erkannte ich zu meinem Entsetzen Emyr Griffiths.

Ich spürte Ärger in mir aufsteigen, und mein Herz begann wie wild zu hämmern. Ich verspürte das Bedürfnis, hinunterzulaufen und die beiden in dem Café zur Rede zu stellen, Nella zu fragen, was in aller Welt sie sich dabei dachte, die Schule zu schwänzen, und Emyr aufzufordern, sie in Ruhe zu lassen.

Es klopfte an der Tür. Mein nächster Klient.

Panik ergriff plötzlich Besitz von mir, als mir wieder einfiel, warum Emyr seinen Job verloren hatte, doch es gelang mir, sie zu überwinden. Er hat nichts Falsches getan, sagte ich mir. Nichts liegt gegen ihn vor. Und Nella ist vernünftig. Sie ist der Situation gewachsen. Wahrscheinlich spricht sie über Safe Trax oder etwas ähnlich Unschuldiges mit ihm. Trotzdem blieb ich noch ein paar Sekunden am Fenster stehen und starrte zu dem Café hinüber, als könnte mein mütterlicher Blick meine Tochter aus der Ferne beschützen, bis ein weiteres Klopfen zu hören war.

Ich ging zur Tür und öffnete sie.

Ich hatte nicht damit gerechnet, dass Gwydion Morgan zu seiner Stunde erscheinen würde. Noch vor drei Tagen hatte er im Bett gelegen, die Wand angestarrt und sich geweigert, mit mir zu sprechen. Doch zu meiner Überraschung war er pünktlich, glatt rasiert und hatte die Haare frisch gewaschen. Irgendwie hatte er sich erholt, war aufgestanden, hatte sich angezogen und war den ganzen Weg von Pembrokeshire hergefahren, um mich zu sehen. Ich konnte nicht anders, als mich zu freuen, trotz meiner Angst um Nella.

Ich wartete, bis er sich bequem hingesetzt hatte. Ein unbehagliches Schweigen entstand, das ich schließlich brach.

»Ja.« Ich wartete in der Hoffnung, dass er das Gespräch eröffnete.

»Ja.« Er lächelte. Er schien sich zu freuen, mich zu sehen.

Ich lächelte zurück, nett und verständnisvoll, wie ich hoffte. Dann spürte ich ärgerlicherweise eine plötzliche Hitze von meinem Nacken aufsteigen und dass meine Wangen sich röteten.

»Sie sehen gut aus«, sagte ich.

»Ich fühle mich auch besser.« Er schien nicht zu bemerken, dass mein Gesicht feuerrot war. »Danke übrigens, dass Sie zu uns nach Hause gekommen sind.« Er fuhr sich mit einer inzwischen mir vertrauten Geste mit der Hand durchs Haar.

Ich nickte wieder.

»Es hat mir geholfen.«

»Das freut mich.« Ich versuchte, unverbindlich zu klingen.

»Wollen Sie mich nicht fragen, warum?«

»Wenn Sie es mir erzählen wollen.« Ich zögerte. »Aber nicht, wenn Sie nicht wollen. Sie können in dieser Stunde sprechen, worüber Sie möchten, das wissen Sie.«

Seine Augen verengten sich, und er neigte den Kopf zur Seite, als würde er mich taxieren. »Tue ich das?«, fragte er. »Richtig. Danke.« In seiner Stimme war mehr als eine Spur von Bitterkeit.

Er verfiel in Schweigen. Ich erwog unter dem Vorwand, etwas frische Luft hereinzulassen, zum Fenster zu gehen, um zu sehen, was sich in dem Café tat, doch stattdessen zwang ich mich, mich auf Gwydion zu konzentrieren. Ich fragte mich, was hinter Gwydions offensichtlichem Ärger steckte. Das Foto, das er mir geschickt hatte und über das ich früher oder später mit ihm würde reden müssen, sagte mir, dass er wütend auf seinen Vater war. Und dann war da noch die Übertragung. Etwas, das mit der Beziehung zu seiner Mutter, Arianrhod, zu tun hatte und das er auf mich projizierte. Die Vorstellung, dass er mir ständig zur Verfügung stehen müsse, dass er ihr ständig zur Verfügung stehen müsse, selbst wenn wir ihm sagten, dass es ihm freistehe zu tun, was er wollte. So etwas in der Art…

Er wandte den Blick von meinem Gesicht ab und sah zu Boden. »Es hat mir nicht gefallen, dass Sie in mein Zimmer gekommen sind, dass Sie mich in diesem Zustand gesehen haben.« Er zögerte. »Meine Mutter hatte Sie gebeten zu kommen, nicht ich.«

»Ja«, sagte ich. »Ich kann verstehen, warum Sie das wütend macht.«

Ich fragte mich, ob ich mich für mein Eindringen entschuldigen sollte, entschloss mich jedoch dagegen.

»Ich bin nicht wütend.« Er seufzte. »Nur irgendwie … verlegen.«

»Es gibt nichts, was Sie verlegen machen muss«, sagte ich. Ich sprach ruhig. »Wir haben alle unsere schlechten Tage.« Ich zögerte. »Und um Ihnen bei den Ihren zu helfen, bin ich da.«

»Ich weiß.« Er räusperte sich, als wollte er mir zu verstehen geben, dass das Thema damit erledigt sei. »Egal, ich würde gerne versuchen, noch ein wenig über den Traum zu reden.«

Ich nickte ermutigend.

Er schloss die Augen. »Ja … Wie weit sind wir das letzte

Mal gekommen? Ich bin in der Kiste. Es ist dunkel. Ich habe Angst.« Er runzelte die Stirn, als müsste er sich sehr konzentrieren. »Ich höre das Geschrei, das immer lauter wird. Die Stimmen eines Mannes und einer Frau.

Dann …«

Er hielt inne.

»Fahren Sie fort.«

»Dann … ist da ein Schrei. Er kommt von der Frau, sie schreit. Und der Mann schreit zurück, tief, rau, wütend …« Er presste die Finger gegen die Stirn. »Und dann … ein plötzlicher Stoß. Die Kiste bewegt sich, als würde sie gegen etwas Hartes knallen. Ich drücke die Augen fest zu, halte den Atem an. Ich möchte schreien, aber niemand darf wissen, dass ich hier bin …«

Er bedeckte das Gesicht mit den Händen. Ich sah, dass sie leicht zitterten. Dann begann er zu meiner Überraschung zu weinen, in heftigen Stößen, die zuerst seine Schultern und dann seinen ganzen Körper beben ließen. Ich beugte mich über den niedrigen Tisch und schob ihm die Packung mit den Taschentüchern hin. Ich hätte ihm gerne meine Hand auf den Arm gelegt, hatte aber das Gefühl, dass das unpassend wäre.

»Es ist in Ordnung, Gwydion.« Meine Stimme klang seltsam körperlos. Mir ist aufgefallen, dass sie das manchmal tut, wenn sich in meinen Stunden eine Krise anbahnt. Alles scheint sich zu verlangsamen, und die Geräusche, selbst das Geräusch meiner eigenen Stimme, scheinen von weit her zu kommen.

»Ich kann das nicht«, sagte er. Seine Stimme klang gedämpft hinter den Händen. »Es ist zu viel verlangt. Ich kann das nicht.«

Es ist zu viel verlangt. Ich fragte mich, was das zu bedeuten hatte. Irgendetwas an alldem war seltsam, dessen war ich mir sicher. Irgendetwas stimmte hier nicht.

»Es tut mir leid«, sagte er. Oder keuchte es eher, während er ein Taschentuch aus der Packung zog und das Gesicht weiter vor mir verbarg. Er wischte sich die Augen und putzte sich die Nase. Sein Körper bebte noch immer von den Nachbeben oder Nachschluchzern, oder wie immer man sie nennen sollte, diese heftigen, zitternden Atemzüge, die von Kindern kommen, wenn sie zu weinen aufgehört, sich aber noch nicht wieder beruhigt haben.

Schließlich nahm er die Hand von seinem Gesicht und sah mich an.

»Es tut mir leid, Jessica, aber ich kann das wirklich nicht vertiefen.« Er versuchte, seine Stimme zu festigen. Sie zitterte immer noch leicht.

Ich sagte nichts. Ich bezweifelte, dass er es wirklich auch so meinte. Wenn Klienten sagen, dass sie etwas nicht vertiefen können, heißt das gewöhnlich, dass wir auf etwas gestoßen sind und dass gleich, ganz im Gegenteil, alles aus ihnen herausbricht. Ich muss nur abwarten und zuhören, ihnen vielleicht hin und wieder die Taschentücher zuschieben, denn wenn alles heraussprudelt, ist das im Allgemeinen eine ziemlich feuchte Angelegenheit. Aber nicht dieses Mal. Zu meiner Überraschung fuhr Gwydion nicht fort. Stattdessen stand er auf, um zu gehen.

»Gwydion, kommen Sie«, sagte ich. »Sie müssen nicht weglaufen. Bleiben Sie noch einen Moment. Ohne zu reden, wenn Sie möchten. Sie müssen überhaupt nichts sagen.«

»Nein, Entschuldigung. Ich denke, ich gehe jetzt lieber.« Seine Stimme zitterte leicht, aber ich sah, dass sein Entschluss feststand.

Er ging zur Tür.

Ich sah ihm zu. Zum zweiten Mal an diesem Tag fühlte ich mich, als hätte man mir ins Gesicht geschlagen. Das hatte ich nicht erwartet, hatte es nicht kommen sehen. Ich suchte nach etwas, das ich sagen, das ihn aufhalten könnte, aber mir fiel nichts ein.

Er öffnete die Tür. Einen Moment dachte ich, er würde gehen, ohne sich zu verabschieden, doch er drehte sich noch einmal um und sagte: »Es tut mir leid. Es ist nicht Ihre Schuld. Sie sind ein anständiger Mensch. Sie versuchen, Ihre Arbeit zu tun. Deshalb …«

Ein Schweigen entstand, als sein Satz in der Mitte abbrach.

»Warum? Warum, Gwydion?«

Er wandte den Blick von mir ab, und einen Moment, einen kurzen Moment sah ich das Bedauern, das tiefe Bedauern auf seinem Gesicht. Er hatte etwas von einem kleinen Jungen, der etwas Falsches getan hatte und erwischt worden war. Ich hatte keine Ahnung, warum. Gwydion hatte mich verloren. Und jetzt verlor ich ihn.

Ich versuchte eine andere Strategie.

»Gwydion«, sagte ich. »Darf ich Sie etwas fragen, bevor Sie gehen?«

Er nickte.

»Haben Sie mir mit der Post ein Foto Ihres Vaters geschickt?« Ich zögerte, dann beschloss ich, es nicht weiter auszuführen.

Er sah mich verblüfft an. Ich war mir nicht sicher, ob der Grund der war, dass er Unwissenheit heuchelte, oder ob er nicht die leiseste Ahnung hatte, wovon ich sprach. Ganz egal, ich wünschte, ich hätte das Thema nicht zur Sprache gebracht.

So verharrten wir eine Weile, er an der Tür und ich auf der Kante meines Stuhls. Wir wussten beide, dass wir einen Wendepunkt erreicht hatten – und beide schienen wir unfähig, ihn zu erfassen, zu verstehen und damit umzugehen.

Dann ging er und schloss leise die Tür hinter sich.

Als ich nach meinen abendlichen Therapiestunden nach Hause kam, war Bob gerade auf dem Weg aus dem Haus. Rose schlief oben in ihrem Bett. Aus Nellas Zimmer hörte ich Musik, und ich ging hoch, um mit ihr zu reden.

Ich blieb vor der Tür stehen und lauschte. Sie spielte die Billie-Holiday-Nummer, die sie auf dem Konzert gesungen hatte.

Ich klopfte. Sie antwortete nicht, wie gewöhnlich, sodass ich nach einer Weile die Tür öffnete und hineinging.

»Hallo, Liebes.«

Nella saß an ihrem Computer. Sie drehte den Kopf nicht zu mir herum.

Ich ging zu ihr und setzte mich auf ihr Bett. »Wie läuft es?«

Sie war in Facebook vertieft, ein Lächeln umspielte ihre Lippen, als sie eine Nachricht von einem Freund las.

»Hör zu, ich muss einen Moment mit dir reden.«

Sie drehte sich um und sah mich an. An ihrem Gesichtsausdruck sah ich, dass sie meilenweit weg war.

»Es ist so, dass ich …«, ich zögerte, »ich habe dich heute in das Café gegenüber von meinem Büro gehen sehen. Mit Emyr Griffiths.«

»Ja?«

»Nun ja, ich habe mich gefragt … du weißt schon … was du da wolltest. Zu der Zeit. Warum du nicht in der Schule warst …«

»Ich darf das Schulgelände verlassen, wenn ich eine Freistunde habe.«

»Wirklich? Sollst du in der Zeit nicht arbeiten?«

Sie wandte sich wieder ihrem Computer zu, beleidigt, dass ich sie ausfragte. »Ich habe gearbeitet. Bei dem Treffen ging es um meine berufliche Zukunft.«

»Aha?«

Sie blickte auf, ein scheues Lächeln auf dem Gesicht. Sie war aufgeregt, obwohl sie versuchte, es nicht zu zeigen.

»Emyr will mich für *Jazz Quest* aufstellen.«

»Was ist das?«

»Diese neue Fernsehshow.« Ihre Augen schienen beim Sprechen größer zu werden. »Wie *X Factor*, aber nicht so lahm.«

»Das sind fantastische Neuigkeiten, Liebling.« Ich tat mein Bestes, begeistert zu klingen. »Gut gemacht.«

Nella verbarg ihr Lächeln nicht länger und strahlte mich glücklich an.

»Er denkt, aus mir könnte ein Star werden. Dieser Produzent, den er in London kennt, dient der Sendung als Berater, er wählt aus, wer weiterkommt. Er sagt, dass er von mir begeistert ist.«

»Hat er dich singen hören?«

»Noch nicht, nein, aber Emyr hat ihm erzählt …«

»Nella«, unterbrach ich sie. »Ich hoffe, du verstehst mich jetzt nicht falsch.« Ich ging so behutsam wie möglich vor. »Aber ich wäre vorsichtig, wenn ich du wäre. Du bist jetzt sechzehn, du bist ein hübsches Mädchen und … nun ja …«

Nellas Blick verdüsterte sich. »Na, klar. Was du sagen willst, ist, dass sie nicht an meiner Stimme interessiert sind, sondern …« Sie verstummte. »Danke, Mama. Das war sehr hilfreich, das muss ich schon sagen.«

Ich seufzte. »Guck mal, ich bin mir sicher, sie finden deine Stimme toll. Du singst wunderschön. Aber ich … ich will dich nur warnen …«

»Mach dich nicht lächerlich.« Jetzt wurde Nella sauer. »Du behandelst mich wie ein Kind. Ich kann auf mich selbst aufpassen, weißt du.«

»Natürlich kannst du das. Es ist nur so, dass Gerüchte über Emyr im Umlauf sind.« Ich zögerte. »An der Schule, an der er unterrichtet hat, gab es Probleme, etwas mit einem Mädchen, und schließlich musste er gehen. Ich glaube nicht, dass er etwas Falsches getan hat, wirklich nicht, aber es gab den Verdacht, dass er es getan haben könnte. Mehr will ich gar nicht sagen, Nella. Ich möchte nur, dass du dir der Situation bewusst bist.«

»Gut. Danke, dass du es mir gesagt hast.« Sie wandte sich ab, beugte sich zu dem Lautsprecher auf ihrem Tisch hin und drehte die Lautstärke auf.

Ich stand auf, ging zu ihr und legte ihr einen Arm um die Schulter.

»Ein schönes Lied«, sagte ich. Ich küsste sie leicht auf die Wange. »Wirst du das für die Show singen?«

Nella antwortete nicht.

Stattdessen zog sie ihre Schulter unter meinem Arm weg und gab mir so zu verstehen, dass unser Gespräch beendet war.

7

In der nächsten Woche war Gwydion wieder da. Ich war erfreut, aber nicht wirklich überrascht. Klienten brechen oft eine Stunde vorzeitig ab, gehen verzweifelt und kommen in der darauffolgenden Woche wieder, als wäre nichts geschehen. Das alles ist Teil der Übertragung, des Durchspielens alter emotionaler Dynamiken, und alles in allem gilt es nur abzuwarten und sich auf eine holprige Wegstrecke vorzubereiten. Doch für den Therapeuten kann es ziemlich zermürbend sein, sich zu fragen, was als Nächstes kommen wird – vor allem wenn ein Klient kurz davorzustehen scheint, die Wurzel seines Problems zu erkennen. Oder wenn die Gegenübertragung, wie in diesem Fall, sehr stark ist.

Es klopfte zu der verabredeten Zeit an meiner Tür. Ich bat Gwydion herein, brachte ihn zu seinem Sessel und nahm ihm gegenüber Platz. Er trug die übliche Jeans und einen dicken, marineblauen Pullover. Er sah ein wenig müde aus, fiel mir auf. Er hatte Schatten unter den Augen und wirkte leicht abwesend, schien aber andererseits ziemlich gefasst.

Einen Moment saßen wir nur da, ohne etwas zu sagen. Ich spürte, dass die ruhige Stille des Raums wohltuend für ihn war, genau wie ich sie so oft während des Tages empfand. Der Baum vor dem Fenster warf seine sich verändernden Schatten an die Wand, und als sich das Schweigen vertiefte, konnten wir das leise Rascheln der Blätter hören.

»Es wird langsam Winter«, sagte er. »Man kann es fühlen.«

Ich nickte, ich wollte das Schweigen noch nicht beenden. Am Beginn einer Stunde gibt es immer einen Moment, in dem ich eine Art Erwartung spüre, Aufregung könnte man es fast nennen; als wäre die vertraute Karte über das Leben dieser Person, die mir gegenübersaß, und über meins, verloren gegangen, für den Moment irgendwo zurückgelassen worden, sodass wir beide im Frieden des Therapieraums beginnen konnten, sie neu zu entwerfen, sie zum ersten Mal wirklich zu sehen und zu verstehen.

»Es tut mir leid, dass ich letztes Mal einfach gegangen bin«, fuhr er mit gesenktem Blick fort. »Ich hatte einfach das Gefühl, dass es reichte. Aber jetzt … nun ja, mir ist klar, dass ich das nicht alleine lösen kann. Ich brauche Ihre Hilfe.«

Er sah zu mir hoch. Seine Pupillen schienen sich zu weiten und dunkler zu werden. Ich hielt seinen Blick fest, sah ihn direkt an. Ausnahmsweise einmal machte mich das nicht nervös. Ich gestand mir einfach ein, dass ich nicht anders konnte, als so auf ihn zu reagieren, wie eine normale Frau auf einen attraktiven Mann reagiert, dass wir alle von Zeit zu Zeit diese unterschwelligen Ströme von Emotionen spüren, wie unerwünscht oder unpassend sie auch sein mögen. Und dass darüber hinaus etwas Wichtigeres hier passierte: Gwydion war ein empfindsamer, verletzlicher Mensch, der jemanden brauchte, der ihm half, jemanden, dem er vertrauen konnte. Ich musste ihm zeigen, dass ich dieser Jemand war.

»Kommen wir noch einmal auf den Traum zurück, ja?«, sagte ich. »Haben Sie noch mehr geträumt?«

»Nein. Ich sitze fest. Jedes Mal, wenn ich zu dem Stoß komme, wache ich auf.«

»Letztes Mal haben Sie gesagt, dass Sie vor dem Stoß einen

Streit gehört haben. Die Stimmen eines Mannes und einer Frau.«

»Ja.«

»Wissen Sie, wem die Stimmen gehören?«

»Ich bin mir nicht sicher.« Er wandte den Blick ab. »Ich meine, die männliche Stimme könnte natürlich meinem Vater gehören. Sie klingt wütend, wie er in meiner Kindheit meistens geklungen hat.«

»Und die der Frau?«

»Ich weiß es nicht.« Er zuckte mit den Schultern. »Ich denke, dass das meine Eltern sein könnten, die sich da streiten. Das haben sie oft, als ich ein Kind war. Aber ich erkenne die Stimme der Frau nicht richtig.«

»Was ist mit dem plötzlichen Stoß? Was, meinen Sie, könnte das sein?«

»Auch das kann ich nicht sagen. Ich meine, mein Vater neigte zu Wutausbrüchen, aber ich kann mich nicht erinnern, dass er meine Mutter je geschlagen hat. Oder mich.«

Ich dachte einen Moment nach. »Sie sagen, Sie waren in einer Kiste. Im Dunkeln. Ich frage mich, was das zu bedeuten hat.«

»Nun, meine Eltern haben mich bestimmt nicht in eine Kiste gesteckt, falls Sie darauf hinauswollen. Sie waren nicht grausam zu mir. Das Schlimmste, was sie getan haben, war, mich zu ignorieren.«

»Sie? Sie meinen, Ihre Mutter hat Sie auch ignoriert?«

Er sah mich einen Moment verwirrt an, als hätte er eine unpassende Bemerkung gemacht. »Nein, nein. Sie war immer sehr gut zu mir. Wir standen … wir stehen uns sehr nahe.«

»Auf welche Weise?«

Meine Frage schien ihn zu überraschen. »Auf die übliche

Weise. Sie hat sich um mich gekümmert, sich um mich gesorgt. Wie Mütter das eben so tun.«

Er zögerte. Ich spürte, dass er nicht näher auf das Thema eingehen wollte.

»Nein, das Problem war Evan«, fuhr er fort. »Sein ganzes Leben kreiste um die Arbeit. Er war viel weg, wir haben ihn kaum gesehen. Und wenn er zu Hause war, war er immer von einem Haufen Leute umgeben. Hauptsächlich von Schauspielern. Er hatte nie Zeit für mich.«

Ein Schweigen entstand, dann fügte er hinzu: »Er hat mich überhaupt nicht gekannt. Er wollte mich nur vorzeigen, als seinen Sohn. Ich vermute, er war auf seine eigene Weise stolz auf mich. Er hat versucht, mich dazu zu animieren, seine Freunde zu unterhalten, hat mir kleine Nummern beigebracht, Marionettenspiele mit mir einstudiert, so etwas eben. Aber er war immer so ungeduldig. Er ist wütend geworden, wenn ich mir eine Zeile oder einen Tanzschritt nicht merken konnte. Er hat mir Angst gemacht, mein Selbstvertrauen untergraben. Schließlich habe ich das Ganze gehasst.«

Ich dachte kurz nach. »Und trotzdem sind Sie als Erwachsener Schauspieler geworden.«

Er lächelte mich schief an. »Seltsam, nicht? Man könnte wohl sagen, dass er in dem Punkt mein Rollenvorbild war, nehme ich an. Und vielleicht habe ich das, was ich an Talent habe, von ihm geerbt.« Er schwieg. »Er versucht noch immer, mir Sachen beizubringen, sagt, dass ich seine Kontakte nutzen kann, aber was meine Karriere betrifft, lasse ich nicht zu, dass er sich einmischt. Ich will seine Hilfe nicht. Wenn ich es schaffe, will ich ihm verdammt noch mal nicht die Genugtuung geben zu denken, dass es in irgendeiner Weise sein Verdienst ist.«

Er klang so verbittert, dass ich nicht anders konnte, als ein wenig Mitleid mit Evan zu haben. Er war offensichtlich ein unaufmerksamer, völlig in seine Arbeit vertiefter Vater gewesen, doch auf seine Weise schien er seinen Sohn geliebt zu haben.

»Um auf den Traum und das streitende Paar zurückzukommen«, sagte ich, »Sie haben gesagt, dass die Beziehung Ihrer Eltern nicht gewalttätig war. Wie war sie dann?«

»Er hat sie mit äußerster Geringschätzung behandelt.« Seine Stimme war schroff geworden. »Soweit ich zurückdenken kann, hatte er eine Affäre nach der anderen.«

»Woher wissen Sie das?«

»Ich wusste es einfach. Kinder spüren so etwas, nicht? Frauen, die immer wieder vorbeikommen, ein bisschen zu laut lachen, die Schulter des Vaters ein wenig zu oft berühren. Eine Mutter, die verletzt und gedemütigt aussieht. Und nachts die Streitereien unten, während man selbst ängstlich und verwirrt im Bett liegt.« Er zögerte. »Sie hat wirklich gelitten. Evan kannte keine Scham. Er hat seine Affären nie vor ihr verborgen. Jedes Mal, wenn er sie betrogen hatte, ist er nach Hause gekommen und hat es ihr gestanden, hat geschworen, dass es nie wieder vorkommt. Sie hat ihm jedes Mal verziehen. Es war armselig.« Er senkte die Stimme. »Ich habe ihn dafür gehasst, was er ihr angetan hat. Hasse ihn noch immer.«

Langsam tat Evan mir weniger leid. Zu hören, wie er seine Frau behandelt, wie er sie wiederholt vor ihrem Sohn gedemütigt hatte, ließ sich mir vor Wut den Magen umdrehen.

»Tatsache ist, dass sich nichts geändert hat. Jetzt hat er dieses Mädchen, diese Rhiannon. Er zeigt das ganz offen.« Er schwenkte geringschätzig die Hand. »Aber um die Wahrheit zu sagen, es macht mir nichts mehr aus. Ich kann ohnehin nichts tun. Meine Mutter wird ihn nicht verlassen. Sie werden, soweit ich das sehe, bis zum bitteren Ende so weitermachen, wie sie es immer getan haben.«

Wir schwiegen. Schließlich ergriff ich das Wort.

»Ich glaube, es macht Ihnen doch etwas aus, Gwydion.« Mein Ton war zögernd. »Ich glaube, dass dieser Konflikt in Ihrer Jugend zu einem Teil von Ihnen geworden ist. Das passiert Kindern, deren Eltern sich streiten. In Ihrem Inneren macht es Ihnen immer noch etwas aus.« Ich hielt inne. »Und vielleicht ist der Stoß …«

»In dem Traum?«

Ich nickte. »Es könnte ihn wirklich gegeben haben. Oder Sie könnten ihn sich gewünscht haben. Damit der Konflikt endlich gelöst wird.«

»Vielleicht.« Er sah nicht überzeugt aus.

Ein kurzes Schweigen entstand, dann begann er von den bevorstehenden Proben für die Serie zu erzählen. Er würde zu der nächsten Stunde nicht kommen können, da er ein Treffen mit dem Regisseur hatte, aber danach wollte er gerne so schnell wie möglich weitermachen: Er musste seine Knopfphobie überwinden, bevor die Kostümproben begannen, und der Traum beunruhigte ihn auch, sodass er nachts aufwachte und tagsüber zu müde war, sich vernünftig auf seine Arbeit zu konzentrieren. Er tat mir leid. Er musste diese drängenden praktischen Probleme, die drohten, seine Karriere zu ruinieren, schnell in den Griff bekommen. Zu diesem Zeitpunkt schien es nicht angesagt, in den alten Familienkonflikten zu graben, an denen sich nichts ändern ließ – er musste mit seinem Leben zurechtkommen.

Und doch wusste ich aus Erfahrung, dass es für Gwydion keine wirkliche Alternative gab. Wenn etwas in unserem Leben nicht stimmt, kommt es früher oder später zu einem

Eklat. Der Ruf des Gewissens, wie Kierkegaard es genannt hat. Wir können ihn ignorieren und weitermachen, vielleicht eingeengt durch unsere Entscheidung, die unseren Horizont begrenzt, oder wir können ihn als Chance verstehen, die Dinge in Ordnung zu bringen. Ob Gwydion fähig war, auf den Ruf zu reagieren, wusste ich nicht. Aber wenn er zum Ende seines Traums kommen konnte, bestand eine gute Chance, dass er in die richtige Richtung steuerte, dachte ich.

Wir redeten noch eine Weile, vor allem über seine Knopfphobie und das Kostüm, das er in seiner Rolle als Granville Beauclerc tragen würde, der männlichen Hauptrolle in der Serie. Er sagte, dass wahrscheinlich Metallknöpfe an Weste und Sakko sein würden und Hornknöpfe an dem Hemd, angenäht durch eine Öse auf der Unterseite und nicht durch Löcher in den Knöpfen selbst. Er erklärte mir, dass das für ihn nicht die Schlimmsten seien und dass er wahrscheinlich zurechtkommen würde, wenn er sein Kostüm erst zugeknöpft hatte. Wir besprachen noch ein paar praktische Dinge, wie er das Zuknöpfen arrangieren könnte, ob er es lieber alleine machen oder ob jemand ihm helfen sollte, und dann war seine Stunde vorbei. Wir verabschiedeten uns, und ich wünschte ihm viel Erfolg für das bevorstehende Treffen; er schien nicht gehen zu wollen, und auch ich fand es schade, ihn gehen zu sehen. Ich war mir darüber im Klaren, dass seine Abwesenheit in der kommenden Woche die stetigen Fortschritte, die er bisher gemacht hatte, unterbrechen würde.

Nachdem er gegangen war, setzte ich mich an meinen Schreibtisch, um mich um meine Korrespondenz zu kümmern, bevor der nächste Klient kam. Doch statt durch meine E-Mails zu scrollen, saß ich nur da und starrte den Bildschirmschoner an, eine Zeichnung von unserem Haus und

Garten, die Rose als kleines Kind aus der Schule mit nach Hause gebracht hatte.

Die Stunde mit Gwydion hatte mir ein paar meiner eigenen Themen in Erinnerung gebracht, wie Sitzungen mit Klienten das oft taten. Ich dachte an den plötzlichen Stoß in seinem Traum, den Ruf des Gewissens, wie ich ihn interpretierte, der ihm sagte, dass etwas Grundlegendes in seinem Leben falsch lief, etwas, dessen er sich sofort annehmen musste. Traf das auch auf mich zu? War Bobs Untreue der Stoß, den ich gebraucht hatte, um zu sehen, dass es um unsere Ehe nicht zum Besten stand? Vielleicht war das seine Art, wenn auch unbewusst, mir das zu sagen. Ich hatte vernünftig reagiert oder das bisher zumindest gedacht. Ich hatte nicht gebrüllt und geschrien, nicht gedroht, ihn zu verlassen. Ich hatte mich wie eine verantwortungsbewusste Erwachsene verhalten, wie ein Elternteil und nicht wie eine eifersüchtige Geliebte, war mir bewusst gewesen, wie viel auf dem Spiel stand, wie viel wir – wir alle – zu verlieren hatten, sollten wir uns zerstreiten und trennen. Aber in Wahrheit war ich wütend auf ihn. Kochte vor Wut, um genau zu sein. Meine gefühlsmäßige Reaktion auf Gwydions Schilderung von Evans Affären hatte mir das gesagt. Wenn ich ehrlich zu mir selbst war, musste ich mir meine Wut eingestehen und einen Weg finden, ihr Ausdruck zu verleihen und mich nicht aus Angst vor der Zerstörung, die sie verursachen könnte, einfach abwenden. Das Problem war, wie ich das tun konnte, ohne ein Chaos in meinem Leben anzurichten.

»Bob, ich denke darüber nach, ein paar Tage zu verreisen.«

»Mmm?« Bob sah von seinen Unterlagen auf. Wir saßen nach dem Frühstück am Küchentisch und lasen die Samstagszeitungen.

»Ich brauche eine Auszeit.« Ich griff nach meiner Kaffeetasse und wärmte meine Hände daran.

»Gute Idee. Wo sollen wir hinfahren?«

»Nein. Nicht wir. Ich – allein.«

Er senkte die Zeitung und schob seine Brille in die Haare hoch.

»Jess, wann hörst du endlich auf, mich zu bestrafen?« Auf seinem Gesicht machte sich ein Anflug von echtem Ärger breit. »Ich habe dir gesagt, dass es mir leidtut. Ich habe mein Bestes getan, um es wiedergutzumachen. Was kann ich denn noch tun?«

»Ich bestrafe dich nicht. Ich möchte einfach eine Weile alleine sein, das ist alles.«

»Schau mal.« Er seufzte. »Ich habe einen dummen Fehler gemacht, den ich furchtbar bereue. Aber ich bin mir sicher, wir bekommen das hin. Warum redest du nicht mit mir, lässt es dir erklären?«

»Wir haben darüber gesprochen.« Ich nippte an meinem Kaffee. »Du hattest einen One-Night-Stand. Ich habe das akzeptiert. Du hast gesagt, dass es nicht wieder vorkommt. Ich glaube dir. Es gibt nichts mehr zu reden.«

»Herrgott noch mal!« Bob war wütend. »Du bist Psychotherapeutin, richtig? Eigentlich solltest du daran glauben, dass es etwas bringt, wenn die Leute miteinander reden? Warum kannst du es selbst nicht?«

»Psychotherapeutinnen sind auch nur ganz normale Menschen, Bob.« Ich hatte die Stimme erhoben. »Sie sind stinksauer, wenn ihre Männer sie betrügen. Sie sind eifersüchtig. Verletzt. Verärgert. Wir sind keine verdammten Heiligen, weißt du.«

»Okay, stimmt. Aber du gibst mir einfach keine Chance.

Wir brauchen etwas Zeit für uns. Ich bin mir sicher, es würde …«

»Ich brauche eine Auszeit von dir und nicht mit dir, Bob«, unterbrach ich ihn. »Um ganz ehrlich zu sein, fällt es mir im Moment schwer, deinen Anblick zu ertragen. Aber es ist nun einmal so, dass ich mich nicht von dir scheiden lassen möchte. Ich will das nicht alles verlieren.« Ich machte eine Geste, die den Raum einschloss. »Oder die Mädchen erschrecken.« Ich hielt inne. »Ich bin mir sicher, dass dieses Gefühl wieder vorbeigeht. Du musst mich nur auf meine eigene Weise damit fertigwerden lassen.«

Er wollte gerade antworten, doch in dem Moment kam Nella herein. Ein unbehagliches Schweigen entstand. Sie ging zum Kühlschrank, öffnete die Tür, nahm einen Karton mit Saft heraus und goss sich ein Glas ein.

»Streitet ihr?«, fragte sie.

»Ja«, sagte ich.

»Nein«, sagte Bob. Wir sprachen gleichzeitig.

»Verstehe. Dann will ich nicht stören.« Sie schloss die Kühlschranktür, nahm ihr Getränk und einen Keks aus der Dose auf dem Kühlschrank und ging.

Wir schwiegen. Wir schämten uns beide, vor Nella gestritten zu haben.

»Nella ist ganz schön sarkastisch geworden«, sagte Bob und wechselte das Thema.

»Ich denke, das ist in ihrem Alter ganz normal.« Ich tat mein Bestes, versöhnlich zu klingen. »Sie ist im Moment sehr empfindlich. Ich habe neulich versucht, mit ihr über diesen A&R-Manager zu sprechen…«

»Was ist mit ihm?« Bob sah beunruhigt aus.

Ich hatte ihm bereits erzählt, dass Emyr seinen Job verloren hatte und warum. Ich hatte gesagt, dass ich es unfair fand, dass heutzutage in den Schulen schon eine Art Hysterie herrschte, was den physischen Kontakt zwischen Lehrern und Schülern anging, aber ich hatte ihm nicht gesagt, dass Emyr auch mein Klient gewesen war; ich hatte ihn nicht beunruhigen oder unnötigerweise vertrauliche Informationen weitergeben wollen.

»Ich hatte es nicht erwähnen wollen, aber er war vor einiger Zeit ein paarmal bei mir.«

»Aha? Und warum?«

»Nichts von Bedeutung. Nur eine harmlose Depression, nachdem er seinen Job verloren hatte.« Ich wartete. »Er war nur zwei- oder dreimal da, und er hat auf mich einen ziemlich normalen Eindruck gemacht, soweit ich das sagen kann.«

Bob runzelte die Stirn. »Hältst du ihn für vertrauenswürdig?«

Ich dachte einen Moment nach. Ich stellte mir Emyr vor, wie er auf dem Parkplatz gestanden und etwas von Jugendlichen und Safe Trax gefaselt hatte.

»Nun ja, er ist ein Einfaltspinsel. Aber insgesamt ziemlich harmlos, würde ich sagen.«

»Gut. Trotzdem sollten wir die Augen offen halten.«

Wir schwiegen erneut, lange diesmal. Dann ergriff Bob das Wort.

»Wann willst du fahren?«

»Ich dachte zum Ende der nächsten Woche hin und über das Wochenende. Wenn du dich um die Mädchen kümmerst.«

»Natürlich.« Er überlegte kurz. »Das heißt, warte mal, ich habe Samstagmorgen eine Besprechung …«

»Pech«, sagte ich. »Sag sie ab. Oder nimm Rose mit.«

Er nickte stumm.

»Das wird dir auch Gelegenheit geben, Zeit mit Nella zu verbringen«, fuhr ich fort. »Ich glaube, ein bisschen Zuwendung von ihrem Vater könnte ihr im Moment nicht schaden. Vielleicht kannst du ja mit ihr über diesen Emyr reden. Ich mag nicht die Einzige sein, die ihr ständig die Hölle heiß macht.«

Er nickte erneut. Dann sah er auf die Uhr.

»Ich gehe dann mal hoch und ziehe mich um. Ich habe Rose versprochen, heute Morgen mit ihr Tennis zu spielen.«

Unglücklich aussehend stand er vom Tisch auf.

»Achte bitte darauf, dass sie sich mit Sonnencreme eincremt. Und ihren Hut aufsetzt.«

»Natürlich.« Er zögerte. »Ich dachte, wir könnten danach irgendwo essen gehen. Wir drei.«

»Tut mir leid, ich muss das hier durcharbeiten. Geh du mit ihr, das wird ihr gefallen.« Ich konzentrierte mich wieder auf meinen Artikel.

Er kam zu mir und legte mir die Hand auf die Schulter.

»Nimm dir deine Auszeit, Jess«, sagte er. »Mach dir keine Sorgen um die Mädchen, ich kümmere mich um sie. Wir werden uns schon gut unterhalten.« Er hielt inne. »Aber komm zurück und vergib mir, okay?«

Vor meinem inneren Auge sah ich, wie er sich zu der Übersetzerin hinunterbeugte, ihr die Kopfhörer abnahm und ihr etwas ins Ohr flüsterte.

»Okay.«

Er wartete einen Moment, vielleicht in der Hoffnung, dass ich nach seiner Hand greifen würde, aber ich rührte mich nicht.

»Bis später dann.«

»Bis später.«

Ich blickte nicht auf, als er ging.

Die nächsten Stunden verbrachte ich allein am Küchentisch, trank Tee und las einen Aufsatz des französischen Psychoanalytikers Jacques Lacan zum Thema »Struktur und Einbringen von Andersartigkeit als Voraussetzung für ein jegliches Thema«. Ich versuchte, Bob und die Übersetzerin aus meinem Kopf zu bekommen, und nach einer Weile gelang mir das auch.

Ich muss zugeben, dass es etwas von einem geheimen Laster hat, Lacan zu lesen, für mich jedenfalls. Natürlich bin ich mir durchaus bewusst, dass der Mann in vieler Hinsicht ein überheblicher Langweiler ist; er nimmt den Gedanken des freudschen Versprechers ein wenig zu wörtlich, kommt mit etwas zu vielen schwerfälligen gallischen Wortspielen, wodurch seine Witze ungefähr ebenso lustig sind wie ein Film von Jacques Tati. Aber trotzdem mag ich viel an dem Typen: dass er wie Freud darauf beharrt, auf die präzisen Worte, die wir gebrauchen, die Sprache, die wir sprechen, zu achten, um die Barriere zwischen dem, was wir über uns selbst wissen, und dem, was wir nicht wissen, zu durchbrechen; und dieses seltsame französische Konzept der *jouissance*, des Genießens, das gleichzeitig ein Leiden ist, dessen Verfolgung unser Leben dominiert, es durcheinanderwirbelt und uns wünschen lässt, intensiver zu leben, gleichgültig wie viel Schwierigkeiten, Elend oder Leid es uns einbringt.

Wahrscheinlich wären wir alle stumm wie eine Auster, wäre da nicht dieser seltsame Drang, der uns zwingt, die Mauer des Genießens einzureißen, oder der uns vielleicht nur davon träumen lässt, diese Mauer zu bezwingen und zu durchbrechen.

Ich wollte mich gerade von der *jouissance* losreißen und aktiv werden, als das Telefon klingelte. Ich meldete mich.

»Hallo, *cariad,* Liebe. Hier ist Mari. Wie läuft es?«

»Nicht schlecht, und bei dir?«

»Oh, es geht so … kannst du reden?«

»Ja. Bob spielt mit Rose Tennis.«

»Irgendwelche Neuigkeiten?«

»Wie man es nimmt, ich habe beschlossen, mir eine kurze Auszeit zu gönnen. Ohne die Familie.«

»Gute Idee.« Sie schwieg. »Wohin fährst du?«

»Ich habe mich noch nicht entschieden. Aber nicht nach West Wales.«

Sie lachte. »Möchtest du, dass ich mitkomme?«

Ich dachte darüber nach. »Nein. Ich glaube, ich brauche wirklich etwas Zeit für mich. Aber danke für das Angebot.«

Wir redeten weiter über dies und das. Mari erzählte mir, dass sie sich um eine Rolle in einem neuen Film über das frühe Leben der Shirley Bassey bemühte, der im Cardiff der frühen Fünfziger spielen sollte. Sie hoffte darauf, Shirleys Mutter zu spielen, die gefürchtete Eliza Jane, und sie hatte für das Vorsprechen an ihrem Akzent gearbeitet. Dann fragte sie mich, wie Nellas Singen gelaufen war, und ich erzählte ihr von Emyr Griffiths, erzählte ihr, dass ich mir seinetwegen Sorgen machte, erzählte, wie er seinen Job an der Schule verloren hatte, erwähnte aber nicht, dass er anschließend mein Klient gewesen war. Wie gesagt, Mari ist nicht die Diskretion in Person. Sie gab mir den Rat, mir keine Gedanken zu machen, sondern Nella ihr Leben leben zu lassen. Ich hatte gewusst, dass sie das tun würde. Dann fragte sie mich, wie es mit der Arbeit lief.

»Einer meiner Klienten ist gerade in einer sehr turbulenten Phase.« Ich zögerte, fühlte mich an die Schweigepflicht gebunden. »Ich kann dir nicht besonders viel darüber berichten, aber es hat mit diesem Regisseur zu tun, von dem du mir erzählt hast, diesem Evan Morgan.«

»Ja?« Maris Neugier schien geweckt.

»Hast du nicht gesagt, dass da irgendetwas mit einem Skandal um ihn und ein junges Mädchen war? Vor langer Zeit?«

»Stimmt. Sie hat damals für die Familie gearbeitet.« Mari lachte ironisch. »Das schwedische Au-pair-Mädchen. Zum Schreien komisch, nicht?«

»Sie war Schwedin?«

»Soweit ich mich erinnere. Es hat irgendeinen Unfall gegeben. Sie ist alleine schwimmen gegangen. Und ertrunken, in der Bucht hinter dem Haus …«

Meine Gedanken rasten. Die schwedische Touristin, von der Arianrhod mir erzählt hatte, war demnach alles andere als eine Touristin. Sie war das Au-pair-Mädchen der Familie gewesen.

»Ich erinnere mich nicht an die Details. Aber die Familie war erschüttert«, fuhr Mari fort. »Und natürlich kursierte der Verdacht, dass …«

»Dass was?« Ich stellte mir das Foto von Evan Morgan vor, mit den schwarz ausgemalten Augen, und kalte Angst stieg von meinem Bauch hoch.

»Nun, du weißt, wie er war.«

»Wie meinst du das? Glaubst du, er hatte etwas mit dem Unfall zu tun?«

»Natürlich nicht. Nein, ich meine, dass da was zwischen ihm und dem Mädchen war.« Mari seufzte. »Es hätte nicht gut ausgesehen, wenn es herausgekommen wäre. Nicht unter diesen Umständen.«

»Hat es denn keine Ermittlung gegeben?«

»Ich vermute schon, dass es eine gegeben hat. Aber der Familie ist es gelungen, alles zu vertuschen, das wurde zumindest gemunkelt. Sie haben verdammt viel Einfluss, die Morgans, weißt du?«

Ich sah die kleine Tafel oben auf den Klippen von Creigfa Bay vor mir, die fremde Schrift mit den Kreisen über den As und den Punkten über den Os. Ich fragte mich, wer sie dort hatte anbringen lassen. Ihre Eltern vermutlich, zur Erinnerung. Ich fragte mich, was darauf stand, und, falls ich es herausfinden konnte, ob es mir etwas mehr über das Mädchen sagen würde, das in dem grauen Wasser ertrunken war.

Mari begann, mich darüber auszuquetschen, wer mein geheimnisvoller Klient war. Wahrscheinlich hielt sie sich für raffiniert, doch mir war klar, dass sie einfach auf Klatsch aus war. Deshalb beendete ich das Gespräch, sagte ihr, dass ich spät dran sei, dass ich noch wahnsinnig viel im Haushalt zu tun hätte und wir uns ein anderes Mal unterhalten müssten. Sie schien enttäuscht, aber ich legte trotzdem auf.

Verdammt, dachte ich, als ich das Telefon aus der Hand legte. Ich ging zum Tisch und räumte die Frühstückssachen weg. Draußen schien noch immer die Sonne. Ich hatte mich darauf gefreut hinauszukommen, planlos im Garten herumzuwerkeln, vielleicht die Wäsche draußen aufzuhängen, falls das gute Wetter anhielt. Jetzt musste ich über das eben Gehörte nachdenken, und ich wusste, dass ich mich nicht würde entspannen können.

Ich stellte Teller und Tassen neben die Spülmaschine und begann sie zu füllen, wobei ich über das Problem nachdachte. Warum hatte Arianrhod mich angelogen, was das Mädchen anging? Wollte sie ihren Mann vor einem Sexskandal schützen oder hatte sie aus einem anderen, zweifelhafteren Grund gelogen? Konnte Gwydions immer wiederkehrender Traum von dem Mann und der Frau, die miteinander stritten, etwas mit dem Unfall zu tun haben? Und, was mich am meisten beunruhigte, hatte Evan Morgan etwas mit dem Tod des Mädchens zu tun?

Ich schaute aus dem Fenster in den Garten. Es gab viel zu tun. In erster Linie musste alles zurückgeschnitten werden. Ich hatte das heute Morgen erledigen, in den Sonnenschein hinaustreten, die Gartenschere schwingen und die Pflanzen wieder in Form bringen, ihnen ihre Schönheit zurückgeben wollen, doch jetzt fühlte ich mich von der Aufgabe überwältigt. Sie kam mir wie eine unmöglich zu erfüllende Pflicht vor, wie ein dem Untergang geweihter Versuch, Kontrolle über ein sich ausbreitendes Chaos zu erlangen.

Doch manchmal muss man sich bei der Gartenarbeit einfach nur dazu aufraffen anzufangen. Das Gefühl von Hilflosigkeit und Hoffnungslosigkeit überwinden. Den »Wir-schaffen-das-Weg« einschlagen. Die »Nein-das-geht-nicht-Alternative« ignorieren, auch wenn sie einem am realistischsten erscheint. Und genau das tat ich. Ich zog meine Gartenstiefel und meinen ältesten Pullover an, bewaffnete mich mit einer Bügelsäge, einer Gartenschere und einem Taschenmesser und ging hinaus.

Zwei Stunden lang sägte und hackte ich, beschnitt Pflanzen und häufte Gartenabfälle zusammen, stapelte und schleppte Sachen und räumte auf, und während ich das tat, gingen mir einige Sätze aus Lacans Artikel durch den Kopf:

Leben verläuft, wie wir im Französischen sagen, »à la dérive«. Es fließt den Fluss hinunter, berührt von Zeit zu Zeit ein Ufer, verweilt eine Weile hier und eine Weile da, ohne irgendetwas zu verstehen … und das Prinzip der Analyse ist es, dass niemand irgendetwas von dem versteht, was passiert.

Als ich fertig war, räumte ich das trockene, abgestorbene Holz zusammen und machte neben dem Komposthaufen am Ende des Gartens ein kleines Feuer. Ich zündete es an und beobachtete, wie es brannte. Es entzündete sich schnell und begann zu knistern. Während ich zusah, wie die Flammen hochschlugen und der Rauch sich gen Himmel kräuselte, kam mir plötzlich eine Einsicht. Das Foto von Evan war mir als Aufforderung zugeschickt worden herauszufinden, was damals wirklich passiert war, und ich fühlte mich verpflichtet, dieser Bitte nachzukommen, wer immer es mir geschickt hatte.

Es fing an zu regnen. Ich stocherte heftiger in dem Feuer herum, doch die Flammen gingen aus, und das Feuer begann zu qualmen. In der Ferne hörte ich Donnergrollen. Ich blickte auf und sah, dass der Himmel dunkel geworden war.

Niemand versteht irgendetwas von dem, was passiert.

Als der Platzregen einsetzte, sammelte ich mein Werkzeug zusammen und rannte zurück ins Haus, um nicht nass zu werden.

8

Die Stewardess kam vorbei – Flugbegleiterinnen werden sie heute wohl genannt –, und ich bestellte noch einen Gin Tonic. Ich liebe es, zu trinken, wenn ich fliege. Sich in ein Metallrohr zu zwängen, das durch die Wolken rast, erscheint einem dann wie ein riesiger Spaß, was in nüchternem Zustand niemals der Fall wäre. Ich nehme auch gerne Tabletten. Betablocker, Schlaftabletten und so etwas. Ich würde auch Kokain nehmen, wenn es nicht illegal wäre. Für mich gehört das alles zu Ferien. Ich weiß, dass ich eine seriöse Psychotherapeutin und Mutter von zwei Töchtern bin, doch sobald ich in ein Flugzeug steige, habe ich das Gefühl, das alles hinter mir zu lassen. Es muss damit zu tun haben, dass ich hoch oben in den Wolken bin, unfähig, auch nur einen Finger zu rühren, um jemandem zu helfen, gleichgültig wie furchtbar die Umstände auch sind. Es ist ein berauschendes Gefühl, selbst ohne chemische Hilfe.

Ich trank einen großen Schluck von meinem Gin Tonic, legte den Kopf zurück, lauschte dem dumpfen Dröhnen des Motors, den leisen Gesprächen der Passagiere und dem beruhigenden Klicken der Eiswürfel in meinem Drink. Ich seufzte zufrieden. Ich war auf dem Weg in eine wunderschöne Stadt, die ich noch nicht kannte. Ich würde in einem komfortablen Hotel mit Meerblick absteigen. Ich reiste allein, ohne Mann, ohne Kinder. Ich hatte keine Verpflichtungen. Ich war wieder unterwegs, allein.

Nachdem ich mit Mari telefoniert und herausgefunden hatte, dass das Mädchen, das im Meer ertrunken war, wirklich das Au-pair-Mädchen der Morgans gewesen war, hatte ich den unwiderstehlichen Drang verspürt, der Sache weiter nachzugehen. Es war regelrecht zu einer fixen Idee geworden. Ich wusste, dass ich bis zu einem gewissen Grad meine eigenen Ziele verfolgte, dass ich zweifellos meinen Ärger auf Bob auf Evan projizierte, den Schürzenjäger *par excellence*. Aber Gwydions Geschichte bewegte mich auch zutiefst. Ich wollte ihm helfen, und die Zeit lief: Die Proben begannen schon in einigen Wochen, und wenn er seine Schlaflosigkeit und seine Knopfphobie bis dahin nicht in den Griff bekam, konnte er wirklich Schwierigkeiten bekommen. Darüber hinaus war ich überzeugt, dass der Traum der Schlüssel zu seinem Problem war. Ich war mir inzwischen sicher, dass der Stoß nicht nur für seinen Wunsch stand, die Kluft zwischen seinen Eltern und somit in sich selbst zu heilen, sondern dass er auch eine Erinnerung an ein wirkliches, traumatisches Ereignis in seiner Kindheit sein konnte – an einen Unfall vielleicht, der von Evan vertuscht und totgeschwiegen worden war.

Ich hatte das Internet nach Informationen zu dem Unfall durchforstet, aber nichts gefunden und mich daraufhin in der Abteilung für Lokalgeschichte in der Bücherei umgesehen, ob damals etwas in den Zeitungen gestanden hatte. Nachdem ich durch endlose Rollen von Mikrofiches gescrollt hatte, hatte ich schließlich einen kurzen Artikel in der *Western Mail* gefunden, in dem der Vorfall erwähnt wurde: Ein Ehepaar war mit seinem Hund spazieren gegangen und hatte die Leiche einer jungen Frau am Strand gefunden. Die Polizei hatte erklärt, dass es sich um die neunzehnjährige Studentin Elsa Lindberg aus Stockholm handelte, die in der Gegend Ferien gemacht hatte, und dass sie ertrunken war, weil eine starke Strömung sie erfasst hatte, als sie allein »außerhalb der ausgewiesenen Sicherheitszone« geschwommen war. Am Ende des Artikels war ein kurzer Kommentar der Mutter des Mädchens, Solveig Lindberg: »Ich bin über den Tod meiner Tochter am Boden zerstört.«

Es war mir gelungen, Mrs Lindberg im Internet aufzuspüren. Es gab viele Solveig Lindbergs, und ich hatte ziemlich lange nach der Richtigen suchen müssen, sie schließlich aber gefunden. Sie lebte in Stockholm und leitete eine Kampagne, die dem Pflanzen von genetisch manipulierten Bäumen einen Riegel vorschieben sollte. Ich hatte ihr eine Mail geschrieben, bestätigt bekommen, dass sie wirklich Elsas Mutter war, und ihr erzählt, dass ich als Psychotherapeutin arbeitete und im Zuge meiner Arbeit auf einige, den Unfall betreffende Informationen gestoßen war und mich freuen würde, wenn sie mir diesbezüglich ein paar Fragen beantworten könnte. Sie hatte geantwortet, dass sie sich gerne mit mir unterhalten wollte, aber nicht per E-Mail. Da war mir die Idee gekommen, in meiner Auszeit an der Psychotherapie-Konferenz in Stockholm teilzunehmen.

Das war inzwischen über eine Woche her, und jetzt saß ich im Flugzeug. Der Captain kündigte über Lautsprecher an, dass wir bald landen würden und dass das Wetter in Stockholm mit fünfzehn Grad schön und beständig sei.

Ich lächelte vor mich hin und blickte aus dem Fenster. Weit unter mir sah ich das Meer in der Sonne glitzern. Alles geht gut, sagte ich mir. Ich nehme an der Konferenz teil und treffe mich am Sonntag mit Mrs Lindberg. Dazwischen spanne ich einfach aus: erforsche die Altstadt, Gamla Stan, besuche Museen und Kunstgalerien, stöbere in Secondhandläden und an Marktständen, trinke Kaffee und esse Zimtschnecken in Cafés … und genieße diesen kurzen Moment der Freiheit.

Das Licht in Stockholm hat etwas Besonderes. Das ist es, woran ich mich jetzt erinnere. Ich nehme an, dass die Stadt die meiste Zeit in Wolken und Regen gehüllt ist, doch als ich dort war, schien jeden Tag die Sonne von einem klaren, blauen Himmel. Aber das Licht war anders als gewöhnliches Sonnenlicht. Es war kristallklar, kalt und scharf, von einer nahezu gnadenlosen Intensität, die belebend und einschüchternd zugleich war: ein für Ödflächen wie Tundra und Taiga gemachtes nördliches Licht, für Wölfe und Bären und Rentiere und nicht für normale menschliche Wesen, die in einer geschäftigen Stadt ihrem Leben nachgehen. Und auch die Art, wie es seitlich auf die Gebäude fiel, war anders: Es kam von seiner seltsamen Position am Himmel her, oder zumindest empfand ich es so. Die Sonne stand sehr hoch, so hoch, dass man sie nicht sehen konnte, oder nur als eine blendend weiße Fläche wahrnahm, von der man die Augen schnell abwenden musste, bevor sie sie versengte. Es war eine gefährliche Sonne, ein gefährlicher Himmel; natürlich wollte er einem nichts Böses, er hätte nicht gleichgültiger sein können, ob man nun lebte oder starb. Man war nichts gegenüber diesem Himmel, nichts als ein Pünktchen, das mit all den anderen Pünktchen da unten auf dem Antlitz der Erde herumkroch.

Das Leben unter diesem Himmel und das Begreifen seiner teilnahmslosen Natur führten dazu, dass ich mich in diesen wenigen Tagen irgendwie wild und sorglos fühlte. Es änderte nichts, dass von meinem Standort nahe der Altstadt, Gamla Stan, die Straßen und die Durchgänge zwischen den imposanten Gebäuden von den Schritten der Fußgänger widerhallten; oder dass Raben krächzend die Spitzen der Gebäude umkreisten, vor allem wenn es dunkel wurde; oder dass man von überall das Meer sehen konnte, schimmernd im blendenden Licht, des Besuchers Landrattengewohnheiten verspottend, einladend, durch gefrorene Gewässer und Eisschollen und Eisberge zu unbekannten, ungeahnten Ländern zu segeln. In jenen wenigen Tagen in Stockholm wurde etwas in mir wach – mein Abenteuergeist, nehme ich an. Langsam wurde mir klar, wie eingeschränkt, wie klein, wie häuslich mein Leben war, und ich sehnte mich nach … ich weiß nicht nach was. Nicht nach etwas Besserem – insgesamt bin ich ziemlich zufrieden mit meinem Leben –, aber ganz gewiss nach etwas Größerem. Um es mit Lacans Worten auszudrücken, war ich »stumm wie eine Auster« gewesen, hatte mich unter einem Felsen am Meeresufer verkrochen, und jetzt hatten das klare Licht und die frische Luft von Stockholm mich aufgeweckt, und ich begann, Dinge zu wollen, die Austern nicht wollen. Vergnügen. Aufregung. Konflikte. Schmerz. *Jouissance.* Kurz, mehr – obwohl ich nicht genau wusste, wovon.

Das Hotel war schlicht und komfortabel, wie ich es gehofft hatte, mit einer Innenausstattung aus gestrichenem Holz, mit flauschigen Handtüchern und frischen weißen Laken und einem schönen Blick über das Wasser, das ich von meinem Bett aus sehen konnte, wenn ich morgens aufwachte. An den ersten beiden Tagen nahm ich an der Konferenz teil, hörte mir eine Reihe wissenschaftlicher Beiträge über die Natur der Achtsamkeit an, den herrschenden Ansatz in der gegenwärtigen Psychotherapie. Man war bemüht zu zeigen, dass Meditation und andere aus dem Buddhismus entliehene Techniken nachweislich zu neurologischem Nutzen führen und alle Arten mentaler und physischer Krankheiten, von Depressionen und Angst bis hin zu Psoriasis und Tinnitus, positiv beeinflussen, indem sie chronische Schmerzen und Stress reduzieren. Die meisten Vorträge waren faszinierend und lehrreich, und ich war froh, an der Konferenz teilzunehmen. Abends gab es Partys und gemeinsame Abendessen, bei denen ich früheren Kollegen und vielen neuen begegnete. Sie waren alles in allem ein lebhafter Haufen, und ich genoss es, mit ihnen zusammen zu sein, verabredete mich aber mit keinem für das Wochenende. Ich wollte den Rest meiner Auszeit für mich haben.

In den folgenden beiden Tagen tat ich nur das, wozu ich gerade Lust hatte: Ich nahm mir vor, lange zu schlafen, stand aber früh auf; machte mich auf den Weg zu einem Museum, das ein absolutes Muss war, ließ mich aber unterwegs von einem kleinen Straßenmarkt ablenken; ließ das Mittagessen ausfallen, hielt einen Nachmittagsschlaf und verbrachte den Abend damit, seltsame Fischgerichte in einem schicken Restaurant hoch oben in einem Turm zu probieren, in dem man mit einem Aufzug hochfahren musste. Zum ersten Mal seit vielen Jahren konnte ich nach Herzenslust in den Tag hineinleben: Ich verbrachte Stunden damit zu überlegen, welche Mitbringsel ich kaufen sollte, und entschloss mich schließlich für ein paar bezaubernde, mit Lappland-Spitze kunstvoll besetzte Halbfingerfäustlinge für die Mädchen; eine tadellos erhaltene purpurne Filzmütze mit einer schwarzen, grob gerippten Schleife für mich und eine Flasche Aquavit für Bob. Es war zutiefst befriedigend, keine Pläne machen, nicht alles aushandeln, nicht die Vorlieben und Abneigungen, Stimmungen und Launen anderer, mit Ausnahme meiner eigenen, berücksichtigen zu müssen. Und nach einer Weile begann ich, wie ich gehofft hatte, Bob und die Übersetzerin zu vergessen, und tauchte stattdessen in die Stadt und ihre Geschichte ein, schritt durch ihre holprigen Straßen, schaute auf das ruhige, blaue Wasser hinaus, das sie umgab und ließ Bilder von Wikingern, Walküren, Schwanen-Jungfrauen, mittelalterlichen Kriegsherren, größenwahnsinnigen Königen und ernsten, in Kutten gekleideten Pastoren vor meinem inneren Auge vorbeiziehen.

Am Sonntag ging ich wie verabredet ins Vasa-Museum, um mit Solveig Lindberg zu Mittag zu essen. Sie hatte gesagt, dass sie eine leuchtend pinkfarbene Jacke tragen würde, damit ich sie besser erkennen könne, hatte erzählt, dass sie in den Sechzigern sei und graue Haare habe. Ich hatte mich als dunkelhaarig und Mitte vierzig beschrieben, erwähnt, dass ich eine Sonnenbrille mit Schildpattzeichnung im Stil der Fünfzigerjahre tragen würde, egal wie das Wetter wäre.

Ich traf ein wenig vor der Zeit in dem Restaurant ein, aber Solveig Lindberg war bereits da und wartete auf mich. Ich sah sie sofort, als ich eintrat. Sie trug die pinkfarbene Jacke, wie versprochen, saß an einem Zweiertisch und blickte in die Speisekarte. Als ich zu ihr trat und mich vorstellte, erhob sie sich und streckte die Hand aus, um meine zu schütteln. Sie war groß und schlank, und der weite, dunkelgraue Pullover sowie die perfekt dazu passende Hose schwächten das Pink der Jacke ein wenig ab.

»Ich freue mich so, dass Sie gekommen sind«, sagte sie. Sie wirkte aufgeregt. »Bitte, setzen Sie sich doch.«

Ich kam ihrer Aufforderung nach.

»Möchten Sie etwas trinken?«

Ich nahm meine Sonnenbrille ab. »Ein Bier wäre schön, danke.«

Sie winkte den Kellner herbei. Ihrem kantigen Gesicht und

dem grau werdenden, früher einmal blonden Haar nach zu schließen, war sie zwar in den Sechzigern, aber mit ihren klaren blauen Augen, der glatten Haut und den Falten, die nur dort waren, wo sie gut aussahen, ein Bild von Gesundheit und Eleganz.

Sie bestellte meinen Drink, und wir unterhielten uns, plauderten über das Wetter, wie mir Stockholm gefiel und so weiter. Als der Kellner zurückkam, bestellten wir unser Essen. Erst als er sich wieder entfernt hatte, flocht sie die Finger ineinander, beugte sich leicht vor und kam zur Sache.

»Sie wollen also mit mir über den Tod meiner Tochter sprechen.«

Gewöhnlich vermeiden Menschen das Wort Tod, wenn sie von einem geliebten Menschen sprechen, war mir aufgefallen. Sie gebrauchen Formulierungen wie »von uns gegangen« oder Ähnliches. Ich fragte mich kurz, ob das ein kultureller Unterschied war, ob die Schweden vielleicht pragmatischer mit diesen Dingen umgingen oder ob Mrs Lindberg ungewöhnlich direkt war.

»Ja.« Ich wartete und überlegte, wie ich am besten anfangen sollte. »Ich kann Ihnen nicht sagen, wie ich auf Ihre Tochter gestoßen bin, aber formulieren wir es einmal so, dass ich einen Klienten habe, der eventuell von ihrem Tod betroffen sein könnte. Ich möchte ihm helfen, deshalb habe ich mich entschlossen, tiefer zu graben. Aufgrund meiner Schweigepflicht kann ich Ihnen nicht mehr sagen. Ich bin mir sicher, dass Sie das verstehen.«

Sie nickte.

»Nun, mir gegenüber wurde angedeutet, dass der Unfall nicht ordentlich untersucht worden ist. Ich selbst weiß darüber nichts. Deshalb bin ich hier. Um Sie zu fragen.«

»Ich erzähle Ihnen alles, was Sie wissen wollen. Es macht mir nichts aus, darüber zu sprechen.« Sie griff nach ihrem Wasserglas und trank einen Schluck. »Im Grunde genommen bin ich froh, darüber reden zu können. Dazu habe ich nicht mehr so oft Gelegenheit.«

Ein Schweigen folgte. Ich sah auf ihre Hände und mir fiel auf, dass sie keinen Ehering trug.

Als könnte sie meine Gedanken lesen, fuhr sie fort: »Nach Elsas Tod haben ihr Vater und ich uns getrennt. Sie war unser einziges Kind.«

Ich nickte, sagte aber nichts.

»Er hat wieder geheiratet und eine neue Familie gegründet.« Sie zögerte. »Das habe ich nicht getan. Ich weiß nicht, warum.«

Sie verstummte. Ich beschloss, nicht zu fragen, wie es zu der Trennung gekommen war, dachte, dass ich es wahrscheinlich wusste. Einfach ausgedrückt, kommt es vor, dass die Liebe nicht reicht, wenn ein Paar ein Kind verliert. Wenn über Eltern plötzlich ein solches Unglück hereinbricht, fällt es ihnen manchmal leichter, damit umzugehen, wenn sie sich trennen, einen Neubeginn wagen und alleine oder mit einem neuen Partner weitermachen. Das ist die simple, ungeschminkte Wahrheit. Sie ist nicht schön, aber so ist es.

»Sehen Sie, Andreas – das ist Elsas Vater –, war wütend auf mich«, fuhr sie fort. »Er war der Meinung, dass ich einfach nicht akzeptieren wollte, dass Elsas Tod ein Unfall war. Dass ich emotional nicht damit fertigwurde.«

Ganz nebenbei fiel mir auf, dass sie die englische Sprache bemerkenswert gut beherrschte. Wie viele Skandinavier sprach sie besser Englisch als die Engländer.

In diesem Moment brachte der Kellner unser Essen. Es

sah gut aus, doch erst einmal rührte es keine von uns an. Ich spürte, dass sie mir etwas sagen wollte.

»Mrs Lindberg«, begann ich. »Sie müssen mir nichts erzählen, was Sie mir nicht erzählen möchten.«

»Nennen Sie mich doch Solveig.« Sie legte mir die Hand auf den Arm. Leicht, höflich, und doch hatte die Geste etwas Dringliches. »Die Sache ist die, dass ich das muss. Ich muss es Ihnen erzählen. Sonst hört mir niemand zu. Elsas Tod war kein Unfall. Davon bin ich überzeugt.«

Ich nickte wieder, unverbindlich diesmal. Die Kunst des Psychotherapeuten besteht hauptsächlich darin, unverbindlich zu nicken, und über die Jahre hatte ich sie perfektioniert. Inzwischen beherrsche ich sie wirklich gut. Obwohl ich zugeben muss, dass es nicht so schwer ist.

Sie griff nach ihrem Besteck und begann zu essen. Leicht verwirrt tat ich es ihr gleich. Ich fragte mich, ob Solveigs Ehemann recht gehabt hatte zu vermuten, dass sie der Wahrheit nicht ins Auge sehen wollte. Als ich sie gesehen hatte, hatte ich gehofft, endlich auf eine Erfolgsgeschichte zu stoßen: auf einen Menschen, der ein tragisches Unglück überwunden und der tiefen, damit einhergehenden Verzweiflung entkommen war. Jetzt begann ich mich zu fragen, ob sie eine andere Möglichkeit gefunden hatte, damit umzugehen, indem sie sich vormachte, dass eine unbekannte böse Macht Elsa hatte ertrinken lassen. Verleugnung. Paranoia. Zwei übliche neurotische Symptome, die einen einzigen, aber sehr nützlichen Zweck verfolgen: uns vor dem Schmerz zu bewahren, die krasse, furchtbare Realität des Lebens zu leugnen, dass manchen Menschen willkürlich und ohne erkennbaren Grund ständig schlimme Dinge widerfahren und anderen nicht.

»Was ist denn Ihrer Meinung nach passiert?« Ich trank einen weiteren Schluck von meinem Bier. Einen kleinen Schluck, weil das Bier stark war und schnell zu Kopf stieg.

Solveig legte ihr Besteck ab. »Elsa ist in jenem Sommer als Touristin nach Wales gefahren, soweit stimmt es. Sie ist mit einer Freundin von der Uni gefahren, mit Ingrid. Während ihres Aufenthalts dort haben sie eine Familie kennengelernt, die Morgans. Sie haben den Mädchen freie Kost und Logis angeboten, wenn sie dafür auf ihren kleinen Sohn, Gwydion, aufpassten und im Haus halfen. Es war ein netter Ort, direkt an der Küste, und das Wetter war grandios in jenem Sommer. Elsa hat es so gut gefallen, dass sie sich entschlossen hat, noch ein paar Wochen zu bleiben, nachdem Ingrid nach Stockholm zurückgekommen war.«

Mir fiel auf, dass Solveig die Hände wieder gefaltet hatte, sodass ihre Finger ineinander verschränkt waren.

»Ich war wirklich begeistert, als sie mir von den Morgans erzählt hat«, fuhr sie fort. »Sie waren unkonventionell, Künstlertypen. Eine Schauspielerin und ein Regisseur, sehr gut gestellt. Ich glaube, sie sind ziemlich berühmt in Wales.«

Ich nickte.

»Und Elsa schien glücklich zu sein, so …« Solveigs Stimme verlor sich für einen Moment, als würde sie ihren Gedanken nachhängen, dann fuhr sie fort. »Wie auch immer, was hätte ich tun können? Sie war neunzehn, erwachsen. Sie unterstand nicht mehr meiner Aufsicht. Und sie hat uns auf dem Laufenden gehalten. Sie hat oft angerufen, ein- oder zweimal geschrieben. Sie schien eine wundervolle Zeit dort zu verbringen. Tennis spielen. Segeln. Schwimmen.« Solveig verstummte.

Ein Schweigen entstand, dann fragte ich: »Ist sie oft in der

Bucht geschwommen? In der Bucht hinter dem Haus? Ich habe gehört, dass die Strömung da draußen sehr tückisch sein soll.«

»Ja. Aber ich glaube nicht, dass sie ertrunken ist. Weil, sehen Sie …« Solveig griff nach ihrem Bier und trank einen Schluck. »Elsa war eine sehr gute Schwimmerin. Und wir sind Skandinavier … wir lehren unsere Kinder, wie gefährlich das Meer ist. Von frühester Kindheit an werden ihnen die Regeln eingebläut. Sie wäre niemals ein Risiko eingegangen.«

»Trotzdem.« Ich wählte meine Worte mit Bedacht. »Teenager … junge Leute… sind manchmal ein bisschen eigensinnig, nicht? Sie gehen Risiken ein. Wir alle wissen das.«

Solveig schüttelte den Kopf. »Ich bin mir sicher, dass sie das nicht getan hat.« Sie schwieg. »Als … es passiert ist … bin ich nach Wales gefahren, um mir selbst ein Bild zu machen. Ich bin zu der Bucht gegangen. Sie schien mir an ruhigen Tagen ausreichend sicher zu sein. Und das Wetter war gut an dem Tag, an dem sie ertrunken ist. Ich habe es überprüft.«

Sie hielt inne, griff nach ihrem Besteck und aß weiter. Ich tat es ihr gleich. Nach einer Weile fragte ich: »Was ist Ihrer Meinung nach passiert?«

Solveig verzog das Gesicht. »Ich weiß es noch immer nicht. Die Polizei war absolut keine Hilfe. Es hat eine kurze Ermittlung gegeben, bei der ein Unfall als Todesursache festgestellt wurde. Sie war ein Teenager und gehörte damit, was das Ertrinken angeht, zu einer stark gefährdeten Gruppe. Und in ihrem Blut hat man Spuren von Alkohol gefunden. Damit hatte sich der Fall für die Polizei erledigt.«

»Könnte sie möglicherweise betrunken gewesen sein?«

»Nein. Es waren nur sehr geringe Mengen Alkohol. Wie ich bereits gesagt habe, kannte sie die Gefahren.«

»Hat man sonst noch etwas festgestellt?«

»Ein paar Kopfverletzungen.« Solveigs Stimme zitterte leicht. »Eine Blutung.«

»Tatsächlich?«

»Vereinbar mit dem Tod durch Ertrinken aus natürlichen Ursachen, wie es scheint.« Sie schien sich die Worte des Protokolls in Erinnerung zu rufen. »Die Kopfverletzungen waren auf Stöße zurückzuführen, die sie sich im Wasser zugezogen hat, und die Blutung war passiv, verursacht durch einen inneren Blutandrang, resultierend aus der Tieflage des Kopfes.«

Die Tieflage des Kopfes. Die Worte hingen in der Luft.

»Manchmal führt das zu diagnostischen Fehleinschätzungen«, fuhr sie leicht verbittert fort. »Ich habe tatsächlich herausgefunden, dass es sehr schwer ist, bei einer Obduktion festzustellen, was genau bei einem Tod durch Ertrinken passiert. Man muss die Umstände in Betracht ziehen. Ich fand sie verdächtig, deshalb bin ich noch einmal zur Polizei gegangen.«

»Und?«

»Die Untersuchung hatte Selbstmord und Mord ausgeschlossen, deshalb hat man sich geweigert, weitere Nachforschungen anzustellen. Sie waren schon höflich, aber ich habe gemerkt, dass sie der Meinung waren, dass ich überreagierte, dass ich ganz einfach verstört war durch den Tod meiner Tochter. Und sie waren offensichtlich mit den Morgans bekannt, sie hätten nicht ein Wort gegen sie gesagt.« Sie zögerte. »Die Familie war nicht besser. Es war kein Wort aus ihnen herauszubekommen. Die Mutter schien in einer fürchterlichen Verfassung. In Tränen aufgelöst, zusammenhanglos redend. Der Vater …« Solveig verstummte.

Ich wartete.

»Sind Sie ihm jemals begegnet?«

»Nur einmal kurz. Ich kann nicht sagen, dass er mir sympathisch war.«

»Tja, ich habe ihn für einen … verlogenen Mistkerl gehalten.« Solveigs Stimme klang ruhig, doch ein leiser Ärger schwang mit. »Er hat behauptet, dass Elsa am vorhergehenden Abend schwimmen gegangen sein muss, allein, kurz bevor die Nacht hereingebrochen ist. Der aufgequollene Zustand ihrer Haut, der durch die Obduktion festgestellt wurde, passte zu seiner Geschichte. Er hat gesagt, dass sie durch die Strömung Probleme bekommen haben muss oder einen Krampf bekommen hat. Und dass sie ihre Abwesenheit erst am Morgen bemerkt haben. Ich habe ihm nicht geglaubt. Es hat nicht überzeugend geklungen.«

»Sind Sie sich sicher?«

Solveig sah mir direkt in die Augen. Ich erwiderte ihren Blick, sah in das klare Blau und dachte an den Himmel und das Meer und an Elsa, die ertrinkt, kalt und allein, ohne ihre Mutter, die sie trösten kann. »Das bin ich. Ich habe ihm nicht über den Weg getraut.« Sie zögerte. »Um die Wahrheit zu sagen, hat er versucht, mit mir zu flirten. Vor den Augen seiner Frau. Als würde er glauben, mich so davon abhalten zu können, dem Tod meiner Tochter nachzugehen. Ich fand es widerlich.«

Ich schüttelte ungläubig den Kopf.

»Und was ist schließlich passiert?«

»Ich habe nichts erreicht. Ich bin noch eine Weile geblieben, habe mich um alles gekümmert und organisiert, dass Elsas Leiche nach Hause geflogen wurde. Ich habe an der Stelle, wo sie ertrunken ist, eine kleine Tafel anbringen lassen. Andreas war nicht mitgekommen, um zu helfen, er hat es nicht ertragen. Dann bin ich zurück nach Stockholm geflogen. Habe irgendwie die Beerdigung hinter mich gebracht. Versucht zu vergessen. Meinen Mann verloren. Eine neue berufliche Laufbahn eingeschlagen. Weitergemacht. Wie Menschen das so machen.« Solveig beendete ihr Mahl und schob den Teller zur Seite. »Möchten Sie ein Dessert?«

»Nein, danke.« Ich hatte mein Essen genossen, aber plötzlich hatte ich keinen Appetit mehr. »Sollen wir einfach einen Kaffee bestellen?«

Solveig nickte, gab dem Ober ein Zeichen und bestellte den Kaffee. Dann öffnete sie ihre Tasche und holte etwas heraus. »Würden Sie gerne ein Bild von ihr sehen?«

Einen kurzen Moment wusste ich nicht, wovon sie sprach. Dann begriff ich, dass sie ein Bild von Elsa in der Hand hielt.

»Ja. Gern.«

Solveig reichte mir das Foto. Es war ein Farbfoto, das an den Rändern sehr abgenutzt war. Das Mädchen war blond und hatte lange, schlanke Gliedmaßen wie ihre Mutter. Die gleiche elegante, nordische Knochenstruktur. Sie trug einen himmelblauen Pullover, und sie lachte über das ganze Gesicht.

»Sie ist hübsch. Sie ähnelt Ihnen«, begann ich und merkte, dass ich in der Gegenwart gesprochen hatte, als würde sie noch leben.

Ich gab Solveig das Foto zurück, wobei sich meine Augen mit Tränen füllten. Ich dachte an meine eigenen Kinder und stellte mir vor, wie furchtbar es für Solveig gewesen sein musste und sicherlich immer noch war, mit dem Verlust ihrer Tochter in einem so jungen Alter zu leben, in dem das ganze Leben noch vor ihr gelegen hatte. Und Angst durchfuhr mich, als ich an Nella dachte und daran, wie es zu Hause mit

Emyr und *Jazz Quest* und dem Manager oder Produzenten oder was auch immer er war, weiterging. Ich hatte Bob strikte Anweisungen gegeben, sie nicht irgendwelche Entscheidungen bezüglich des Vorsingens treffen zu lasen, während ich nicht da war, doch in der letzten Zeit war mir klar geworden, dass sie langsam ein Alter erreichte, in dem sie die Dinge in die eigene Hand nahm.

Solveig beugte sich vor und legte mir erneut eine Hand auf den Arm. Dieses Mal war ihr Griff fester.

»Helfen Sie mir herauszufinden, was passiert ist, Jessica. Bitte. Ich muss es wissen. Ich habe getan, was ich konnte. Sie leben dort. Sie könnten mir helfen.«

»Gut, ich werde es versuchen. Aber ich bin keine Detektivin.«

»Das weiß ich, aber ich bin mir sicher, dass Sie auch sehen, dass da etwas nicht stimmt. Deshalb wollten Sie mich doch auch treffen.«

Ich bestritt es nicht.

»Ich habe gewusst, dass irgendwann jemand kommen würde«, fuhr sie fort und ließ meinen Arm wieder los. »So etwas bleibt nicht bis in alle Ewigkeit verborgen.«

Einen Moment zogen drei Bilder an meinem inneren Auge vorbei. Ich sah Gwydion, wie er auf dem Bett lag, das Gesicht der Wand zugewandt. Arianrhod, in eine Wolke blauen Rauchs gehüllt, deren Finger mit ihrem Ärmel spielten. Und Evan Morgan, wie er in der Auffahrt des Herrenhauses stand, verärgert und wütend.

»Hören Sie«, sagte ich. »Ich denke, Sie könnten recht haben. Es ist möglich, dass man Ihnen nicht die ganze Wahrheit darüber gesagt hat, was passiert ist.«

Einen Moment lang fragte ich mich, in was ich mich da

hineinmanövrierte. Ich passte auf, nichts von dem zu erwähnen, was ich bereits über die Familie wusste – die Schweigepflicht und all das. Außerdem fand ich es klug, in diesem Stadium keine unnötigen Hoffnungen zu wecken. Ich war nicht überzeugt, dass jemand ein falsches Spiel gespielt hatte, falls Solveig darauf hinauswollte. Deshalb wählte ich meine Worte mit Bedacht.

»Wenn Sie möchten, versuche ich, mehr herauszufinden. Aber ich warne Sie, ich kann nichts versprechen.«

»Danke.« Solveig klang unverbindlich, doch ich hörte die Intensität in ihrer Stimme.

Der Ober brachte unseren Kaffee. Während wir ihn tranken, machten wir höflich Konversation. Nach einer Weile sah sie auf die Uhr und sagte, dass sie jetzt gehen müsse.

Sie schüttelte meine Hand, als sie sich erhob. Doch dann lehnte sie sich impulsiv vor und gab mir einen Kuss auf die Wange.

»Auf Wiedersehen«, sagte sie. »Und viel Glück.«

»Danke.« Ich legte ihr kurz die Hand auf den Arm. »Ich melde mich.«

»Bitte tun Sie das.«

Sie lächelte mich ein letztes Mal an. Fröhlich und ermutigend. Dann nahm sie ihre Tasche, warf sie sich über die Schulter und ging.

9

Bob holte mich vom Flughafen ab. Er war ausgezeichneter Laune und schien offenbar eine sofortige Wiederannäherung zwischen uns zu erwarten. Er umarmte mich fest, nahm meinen Koffer und legte seinen Arm um mich, als wir zum Auto gingen. Auf der Heimfahrt erzählte er mir, dass das Wochenende mit den Mädchen gut gelaufen war: Am Samstag war er mit Rose unterwegs gewesen, und am Sonntag hatte er seine Mutter zum Mittagessen eingeladen. Nella hatte ihm beim Kochen geholfen. Sie hatten miteinander reden können, und sie hatte ihm gesagt, dass kein Grund zur Sorge bestand. Emyr wollte ihr nur helfen, ihre Karriere als Sängerin auf die Beine zu stellen. Sie übte für das Vorsingen, und sie würde uns sagen, wann es so weit war. Abends hatten Bob und die Mädchen im Fernsehen einen Film gesehen, erzählte er. Rose hatte sich auf dem Sofa an ihn gekuschelt, und Nella hatte sich an ihn gelehnt und den Kopf auf seine Schulter gelegt, wie sie das immer getan hatte, als sie noch klein war.

»Das ist schön«, sagte ich. Meine Wut auf ihn war nach meinem kurzen Stockholm-Abenteuer ein wenig verpufft. »Vielleicht sollte ich öfter mal wegfahren.«

Bob lachte, warf mir aber einen nervösen Blick zu.

»Geht es dir besser?«

»Ich weiß es nicht.« Ich dachte darüber nach. Ich fühlte mich ruhiger. Die Auszeit hatte mir gutgetan, mir geholfen, das Gefühl hilflosen Ärgers hinter mir zu lassen und mich auf ihn zu zu bewegen. »Ich glaube schon.«

»Gut.« Er lehnte sich zu mir herüber und tätschelte mein Knie. »Und jetzt erzähl mir von Stockholm.«

Ich erzählte ihm von der Stadt: von dem blauen Himmel, den glitzernden Inseln im Meer, dem schönen, kleinen Hotel am Rand des Wassers, den Kopfsteinpflasterstraßen von Gamla Stan, dem Turmrestaurant mit dem Panoramablick, dem grandiosen hölzernen Kriegsschiff im Vasa-Museum, das ich mir nach meinem Essen mit Solveig Lindberg dort angesehen hatte. Es war im 17. Jahrhundert von König Gustav Adolph gebaut worden und in dem schmalen Kiel waren so viele Kanonendecks untergebracht worden, dass es umgekippt und bei seiner Jungfernfahrt gesunken war. Der Ehrgeiz und die Dummheit dieses Vorhabens hatten einen starken Eindruck auf mich gemacht. Die Tatsache, dass niemand – weder die Architekten noch die Schiffsbauer, Marinestrategen und politischen Berater – es gewagt hatte, dem König zu sagen, dass das Schiff sich selbst im Hafen schon nicht mehr aufrecht halten konnte und dass deshalb Horden von Seeleuten angeheuert worden waren, um auf den Decks herumzulaufen, als der König das Schiff besichtigte, damit es so aussah, als wäre es ausbalanciert.

»Schweden würde dir gefallen.« Ich zögerte. »Vielleicht können wir irgendwann einmal zusammen hinfahren.«

Ich sagte nichts davon, dass alles dort höllisch teuer war. Das war ein Schock für mich gewesen, und erst recht für mein Konto. Und ich sagte auch nichts davon, mit wem ich im Vasa-Museum zu Mittag gegessen hatte.

Als wir nach Hause kamen, kam Rose mir entgegengelaufen, um mich zu begrüßen. Sie freute sich, dass ich wieder zurück war. Nella freute sich auch, das sah ich, obwohl sie zunächst so tat, als hätte sie meine Abwesenheit gar nicht bemerkt. Beiden gefielen die Fäustlinge, und Bob nahm den Aquavit gnädig entgegen, öffnete ihn und schenkte uns einen Aperitif ein. Das Haus war aufgeräumt. Bob hatte zum Abendessen einen Auflauf vorbereitet. Nella hatte einen Salat gemacht und Rose ein paar Törtchen glasiert, zum Ausklang, wie sie das nannte. Wir aßen zusammen, und ich fühlte mich entspannter als seit Langem. Als ich mich in der gemütlich beleuchteten Küche umsah, kam es mir unmöglich vor, dass etwas, irgendetwas, diese kleine Einheit aus Bob, mir und den Mädchen zerstören könnte. Doch in der Nacht, als wir ins Bett gingen und Bob versuchte, mich zu lieben, kam die Übersetzerin zurück.

Sie trug ihre Kopfhörer und ihr winziges Kleid. Bob hatte seinen Anzug an, und die Brille auf die Nasenspitze geschoben, sein Blick war ernst. Er saß an einem Tisch, sein Name stand auf einem kleinen Schild vor ihm. Die Übersetzerin lächelte ihn an. Er lächelte sie an. Jedes Mal, wenn er sprach, wiederholte sie seine Worte. Er mochte ihre Stimme, die seine Sätze in ihrer Sprache wiedergab. Sie mochte es, sie für ihn zu formen, sie den Zuhörern zu präsentieren, geschliffen und poliert. Dann änderte sich das Bild und ich sah ein Bett, ein Hotelbett wie das, in dem ich in Stockholm geschlafen hatte, nur dass dieses Bett breiter war und stattlicher, und darin lagen Bob und die Übersetzerin, und sie hatte die Kopfhörer abgelegt und das winzige Kleid …

»Es tut mir leid«, flüsterte ich. »Ich bin noch nicht so weit.«

In den folgenden Tagen fand ich irgendwie nicht die Zeit, Bob von meinem Treffen mit Solveig Lindberg in Stockholm zu erzählen. Nach meiner Rückkehr war viel zu tun, ich hatte an Arbeit einiges aufzuholen, musste den Haushalt wieder auf Vordermann und die Mädchen hierhin und dorthin bringen. Der wahre Grund für mein Schweigen war jedoch der, dass ich mir über meinen nächsten Schritt noch nicht im Klaren war. Natürlich war es keine große Sache, das Treffen geheim zu halten, zumindest sagte ich mir das zu der Zeit. Aber trotzdem belastete es mich, denn bis zu diesem Zeitpunkt hatte ich im Großen und Ganzen nie Geheimnisse vor Bob gehabt – auch keine unbedeutenden.

Nella schien gut gelaunt zu sein. Abends hörten wir sie das Lied von Billie Holiday in ihrem Zimmer mitsingen. Offensichtlich arbeitete sie hart für *Jazz Quest*. Und eines Abends Ende der Woche erschien sie in einem engen, kurzen Rock und einem knappen T-Shirt, das Gesicht mit Make-up zugepflastert in der Küche, nachdem ich von der Arbeit nach Hause gekommen war.

»Mama, kannst du mich fahren. Nach Fairwater rüber?«

»Jetzt?« Ich sah auf die Uhr. Es war bereits sechs.

»Ja.«

»Und was ist mit dem Abendessen?«, fragte ich. »Und deinen Hausaufgaben?«

»Ich bekomme dort etwas zu essen. Und meine Hausaufgaben habe ich gemacht.«

»Okay.« Ich sah keinen Grund, warum sie nicht ein paar Stunden ausgehen sollte. »Wo soll ich dich hinbringen?«

»Zu meiner Freundin.«

»Zu welcher Freundin?«

»Zu Tamsin.«

»Wer ist das? Du hast sie noch nie erwähnt.«

Nella seufzte. »Mama, ich habe viele Freunde, das weißt du

doch.« Sie sprach langsam, als würde sie mit einer Halbidiotin reden.

Ich nickte. »Wann bist du zurück?«

»Ich rufe dich an.«

Ich dachte einen Moment darüber nach, ihr zum x-ten Mal zu erklären, dass ich nicht ihr Chauffeur war, befand aber, dass es nicht der Mühe wert war.

»Gut«, sagte ich. »Dann komm. Lass uns fahren.«

Wir gingen in die Diele. Sie nahm ihre Tasche und blieb an der Tür stehen, während ich meinen Mantel anzog. Nella beobachtete mich, griff aber nicht nach ihrer Jacke.

»Du willst doch nicht so gehen, oder?«, fragte ich. »Du wirst dich zu Tode frieren.«

Wenn ich mit meiner älteren Tochter spreche, scheint es mir manchmal unmöglich, nicht von einem Klischee ins andere zu fallen. Ich hätte auch sagen können, »Soll ich dir deine Jacke geben?«, oder so etwas. Stattdessen muss ich immer die gleichen alten, abgegriffenen Phrasen wiederholen. Ich wünschte, ich könnte damit aufhören, aber das scheint mir nicht möglich zu sein. Vielleicht ist das irgendein uralter beschützender – oder überbeschützender – Instinkt, der in der DNA jeder Mutter verankert ist.

»Bist du sicher, dass du keine Jacke anziehen willst?«, fuhr ich fort, als wir hinausgingen, ins Auto stiegen und losfuhren. »Ich glaube, auf dem Rücksitz liegt eine.«

Nella ignorierte meine Bemerkung. Stattdessen klappte sie die Sonnenblende herunter und inspizierte ihr Gesicht im Spiegel, obwohl es dunkel war und sie fast nichts sehen konnte.

»Du könntest sie in die Tasche stecken. Nur für alle Fälle.«

»Für welchen Fall, Mutter?« Nella nennt mich immer »Mutter«, wenn sie sauer auf mich ist. »Ich steige aus dem

Auto und gehe ins Haus. Dann gehe ich aus dem Haus und steige ins Auto. Was glaubst du, was dabei passiert? Eine biblische Flut? Ein Hurrikan? Und selbst wenn es so wäre, wie sollte die Jacke mir da helfen?«

Ich nickte, gebührend verwarnt. Nella hatte in gewisser Hinsicht recht. Und ich auch. Ich verstand ihr Argument, aber sie würde meines nicht verstehen, nicht, bevor sie deutlich älter war. Deshalb war es sinnlos, das Thema weiterzuverfolgen.

Wir fuhren schweigend weiter. Ich überlegte mir, ob ich ihr sagen sollte, dass ihre Augen ein bisschen zu stark geschminkt waren, entschied mich aber dagegen. Als wir nach Fairwater kamen, klappte sie die Sonnenblende zurück, guckte, wo wir waren und leitete mich zu einer ruhigen, gut beleuchteten, modernen Anlage mit gepflegten Rasenflächen vor jedem der frei stehenden Häuser.

»Du kannst hier halten«, sagte sie. »Und drehen.«

»Welches Haus ist es?«

»Eins von denen da.« Sie zeigte lässig mit der Hand zu der Anlage hin.

»Wann soll ich dich abholen?«

»Wie ich gesagt habe: Ich rufe dich an.«

»Vor elf, bitte, denk daran.« Ich beugte mich zu ihr hinüber und küsste sie flüchtig auf die Wange.

Sie stieg aus und schloss die Tür. Ich sah, dass sie darauf wartete, dass ich losfuhr, bevor sie zu dem Haus ging, deshalb wendete ich und setzte langsam auf die Straße hinaus. Dabei warf ich einen Blick in den Rückspiegel und sah sie den Bürgersteig entlang zu einem der Häuser gehen. Als sie an der Tür war, ging sie auf. Eine Gestalt erschien im Türrahmen, beleuchtet von dem Licht in der Diele. Die Gestalt eines Mannes mit lockigem, rotem Haar. Ich spähte in den Spiegel, versuchte zu sehen, wer das war, dann erkannte ich ihn: Emyr Griffiths.

Ich zuckte zusammen, als der Reifen die Straßenkante rammte. Als ich das Auto zurück auf die Straße gelenkt und um die Ecke gebogen war, waren das Haus und die Gestalt in der Tür nicht mehr zu sehen.

Sobald es möglich war, parkte ich am Straßenrand, suchte in meiner Tasche nach meinem Handy und rief Nella an. Ihr Telefon klingelte, doch sie meldete sich nicht. Ich versuchte es noch einmal, aber sie meldete sich noch immer nicht, deshalb schickte ich ihr eine SMS und bat sie, mich sofort anzurufen. Dann wartete ich auf eine Antwort und wurde immer wütender. Nella hatte mich angelogen. Sie hatte gesagt, dass sie sich mit einer Freundin treffen wollte, aber das wollte sie nicht, sie besuchte Emyr zu Hause ... Wenn sie nicht zurückrief, würde ich zurückgehen, an der Tür schellen und fragen, was das sollte, beschloss ich.

Das Handy klingelte.

»Was ist los?« Nella klang sauer.

»Hör mal«, sagte ich, »du hast mir gesagt, dass du dich mit deiner Freundin Tamsin triffst. Aber du bist mit Emyr Griffiths in diesem Haus ...« Ich hielt inne, als ich merkte, dass meine Stimme anstieg.

»Ja? Tamsin ist auch hier. Wir sprechen mit Emyr über unsere Einspielung.« Es entstand eine Pause, als Nella sich von ihrem Mithörer, wer immer das war, entfernte und ihre Stimme zu einem Flüstern senkte. »Und du sollst aufhören, mir hinterher zu spionieren.«

»Ich spioniere dir nicht hinterher. Ich will nur sichergehen ...«

»Hör zu, Mama, es geht mir gut«, unterbrach sie mich. »Beruhig dich.« Sie sprach mit mir, als wollte sie eine Geisteskranke beruhigen. »Ruf mich nicht wieder an.«

»Okay. Aber wem gehört das Haus?«

»Emyr.«

»Das hast du mir nicht gesagt.«

»Also, ich treffe mich hier mit Tamsin – im Studio. Das ist in dem Haus.«

»In Ordnung. Aber du hättest es mir sagen sollen.« Ich zögerte. »Bleib nicht zu lange. Wann soll ich dich abholen?«

»Ich gebe dir Bescheid.« Mit diesen Worten stellte Nella ihr Handy aus.

Wütend fuhr ich nach Hause und fragte mich, ob ich überreagiert hatte. Nella hatte mich nicht direkt angelogen, aber sie hatte mir auch nicht die Wahrheit gesagt. Als ich nach Hause kam, beschäftigte ich mich damit, Rose mit den Hausaufgaben zu helfen, und nachdem sie ins Bett gegangen war, sah ich fern, das Handy in der Hand. Es klingelte nicht, aber genau fünf vor elf schloss Nella die Haustür auf. Als sie zur Tür hereinkam, hörte ich ein Auto die Straße hinunterfahren.

»Oh, du bist gebracht worden«, sagte ich und trat in die Diele.

Nella nickte, legte ihre Tasche ab und ging in die Küche. Ich folgte ihr.

»Es tut mir leid, dass ich in Panik geraten bin«, sagte ich, als sie sich eine Scheibe Brot abschnitt und sie mit Erdnussbutter bestrich. »Aber ich wünschte, du hättest mir gesagt, was du vorhast, das ist alles. Ich mache mir Sorgen um dich. Emyr …« Ich unterbrach mich, dann begann ich noch einmal. »Nun ja, wir kennen ihn nicht sonderlich gut, nicht?«

Nella gestikulierte ungeduldig mit dem Messer in der

Hand. »Ich möchte jetzt nicht darüber reden, Mama. Mir geht so viel durch den Kopf.«

Ich antwortete nicht. Es war klar, dass eine weitere Diskussion des Themas zu einem Streit führen würde. Deshalb beschloss ich, ins Bett zu gehen.

»Mach bitte das Licht aus, wenn du hochgehst«, sagte ich. »Papa ist heute Abend in London.« Als ich durch die Diele ging, fügte ich hinzu: »Und denk daran, Nella. Ich mag es nicht, angelogen zu werden. Mach das bitte nie wieder.«

Am nächsten Tag war ich zu beschäftigt, um länger über meine Auseinandersetzung mit Nella nachzudenken. Ich hatte an diesem Morgen einen neuen Patienten, der jetzt anstelle von Jean kommen würde, und danach sollte Gwydion kommen, nachdem er die letzte Stunde versäumt hatte. Ich fragte mich, in welcher Stimmung er sein würde.

Pünktlich um elf klopfte es an meiner Tür, und er trat ein. Er trug ein Oberteil mit einer Kapuze, Jeans und seine Turnschuhe. Er sah entspannt und zuversichtlich aus.

»Schön, dass Sie wieder da sind«, sagte ich, als er in dem Sessel mir gegenüber Platz nahm.

»Danke«, antwortete er.

»Und? Wie ist es gelaufen?«

»Gut. Sehr gut, um genau zu sein. Der Regisseur und ich haben die gleiche Wellenlänge. Er ist sehr intelligent, sehr intuitiv. Wir haben an dem Drehbuch gearbeitet und ein paar Änderungen vorgenommen.« Er lächelte. »Ich habe bisher noch nie mit den Topleuten gearbeitet. Das ist eine ganz neue Erfahrung für mich.«

»Das ist super.« Ich schwieg. »Keine Schlafprobleme mehr?«

»Nein.« Er klang aufgeregt. »Die Sache ist die, Jessica, seit ich Sie das letzte Mal gesehen habe, hat sich alles verändert. Ich habe den Traum zu Ende geträumt, verstehen Sie?«

»Aha?«

»Ich weiß jetzt, was passiert.« Er schwieg. »Können Sie sich erinnern, wie weit wir waren?«

»Ich denke, ja.«

Klienten machen das oft. Sie erwarten, dass man sich sofort an die genauen Details ihrer inneren Landschaft erinnert, und vergessen, dass man noch mit Dutzenden anderer innerer Landschaften zu tun hat. Doch aus Gründen, die aus meiner eigenen inneren Landschaft resultierten, erinnerte ich mich an die wichtigsten Punkte aus Gwydions Traum recht genau.

»Sie waren in der Kiste. Dem dunklen Raum. Sie hatten Angst. Über sich hörten Sie Stimmen, Streiten. Und dann kam ein plötzlicher Stoß.«

»Richtig. Ich bin unten in der Dunkelheit.« Wie üblich, kam er sofort zur Sache, schloss die Augen und senkte die Stimme zu einem Flüstern. Mir fiel auf, dass er in der Gegenwart sprach. »Ich bin zu Tode erschrocken. Habe Angst, dass ich sterben muss. Und dann ist da … draußen, direkt vor der Kiste, ein Aufschlag. Ein lauter Aufschlag, als würde etwas Schweres wie ein Körper ins Wasser fallen. Die Kiste bewegt sich wieder und mir wird klar, dass sie auf dem Wasser schwimmt. Mit mir darin.« Seine Stimme begann leicht zu zittern. »Ich fange an zu schreien, immer lauter. Niemand kommt, niemand hört mich, deshalb schreie ich so laut, wie ich kann. Und dann wache ich plötzlich auf.«

Ein Schweigen entstand. Ich brach es nicht, aber meine Gedanken rasten. Alles ergab langsam einen Sinn. Gwydion war nicht in einer Kiste eingesperrt gewesen, wie er es beschrieben hatte, er war im Laderaum eines Boots gewesen, während oben an Deck eine Auseinandersetzung stattfand – eine Auseinandersetzung zwischen einem Mann und einer Frau, die mit einem Aufschlag geendet hatte: damit, dass etwas oder jemand über Bord gesprungen – oder geworfen worden – war. Und wenn die Stimme Evan gehörte? Und die der Frau Elsa?

Gwydion öffnete die Augen und sah mich an. Er sah irgendwie erleichtert aus, als hätte er das Ende einer Aufgabe erreicht und wäre froh, sie zufriedenstellend ausgeführt zu haben.

»Und, was meinen Sie?«

Ich gab die Frage an ihn zurück, wie ich das gewöhnlich tue. »Was meinen Sie selbst?«

Er runzelte die Stirn. »Es geht offensichtlich um meinen Vater. Um etwas, das vor so langer Zeit passiert ist, dass ich mich nicht daran erinnere … um etwas Schlimmes …«

Ich nickte. Auch das mache ich gewöhnlich.

»Ich weiß, dass ich mit Evan auf seiner Jacht gesegelt bin, als ich noch sehr klein war. Ich erinnere mich schwach, dass ich von Zeit zu Zeit mit hinausgefahren bin. Als Kind habe ich das offenbar gehasst. Das tue ich immer noch. Ich werde furchtbar seekrank.«

Ich führte ihn zu dem Traum zurück. »Aber Sie können sich nicht an diesen speziellen Vorfall erinnern. Nicht bewusst, jedenfalls.«

»Nein, absolut nicht. Vielleicht war ich damals noch sehr klein. Ich weiß es nicht.«

Wieder breitete sich Schweigen aus. Und wieder zählte ich zwei und zwei zusammen. Konnte Evan Elsa auf der Jacht mit hinausgenommen und über Bord gestoßen, sie in dem kalten

Wasser sich selbst überlassen haben, während er mit seinem kleinen Sohn in der Kabine weitergesegelt war? Doch wenn das so war, warum? Was konnte sein Motiv gewesen sein?

Nach einem kurzen Schweigen sagte ich: »Gehen wir zurück zu der Stimme der Frau. Sie gehörte definitiv nicht Ihrer Mutter?«

»Definitiv nicht.«

»Niemandem, den Sie erkannt haben?«

»Nein.«

Ich versuchte es anders. »Wie klang die Stimme?«

»Hoch. Jung. Zuerst hat sie irgendwie gekichert. Ich nehme an, dass sie etwas getrunken haben. Und dann, als er gemein wurde, ist sie höher geworden. Panisch. Sie hat laut geschrien, bevor sie … bevor ich den Aufschlag gehört habe.«

Ich nickte. Auch das schien hineinzupassen. Mari hatte mir erzählt, dass Evan einen Ruf als Trunkenbold und Schürzenjäger hatte. Als eine seiner vielen Eroberungen hatte sie diesbezüglich Kenntnisse aus erster Hand. Und auch ich war bei meinem kurzen Besuch auf dem Anwesen der Morgans Zeugin einer seiner Wutausbrüche geworden. Was, wenn Evan Elsa auf dem Boot mit hinausgenommen, einen Annäherungsversuch unternommen hatte und wütend geworden war, als sie ihn zurückgewiesen hatte? Hatte er mit ihr gekämpft und sie versehentlich über Bord gestoßen? Oder, was sehr viel schlimmer wäre, sie in betrunkenem Zustand in einem Wutanfall absichtlich über Bord geworfen?

»Können Sie sich an etwas erinnern, das passiert ist, nachdem Sie den Aufschlag gehört haben?«

»Nein. An nichts.« Gwydion sah nachdenklich aus. »Ich bin mir sicher, dass es in dem Traum um etwas geht, das tatsächlich passiert ist. Und ich werde herausfinden, was es ist.« Er schwieg. »Mir geht es schon besser, seit ich den Traum zu Ende geträumt habe. Er ist seitdem auch nicht mehr zurückgekommen. Ich schlafe wie ein Baby.«

»Das ist gut, das freut mich.«

»Ich fühle mich sogar so gut, dass ich wohl nicht mehr zu Ihnen zu kommen brauche«, fuhr er fort.

Ich war verblüfft. So sehr mich Gwydions Fortschritt auch freute – der größtenteils ohne meine Hilfe erfolgt war, wie ich zugeben musste –, hatte ich nicht damit gerechnet, dass er die Therapie so kurzfristig abbrechen würde. Nachdem er zurückgekommen war, hatte ich gedacht, dass ich ihn auf der ganzen Reise, der ganzen Strecke begleiten und nicht nur für eine Station auf- und dann wieder abspringen würde. Außerdem war ich neugierig. Ich wollte das Ende dieser Geschichte erfahren, wollte wissen, wie es von hier aus weiterging.

»Sie sind also der Meinung, dass Sie alleine zurechtkommen?« Ich tat mein Bestes, ermutigend zu klingen.

»Ja. Sie haben mir in die Startlöcher geholfen. Ich glaube, jetzt muss ich einfach mein Leben weiterleben.«

Ich habe das schon viele Male erlebt. Die Gegenübertragung, gleichgültig ob positiv oder negativ, bringt es mit sich, dass man sich als Psychotherapeut mit dem Leben seiner Klienten verbunden fühlt. Man kann sich nicht vorstellen, wie sie ohne einen zurechtkommen wollen. Oder, wenn man ehrlich ist, andersherum. Wie ich bereits früher erwähnt habe, ist das Therapeutsein ein wenig mit dem Elternsein zu vergleichen. Wenn man seinen Job gut macht, bekommt man früher oder später die Kündigung. Nur dass man sich von seinen Klienten, diesen Leuten, die man mit der Zeit so gut kennengelernt hat – vielleicht besser, als ihre Liebhaber, Familien und Freunde sie je kennenlernen werden –, endgültig verabschiedet. Ohne wöchentliche Anrufe, Ferienpostkarten, Familienfeste. Sie gehen aus dem Raum, und das war es. Für immer. Manchmal ist das nicht leicht.

Gwydion sah mich an und lächelte. Ein warmes, offenes Lächeln, das ich noch nie auf seinem Gesicht gesehen hatte.

»Danke für Ihre Hilfe, Jessica.«

Ich lächelte zurück. »Nun, Sie scheinen den größten Teil der Arbeit allein geleistet zu haben.«

»Nicht ganz. Es war wichtig, mit Ihnen reden zu können.« Er zögerte. »Aber jetzt ist mir klar geworden, dass ich den nächsten Schritt alleine tun muss. Ich muss herausfinden, was der Traum zu bedeuten hat. Ich glaube, dass ich Zeuge eines Unfalls gewesen bin. Vielleicht sogar …«

Sein Satz hing in der Luft. Ich wartete, aber er beendete ihn nicht.

»Mir fehlt nichts mehr«, fuhr er fort. »Ich war wirklich traumatisiert von dem, was immer in der Vergangenheit passiert ist. Aber jetzt, seit ich angefangen habe, mich daran zu erinnern, habe ich das Gefühl, als sei ein schweres Gewicht von meinen Schultern genommen.«

»Und die Knopfphobie? Was ist damit?«

»Ja, die.« Er runzelte die Stirn.

»Hat sich die auch erledigt? Als Resultat davon, dass Sie … zum Ende des Traums gekommen sind?«

»Nicht ganz. Nein.« Er schwieg. »Aber ich habe mich entschlossen, Ihren Rat zu befolgen. Ich habe mich um eine Therapiemöglichkeit gekümmert.«

»Ja?« Ich konnte nicht umhin, mich ein wenig verletzt zu fühlen, dass er nicht einen meiner Kollegen im Haus kontaktiert hatte, wie ich es ihm vorgeschlagen hatte.

»Ja. Nicht so weit von zu Hause weg.«

»Das ist sinnvoll.« Ich wartete. Ich wollte mehr erfahren, hatte aber das Gefühl, ihm genug Fragen gestellt zu haben. »Nun, dann …« Es war an der Zeit, die Stunde zu beenden.

Gwydion erhob sich aus seinem Sessel, und auch ich stand auf, um ihn zu verabschieden.

»Viel Glück. Alles Gute.«

Ich streckte die Hand aus. Doch zu meiner Überraschung nahm er sie in beide Hände, statt sie zu schütteln, und hielt sie einen Moment lang fest.

»Auf Wiedersehen, Jessica«, flüsterte er. Er trat einen Schritt auf mich zu und küsste mich leicht auf die Wange. Ich nahm den vertrauten Geruch seines Körpers und seines Haars in mich auf. Es roch warm, vertraut, bekannt, wie der Kopf eines Babys – eines eigenen Babys, das man seit seiner Geburt innig und leidenschaftlich geliebt hat. Ich begriff, dass mir das unterschwellig bewusst gewesen war, seit er zum ersten Mal meinen Therapieraum betreten hatte. Pheromone, nannte man sie. Diese sexuellen, mütterlichen, ursprünglichen, biologischen Dinger. Man kann sie nicht mit Parfüm, Deo oder Shampoo überdecken. Sie riechen auch nicht gut oder schlecht. Sie riechen einfach wie sie selbst, sind einzigartig für ein Wesen, wer oder was auch immer es ist. Und ob sie nun von einem Baby, einem potenziellen Partner oder einem Todfeind kommen, man reagiert darauf wie ein Tier.

»Auf Wiedersehen, Gwydion.« Einen Moment fragte ich mich tief in meinem Inneren, was er war: Kind, Liebhaber, potenzielle Bedrohung. Oder vielleicht eine Mischung aus allem.

Ein plötzlicher Schwindel überkam mich. Ich schloss die Augen und versuchte, nicht mit den Füßen zu wippen. Dabei fühlte ich seine Lippen meine Wange streifen, bis sie meinen

Mund erreichten. Warm und süß spürte ich seinen Atem in meinem Gesicht. Mein Herz begann zu hämmern. Ich wusste, dass wir uns wie Liebende küssen würden, wenn ich mich auf ihn zubewegte, selbst wenn es unabsichtlich geschah. Doch ich bewegte nicht einen Muskel.

So blieben wir stehen, keiner rührte sich, als wäre die Zeit außer Kraft gesetzt. Dann spürte ich seine Hand aus meiner gleiten, und als ich die Augen öffnete, war er auf dem Weg zur Tür und hatte mir den Rücken zugewandt. Ich beobachtete, halb erleichtert, halb bedauernd, wie er die Tür öffnete, auf den Gang hinaustrat, um die Ecke bog und verschwand.

10

Am kommenden Wochenende fuhren Bob und ich mit den Mädchen in den Westen, nach Pembrokeshire. Wir fahren immer an denselben Ort und mieten einen kleinen Bungalow, der den Strand überblickt und eine atemberaubende Aussicht auf das Meer hat. Wir waren schon viele Male dort gewesen, und die Kinder hatten das Haus immer geliebt. Ich hatte mich oft gefragt, ob sie lieber dort waren als in unserem eigenen Haus: dekoriert mit nachgemachten Barometern, mit Blumenkörben aus Porzellan und selbst gemachten Dekorationen aus Kiefernzapfen, von denen die meisten Igel in Menschenkleidern darzustellen schienen. Aber inzwischen waren sie ein wenig zu alt, um so etwas noch schön zu finden, dachte ich ein wenig traurig. Nella hatte überhaupt nicht mitkommen wollen. Das Haus und der angrenzende Strand übten keinen Reiz mehr auf sie aus – sie wurde langsam erwachsen und ließ solch einfache Freuden hinter sich.

Doch Bob und Rose schienen hier ziemlich glücklich zu sein. Beide surften gerne und schlüpften in ihre Neoprenanzüge, sobald wir da waren, holten ihre Surfbretter heraus und verschwanden an den Strand, begierig, die letzten Wellen der Saison zu erwischen, während das Meer noch relativ warm war. Mir war es jedoch viel zu kalt, und ich blieb lieber im Haus. Nella, die nie sehr sportlich gewesen war, leistete mir Gesellschaft. Die meiste Zeit hing sie in ihrem Zimmer herum, machte Singübungen oder saß in eine Decke gehüllt in einem Sessel am Fenster, simste mit ihren Freundinnen, die Kopfhörer auf den Ohren. Unterdessen beschäftigte ich mich im Haus, machte Betten, die nicht gemacht werden mussten, und mühte mich mit den einfachsten Gerichten ab. Und wenn nichts zu tun war, setzte ich mich mit einem Buch neben sie ans Fenster oder starrte aufs Meer hinaus und beobachtete die zwei kleinen schwarzen Flecken, die in den Wellen hüpften und die mein Mann und meine Tochter sein mussten.

Die meiste Zeit dachte ich an Gwydion und an das, was er mir in der letzten Stunde erzählt hatte. Es kam mir nicht unwahrscheinlich vor, dass er als kleines Kind auf dem Boot gewesen und Zeuge von Elsas tödlichem Unfall geworden war. Es war ebenfalls nicht unwahrscheinlich, dass Evan am Tod des Mädchens schuld war. Sollte das wirklich der Fall sein, fragte ich mich, was ich mit dieser explosiven, neuen Information anfangen sollte.

Als Psychotherapeutin war meine Rechtsposition klar. Ein Klient, der einem im Vertrauen erzählt, dass er jemanden umbringen will, muss sofort gemeldet werden, und wenn ein Klient damit droht, Selbstmord zu begehen, sollte man auch aktiv werden. Ansonsten steht es einem völlig frei, sich darüber auszuschweigen, was für entsetzliche Geschichten die Klienten einem erzählen. Gwydion hatte sich mir gegenüber sehr allgemein zu einem Vorfall geäußert, der vor Jahren geschehen war. Niemand würde in naher Zukunft dafür zur Rechenschaft gezogen werden. Formal juristisch betrachtet musste ich demnach nichts unternehmen.

Aber war es als Staatsbürgerin – als gute Staatsbürgerin – nicht meine moralische Pflicht, Gwydion über einige Tatsachen zu informieren, die seine Vergangenheit angingen und die er nicht zu wissen schien? Die seine Eltern möglicherweise vor ihm geheim hielten? Vor allem die, dass in seiner Kindheit ein junges Mädchen, Elsa Lindberg, sein Au-pair-Mädchen, in der Bucht direkt vor dem Haus ertrunken war, möglicherweise auf einem Bootsausflug, den sie mit Evan gemacht hatte. Und auch, dass ich mit Solveig Lindberg, der Mutter des Mädchens, gesprochen hatte und dass sie überzeugt war, dass die Familie Morgan log, was die Umstände um den Tod ihrer Tochter angingen.

Andererseits würde Gwydion so erfahren, dass ich ohne sein Wissen in seiner Vergangenheit herumgeschnüffelt hatte. Wenn ich zugab, hinter seinem Rücken mit anderen – wie Mari Jones und Solveig Lindberg – über die Geschichte gesprochen zu haben, könnte er sich verständlicherweise hintergangen fühlen und wütend werden. Und das wollte ich nicht.

Natürlich beschäftigten mich nicht nur die Enthüllungen über seine Vergangenheit, sondern auch die Art und Weise, wie wir auseinandergegangen waren. Während ich dasaß und auf das Meer hinaussah, stellte ich mir vor, wie es sich angefühlt hätte, hätten seine Lippen meine berührt, hätte ich eine kleine Bewegung auf ihn zu gemacht, wäre ich auf seinen Annäherungsversuch eingegangen. Während ich zusah, wie die Wellen auf das Ufer aufschlugen, umarmte er mich mehr als einmal leidenschaftlich, presste seinen Körper gegen meinen und … und … Nun, ich versuchte, mich nicht zu schuldig dabei zu fühlen, was ich mir als Nächstes vorstellte. Fantasien sind ein gesunder und normaler Teil unseres Sexuallebens, nicht? Ein wesentlicher Teil, was die meisten von uns angeht. Daran ist nichts Falsches. Doch in diesem Fall gingen sie mit dem albernen, kindischen Tagtraum einher, dass er sich wahnsinnig in mich verliebte und ich mich wahnsinnig in ihn.

Nichts als eine emotionale Reaktion auf das, was mit Bob und der Übersetzerin passiert war, sagte ich mir. Eine Art Rache. Und möglicherweise eine Reaktion auf den Geschmack der Freiheit, die ich in Stockholm gekostet hatte. Sie würde schnell genug vorübergehen. Was die Situation verwirrend machte, war natürlich, dass Gwydion mein Klient gewesen war. Und dass ich durch meine Begegnung mit ihm jetzt in die düstere Vergangenheit der Morgans verwickelt wurde, indem ich herauszufinden versuchte, was vor all den Jahren draußen in der Bucht mit diesem jungen Mädchen passiert war.

Es machte die Sache nicht leichter, dass das Cottage, in dem wir uns aufhielten, nur wenige Meilen von dem Anwesen der Morgans entfernt lag. Ich war mir nur zu sehr der Tatsache bewusst, dass es ein Leichtes für mich wäre, das Telefon zu nehmen, zu erklären, dass ich in der Nähe sei, und beiläufig vorzuschlagen, kurz auf einen Besuch vorbeizuschauen. Aber das tat ich nicht. Stattdessen saß ich am Fenster und schaute unentschlossen auf das Meer hinaus.

Am Sonntagmorgen entschloss ich mich zu handeln. Das Rätsel um Elsa Lindberg ging mir nicht aus dem Kopf, und ich wusste, dass ich vielleicht ein wenig mehr herausfinden würde, wenn ich den Morgans einen kurzen Besuch abstattete. Es erschien mir dumm, die Gelegenheit nicht beim Schopf zu packen, da ich doch in der Nähe war; also tat ich es.

Ich stand auf und zog mich mit einer braunen Cordhose und einem dunkelgrünen Pullover mit Zopfmuster lässig, aber sorgfältig an und machte mir die Haare wie ein Mädchen vom Lande, eine Spange auf einer Seite. Nella lag noch im Bett, und ich wusste, dass sie mindestens bis zum Mittag dort bleiben würde. Bob und Rose frühstückten und warteten darauf, dass ihre Neoprenanzüge trockneten, und planten ihren nächsten Wellenritt. Ich gab vor, ins Dorf fahren und Proviant kaufen zu wollen und sagte, dass ich rechtzeitig zurück sein würde, um das Mittagessen zuzubereiten. Dann setzte ich mich ins Auto, bog auf die Straße hinaus und fuhr zum Anwesen der Morgans.

Ich rief von unterwegs aus an. Arianrhod ging ans Telefon. Ich erzählte ihr, dass ich zufällig in der Gegend sei und mich fragte, ob Gwydion zu Hause sei und ich auf einen kurzen Plausch vorbeikommen sollte. Ich könnte in fünfzehn Minuten dort sein. Sie klang überrascht, meinte jedoch, dass Gwydion da sei und sie beide sich freuen würden, mich zu sehen. Sie hatte durchaus freundlich geklungen, doch als ich über die Landstraßen zu ihnen fuhr, war ich trotzdem nervös. Ich wusste, dass ich mit Arianrhod über das, was passiert war, sprechen, sie möglicherweise mit der Tatsache konfrontieren musste, dass sie mich angelogen hatte – nun ja, nicht direkt angelogen, aber mit der Wahrheit hinter dem Berg gehalten hatte –, und ich war mir nicht sicher, wie ich das anstellen sollte.

Erst als ich auf die imposanten Eisentore zufuhr und auf die Klingel drückte, fragte ich mich, ob es wirklich eine gute Idee gewesen war, die Morgans heute zu besuchen. Falls es zu irgendeiner Art von Konfrontation zwischen mir und Arianrhod kam, war ich durch den Umstand, dass ich mich auf dem Grund und Boden der Morgans befand, eindeutig in der schlechteren Position. Ich hätte lieber Gwydion oder Arianrhod oder beide bitten sollen, mich in meinen Therapieräumen aufzusuchen, auch wenn ihnen das vielleicht etwas seltsam vorgekommen wäre, dachte ich, als die Tore sich öffneten und ich hindurchfuhr. Doch jetzt war es zu spät, meine Meinung zu ändern. Ich war hier, und ich würde die Suppe auslöffeln müssen. Oder die Morgans. Es sei denn, ich ließ das Ganze und gab vor, nur zum Zeitvertreib hier zu sein, und plauderte mit ihnen darüber, wie schön es war, an der Küste von Pembrokeshire Ferien zu machen. Was noch seltsamer gewesen wäre.

Ich parkte auf dem Kiesweg und vergewisserte mich, dass ich nicht an Evans Lieblingsstelle stand. Wieder kam einer der Pfauen, die auf dem Rasen herumstolzierten, auf mich zu, bewegte ruckweise den Kopf vor und zurück und stieß einen schrillen Schrei aus. Ich stieg aus, knallte die Autotür zu und beobachtete, wie er davontrippelte. Dann drehte ich mich um und sah Arianrhod aus einem der Blumenbeete neben dem Rasen auftauchen.

»Willkommen!« Sie kam mit einem Lächeln auf dem Gesicht auf mich zu. Sie schien wirklich erfreut, mich zu sehen.

Ich lächelte zurück. »Ich hoffe, ich störe Sie nicht.«

»Nicht im Geringsten. Ich jäte nur ein bisschen Unkraut.« Sie hielt die Hände hoch. Sie waren voller Schmutz. »Ich kann gut eine Pause vertragen. Kommen Sie herein.«

Wir gingen zur Haustür, die sie mit dem Ellenbogen aufstieß. Ich folgte ihr durch die dunkle Diele in die Küche. Dort bot sie mir einen Platz am Küchentisch an, ging zum Waschbecken und wusch sich die Hände.

»Tee oder Kaffee?«

»Ich nehme das Gleiche wie Sie.«

»Dann Kaffee.«

Ich sah zu, wie sie sich Hände und Arme an einem Handtuch abtrocknete. Ihr Gesicht war gerötet, das Haar leicht in Unordnung geraten, und sie trug einen alten Gartenpullover, der an den Handgelenken ausgefranst war.

»Gwydion kommt gleich herunter. Möchten Sie etwas essen?«

»Nein, nein. Ich habe nicht so viel Zeit. Ich muss zurück zu meiner Familie und mich um das Mittagessen kümmern. Wir haben ein Cottage hier in der Nähe gemietet.«

Wir unterhielten uns freundschaftlich über die Dörfer und Strände in der Nähe, wo man am besten aufgehoben war und welche man besser mied, während sie sich um den Kaffee kümmerte. Dann brachte sie alles herüber, zwei Tassen und eine Stempelkanne, eine Flasche Milch und eine Packung Kekse.

»Mehr habe ich heute leider nicht«, sagte sie. Sie setzte sich mir gegenüber und schenkte mir eine Tasse Kaffee ein.

Ich nahm einen Keks, und als sie mir die Tasse reichte, dippte ich eine Ecke in die dampfende Flüssigkeit. Mir fiel auf, dass sie es genauso machte. Dieses Mal schien sie mich weniger förmlich zu behandeln, mit der Flasche Milch und der Packung Kekse auf dem Tisch – mehr wie eine Freundin und nicht wie Gwydions Therapeutin.

Einen Moment lang mümmelten wir schweigend unsere kaffeegetränkten Kekse. Es tat mir leid, den Moment entspannter Vertrautheit zu zerstören, aber schließlich konnte ich nicht anders.

»Arianrhod, da ist etwas, das ich Sie fragen muss.«

»Hmm?« Arianrhod holte eine kleine Tube Handcreme aus der Tasche und drückte sich etwas davon in die Hand.

»Die schwedische Touristin, die ertrunken ist. Das Mädchen, von dem Sie letztes Mal, als ich hier war, gesprochen haben. Als wir oben auf den Klippen standen und auf das Meer hinausgeblickt haben.«

Sie nickte langsam, leicht erstaunt, worauf das hinauslaufen sollte, und verrieb die Creme in den Händen.

»Ich habe herausgefunden …«, ich schwieg erneut, noch immer kam keine Reaktion, »…, dass Sie in diesem Sommer bei Ihnen als Au-pair-Mädchen gearbeitet hat.«

»Wirklich?«, sagte sie. Sie blickte auf, einen verwirrten Ausdruck auf dem Gesicht. »Hat sie das? Daran erinnere ich mich nicht.«

»Aber Sie müssen sich doch daran erinnern.« Ich bemühte mich, ruhig zu klingen. »Das Mädchen hat für Sie gearbeitet, und dann ist sie ertrunken. So etwas vergisst man doch nicht.«

»Nein, natürlich nicht.« Sie zögerte. »Möglicherweise war sie irgendwann hier. Bevor sie ertrunken ist, meine ich.« Sie massierte die Creme in eine raue, schwielige Stelle an ihrem Zeigefinger ein. »Aber wir hatten damals so viele Au-pair-Mädchen. Immer war irgendein Mädchen hier, das ausgeholfen hat.«

Sie hörte auf zu massieren und machte die Creme wieder zu. Mir fiel auf, dass ihre Hände leicht zitterten.

Ich war mir sicher, dass sie log, und ich fragte mich, ob sie das tat, um Evan auf die eine oder andere Weise, die möglicherweise mit dem Skandal zu tun hatte, zu schützen. Aber ich entschloss mich, dem Gedanken im Moment nicht weiter nachzugehen.

»Wie geht es Gwydion?«, fragte ich stattdessen und wechselte das Thema.

Sie sah zu mir hoch. »Es scheint ihm ein wenig besser zu gehen«, antwortete sie. »Aber ich fürchte, er ist im Moment nicht sehr gesprächig. Jedenfalls mir gegenüber.«

»Hat er …«, ich zögerte, unsicher, wie ich meine nächste Frage formulieren sollte, »hat er Sie nach Dingen … aus seiner Kindheit gefragt?«

Wieder dieser verwunderte Blick. »Wie meinen Sie das?«

»Gwydion scheint zu glauben, dass er, als er noch klein war, etwas Traumatisches erlebt hat. Etwas, dass seine … Probleme verursacht haben könnte.«

»Nein. Darüber hat er mit mir nicht gesprochen.« Sie fuhr sich mit der Hand an die Schläfe, als wäre sie in Gedanken, doch die Geste hatte etwas Nervöses, Fiebriges. »Und mir fällt auch nichts ein, das …«, sie brach ab. »Ich weiß nicht, wo er bleibt. Warten Sie, ich hole ihn. Es dauert nicht lange.«

Arianrhod erhob sich schnell und verließ die Küche. Ich wartete, dachte, dass sie bald wieder zurück sein würde, doch das war sie nicht. Nach fünf Minuten war sie noch immer nicht wieder da. Ich hatte das Gefühl, dass das alles dauern würde, dass die Dinge sich komplizierter gestalteten, als ich erwartet hatte, deshalb griff ich nach meinem Handy und schickte Bob schnell eine SMS, dass ich aufgehalten worden war und erst am Nachmittag wieder zurück sein würde. Dann ging ich zum Küchenfenster und sah auf den Rasen hinaus.

Einer der Pfauen hatte vor einer nervös aussehenden, hässlichen braunen Pfauenhenne, die wenig beeindruckt schien und ihm offensichtlich zu entkommen versuchte, ein Rad geschlagen. Als der Pfau sich umdrehte, sah ich sein außergewöhnliches glänzendes Rückengefieder, zwei robuste braune Flügel und einen dünnen Fächer aus grauen Federn, die den zarten Baldachin oben hielten. Fasziniert beobachtete ich das Voranschreiten der Brautwerbung, wie der Pfau einherstolzierte und sich ganz allmählich an die Henne heranarbeitete, die nach einem Fluchtweg suchte.

Als die Minuten vergingen, wurde mir klar, dass es irgendeine Auseinandersetzung zwischen Gwydion und Arianrhod geben musste, vielleicht einen Streit. Ich fragte mich, worüber sie redeten.

Der Pfau steuerte auf die Henne zu, trieb sie an der Ecke des Blumenbeets in die Enge. Er schüttelte seine Schwanzfedern, kräuselte sie, dass die Smaragdgrün- und Blautöne im Sonnenlicht aufleuchteten, schwenkte sie hierhin und dorthin, bis die Henne völlig geblendet war. Dann trat er vor, um sie zu decken. Ich wandte den Blick ab.

Gwydion kam in die Küche. Allein. Er trug seine Sonntag-auf-dem-Land-Klamotten, eine verblichene Cordhose und eine schlabberige Wollstrickjacke über einem T-Shirt, das aussah, als wäre es in der Wäsche eingelaufen. Er hatte einen Ein- oder Zweitagebart und schien leicht nervös. Seine Wangen waren leicht gerötet, und er bewegte sich schnell, als wäre er ungeduldig vor Erwartung.

»Jessica. Schön, Sie zu sehen. Was machen Sie hier?«

»Ich bin über das Wochenende hier in der Nähe und wollte kurz sehen, wie es Ihnen geht.«

Er kam zu mir herüber und wollte mir einen Kuss auf die Wange geben, überlegte es sich dann jedoch anders. Ein Händeschütteln wäre zu formell gewesen, deshalb standen wir einfach am Fenster und kamen uns albern vor – oder zumindest erging es mir so.

»Warum sind Sie wirklich hier?«, fragte er. Er sprach leise, flüsterte fast. Mein Besuch schien ihn, genau wie Arianrhod, in eine Art nervöser Erwartung versetzt zu haben.

»Sie haben Ihre Stunde so abrupt beendet. Ich habe mich gefragt, warum.«

Ich erwähnte nicht, was am Ende der Stunde passiert war, aber es hing trotzdem in der Luft.

»Ich dachte, ich hätte es erklärt. Aber hören Sie …« Er zögerte. »Ich wollte Sie anrufen.«

»Aha?«

»Ja. Ich wollte meine Mutter nach dem Traum fragen. Nach der Frau. Und Evan.« Seine Worte schienen aus ihm herauszudrängen, als hätte er Angst, dass der Moment vorübergehen und er eine Gelegenheit verpassen könnte. »Aber irgendwie kann ich nicht mit ihr darüber reden. Ich glaube, es wäre hilfreich, wenn Sie dabei wären, wenn ich mit ihr spreche.«

Ich atmete tief ein. »Nun …«

Manchmal ziehen Therapeuten Eltern oder andere Familienmitglieder hinzu, um ein Problem mit einem Klienten zu besprechen. Das ist ein bewährtes Vorgehen, wenn auch keines, das ich jemals angewandt habe. Ich war mir nicht sicher, was ich davon halten sollte. Im Großen und Ganzen ziehe ich es, wie ich bereits gesagt habe, vor, einen Bogen um das Familiengepäck zu machen und die Klienten als Individuen zu behandeln. Ich bin schließlich Psychotherapeutin für existenzielle Psychotherapie – von der Ausbildung wie von der Einstellung her. Natürlich sind die Familienprobleme von extremer Wichtigkeit, aber wenn ein Mensch, aus welchem Grund auch immer, in Not ist, ist es meiner Ansicht nach besser, sie nicht mit einzubeziehen.

»Bitte, Jess. Helfen Sie mir. Ich kann das nicht allein.«

Ich atmete aus, so sanft ich konnte. Es war kein Seufzer, mehr ein Zeichen der Resignation. »Okay.«

Er lächelte erleichtert. »Gut. Wunderbar. Sie wartet im Wohnzimmer. Ich habe ihr gesagt, dass wir zusammen mit ihr reden wollen. Kommen Sie.«

Ich fühlte mich leicht überrumpelt. Ein wenig verärgert sogar, dass Gwydion so überstürzt gehandelt hatte und davon ausgegangen war, dass ich als Unterstützung dabei sein würde, wenn er seiner Mutter gegenübertrat.

»Okay. Aber Ihnen muss klar sein, dass Sie früher oder später alleine mit ihr reden müssen, Gwydion. Ohne mich.«

»Natürlich.« Er verließ die Küche, und ich folgte ihm.

»Und Ihr Vater?«, fuhr ich fort, während wir durch die Diele gingen. Ich sprach leise. »Was ist mit ihm?«

»Evan ist nicht da.« Gwydion sprach normal laut, es schien ihm gleich zu sein, ob man ihn hörte oder nicht.

»Nun, ich hätte gedacht …«

Wir kamen zu einer Tür. Gwydion blieb davor stehen, lauschte einen Moment und klopfte.

Von der anderen Seite war eine Stimme zu hören. »Herein.«

Er öffnete die Tür einen Spaltbreit. »Bist du bereit?«, flüsterte er kaum hörbar.

Ich fand das seltsam. Aber die Morgans waren seltsam, daran bestand kein Zweifel, deshalb schenkte ich dem keine weitere Beachtung.

»Ich bin bereit«, kam die Antwort.

Gwydion öffnete die Tür und trat ein. Arianrhod saß auf einem großen Sofa und stand auf, um uns in Empfang zu nehmen. Sie sah müde aus, besorgt, doch auch sie strahlte, genau wie Gwydion, eine Art aufgeregter Erwartung aus, die der Situation nicht angemessen war.

Es war ein großer, luftiger, ziemlich beeindruckender Raum mit französischen Fenstern, die auf den Rasen hinausgingen, und einem offenen Kamin. Über dem Kaminsims hing ein großes Ölgemälde von einem jungen, schlanken, dunkelhaarigen Mädchen in einem durchscheinenden Gewand, das ein Nachthemd hätte sein können. Was immer es war, es verdeckte nicht viel. Es war ein modernes Gemälde, voller Winkel und Schatten und seltsamer Perspektiven, sodass mir zuerst nicht klar war, wen es darstellte. Doch dann erkannte ich Arianrhod als junge Frau, wie sie ausgesehen haben musste, als sie Evan kennengelernt und geheiratet hatte.

Arianrhod ließ uns Platz nehmen, mich in einem Sessel und Gwydion in einem anderen, sie setzte sich wieder auf das Sofa. In dem Raum war es kalt. Hinter dem Kamingitter brannte kein Feuer. Doch die Kälte passte zu dem bevorstehenden Gespräch, das offensichtlich nicht angenehm werden würde.

»Nun, Gwydion.« Arianrhod sprach ruhig. Sie erschien mir selbstbeherrschter als sonst. »Du hast mir gesagt, dass du mit mir reden musst. Und dass Dr. Mayhew – Jessica – dabei sein soll, um dir zur Seite zu stehen.« In ihrer Stimme lag ein Hauch von Spott, aber nur ein Hauch.

Gwydion saß auf der Kante seines Sessels. »Da ist etwas, an das ich mich erinnere, Ari.« Mir fiel auf, dass er sie bei ihrem Vornamen nannte. »Aus dem Traum, in dem ich den Streit höre und den Aufschlag, du weißt schon?«

Arianrhod nickte. Es war klar, dass er über die letzte Entwicklung in dem Traum bereits mit ihr gesprochen hatte.

»Okay, ich weiß jetzt, wer das ist. Der Mann, der schreit, das ist Evan. Und das Mädchen ... Das Mädchen ist das Au-pair-Mädchen, das bei uns war, Elsa.«

Ich hatte Gwydion nicht gesagt, dass der Name des Au-pair-Mädchens Elsa war. Er musste es selbst herausgefunden haben. Vielleicht durch die Tafel an den Klippen. Oder Arianrhod hatte es ihm eben bei ihrer kurzen Unterredung gesagt, als ich in der Küche war.

»Ich muss fünf oder sechs gewesen sein. Evan hat mich und Elsa auf der Jacht mit hinausgenommen. Er war am Steuer und hat Elsa gezeigt, wie man das Boot lenkt, und ich habe gesehen, wie sie sich geküsst haben. Mir war schlecht, deshalb bin ich in die Kabine hinuntergegangen, um mich hinzulegen. Aber ich habe nicht geschlafen. Das Boot hat geschaukelt, und ich habe Evan und Elsa auf Deck reden und lachen gehört. Evan war betrunken. Ich habe es gehasst, wenn er es war. Ich hatte Angst vor ihm.«

Arianrhod sah auf ihre Hände hinunter, sie sah beschämt aus.

»Egal, ich habe gehört, wie er immer betrunkener wurde. Und Elsa schien mit ihm mitzutrinken. Und dann wurde es hässlich, wie es das bei Evan immer wird.« Gwydions Stimme zitterte, und er sprach ein wenig schneller. »Ich habe laute Stimmen gehört. Evan hatte einen seiner Wutanfälle. Und Elsa hat zu schreien begonnen. Dann hörte ich einen Knall und einen Aufschlag, wie von einem Körper, der ins Wasser fällt. Evan wütete an Deck herum, fluchte. Das Boot legte sich von einer Seite auf die andere, und ich habe mich gefragt, ob er wohl noch in der Lage ist, nach Hause zu segeln. Ich hatte furchtbare Angst. Ich dachte, wir würden sterben, würden alle ertrinken.« Gwydion zögerte. »Das ist alles, woran ich mich erinnere. Was danach war, weiß ich nicht.«

Ein Schweigen entstand. Dann ergriff Arianrhod das Wort. »Es tut mir so leid, Gwydi. Ich hätte nie …«

»Nein, das hättest du nicht …« Gwydion erhob die Stimme. »Du hättest mich nie mit ihm auf dem Boot mitfahren lassen dürfen. Ich fand es jedes Mal furchtbar. Der Mann war ein alkoholabhängiger Scheißkerl. Du hättest ein Machtwort sprechen müssen. Deinen Sohn beschützen müssen. Aber das hast du nicht, richtig? Du bist nie für mich eingetreten. Nicht einmal.«

»Ich habe es versucht …«, flüsterte Arianrhod.

»Nein, das hast du verdammt noch mal nicht. Du warst total feige. Bist es immer noch …«

Arianrhods Gesicht legte sich in Falten. Sie zog die Schultern hoch, und ihr Körper schien unter dem ausgefransten Pullover zu schrumpfen. Sie tat mir leid. Sie war ganz offensichtlich für einen Teil dessen verantwortlich, was in der Vergangenheit passiert war, doch, wie es so oft der Fall war, fand ihr Sohn es einfacher, seinen Ärger auf sie zu richten statt auf seinen Vater.

»Und was am schlimmsten ist, du hast mich angelogen.«

»Angelogen?« Arianrhod sah auf. »Wie meinst du das?«

»Du hast genau gewusst, was passiert ist. Evan hat Elsa mit auf das Boot genommen, um sie zu verführen. Ich habe gesehen, wie sie sich geküsst haben, ich kann mich ganz genau daran erinnern. Der Traum hat meine Erinnerung daran freigesetzt. Und dann habe ich sie streiten hören, in dem Traum. Evan muss Elsa über die Reling gestoßen, sie einfach ertrinken lassen haben und ohne sie davongesegelt sein. Ich war unter Deck, ich habe den Aufprall gehört, als sie auf dem Wasser aufgeschlagen ist. Auch das stimmt. Das ist es, was mich jede Nacht aufschrecken lässt, solange ich mich zurückerinnern kann.« Gwydion hatte die Stimme immer mehr erhoben. »Er ist für ihren Tod verantwortlich, der Mistkerl. Aber du hast ihm geholfen, es zu vertuschen. Ihr habt beide gelogen – der Polizei gegenüber, allen gegenüber. Ihr habt mich angelogen. Du hast dir nie darüber Gedanken gemacht, was es bei mir bewirkt hat, Zeuge eines Mordes gewesen zu sein.« Gwydion schrie jetzt und zeigte mit dem Zeigefinger auf seine Mutter. »Deshalb war ich die ganzen Jahre so neurotisch. Ich bin halb verrückt geworden, und die ganze Zeit hast du mir nicht die Wahrheit gesagt.«

»Nein, Gwydi.« Arianrhod war den Tränen nahe. »Ich habe nicht gewusst …«

Ich beschloss zu intervenieren. »Ich denke, was Gwydion sagen will, ist …«

Ich hielt inne, als sich beide zu mir umdrehten. Sie schienen meine Anwesenheit für einen Moment vergessen zu haben.

»Nun«, fuhr ich fort, »da sind ein paar Dinge, die wir klären sollten. Elsa Lindberg war als Au-pair bei Ihnen, Arianrhod?«

»Ja.« Arianrhod nickte. Sie schien akzeptiert zu haben, dass es nichts brachte, es zu leugnen. »Es tut mir leid, dass ich Sie vorhin angelogen habe. Ich wollte nicht, dass Sie von dem Skandal erfahren. Ich dachte …«

»Und sie ist mit Evan und Gwydion hinausgefahren, ja?«

Arianrhod nickte erneut.

»Und es hat einen … Unfall gegeben?«

Gwydion hatte den Kopf in die Hände gestützt.

»Was ist passiert?« Ich versuchte, so sanft wie möglich zu sprechen. »Sie müssen es uns erzählen. Um Gwydions willen. Er muss es wirklich wissen.«

Arianrhod begann zu weinen. Offensichtlich um von Gwydions Kritik und meinen Forderungen abzulenken, und doch hatte ihre Reaktion etwas Echtes, das es hartherzig erscheinen ließ, weiter auf einer Antwort zu beharren.

Ich kramte in meiner Tasche und reichte ihr ein Taschentuch. Arianrhod putzte sich die Nase und wischte sich die Augen. Wir warteten, bis sie sich wieder gefasst hatte, dann begann sie zu reden.

»Es war kein Mord, Gwydi. Als Evan nach Hause kam, hat er mir erzählt, was passiert war. Er hat gesagt, dass er und Elsa mit dem Boot hinausgefahren sind, und dass er versucht hat, sich ihr zu nähern – das hat er ehrlich zugegeben. Es war ein sonniger Nachmittag, und als sie ganz nah am Ufer waren, hat sie gesagt, dass sie von Bord springen und nach Hause schwimmen wollte. Er hat versucht, ihr das auszureden, aber sie hat darauf bestanden. Er ist ihr hinterhergesegelt, um zu sehen, dass ihr nichts passiert, aber er hat sie aus den Augen verloren.«

Sie hielt inne. Gwydion sah sie noch immer wütend an.

»Ehrlich, Gwydion, das ist die Wahrheit.«

»Was ist dann passiert?« Ich versuchte, Arianrhod dazu zu bringen, mit der Geschichte fortzufahren.

»Nun, Evan ist nach Hause gekommen, zusammen mit Gwydi. Ich habe Gwydi ins Bett gebracht, und wir haben auf Elsa gewartet. Die ganze Nacht. Am nächsten Tag ist ihre Leiche am Strand angespült worden.«

»Und trotzdem haben Sie der Polizei nicht erzählt, dass sie mit Evan auf dem Boot war.« Ich versuchte, nicht verurteilend zu klingen, aber die Geschichte war unglaublich. »Warum?«

Arianrhod ließ den Kopf hängen. »Evan hatte mich überredet, nichts zu sagen.« Sie sah flehentlich zu ihrem Sohn hoch. »Es wäre ein furchtbarer Skandal gewesen, weißt du. Wenn die Leute erfahren hätten, dass er mit diesem Mädchen hinausgefahren ist – sie war so jung, erst neunzehn, und dass er versucht hatte …«

»Dass er versucht hatte, sie zu vögeln?«, unterbrach sie Gwydion.

»Bitte.« Eine Träne lief Arianrhod die Wange hinunter. »Versuche es zu verstehen, Gwydi. Es war nicht Evans Schuld. Er war nicht für ihren Tod verantwortlich, aber es hätte schlecht ausgesehen, wenn die Leute herausgefunden hätten, dass sie zusammen auf der Jacht waren, nicht wahr?«

Sie schwieg. »Ich habe nur versucht, eine loyale Ehefrau zu sein. Es hätte seine Karriere ruiniert … ich hätte alles verloren …« Daraufhin stand Gwydion auf und verließ den Raum.

Arianrhod versuchte nicht, ihn aufzuhalten. Stattdessen senkte sie den Kopf und verbarg das Gesicht in den Händen. Ich blieb sitzen und beobachtete sie, als Gwydion Türen schlagend das Zimmer verließ. Ich wusste nicht, was ich tun sollte. Deshalb tat ich zunächst einmal nichts.

Dann begann sie zu reden, hinter den Händen. »Gehen Sie ihm nach, bitte. Er geht bestimmt zur Bucht hinunter. Versuchen Sie, ihn zu beruhigen.«

Ich dachte an die Klippen oberhalb der Bucht, und eine plötzliche Angst durchfuhr mich.

»Gut«, sagte ich. »Ich werde es versuchen. Bis später.«

Ruhig ging ich zur Tür und öffnete sie. Als ich zurückblickte, saß sie noch immer zusammengekauert und still auf dem Sofa, vor ihrem Porträt.

11

Ich holte Gwydion ein, als er über den Rasen auf die Tür in der Mauer zuging, die auf die Klippen hinausführte. Er sagte nichts, als er mich sah, wurde aber ein wenig langsamer, sodass ich mit ihm Schritt halten konnte. Wir traten durch die Tür, gingen den Weg entlang bis zum Rand der Klippen und sahen auf das Meer hinaus. Es war ein düsterer Tag. Der Nebel hing über dem Wasser, eine große, graubraune Fläche aus Meer und Himmel, Schlick, Sand und Felsen, in der die Übergänge verschwammen. Ein Ort, an dem jemand, der in dem kalten Wasser, mit dem dunkler werdenden Himmel über sich, nach Hause zu schwimmen versuchte, leicht verloren gehen, kalt und müde werden konnte; ein Ort, an dem Orientierungslosigkeit, Taubheit und Verzweiflung sehr schnell überhandnehmen konnten, so schnell, dass das Ufer unerreichbar wurde.

Gwydion war noch immer zu aufgebracht, um mit mir zu reden. Er sah auf das Meer hinaus und kniff die Augen vor dem Wind zusammen. Eine Weile tat ich es ihm gleich, stand schweigend neben ihm in der Hoffnung, dass er als Erster das Schweigen brechen würde. Als er das nicht tat, ging ich zum oberen Ende der in den Felsen gehauenen Stufen und starrte auf die Inschrift auf der kleinen Tafel. Ich studierte den Namen, Elsa Lindberg, und die Daten, 1971–1990, als könnten sie mir etwas erzählen, das ich noch nicht wusste. Dann las ich die Worte darunter, mit den fremdartigen Js und Gs und den kleinen Kreisen und Umlauten über den Buchstaben und fragte mich, was sie bedeuten mochten.

Gwydion trat hinter mich. »Es ist ein Gedicht«, sagte er. Er sprach leise, zögernd, als wäre er nicht sicher, ob er sich wirklich beruhigt hatte. »Ich habe eine Übersetzung gefunden. Es ist von einer Frau, Edith Södergran. Aus dem späten 19. Jahrhundert. Er zitierte die Zeilen auf Englisch. *Zu Fuß musste ich die Sonnensysteme durchqueren, ehe ich den ersten Faden meines roten Kleides fand.* Seine Stimme zitterte leicht. Er zögerte einen Moment, fasste sich und fuhr fort. *Schon ahne ich mich selbst. Irgendwo im Weltraum hängt mein Herz, Funken strömen von ihm aus, erschüttern die Luft, hin zu anderen maßlosen Herzen.* (aus: Der Rosenaltar, Edith Södergran, Anm. d. Übersetzerin)

Schweigen entstand. *Den ersten Faden ihres roten Kleides.* Die Worte ließen mich nicht an eine Niederlage denken, nicht an Elsa Lindberg, die da draußen in der kalten See ertrunken, den Wellen erlegen war, sondern an den Sieg, an das strahlende, kompromisslose Licht von Stockholm, das auf Schwanenjungfrauen und Walküren scheint, auf Kriegerinnen, die auf die gefrorenen Ödflächen hinausreiten, hoch hinaus in die Sterne, durch Zeit und Raum, um die Toten zu rächen.

»Eindrucksvoll«, sagte ich. »Sehr nordisch. Wann haben Sie es nachgeschlagen?«

»Oh.« Er schien einen Moment verlegen. »Erst vor Kurzem.« Er zögerte. »Sollen wir die Stufen hinuntergehen? Ich würde Ihnen gerne den Strand zeigen.«

Ich zögerte. Wie ich bereits erwähnt habe, habe ich Höhenangst. Und die Bucht unten hatte etwas ganz besonders Bedrohliches, das mich davon abhielt, sie weiter zu erforschen. Die Art, wie die Klippen sich aus ihr erhoben, lagenweise und zerbröselnd wie halb eingefallene Gebäude. Die Art, wie die Felsschichten am Strand aus dem Wasser ragten, löchrig und grau wie eine Mondlandschaft. Wenn man von oben auf den Strand hinuntersah, erschien er urzeitlich wie ein sehr alter Meeresboden: Man sah Lawinen vor sich, Vulkane und Erdbeben und große tektonische Platten, die sich dort verschoben, wie ein Riss in der Geschichte, in der Zeit selbst.

»Ich weiß nicht«, sagte ich. »Ich sollte jetzt wirklich zurückfahren …«

Er grinste mich an. »Sie haben doch keine Angst, oder?«

»Nein …«, begann ich.

Er zog amüsiert die Brauen hoch.

»Gut, vielleicht ein bisschen.« Ich sah auf die Stufen hinunter. »Sie sehen furchtbar steil aus. Und glitschig.«

Er ging zu den Stufen, drehte sich zu mir um und streckte die Hand aus. »Kommen Sie.«

Ich schob die Hand weg. »Ich denke, es ist sicherer, wenn ich mich hieran festhalte«, sagte ich und griff nach dem Geländer.

»Ich gehe vor. So halte ich Ihren Sturz auf, falls Sie fallen. Nicht, dass Sie fallen werden«, fügte er hinzu, als er meinen bestürzten Blick sah.

Wir arbeiteten uns vorsichtig die Stufen hinunter. Als wir uns auf den Weg gemacht hatten, sahen die Felsen, in die sie gehauen waren, nicht mehr ganz so schwindelerregend steil aus. Es war ziemlich sicher, sagte ich mir, solange man sich an dem Geländer festhielt, um nicht auszurutschen. Gwydion ging vor mir, ohne das Geländer auch nur anzufassen. Offensichtlich war er schon viele Male hier hinuntergegangen. Doch mir erschien das gefährlich, und erst als wir unten waren, ließ ich das Geländer los und wagte mich zögernd hinter ihm auf den Steg hinaus.

Ich folgte ihm bis zum Ende des Stegs. Er führte über den Strand, der mit schleimigen Meeresalgen und krustigen Rankenflusskrebsen bedeckt war, ins Meer. Nicht der beste Ort zum Schwimmen, dachte ich. Oder für irgendetwas anderes, was das anging. Ein Ort, der mich daran erinnerte, wie froh ich sein konnte, komfortabel und sicher im 21. Jahrhundert zu leben und nur gelegentlich von rächenden Schwanenjungfrauen und Walküren zu fantasieren, statt irgendetwas oder irgendjemanden selbst rächen zu müssen.

Als wir zum Ende des Stegs kamen, drehte er sich herum und beobachtete, wie ich auf ihn zukam. Dann schauten wir zusammen aufs Meer hinaus, der Wind pfiff uns um die Ohren, und das Wasser tobte um uns herum. Es gab ein eigenartiges Klatschen von sich, wenn es gegen die Holzplanken des Stegs schlug.

Eine Weile sagte keiner etwas, dann drehte er sich langsam zu mir herum, und ich sah in seine grünen Augen, die von diesen dunklen, dicken Wimpern eingerahmt wurden.

Er beugte sich zu mir vor. Ich drehte den Kopf weg, doch mein Körper wollte ihm nicht folgen. Ich fühlte seinen Atem auf meinem Hals, und mein Nacken wurde heiß.

Der erste Faden ihres roten Kleides.

Die Worte kamen mir in den Sinn, und sie machten mir Mut.

Gwydion ist nicht mehr dein Klient, sagte ich mir. Er ist ein Mann, und du bist eine Frau. Sei kein Feigling. Nutze den Moment, solange du die Gelegenheit dazu hast.

Schon ahne ich mich selbst.

Ich drehte meinen Kopf zu ihm zurück.

Die Lagunen waren sehr grün, sehr tief. Ich wollte in sie eintauchen.

Und genau das tat ich.

Es war ein langer Kuss: innig und warm und befriedigend. Und da war noch mehr, eine zögernde Hand unter meinem Oberteil, die vor den Brüsten haltmacht, ein Aneinanderdrängen der entscheidenden Körperstellen; Atem, der angehalten wird, Augen, die sich schließen, Sinne, die verwirrt sind, Lachen, eine seltsame Art von Jubel am Rand des Hyperrealen, das Brechen von Regeln … und die Überraschung und das Vergnügen und das Unbehagen, das verrückte Durcheinander der Gefühle, sein Mund auf meinem Mund, seine Zunge in meinem Mund, meine Zunge in seinem Mund, die Wärme seiner Haut, die Wärme meiner Haut, die Haut seines Bauchs, die Haut meines Bauchs unter unseren Händen und um uns herum das Klatschen der Wellen, dieser seltsame Laut, mit dem sie gegen den Steg schlagen, und der raue Wind, der vom Meer hereinweht, der unsere Augen tränen und unsere Ohren schmerzen lässt. Und für mich, vielleicht für uns, das Stehen auf diesem wackligen, hölzernen Gebilde, das in das Meer hineinragt, dieses plötzliche Spüren der physischen Welt, die nach anderen Gesetzen agiert, das Gefühl, auf Wasser zu gehen, des Fallens, Fallens in eine Parallelwelt, in der etwas Surreales passiert, das man sich gewünscht, aber nie zugegeben hat, dass man es sich wünscht, und das Wiederhinausfallen und sich dort Wiederfinden, wo man angefangen hat, im ganz gewöhnlichen Alltag, einander noch immer festhaltend, linkisch, auf einem halb verfallenen Steg, umgeben von grauem Wasser, im kalten Wind, leicht peinlich berührt über das, was man getan hat, und von dem Wunsch erfüllt, weg von hier, zu Hause, zu sein.

Natürlich war es der Wind, der jeder weiteren Erforschung ein Ende bereitete. So aufregend der Kuss auch gewesen war, waren wir beide nicht bereit, uns trotz des heulenden Sturms die Kleider vom Leib zu reißen und uns weiter zu erkunden. Es war zu kalt, auch nur daran zu denken. Deshalb ließen wir voneinander ab, und ich sagte, dass ich nach Hause müsse, und wir kletterten über die Felsen zurück und stiegen die Stufen hoch und gingen über die Klippen und durch die Tür und über den Rasen, ohne zu sprechen, ohne uns zu berühren, Abstand zueinander haltend. Wir sprachen nicht über seine Erinnerungen an das Boot. Unsere Körper zeugten nicht davon, dass wir uns geküsst hatten. Es war, als wäre nichts davon passiert.

Als wir schließlich zum Haus kamen, war Arianrhod zu meiner Erleichterung nirgendwo zu sehen. Deshalb bat ich Gwydion, sie von mir zu grüßen, stieg schnell in mein Auto und drehte den Zündschlüssel im Schloss. Ich konnte es nicht erwarten, von hier fortzukommen.

Bevor ich fuhr, ließ ich das Fenster herunter.

»Auf Wiedersehen«, sagte ich. »Pass auf dich auf. Viel Glück mit … allem.«

Gwydion legte seinen Arm auf das Autodach, beugte sich hinunter und versuchte verstohlen, mir einen Kuss auf den Mund zu geben, doch ich drehte schnell den Kopf weg.

»Lass das. Es könnte uns jemand sehen.«

Er ignorierte mich. »Ich melde mich.«

Ich nickte, wie ich hoffte, unverbindlich. »Okay. Pass auf dich auf.«

Er klopfte leicht auf das Autodach, als wollte er mir seine Erlaubnis geben zu fahren. Ich setzte zurück, während er mich beobachtete, ein amüsiertes Lächeln auf den Lippen.

Ich fuhr den Kiesweg entlang zum Tor. Auf dem Weg sah ich den Pfau durch ein Blumenbeet stolzieren, die lange

Schleppe seines Schwanzes hinter sich herziehend, die Henne gesetzt an seiner Seite.

Ich kam früh genug zurück, um ein spätes Mittagessen zu mir zu nehmen, das Bob und Nella für uns alle zubereitet hatten. Ich machte mir Sorgen, dass sie mich vermisst, dass sie angefangen haben könnten, sich zu wundern, wo ich hingefahren war, doch meine Abwesenheit schien eher den gegenteiligen Effekt gehabt zu haben. Bob machte einen entspannten Eindruck, seine Wangen waren gerötet vom Wellenreiten. Rose war fröhlich wie immer, und selbst Nella schien ein wenig aus ihrem Schneckenhaus herausgekommen zu sein. Niemand fragte mich, wo ich gewesen war. Deshalb musste ich mir auch nichts einfallen lassen, worüber ich froh war, da es mir immer wie eine Last vorkommt, wie eine Preisgabe meines wahren Selbst, andere und vor allem meine Nächsten und Liebsten anlügen zu müssen.

Nachdem wir gegessen hatten, machten wir es uns im Wohnzimmer gemütlich, wir mit den Zeitungen, die Mädchen vor dem Fernseher. Als es Zeit war zu fahren, ließ ich sie dort sitzen, ging durch das Haus und sammelte unsere Sachen ein. Und statt mich über die Unordnung in der Küche, nachdem sie gekocht hatten, und das Durcheinander aus Kleidung und auf den Boden geworfenen Handtüchern in den Schlafzimmern zu ärgern, wie ich das gewöhnlich tat, fühlte ich mich absolut wohl in der Rolle derjenigen, die wieder Ordnung machte. Zum ersten Mal seit Monaten war ich meiner Familie gegenüber großherzig. Wohlwollend. Geduldig. Mir wurde zutiefst bewusst, wie sehr ich sie alle liebte, und ich spürte, wie glücklich ich war, eine Familie zu haben, zu der ich nach Hause kommen, hinter der ich herräumen und um die ich mich kümmern konnte, eine Familie, die sich auf mich verließ, für die ich immer noch unentbehrlich war und das auch noch viele Jahre sein würde.

Es war nur ein Kuss, sagte ich mir, als ich am Abend zurück nach Cardiff fuhr. Nichts, weswegen man sich Gedanken machen musste. Die Mädchen waren eingeschlafen, hatten sich auf dem Rücksitz unter ihren Decken zusammengerollt, und Bob schnarchte leise neben mir auf dem Beifahrersitz. Es gab nur noch mich, *Late Junction* im Radio, die Reflektoren an den Leitpfosten und die lange Heimfahrt.

Die Straße war dunkel, es waren keine anderen Autos unterwegs, sodass ich das Fernlicht einschalten konnte. Es regnete, und von Zeit zu Zeit hüpfte ein Frosch von der Straße oder das weiße Hinterteil eines Kaninchens verschwand in einer Hecke. Ich fuhr vorsichtig, war mir der kostbaren Fracht, die um mich herum schlief, sehr wohl bewusst, dachte an Gwydion und den Kuss und an Elsa Lindberg und an das, was ich als Nächstes tun würde.

Der Kuss war keine große Sache, wie ich bereits erwähnt habe. Um ehrlich zu sein, hatte ich deswegen keine großen Schuldgefühle. Ganz im Gegenteil, ich fühlte mich erleichtert. Er hatte etwas aus meinem System entfernt. Nachdem mir Bob seinen Seitensprung gestanden hatte, war ich verletzt und wütend gewesen und hatte ihm nicht vergeben können. Jetzt konnte ich es langsam, merkte ich. Trotz meiner Proteste gegenüber Maris Behauptung, dass die Ehe ein Machtspiel war, kam ich zu dem Schluss, dass sie recht hatte. Natürlich war es kindisch und unverantwortlich, mich an Bob zu rächen, indem ich einen gut aussehenden jungen Mann küsste, aber um ehrlich zu sein, fühlte ich mich jetzt sehr viel besser. Gleichzeitig wusste ich, dass ich meine Ehe nicht durch eine ernste Affäre aufs Spiel setzen wollte. Ich wollte Gwydion gar nicht zum Geliebten – er war zu jung, zu bedürftig, zu verletzlich. Ich hatte den Kuss zugelassen, weil ich mich vernachlässigt gefühlt hatte; ich hatte einfach jemanden gebraucht, der mich als Frau wahrnahm und auf mich als solche reagierte. Und das hatte jemand getan. Und damit war es auch gut. Der Kuss hatte seinen Zweck erfüllt, und das war es.

Ich fuhr vorsichtig die Auffahrt auf die Autobahn hoch und sah in den Rückspiegel, beschleunigte, als ich mich in den Verkehr einreihte.

Nein, es war nicht meine kurze Schwäche Gwydion gegenüber, sondern die Frage, wie ich mit der ganzen Situation umgehen sollte, die mir Sorgen bereitete. Sollte ich Solveig anrufen und ihr erzählen, was ich erfahren hatte? Sie hatte mich gebeten, ihr dabei zu helfen herauszufinden, was wirklich vor all den Jahren passiert war, und jetzt sah es so aus, als wären wir der Wahrheit einen Schritt nähergekommen. Trotzdem riet etwas in mir zu warten. Bis ich ein klareres Bild der Ereignisse hatte, die zu Elsas Tod geführt hatten, war es nicht fair, Solveig mit jeder neuen Entwicklung zu belasten. Ich musste Klarheit haben, bevor ich mit ihr sprach.

Ich beugte mich vor, um das Radio lauter zu stellen, als einer meiner Lieblingsinterpreten, der afrikanische Kora-Spieler Toumani Diabaté, gespielt wurde. Das leichte Gestöber der Saiten ließ mich an Glühwürmchen und Taubenschwänzchen und Fledermäuse denken, nur schwer zu sehende Wesen, die in der Dunkelheit umherhuschen, und an heiße afrikanische Nächte mit Millionen von Sternen am Himmel. An wunderschöne, geheimnisvolle Orte, die ich nie in meinem

Leben gesehen hatte und vielleicht auch nie sehen würde. Aber ich hatte meine Entscheidung getroffen. Ich war hier in Wales, mit Fröschen und Kaninchen, mit dem Nebel und dem Regen, und auch das hatte seine eigene Schönheit und sein eigenes Geheimnis.

Bob bewegte sich neben mir. »Alles okay? Soll ich dich ablösen?« Er klang, als würde er noch halb schlafen.

»Nein, alles okay.«

»Hast du was dagegen, wenn ich es ein bisschen leiser stelle?«

»Nur zu.«

Er beugte sich vor, drehte an dem Regler, und die Musik wurde leiser. Dann schlief er wieder ein.

Ich fuhr weiter. Obwohl es spät war und die anderen schliefen, war ich hellwach und voll da. Wind war aufgekommen, und es begann heftig zu regnen, die Autos vor mir zogen einen feinen Nebel aus Wasser hinter sich her, der die Sicht erschwerte. Im Autoinneren ließ unser Atem die Windschutzscheibe beschlagen, sodass ich die Heizung an- und ausschalten musste, um sie freizubekommen, ohne dass es zu heiß im Auto wurde. Die Fenster konnte ich nicht öffnen, weil die kalte, hereinströmende Luft meine schlafenden Beifahrer hätte wecken können. Gelegentlich spürte ich, wie der Wind an dem Auto rüttelte, als wollte er es von der Straße blasen. Alles in allem war es anstrengend, doch ich fuhr weiter, und Bob und die Mädchen schliefen, bis wir schließlich wohlbehalten zu Hause ankamen.

12

Montagmorgen war ich wieder im Büro, saß an meinem Schreibtisch, genoss den Frieden und die Ruhe und las eine Abhandlung über das Zurückerlangen von Erinnerungen. Ich habe Dutzende von Artikeln zu diesem Thema gelesen. Der zentrale Aspekt – ob ein Kind sexuell missbraucht oder bei einem traumatischen Erlebnis Zeuge gewesen sein kann, um dieses komplett zu vergessen und sich erst als Erwachsener in der Therapie wieder daran zu erinnern – ist in den Neunzigern ein heißes Thema gewesen. Doch in der letzten Zeit scheint der Wirbel abgeklungen zu sein. Nicht, weil man zu irgendwelchen Erkenntnissen gekommen ist, irgendwelche Ergebnisse erzielt hat; nein, leider aus keinem so rationalen oder vernünftigen Grund. Es ist eher so, dass das Thema inzwischen alle langweilt. Die Psychotherapie hat genau wie die Medizin ihre Launen und Moden. Das Zurückerlangen von Erinnerungen ist eine davon. Und sie ist einfach nicht mehr *en vogue*. Auch der satanisch-rituelle Missbrauch ist ein ziemlich alter Hut. Selbst das Syndrom der sogenannten falschen Erinnerungen, die Theorie, die dem Zurückerlangen von Erinnerungen entgegensteht, ist nicht mehr aktuell. Und der Hauptgrund, warum all diese Theorien fallen gelassen wurden, ist der, dass das Thema so verdammt kompliziert ist; die ganze Thematik, wie und warum wir uns daran erinnern, was uns als Kind passiert ist, ist zu undurchsichtig, zu sehr mit Verwirrung behaftet; außerdem wird zu viel Wut freigesetzt – auf Eltern, Therapeuten oder jeden anderen, der gerade verfügbar ist –, sodass es fast unmöglich ist, zur Wahrheit vorzudringen, wenn es überhaupt eine Wahrheit gibt.

Trotz alledem hatte ich das Gefühl, mich mit meinen Unterlagen zu dem Thema beschäftigen zu müssen, weil ich es jetzt mit einem offensichtlich echten Fall zurückerlangter Erinnerungen zu tun hatte, mit Gwydion Morgan. Meinem ersten Fall dieser Art. Natürlich hatte ich schon früher Klienten gehabt, die von Missbrauch erzählt hatten – einige wahre Erinnerungen, andere offensichtlich erfundene Geschichten. Und ich hatte von meinen Klienten, früheren wie gegenwärtigen, genügend Berichte von traumatischen Geschehnissen gehört, die furchtbar gewalttätig gewesen waren und die sie als Kinder mitbekommen oder erlebt hatten. Aber bisher hatte ich noch nie mit einem Todesfall zu tun gehabt. Besonders mit einem, der durch einen Traum wieder ins Bewusstsein gerückt war. Das war doppelt ungewöhnlich. Und ich fand das alles ziemlich spannend, wie ich zugeben muss – wenn sich die Geschichte wirklich als wahr erwies.

Als ich weiterlas, versuchte ich, das, was ich las, mit Gwydion und seinen zurückerlangten Erinnerungen in Zusammenhang zu bringen. Es schien zu dem zu passen, was er mir erzählt hatte. Mit sechs hatte er sich an die Geschehnisse auf dem Boot erinnert und sie anschließend richtig wiedergeben können; es war auch gut möglich, dass er die Erinnerung an dieses traumatische Erlebnis unterdrückt hatte und dass diese viele Jahre später durch einen Traum getriggert worden war. Darüber hinaus unterstützten in seinem Fall die Tatsachen um die zurückerlangte Erinnerung seine Geschichte.

Ich begann mich zu fragen, ob ich zur Polizei gehen und sie auffordern sollte, sich den Fall noch einmal anzusehen, vielleicht den Obduktionsbericht noch einmal zu überprüfen. Ich entschloss mich jedoch zu warten, bis ich mehr Beweise hatte; sie würden sich kaum darum reißen – alles, was ich bis jetzt hatte, war Gwydions Bericht über einen Traum.

Als ich zu der letzten Seite der Abhandlung gekommen war, klingelte das Telefon. Ich hörte zu, wie sich der Anrufbeantworter einschaltete. Dann kam die Stimme. Ich erkannte sie sofort: Arianrhod Morgan.

»Dr. Mayhew? Sind Sie da?« Pause. Sie rief von ihrem Handy an. Ich konnte Verkehrsgeräusche im Hintergrund hören. »Könnten Sie bitte ans Telefon gehen? Ich muss dringend mit Ihnen reden. Das ist ein Notfall.«

Es klang nicht wie ein Notfall, deshalb meldete ich mich nicht.

»Ich stehe vor Ihrem Büro.« Lange Pause. »Würden Sie bitte zu mir herunterkommen? Sobald Sie können. Ich warte hier draußen.« Dann wurde aufgelegt.

Verdammt, dachte ich. Einen kleinen Moment fühlte ich Panik in mir aufsteigen. Ich fragte mich, ob es noch weitere bestürzende Enthüllungen zum Tod von Elsa Lindberg geben würde und, falls ja, wie ich damit umgehen sollte. Und ich fragte mich, was sehr viel unbedeutender war, ob Gwydion ihr von meinem Ausrutscher erzählt hatte, von diesem dämlichen Kuss auf dem Steg. Er und Arianrhod schienen sich sehr nahezustehen – allzu nahe, vielleicht. Und wenn er das hatte, wäre es rundum peinlich.

Doch dann dachte ich, komm schon, Jessica, das stehst du durch. Vielleicht bist du einem Mord auf der Spur, und wenn du auch nur einen Funken Anstand hast, solltest du dranbleiben, bis die ganze Wahrheit auf dem Tisch ist. Und die Sache mit dem Kuss ist einfach trivial. Gwydion ist nicht mehr dein Klient. Du hast nichts falsch gemacht. Außerdem geht es hier um etwas sehr viel Wichtigeres: um den Tod eines jungen Mädchens, die Notwendigkeit, herauszufinden, was vor all den Jahren passiert ist, wenn für niemand anderen, dann zumindest für ihre trauernde Mutter, und wenn du Glück hast, vielleicht darum, den Schuldigen zur Rechenschaft zu ziehen …

Ich nahm mir Zeit, nach unten zu gehen, um Arianrhod zu treffen. Zufälligerweise hatte einer meiner Patienten seine Stunde heute Morgen abgesagt, sodass ich keine Eile hatte. Aber ich wollte etwas klarstellen. Ich pflegte, mich nicht von jetzt auf gleich aus meinem Büro zitieren zu lassen, um jemanden auf der Straße zu treffen, und ich mochte das ganz und gar nicht. Deshalb las ich die Abhandlung zu Ende, machte mir ein paar Notizen und sah zu, dass mein Schreibtisch aufgeräumt war, bevor ich hinunterging. Ich ging zu dem Kleiderständer in der Ecke, zog meinen Mantel an und warf mir meine Tasche über die Schulter. Dann blieb ich eine Weile vor dem Spiegel stehen, puderte mir die Nase und zog meine Lippen mit Lippenstift nach. Ich wollte bei diesem Treffen ruhig und selbstbeherrscht aussehen. Gelassen. Doch um die Wahrheit zu sagen, war ich durcheinander – sehr durcheinander –, und als ich die Treppe zur Haustür hinunterging, fühlte ich mein Herz in der Brust klopfen.

Als ich unten war, trat ich aus dem Haus. Draußen wartete Arianrhod, sie saß auf der niedrigen Mauer vor dem Gebäude. Sie stand auf, als ich mich näherte, ein angespanntes Lächeln auf den Lippen.

»Danke«, sagte sie. Sie streckte mir die Hand entgegen und griff nach meinem Arm, alles sehr dramatisch. Mir fiel auf, dass sie blass aussah, abgespannt. Unter ihren Augen waren dunkle Ränder.

Ich zog mich so höflich wie möglich zurück. »Es tut mir leid, aber ich habe nicht viel Zeit.« Ich sah zu dem Gebäude hoch in der Hoffnung, dass niemand uns sah.

»Das macht nichts. Es wird nicht lange dauern. Sollen wir irgendwo einen Kaffee trinken?« Arianrhod sah flüchtig an den Häusern entlang, die die Cathedral Road säumten. Sie ist eine der Hauptverkehrsstraßen der Stadt. Wo ich mein Büro habe, sind vor allem Therapeuten, Ärzte, Zahnärzte und dergleichen, bis man weiter ins Stadtzentrum kommt. Mir wurde klar, dass sie Cardiff kaum kannte, obwohl es die Hauptstadt des Bezirks war, in dem sie wohnte.

»Nein.« Es gab ein paar Cafes, in die wir hätten gehen können, in der nahen Pontcanna Street, aber Cardiff ist ein kleiner Ort, und ich würde bestimmt jemandem begegnen, der mich kannte. »Machen wir einen kleinen Spaziergang am Fluss entlang, ja? Es ist nicht weit.«

Es war ein schöner Herbsttag, die Bäume färbten sich unter einem zartblauen Himmel langsam golden, aber es war ziemlich frisch. Wir bogen in die Llandaff Fields ein und gingen am Sportpavillon vorbei bis zu dem hohen Damm, der am Fluss entlangführt. Zu dieser Morgenstunde waren hier bis auf die Hundebesitzer und Radfahrer, von denen keiner Notiz von uns nahm, nur wenige Leute unterwegs.

Zweifellos hatte Arianrhod mir etwas Wichtiges zu erzählen. Sonst hätten wir uns auf dem Weg über dies und das unterhalten. Stattdessen schwiegen wir. Ich hatte den Eindruck, dass es an mir war, das Schweigen zu brechen.

»Und, was ist los?« Ich versuchte, verständnisvoll zu klingen, ermutigend, aber es war nicht leicht. Ich war noch immer verärgert, dass sie mich aufgrund einer vermeintlichen Notsituation herbeizitiert hatte.

Sie spürte meine Ungeduld und sah sofort niedergeschmettert aus. »Es tut mir leid, Sie mitten am Tag zu stören …«

»Machen Sie sich darüber keine Gedanken.« Mein Ärger begann zu verrauchen. »Sagen Sie es mir einfach. Was ist das Problem?«

»Gwydion.« Sie strich sich eine Haarsträhne aus dem Gesicht. Ich sah, dass ihre Hand zitterte. Plötzlich tat sie mir leid, und ich wünschte, ich wäre nicht so barsch gewesen.

Wir kamen an einer Bank vorbei, einem meiner Lieblingsplätze, hoch oben auf dem Damm, einem geschützten Platz, wo man sitzen und auf den Fluss sehen kann; wenn man Glück hat, sieht man Fischreiher und Kormorane und Eisvögel aus dem Wasser auf- und wieder eintauchen, und wenn nicht, kann man an den seichten Stellen Enten und Moorhühner beobachten und wie der Wind durch die Weiden streicht, eine geschäftige andere Welt von Vögeln und Fischen und Bäumen, mitten im Herzen der Stadt.

»Setzen wir uns einen Augenblick.« Ich zeigte auf die Bank. Es war ein guter Platz. Der Metallsitz der Bank war warm von der Sonne. Ich suchte den Fluss nach Fischreihern ab, konnte aber keine sehen.

Arianrhod seufzte. Es war ein tiefes, erschöpftes Seufzen. Dann begann sie zu sprechen. »Also, Gwydion erinnert sich an immer mehr Details von der Bootsfahrt. Er hat mir alles erzählt. Er hat nicht nur gehört, was passiert ist. Er hat auch alles gesehen.« Sie schwieg, spürte meine Überraschung. »Er sagt, dass er an Deck gekrochen ist, als er den Streit gehört hat. Er hat den Kopf einen Moment aus der Luke gestreckt, um zu sehen, was los war. Evan und Elsa haben ihn nicht gesehen. Sie hatten ihm den Rücken zugewandt, und sie rangen miteinander. Elsa hat sich gewehrt und geschrien, aber er hat sie nicht losgelassen. Deshalb hat sie ihn getreten, fest, in den Unterleib. Er ist wütend geworden und auf sie losgegangen. Sie stand an der Reling. Sie hat versucht, sich festzuhalten, aber er hat sie über die Reling ins Meer gestoßen.«

Ihre Stimme zitterte, und sie verstummte. Ich schaute zu Boden und sah, dass sie an ihrem Ärmel zog, den Stoff ängstlich zwischen den Fingern rieb und zwirbelte.

»Erzählen Sie weiter«, sagte ich.

»Unmittelbar bevor sie hineingefallen ist, hat sie Gwydion gesehen und um Hilfe geschrien. Evan hat sich umgesehen, aber Gwydion hat den Kopf eingezogen und ist sofort wieder in seine Koje verschwunden. Dort hat er gelegen und gewartet, die Augen fest geschlossen, bis Evan das Boot gerichtet hatte und sie weitergesegelt sind.«

»Und er hat Ihnen nichts davon gesagt, als er nach Hause gekommen ist?«

»Nein. Kein Wort. Aber mir ist aufgefallen …« Sie schwieg. »Er war Evan gegenüber nicht mehr derselbe. Sie haben sich nie nahegestanden, doch von da an schien er eine furchtbare Angst vor ihm zu haben.«

Ich war verwirrt. Ich fragte mich, warum Gwydion mir das nicht selbst erzählt hatte.

»Und das ist alles in den letzten Stunden herausgekommen? Seit ich Sie in Creigfa House besucht habe?«

Arianrhod nickte. »Es war ein wirklicher Schock.« Sie schauderte, schlug gegen die Kälte die Arme um sich. »Ich kann einfach nicht glauben, dass mein eigener Mann …« Sie beendete den Satz nicht, sondern ließ ihn kläglich in der Luft hängen.

»Natürlich hätte ich ihn nie gedeckt, wenn ich das gewusst

hätte«, fuhr sie fort. »Er hat mir erzählt, dass er sie mit hinausgenommen hat und dass sie gesegelt sind und sie sich impulsiv entschlossen hat, von Bord zu springen und nach Hause zu schwimmen.«

Ein Schweigen entstand. Schließlich brach ich es so taktvoll wie möglich.

»Nun, Sie wussten, dass Evan Elsa mit auf das Boot genommen hat, um sie zu verführen, nicht? Dass er die Situation möglicherweise provoziert hat?«

Arianrhod starrte auf den Fluss hinaus. »Sie müssen das verstehen ... wenn Sie Tag für Tag mit so etwas leben, lernen Sie, es zu ignorieren. Das müssen Sie.«

Sie führte die Hand zum Gesicht und bedeckte ihre Augen. Ihre Geste erinnerte mich an Gwydion.

»Und Sie wussten, dass er Alkoholiker war. Und unbeherrscht.« Ich versuchte, so einfühlsam wie möglich zu klingen, aber Tatsachen sind Tatsachen, und Arianrhod hatte offenbar seit Jahren ihr Bestes getan, sie zu übersehen.

»Natürlich.« Sie senkte den Kopf. »Ich war diejenige, die es die meiste Zeit abbekommen hat. Man gewöhnt sich daran.« Sie zögerte. »Aber ich hätte nicht gedacht, dass er dazu in der Lage wäre, einen ...«

Sie verschluckte das Wort »Mord«, aber das Schweigen sprach Bände.

»Trotzdem, auch bevor Sie es wussten, war es falsch zu schweigen, nicht? Sie hätten die Polizei nicht anlügen dürfen. Und auch die Mutter des Mädchens nicht.«

Sie begann leise zu weinen. Ich holte ein Taschentuch aus meiner Tasche und gab es ihr. Das mache ich inzwischen, ohne darüber nachzudenken. Jeder Zweite, mit dem ich zu tun habe, bricht in Tränen aus, wenn er mit mir spricht.

»Ich weiß.« Arianrhods Stimme klang durch das Taschentuch gedämpft. »Es geht mir furchtbar deswegen. Aber jetzt … jetzt wird alles herauskommen.«

»Wie meinen Sie das, dass jetzt alles herauskommen wird?«

Sie wischte sich die Augen und putzte sich die Nase. Dann sah sie mich an. »Gwydion hat sich entschlossen, zur Polizei zu gehen. Er will Anzeige erstatten. Er wird ihnen sagen, dass Evan Elsa Lindberg umgebracht hat.«

Ich brauchte einen Moment, um zu begreifen, was sie gerade gesagt hatte. Ich wusste, dass Gwydion wütend auf seinen Vater war, doch ich war überrascht, dass er so weit zu gehen bereit war. Überrascht und … sehr stolz auf ihn. Endlich trat Gwydion seinen Dämonen gegenüber. Und soweit ich das sehen konnte, tat er das aus eigener Kraft, ohne dass ihn jemand dazu aufgefordert hatte.

»Das ist gut für ihn«, sagte ich.

Arianrhod schien mir nicht zuzuhören. »Es wird Evan zugrunde richten, wenn jetzt alles herauskommt. Uns … zugrunde richten.« Sie schwieg.

Ich nickte langsam, begriff zum ersten Mal in vollem Umfang, was es für Arianrhod bedeutete, wenn Gwydion sich entschloss, Evan anzuzeigen: die totale Zerstörung ihrer Familie, die totale Zerstörung all dessen, was sie ihr ganzes Erwachsenenleben zu schützen versucht hatte. Ihr Mann und ihr einziger Sohn würden sich in aller Öffentlichkeit wegen eines gemeinen Mordes bekriegen, und was immer dabei ans Tageslicht kam, es würde eine Menge Dreck aufwirbeln und Arianrhod letztendlich ebenso verletzen wie Evan. Wie viel leichter wäre es für sie, weiter zu schweigen und Gwydion zu überzeugen, nichts zu tun, dachte ich.

»Aber es ist das einzig Richtige.« Sie schien sich ihrem

Schicksal ergeben zu haben. »Und ich muss meinen Sohn unterstützen.«

»Das ist sehr tapfer von Ihnen.«

»Die Sache ist die, dass ich nicht sicher bin, ob die Polizei ihm glauben wird.« Arianrhod hob den Kopf und schaute auf den Fluss hinaus. »Es ist alles so lange her. Und er ist der einzige Zeuge.«

Ich folgte ihrem Blick. Vor uns landete ein Kormoran auf einem kleinen Felsen, der mitten aus dem Fluss guckte.

»Er war damals erst sechs. Dann ist da die Tatsache, dass er das alles so lange vergessen hatte. Und sich erst jetzt wieder daran erinnert.«

Ich sah zu, wie der Kormoran im Wasser nach einem Fisch tauchte. Er tauchte mit leerem Schnabel wieder auf.

»Natürlich …«, sie zögerte einen Moment, »… würde es helfen, wenn Sie …« Sie hielt inne.

»Wenn ich was?« Ich drehte mich verwirrt zu ihr herum.

Sie atmete tief durch. Dann brachen die Worte sehr schnell aus ihr heraus. »Dr. Mayhew, ich bin gekommen, um Sie zu fragen, ob Sie als Zeugin zur Verfügung stehen würden, wenn es zu einer Verhandlung kommt. Als Sachverständige.«

Ich war verblüfft. »Ich? Aber …«

»Wir brauchen Sie, um zu erklären, wie es dazu gekommen ist, dass er sich wieder daran erinnert, was passiert ist. Durch den Traum. Während der Therapie. Wie Sie ihn zu der Erkenntnis geführt haben …«

»Ich habe ihn nicht geführt, das hat er ganz allein getan.« Ich dachte zurück. »Er war genau genommen nur wenige Male bei mir.«

»Ja. Aber Sie haben ihm so sehr geholfen. Waren so freundlich zu uns. Sind zu uns gekommen, als es ihm … nicht gut ging.«

Ihre Dankbarkeit rührte mich. Mir wurde bewusst, wie einsam sie sich dabei gefühlt haben musste, mit ihrem untreuen Mann und ihrem labilen Sohn zurechtzukommen.

»Ich werde tun, was ich kann.« Ich zögerte. »Natürlich kann ich etwas zu den Therapiestunden sagen, wenn es das ist, was Sie wollen.« Ich rutschte unbehaglich hin und her. Der Metallsitz der Bank fühlte sich langsam hart und kalt an. »Aber ich bezweifle, dass das eine große Hilfe sein wird. Es gibt wirklich nicht viel zu berichten.«

»Danke.« Arianrhod lächelte mich erleichtert an. »Ich weiß auch nicht, ob dem ein Gewicht beigemessen wird. Es wird hart werden. Aber es ist gut zu wissen, dass man jemanden auf seiner Seite hat.«

Ich lächelte einigermaßen zurückhaltend zurück. Dann sah ich auf meine Uhr. »Ich muss wieder ins Büro, fürchte ich.«

»Natürlich. Es tut mir leid, dass ich Sie gestört habe.«

»Das ist schon in Ordnung.«

Als wir aufstanden, um zu gehen, sah ich ein letztes Mal über den Fluss. Der Kormoran war weggeflogen.

»Aber tun Sie mir einen Gefallen, Arianrhod«, sagte ich, als wir den Weg zurückgingen. »Rufen Sie das nächste Mal an und machen Sie im Voraus einen Termin, ja?«

»Das klingt wenig glaubhaft, Jess.«

Bob und ich unterhielten uns beim Abendessen. Die Kinder waren aufgestanden, um fernzusehen, und wir saßen allein am Esstisch.

Ich hatte ihm nicht alles über mein Gespräch mit Arianrhod erzählt. Und ich hatte ihm eine redigierte Fassung der Ereignisse gegeben, die diesem vorausgegangen waren. Ich hatte ihm nichts von meinen Besuchen bei den Morgans gesagt und natürlich nicht, was auf dem Steg zwischen Gwydion und mir passiert war, als ich das letzte Mal dort war. Auch mein Treffen mit Solveig Lindberg in Stockholm hatte ich unerwähnt gelassen, obwohl ich mich des Gefühls nicht erwehren konnte, dass ich das früher oder später würde nachholen müssen. Ich hatte ihm nur eine Minimalversion der Geschichte geliefert und ihm erzählt, dass ein früherer Klient von mir, Gwydion Morgan, beabsichtigte, seinen Vater, Evan, wegen eines vermeintlichen Mordes anzuzeigen, den er als Kind beobachtet und an den er sich während der Therapie zu erinnern begonnen hatte. Ich hatte ihm auch erzählt, dass Arianrhod, Gwydions Mutter, mir an diesem Morgen einen Besuch abgestattet und mich gebeten hatte, als Sachverständige aufzutreten, wenn der Fall zur Verhandlung kam, und dass ich nicht wusste, was ich tun sollte.

»Ich kenne Evan ziemlich gut. Ich habe mit ihm im Parlament zusammengearbeitet. Ich kann mir einfach nicht vorstellen, dass er einen Mord begangen und ihn dann vertuscht haben soll«, fuhr Bob fort. »Das sieht ihm absolut nicht ähnlich …«

Ich war bisher noch nie gebeten worden, als Sachverständige in einem Prozess aufzutreten, und mir kamen langsam Zweifel, ob es richtig gewesen war, prinzipiell meine Hilfe zuzusagen. Bob ist Anwalt, er kennt sich mit so etwas aus. Weshalb ich ihn auch um Rat gefragt hatte.

»Ich meine, jeder weiß, dass er zu viel trinkt, dass er seine Wutanfälle bekommen kann und dass sein Liebesleben ziemlich unstet ist.« Bob lächelte mich ironisch an. »Aber im Grunde seines Herzens ist er ein anständiger Mensch. Ich habe ihn immer bewundert. Er ist außerordentlich gebildet. Talentiert. Und großzügig. Er hat viel für Wales getan, für das Parlament …«

»Verstehe.« Ich spürte, wie ich wütend wurde. »Und nur weil er viel für das Parlament getan hat, kann er jede Frau vögeln, die ihm über den Weg läuft, und kommt damit durch, ja?«

Mein Ausbruch schien Bob zu überraschen. Dann wurde ihm klar, dass er sich auf gefährlichem Terrain bewegte.

»Nein, das nicht. Natürlich nicht. Ich will nur sagen, dass er bestimmt seine Fehler hat, ich ihn aber nicht für einen Mörder halte. Oder für einen Lügner.«

»Und warum sollte seine Frau dann sagen, dass er einer ist, wenn er keiner ist?«

»Das weiß ich nicht. Sie ist eine seltsame Frau nach allem, was man so hört.« Er schwieg. »Wahrscheinlich ist sie eifersüchtig. Sie hat es nicht leicht gehabt, denke ich, und das rächt sich jetzt.«

»Und sein Sohn? Warum sollte er seinen Vater fertigmachen wollen?«

»Nun ja, vielleicht hat er die Partei seiner Mutter ergriffen. So etwas kommt in Familien vor …«

»Bob, ein junges Mädchen ist im Meer ertrunken«, unterbrach ich ihn. »Sie war neunzehn. Evan Morgan hat versucht, sie zu verführen. Sein Sohn hat gesehen, wie die beiden kurz vor ihrem Tod an Deck des Boots miteinander gerungen haben.« Ich seufzte enerviert. »Bedarf das nicht einer Erklärung? Egal was für ein großartiger Mann Evan ist?«

»Ja, natürlich.« Als Reaktion auf meine Verärgerung senkte Bob die Stimme. »Ihr Tod muss ordentlich untersucht werden. Offenbar wurde er das damals nicht.« Er schwieg. »Aber mich überzeugt der Beweis, den du angeführt hast, einfach nicht. Ich glaube, wir sollten auch Evans Version der Geschichte hören.«

Ich sagte nichts.

»Und wenn ich du wäre, würde ich mich zu nichts verpflichten«, fuhr er fort.

»Danke für deinen Rat.« Ich versuchte, höflich zu sein. »Aber ich denke, ich werde es trotzdem tun.«

Bob aß zu Ende, stand vom Tisch auf, ging zum Waschbecken und wusch sich die Hände.

»Okay, wie du meinst.« Als er sich die Hände abtrocknete, fügte er hinzu: »Und ich werde Evan anrufen. Ich würde das gerne mit ihm besprechen und herausfinden, um was es hier wirklich geht.«

Obwohl seine Stimme ruhig klang, spürte ich, dass er wütend war. Ich sagte jedoch nichts, als er sich umdrehte und die Küche verließ. In dem Moment kam Nella herein.

Sie ging zum Kühlschrank, machte ihn auf und sah hinein. »Nie ist etwas zu essen in diesem Haus.«

»Doch, das ist es«, sagte ich und zeigte auf die Obstschale auf der Anrichte.

»Was ist mit Keksen?«

»Wir versuchen, nicht mehr so viele zu kaufen. Papa zuliebe. Wir haben Cracker, wenn du möchtest. Und Käse …«

»Okay, okay.« Sie machte den Kühlschrank zu, ging zur Anrichte und nahm sich eine Banane.

»Wie läuft es mit den Hausaufgaben?«

Sie zuckte mit den Schultern.

»Brauchst du bei irgendetwas Hilfe?«

Sie schüttelte den Kopf und ging zur Tür. Bevor sie das Zimmer verließ, drehte sie sich um und sagte lässig: »Ah, übrigens, Mama, ich fahre am Samstag nach London. Zum Vorsingen.«

»Aha?« Ich versuchte, ebenfalls lässig zu klingen.

Nella trat von einem Fuß auf den anderen. »Die Sache ist die, dass ich vielleicht über Nacht bleiben muss.«

»Und wieso?«, fragte ich ruhig.

»Der Produzent hat möglicherweise erst abends Zeit für mich. Er hat sehr viel zu tun, aber er will mich auf jeden Fall singen hören …«

Ein Schweigen entstand. Dann sagte ich das, von dem sie wusste, dass ich es sagen würde.

»Es tut mir leid, Nella. Du kannst für einen Tag mit Emyr mit dem Zug nach London fahren.« Ich zögerte. Ich hasste es, ihr den Spaß zu verderben, aber ich war mir absolut sicher. »Wenn dieser Produzent dich so gerne treffen will, kann er das tagsüber tun.«

»Aber das kann er eben nicht. Er kann erst später …«

»Okay, dann fährt Papa dich im Auto hin und wartet. Aber du bleibst nicht über Nacht. Das ist mein letztes Wort.«

Normalerweise hätte Nella mit mir gestritten. Doch sie wusste, dass ich in diesem Fall nicht umzustimmen sein würde, deshalb versuchte sie es erst gar nicht.

»Es tut mir leid, Liebling«, fuhr ich fort. »Das tut es wirklich. Aber das ist einfach nicht drin. Das weißt du.«

Sie antwortete nicht. Stattdessen knallte sie die Banane auf die Anrichte und stürmte aus dem Zimmer, die Tür hinter sich zuschlagend.

Die Banane flog gegen die Kante der Anrichte und landete auf dem Boden. Ich ging hin, hob sie auf und hätte sie einen Moment lang am liebsten gegen die Tür geworfen, ihr hinterher. Stattdessen legte ich sie ruhig zurück in die Obstschale zu den anderen Früchten.

13

Es war Samstag, und ich war in der Markthalle einkaufen. Oben in der Haustierabteilung, um genau zu sein. Nella war mit Emyr nach London gefahren, um bei dem Produzenten vorzusingen. Ich hatte mit ihm über die näheren Einzelheiten des Projekts sprechen wollen, doch Nella hatte es mir verboten. Stattdessen hatte ich ihr die strikte Anweisung gegeben, mit dem Sechs-Uhr-Zug nach Hause zu kommen und ihr gesagt, dass ich sie vom Zug abholen würde. In der Zwischenzeit, während die Stunden dahingingen, versuchte ich mich abzulenken, weshalb ich auch Rose mitgenommen hatte. Sie wollte ein Kaninchen kaufen. Sie hatte mich wochenlang bearbeitet, und schließlich hatte ich nachgegeben.

Die Markthalle von Cardiff ist ein merkwürdiger, alter Ort, ein großes Gebäude mit schmiedeeisernen Toren und einem Glasdach wie bei einem viktorianischen Bahnhof. Drinnen riecht es nach verbranntem Fett und Schlachthaus, nach Frischfisch, altem Leder und Schnittblumen. Unten sind die Metzger, die Schweineköpfe sind in Reihen angeordnet wie das Publikum im Theater, die Preise an den Ohren befestigt, und die Fischtheke, an der man neben unheimlichen Tiefseemonstern auch frisch gefangene Muscheln und Krabben und Laverbread bekommen kann, dieses seltsame grüne, salzige, schleimige Meeresalgenzeug, das hier als Delikatesse gilt. Es gibt einen Kurzwarenhändler, bei dem ich oft Knöpfe, Reißverschlüsse und Schrägband kaufe und der die Sorte Stoffe verkauft, von der man meinen sollte, dass es sie seit den Sechzigern nicht mehr gibt: Spitze aus Nylon für Stores als Meterware, Rollen mit leuchtend gemustertem Crimplene für Kleider, aufgeraute Baumwolle für Nachthemden und Pyjamas. Ein Zugeständnis an die Gegenwart gibt es nicht: Die Lederwarengeschäfte verkaufen billige, altmodische Handtaschen, Koffer ohne Räder, Uhrbänder für Uhren der nicht digitalen Sorte. Und oben in der Galerie wird es noch schräger: Da ist der alte Secondhand-Plattenladen mit einer lebensgroßen Elvis-Figur am Eingang und daneben der Handlesestand, in dem eine Frau mittleren Alters mit einer Plastikblume in den gefärbten, schwarzen Haaren geheimnisvoll zwischen ein paar purpurfarbenen Samtvorhängen hin und her huscht, und daneben der »Fettige Löffel«, in dem eine Auswahl knallharter Männer, die wie die Nachkommen der Sitcom-Helden *Steptoe and Son* aussehen, Tee aus dampfenden Bechern trinken, Bacon, Eier und Bohnen essen und die Rennsportnachrichten lesen. Und gegenüber liegt die Zoohandlung, in der Rose und ich standen, uns die Singvögel in den Käfigen ansahen, die neugeborenen Kätzchen, die Kaninchen mit den zuckenden Nasen, die skurril behaarten Meerschweinchen, die blinden Babymäuse und die fetten, weißen Ratten mit ihren beunruhigend langen, rosa Schwänzen.

»Grausam, nicht? Sie so einzusperren.«

Ich drehte mich um. Die Frau, die mich angesprochen hatte, war in den Sechzigern, gut gekleidet und hatte makellos geschnittenes, gefärbtes Haar. Sie befand sich in Begleitung eines elegant aussehenden Mannes, der etwas älter war.

Ich brauchte einen Moment, um sie zu erkennen.

»Jean.« Ich zögerte. »Donnerwetter. Sie sehen … Sie sehen fabelhaft aus.«

»Danke.« Sie lächelte. »Das ist Windsor.«

Ich nickte ihrem Begleiter zu. Er nickte zurück, sagte aber nichts. Stattdessen ging er zu einem der Käfige hinüber und sah sich zusammen mit Rose die Kaninchen an.

»Das muss Ihre Tochter sein«, sagte Jean.

»Ja, Rose. Meine Jüngste.« Ich drehte den Kopf nach Windsor um. »Ist das …?«

»Mein neuer Liebhaber. Er zieht nächsten Monat bei mir ein. Wir werden in Sünde leben.« Jean kicherte.

Langsam war ich verwirrt. Jean benahm sich wie eine völlig andere Frau als die, die ich kannte. Bisher hatte sie nicht das geringste Anzeichen von Humor gezeigt. Mir war nicht einmal klar gewesen, dass sie überhaupt welchen besaß.

Ich sah zu den Kaninchen hinüber. Windsor hatte ein Pellet von der Theke genommen, auf der Tierfutter ausgestellt war, und fütterte zu Roses Entzücken das Kaninchen damit.

»Das ist schön«, sagte ich. »Das freut mich für Sie.«

»Ja. Alles hat sich gefunden.« Jean senkte die Stimme. »Er ist sehr gut im Haus.«

Ich nickte, wobei ich an die Vorhangschiene denken musste.

»Es tut mir leid, dass ich mich nicht gemeldet habe.« Jean wedelte mit der Hand in der Luft herum. »Ich hatte so viel zu tun. Es ist alles so schnell gegangen.«

Ich zog einen Moment in Erwägung zu sagen, dass sie wirklich hätte anrufen und die Stunde absagen können, entschied mich aber dagegen. Stattdessen breitete sich ein Schweigen aus, als wir beide zu Windsor, Rose und den Kaninchen hinübersahen.

»Nun«, meinte sie schließlich. »Es war schön, Sie zu sehen.«

»Gleichfalls, Jean«, sagte ich aufrichtig. »Und viel Glück weiterhin.«

»Danke.«

Sie winkte mir kurz zu, dann ging sie zu Windsor und nahm seinen Arm. Als sie zusammen davonschlenderten, gesellte ich mich zu Rose vor den Kaninchenkäfig.

»Wer war die Frau?«, fragte Rose.

»Oh, nur eine Klientin von mir.« Ich schwieg und fragte mich, warum ich nicht wütend auf Jean war. Sie hatte ihre Therapie fristlos beendet, ohne ein Wort des Dankes. Mir war mein Honorar entgangen, ich hatte Zeit verschwendet. Und doch hatte es mich gefreut, sehr gefreut, sie so zu sehen. Einen Moment lang vergaß ich meine Sorge um Nella und erinnerte mich daran, warum ich mich vor so vielen Jahren entschlossen hatte, Psychotherapeutin zu werden. Ich hatte den Menschen helfen wollen. Das war ein Klischee, aber es entsprach der Wahrheit. Das war mein Ziel gewesen, und jetzt wurde mir klar, dass ich das manchmal – wenn auch nicht oft – auch schaffte. In Jeans Fall hatte ich ihr nur einen Warteraum geboten, während sie sich von ihrer Trauer erholte, aber scheinbar war das alles gewesen, was sie gebraucht hatte, um wieder auf die Beine zu kommen.

Rose zeigte auf ein kleines, graues Kaninchen, das allein in einer Ecke saß. »Das will ich haben.«

»Bist du sicher?«

Rose nickte.

»Okay. Eine gute Wahl.« Ich legte ihr den Arm um die Schulter. »Sollen wir das mit einem Bacon-Sandwich feiern?«

Rose sah überrascht zu mir hoch. »Meinst du da drüben?« Sie zeigte auf das Café. Sie wusste, dass ich es nicht mochte, dass ich oft über den Geruch nach Baconfett gemeckert hatte, der die Markthallen durchzog.

Ich nickte.

Sie sah mich nachdenklich an. »Freust du dich über irgendwas, Mama?«

»Ja, ich denke schon.«

»Worüber?«

»Über die Frau. Sie war immer so traurig. Und jetzt geht es ihr besser. Das ist alles.«

»Cool.« Rose schwieg einen Moment. »Kann ich auch einen Donut bekommen?«

Wir bezahlten das Kaninchen, vereinbarten, es später abzuholen, gingen zu dem Café hinüber und suchten uns einen Platz an der Theke, die am Rand der Galerie entlanglief. Ich bestellte zwei Bacon-Sandwiches, eine Tasse Tee und ein Glas leuchtend grüner Limonade, die nicht einmal vorgab, eine Ähnlichkeit mit Fruchtsaft zu haben.

Während wir auf unser Essen warteten, trank Rose geräuschvoll ihre Limonade, sog glücklich an ihrem Strohhalm und schaute sich verträumt um. Ihr Gesichtsausdruck sagte mir, dass sie an das Kaninchen dachte.

Auf der Theke lag eine Ausgabe des heutigen *Echo*. *Echo* ist die Lokalzeitung. Normalerweise bringt sie Artikel über Busse, die zu spät kommen, Kinder, die sich von einer vermeintlichen Meningitis erholen, und über Vogelbabys, die aus ihren Nestern gefallen sind. Ich warf zufällig einen Blick auf die Titelseite, erwartete nicht, etwas Weltbewegenderes zu erfahren, als dass ein Hund beinahe einen Mann gebissen hätte, und hielt den Atem an.

Die Überschrift prangte mitten auf der Seite: EVAN MORGAN DES MORDES BESCHULDIGT. Darunter waren ein Bild von ihm, das vor einiger Zeit aufgenommen worden war, und ein Artikel, der begann:

Aufgrund sensationeller Enthüllungen, die gestern beim South Wales Echo eingegangen sind, hat die Polizei Evan Morgan des Mordes beschuldigt. Der international renommierte Theaterregisseur wurde heute Morgen drei Stunden auf der Zentralen Polizeiwache in Verbindung mit dem 1990 geschehenen Ertrinkungstod des schwedischen Au-pair-Mädchens der Familie Morgan verhört. Bob Cadogan, der Anwalt von Mr Morgan, hat es abgelehnt, sich dazu zu äußern.

Ich brauchte einen Moment, um zu begreifen, was ich gerade gelesen hatte: nicht nur, dass Evan des Mordes beschuldigt worden war, sondern auch, dass Bob ihn vertrat. Mein Mann war mir in den Rücken gefallen und hatte Evan Morgan seine Dienste angeboten, wohl wissend, dass ich wahrscheinlich als Sachverständige für die Gegenseite auftreten würde. Was zum Teufel dachte er sich dabei? Wollte er mich lächerlich machen? Ich sah rot, biss aus Wut die Zähne zusammen. Am liebsten wäre ich auf der Stelle aufgesprungen und nach Hause gerast, um ihn zur Rede zu stellen. Doch Rose zuliebe blieb ich, wo ich war.

Die Bacon-Sandwiches kamen. Rose klappte ihres auf, schmierte Tomatensoße auf die Innenseite und begann zu kauen. Ich drückte etwas Senf auf meins und biss hinein. Der Bacon schmeckte salzig, das Brot synthetisch. Noch vor wenigen Minuten hatte ich Hunger gehabt und hätte es trotzdem genossen, aber jetzt war mir der Appetit vergangen. Stattdessen sah ich Rose beim Essen zu, versuchte geduldig zu sein, während sie jeden Bissen genoss und das Sandwich jedes Mal vorsichtig auf dem Teller ablegte, wenn sie an ihrem Drink nippte. Als sie endlich fertig war und sich die letzten Reste Tomatensoße von den Fingern leckte, sagte ich: »Komm, Liebling. Lass uns gehen.«

Rose sah mich entgeistert an. »Und was ist mit dem Donut?«

»Wir kaufen dir einen, den du im Auto essen kannst.«

Sie machte ein finsteres Gesicht.

»Es tut mir leid, Rosie.« Ich holte ein Taschentuch aus meiner Tasche und gab es ihr, damit sie sich die Finger abputzen konnte. »Wir müssen nach Hause.«

»Warum?«

»Ich muss mit Papa reden.«

»Worüber?«

»Über etwas.« Ich schwieg und versuchte das Thema zu wechseln. »Komm, lass uns das Kaninchen abholen. Hast du dir schon einen Namen überlegt?«

Rose ignorierte mich.

Ich bemühte mich beharrlich weiter. »Es kommt natürlich darauf an, ob es ein Junge oder ein Mädchen ist.«

Ich erhob mich, um zu gehen, doch Rose rührte sich nicht.

»Du hast gesagt, dass ich hier noch einen Donut bekomme.« Sie hob entrüstet die Stimme. »Du hast es gesagt.«

Ich seufzte. Rose ist ein willensstarkes Mädchen. Wenn sie meint, ungerecht behandelt zu werden, schaltet sie auf stur. Und wenn sie das tut, ist sie unerschütterlich. Glücklicherweise sind ihre Forderungen in der Regel ziemlich vernünftig, sodass ich versuche, sie soweit als möglich zu erfüllen. Und in diesem Fall hatte sie recht. Ich hatte ihr einen Donut in dem Café versprochen. Und nicht im Auto oder sonst wo. Außerdem bestand wirklich kein Grund, so plötzlich aufzubrechen und nach Hause zu eilen – bis auf meinen zunehmenden Groll auf Bob, der überhaupt nichts mit ihr zu tun hatte.

»Okay.« Ich setzte mich wieder hin, holte Geld aus meinem

Portemonnaie und gab es ihr. »Du gehst zur Theke und bestellst. Aber danach müssen wir wirklich gehen.«

Rose ging, um sich den Donut zu holen. Währenddessen rollte ich die Zeitung zusammen und steckte sie in meine Tasche.

Als wir nach Hause kamen, saß Bob in der Küche, trank Kaffee und arbeitete an seinem Laptop. Rose zeigte ihm das Kaninchen, und er ging mit hinaus, um ihr zu helfen, es in dem Kaninchenstall unterzubringen, den wir im Gartenschuppen aufgestellt hatten. Als sie zurückkamen, folgte eine lange Diskussion über Nestbau und Stroh und Bodenstreu und Pellets und Karotten und Wasser, und als diese Dinge endlich geklärt waren, ging Rose nach oben, um Klarinette zu üben.

Sobald sie gegangen war, holte ich die Zeitung aus meiner Tasche.

»Was ist das?« Ich hielt sie Bob unter die Nase.

»Jaa.« Bob sah mich schuldbewusst an. »Ich wollte …«

»Wie konntest du nur?« Meine Stimme zitterte vor Wut. »Wie konntest du das tun? Ohne mir etwas zu sagen.«

Ich warf die Zeitung auf den Küchentisch neben seinen Laptop. Dann marschierte ich zu dem Wasserkocher, füllte ihn mit Wasser und schaltete ihn an.

»Ich habe dir das im Vertrauen erzählt«, sagte ich, als das Wasser warm zu werden begann. »Ich habe dir vertraut. Ich wollte deinen Rat …«

»Hör zu, Jess.« Bob trat hinter mich. »Ich habe nichts Falsches getan. Das weißt du. Ich habe mit Evan gesprochen, und ich bin überzeugt, dass er unschuldig ist. Deshalb habe ich mich entschlossen, ihm zu helfen. Ich habe ihn gegen Kaution freibekommen.«

»Aber warum hast du nicht mit mir darüber gesprochen? Du hättest mich zuerst fragen müssen. Es kann sein, dass ich als Zeugin für die Gegenseite auftreten werde. Das wird unglaublich unangenehm …«

Bob unterbrach mich. »Aber du hast gesagt, dass du dich noch nicht entschlossen hast …«

Der Inhalt des Wasserkochers begann heftig zu brodeln. Es ist einer dieser ultramodernen, in denen man Wasser in fünfzehn Sekunden zum Kochen bringen kann, die dabei aber aussehen, als würden sie jeden Moment abheben.

»Das habe ich auch nicht, aber du hättest zuerst mit mir reden können. Diese Entscheidung hätten wir auf jeden Fall zusammen treffen müssen.«

»Ja, schon. Aber im Moment ist es so schwer, mit dir zu reden. Du bist immer so distanziert. So kratzbürstig.« Bobs Stimme stieg um eine Oktave. »Egal. Es geht nicht nur um Evan. Dieser Fall ist genau das, was ich brauche, um meine Karriere wieder in Schwung zu bringen. Wir sprechen seit Ewigkeiten darüber, nicht? Du hast mir immer geraten, dem Parlament den Rücken zu kehren und mich selbstständig zu machen. Und das ist meine Chance.« Er zögerte. »Das ist die Gelegenheit für mich. Die Chance, das alles hinter mir zu lassen. Ich habe den Job beim Parlament nur angenommen, weil ich für dich und die Kinder eine sichere Zukunft wollte …«

Ich drehte mich um, um ihn anzusehen. Ich zitterte vor Wut am ganzen Körper. Mich verblüffte die Intensität dieser Wut. Und ich war selbst überrascht über das, was als Nächstes kam.

»Hör auf. Dir geht es nicht um mich. Oder die Kinder. Die einzige Person, um die es dir geht, bist du, Bob Cadogan.« Seltsamerweise hatte ich das Gefühl, als würde nicht ich da reden, sondern jemand anders – natürlich war ich es, aber nicht mein übliches Ich. Sondern jemand, dessen Stimme seit Langem in meinem Kopf war, der aber bis heute nie das Wort ergriffen hatte und aus dem jetzt eine riesige Last aufgestauten Ärgers herausbrach, was mich ebenso verblüffte wie Bob. »All das«, ich machte eine ausladende Handbewegung, »das Haus, unsere Ehe, das alles ist nichts als eine verdammte Täuschung. Eine Lüge.«

Bobs Augen weiteten sich. Er trat fassungslos einen Schritt zurück, taumelte leicht, als hätte ich ihn geschlagen.

»Die letzten zwei Jahre habe ich nichts anderes getan, als dir zugehört, wie du über deinen Job gejammert hast. Dann bist du auf Dienstreise und vögelst irgendeine Frau auf einer Konferenz, nur um dein Ego aufzupäppeln. Und jetzt hast du dich plötzlich aus heiterem Himmel entschieden, deine Nase in meine Angelegenheiten zu stecken, Vorteile aus dem zu ziehen, was ich dir im Vertrauen über einen meiner Klienten erzählt habe. Und, ohne mich vorher zu fragen, seinen verlogenen, betrügerischen Mistkerl von einem Vater zu verteidigen, einen deiner widerlichen, geilen, alten Kumpel aus dem Parlament …« Ich erkannte die Worte, die aus meinem Mund kamen, nicht wieder. »Okay, mir reicht es. Mit uns klappt das nie. Weil es immer nur um dich und dein Ego gehen wird, nicht? Du bist ein egoistischer, kleiner Scheißkerl und wirst immer einer bleiben.«

Der Wasserkocher erreichte die höchste Stufe und schaltete sich aus. Dampf quoll heraus und vernebelte die Luft. Ich stand zitternd am Spülbecken und sah aus dem Fenster, Bob stand hinter mir.

Wir schwiegen. Dann sagte Bob bemüht vernünftig: »Ich bin nicht klein.«

Früher hätte ich vielleicht gelacht, wenn er das gesagt hätte, und mich zu ihm umgedreht, und er hätte die Arme um mich gelegt, und wir hätten uns geküsst und wieder versöhnt. Dieses Mal war er zu weit gegangen.

»Ich wusste nicht, dass du so über … über uns denkst …« Er klang niedergeschmettert. Einen Moment hatte ich Mitleid mit ihm. Er tat mir leid, aber ich bereute meinen Ausbruch nicht, weil ich endlich der Wut Luft gemacht hatte, die in mir kochte, seit ich von seinem Seitensprung erfahren hatte.

»Ja, das tue ich.« Ich versuchte, ruhig zu klingen, aber meine Stimme zitterte noch immer vor Wut. »Ich werde in diesem Fall keinen Rückzieher machen. Ich werde vor Gericht als Zeugin auftreten, wie auch immer du dich entscheidest. Hast du das verstanden?«

Ich marschierte an ihm vorbei in die Diele. Gerade als ich an der Haustür war, kam Rose die Treppe hinunter.

»Was ist los?« Sie lehnte sich über das Geländer. Sie sah ängstlich aus.

»Nichts.« Das Zittern in meiner Stimme war unüberhörbar. »Nichts, Liebling. Mach dir keine Sorgen. Ich bin bald wieder da.«

Aber ich war nicht bald wieder da. Ich fuhr eine Weile durch Cardiff, dann ertappte ich mich dabei, dass ich auf die Straße nach Carmarthen im Westen von Wales abbog. Ich hatte kein bestimmtes Ziel; ich wusste nur, dass ich aus der Stadt hinaus, mit aufgedrehtem Radio über die Autobahn fahren musste, Meile um Meile, bis ich mich ruhiger fühlte und bereit war, nach Hause zurückzukehren. Daher war es schon seltsam, dass ich nach über einer Stunde eine Tankstelle ansteuerte, parkte und Gwydion von meinem Handy anrief.

Es klingelte einige Male. Ich formulierte gerade eine Nachricht in meinem Kopf, als er sich meldete.

»Hallo. Jessica?« Ich registrierte, dass er meine Nummer in seinem Handy gespeichert haben musste.

»Gwydion. Ich bin's«, sagte ich unnötigerweise. »Du hast natürlich die Zeitung von heute gesehen?«

»Natürlich.«

Ein Schweigen entstand.

»Wie nimmt Arianrhod es auf?«

»Oh, sie ist ziemlich gefasst. Aber das wird die Hölle für sie.« Er zögerte. »Hör zu, wir müssen miteinander reden. Wo bist du?«

»An einer Tankstelle auf der M4. Abfahrt 47.«

»Was machst du da?«

»Äh. Nichts. Ich bin einfach in der Gegend herumgefahren.« Ich suchte nach einer besseren Erklärung, doch mir fiel keine ein.

»Ist mit dir alles in Ordnung?«

»Ja, ich denke schon.«

Er registrierte das Zögern in meiner Stimme. »Was ist passiert?«

»Wir hatten Streit zu Hause.« Es klang nicht so schlimm, wenn ich es laut aussprach.

»Gut, warte dort. Ich komme zu dir. Ich bin in einer Stunde da.«

»Okay«, antwortete ich. »Ich warte in dem Café vorne auf dich.«

»Lass dein Handy eingeschaltet.«

Er verabschiedete sich nicht und ich auch nicht.

Ich stieg aus, schloss das Auto ab und ging zu der Tankstelle hinüber. Es war nicht viel los. Ein paar Teenager spielten an den Spielautomaten im Foyer und ein paar andere saßen an der Burger Bar. Darüber hinaus war es ziemlich leer.

Ich ging zu den Toiletten, pinkelte und betrachtete mein Gesicht im Spiegel, während ich mir die Hände wusch. Ich sah fade und abgespannt aus und hatte dunkle Schatten unter den Augen. In der feuchten Luft hatten sich meine Haare gekräuselt, sodass sie aus der Form geraten und ungekämmt aussahen. Ich kramte in meiner Tasche und wünschte, ich hätte etwas Make-up dabei, doch alles, was ich fand, waren ein Lippenbalsam und ein Kamm. Ich tat mein Bestes, aber der müde Blick in meinen Augen ließ sich nicht kaschieren. Schließlich gab ich es auf, ging in das Café, bestellte mir einen doppelten Espresso und setzte mich, um auf Gwydion zu warten.

Gewöhnlich trage ich in der Handtasche ein Buch mit mir herum und einen Stift, um mir am Rand Notizen zu machen, damit ich etwas zu tun habe, wenn ich, wie in diesem Fall, irgendwo warten muss. Gewöhnlich sind es Bücher über Psychologie mit komplizierten Fachworten, die zu umständlichen Sätzen aneinandergereiht sind und mich zwingen, mich zu konzentrieren. Deshalb holte ich auch jetzt mein Buch heraus, um mich vor meinem Treffen mit Gwydion zu beruhigen, runzelte die Stirn und machte mich an die Arbeit.

Diese Woche las ich eine Biografie über meinen alten Freund Freud von seinem alten Freund Ernest Jones. Jones war Waliser und nach allem, was man so hörte, ein ziemlich unangenehmer Typ, doch gebührte ihm gleichwohl der Verdienst, die Psychoanalyse einem weiten Publikum bekannt gemacht zu haben. Die Biografie war genau das, was ich jetzt brauchte, ein faszinierendes Porträt eines vielschichtigen Mannes, stellenweise mit komplexer Terminologie gespickt, doch heute konnte sie mich nicht fesseln. Alle paar Minuten wanderten meine Augen von den Seiten zum Fenster, um nach Gwydion Ausschau zu halten.

Nach ungefähr vierzig Minuten wurde ich nervös. Ich überlegte, ob ich ihn anrufen sollte, aber ich rufe nicht gerne Leute an, wenn sie Auto fahren, und außerdem wollte ich ihm nicht auf die Nerven fallen. Doch irgendwie konnte ich nicht still sitzen und mich in Geduld üben. Ich wurde immer nervöser. Nach unserem letzten Treffen hatte ich beschlossen, ihn nicht wiederzusehen, außer vielleicht in meinem Büro zu einem klar umrissenen Zweck – zum Beispiel, um meinen Part, wenn es überhaupt einen geben würde, bei der bevorstehenden Anhörung zu besprechen –, und doch streifte ich wieder in seiner Gegend herum, rief ihn aus einem Impuls heraus an und tat mein Bestes, mich nicht zu fragen, warum. Ich benahm mich kindisch, sagte ich mir. Es wurde Zeit, dass ich die Dinge in den Griff bekam. Zeit, dass ich das Café verließ und nach Hause fuhr, bevor noch mehr passierte.

Ich wollte gerade gehen, als mein Telefon klingelte. Es war Gwydion.

»Ich bin in dem Hotel gegenüber. Kannst du mich dort treffen?«

Ich war verwirrt. »Warum diese Geheimnistuerei?«

Er ignorierte meine Frage. »Ich habe Zimmer 17. Im Erdgeschoss.«

»Aber …«

Das Gespräch war beendet. Ich stand auf, sammelte meine Sachen zusammen und verließ das Café. Der Eingang zu dem Hotel lag nur wenige Meter entfernt. Einen Moment verspürte ich den Impuls, daran vorbei zum Parkplatz zu gehen, mich in mein Auto zu setzen und zu fahren. Aber ich tat es nicht. Stattdessen stieß ich die Tür auf und ging den Gang hinunter, ignorierte den Mann an der Rezeption, der nicht einmal aufsah, als ich vorbeiging.

Ich bog um die Ecke, folgte den Nummern zu Zimmer 17 und blieb einen Moment vor der Tür stehen, wobei ich den Gang hinauf- und hinunterspähte. Niemand war in der Nähe. Ich klopfte.

Gwydion öffnete die Tür. Er trug einen Trainingsanzug, als wäre er joggen gewesen, als ich angerufen hatte. Er sah besorgt aus, was mich nicht überraschte. Ich trat ein, und er schloss schnell die Tür hinter mir.

In dem Zimmer war es dunkel, die Gardinen waren vorgezogen. Sie waren in einem hässlichen rotgelben Schottenmuster, passend zur Bettdecke. An der Wand hingen Bilder, wie man sie meterweise kaufen kann, um sie in Hotels aufzuhängen. Auf der einen Seite des Bettes führte eine Tür in ein kleines Bad. Falls Gwydion vorhatte, mich zu verführen, hatte er sich einen seltsamen Ort dafür ausgesucht, dachte ich.

Ich setzte mich auf einen Stuhl am Fenster. Gwydion nahm mir gegenüber auf der Bettkante Platz. Meine Augen mussten sich erst an die Dunkelheit gewöhnen, sodass ich seinen Gesichtsausdruck nicht erkennen konnte, doch er schien nervös zu sein.

»Schön, dich zu sehen.« Er lächelte, dann seufzte er tief. »Ich fühle mich total gestresst, seit man Evan festgenommen hat. Ich meine, ich hasse ihn zutiefst, und ich weiß, dass er schuldig ist, aber trotzdem …«

»Das kann ich mir vorstellen. Es muss furchtbar sein.«

Er griff nach meiner Hand. Ich überließ sie ihm. Sie fühlte sich klein und kindlich, unschuldig und vertrauensselig in seiner an.

»Gwydion, ich …« Ich wusste nicht genau, wie ich das, was ich sagen wollte, sagen sollte. »Ich bin nicht hier, um …«

»Ich weiß.« Er ließ meine Hand los. »Es tut mir leid«, er zeigte auf das Zimmer, »aber ich hatte keine andere Wahl. Ich glaube, ich werde verfolgt.«

»Bist du sicher?« Ich drehte mich um und zog den Vorhang einen Spaltbreit beiseite. Ich sah, dass man von dem Zimmer Aussicht auf den Parkplatz hatte. »Ist jemand dort draußen?«

»Ich glaube, ja.« Er kam herüber und stellte sich neben mich. »Der Peugeot in der Ecke dort drüben.«

Ich folgte seinem Blick. Ich wusste nicht, welches Auto er meinte, und fragte nicht weiter nach, doch der Gedanke, dass jemand dort draußen stand und uns beobachtete, verursachte mir ein seltsames Gefühl im Magen.

»Wer ist es?«

»Ein Journalist, denke ich. Und … ich will nicht, dass man uns zusammen sieht. Nicht unter diesen Umständen.«

»Das verstehe ich.«

»Ich habe gehört, dass dein Mann Evan verteidigt.« In seiner Stimme schwang so etwas wie verletzte Überraschung mit.

»Ja.« Ich schwieg. »Darüber haben wir gestritten.«

Gwydion legte mir die Hand auf die Schulter. Ich spürte, dass sie leicht zitterte.

Ich mochte sie nicht wegschieben. Stattdessen stand ich auf, um mir einen anderen Platz zu suchen, weiter von ihm entfernt. Doch bis auf das Bett gab es keinen, wie ich feststellte. Also setzte ich mich auf die Kante, kerzengerade.

Gwydion stand am Fenster und sah auf mich hinunter. Ich schaute zu ihm hoch, aus sicherem Abstand. Meine Augen hatten sich inzwischen an das Licht gewöhnt. Er war nicht rasiert und hatte dunkle Schatten unter den Augen. Seine Lippen sahen rot und übel zugerichtet aus, als hätte er darauf gebissen, und sein Gesicht hatte einen gejagten, gehetzten Ausdruck.

Ich senkte den Blick. Ich konnte ihn einfach nicht ansehen, wie er da vor dem Fenster stand, so nah, so real in dem Licht, das seinen dunklen Kopf wie einen Heiligenschein umgab.

Gwydion reagierte auf meine Körpersprache und nahm sich zusammen, als würde er sich an seine guten Manieren erinnern.

»Möchtest du etwas trinken?« Er zeigte auf ein Tablett mit einem Wasserkocher, zwei Tassen und einer Reihe sorgfältig arrangierter Beutel daneben.

»Nein, danke.« Ich starrte weiter den Boden an.

Er seufzte tief. Dann trat er zu mir und setzte sich neben mich. Ich erstarrte.

Er legte den Arm um mich.

»Jessica. Hör auf zu heucheln. Ich weiß, warum du hier bist«, sagte er.

»Ich muss mit dir sprechen …«, begann ich. »Da sind noch ein paar Dinge, die ich wissen möchte …«

Er widersprach mir nicht. Stattdessen zog er mich sanft an sich. Dann griff er mir mit der Hand unter das Kinn, drehte mein Gesicht zu sich hin und küsste mich auf den Mund. Und ich küsste zurück. Fest.

Ich verstehe nicht ganz, was als Nächstes passierte. Es kam so plötzlich wie eine Springflut nach einem Dammbruch. Wie ein Traum, aber sehr real. Meine Zunge war in seinem Mund, seine Zunge in meinem Mund, wütend, kämpfend, leidenschaftlich, wie Schlangen, die auf der Suche nach einem Versteck zwischen den Felsen herumhuschten. Die rotgelben

Karos begannen vor meinen Augen zu tanzen. Wir rollten auf das Bett, ich auf ihn, er auf mich. Seine Kleider, meine Kleider, sie wurden weg-, hoch- und heruntergezogen. Ich erinnere mich an Körperteile, die auf mich zukamen, massig und schnell, jedes eine Entdeckung: ein Bauch, eine Brustwarze, ein Oberschenkel; dann kamen sie paarweise, marschierende Armeen von Wangen, Lippen, Ohren, Achselhöhlen, Pobacken; und dann begann das Tosen des Meeres in meinen Ohren zu dröhnen, und ich schloss die Augen, und Gwydion schloss seine.

Und da hätte es passieren sollen. Aber das tat es nicht. Denn als er die Hand unter mein Oberteil schob, streifte sie einen kleinen Knopf auf meinem BH und zog sich blitzschnell zurück, sodass ich mich in der Mitte des Gefechts plötzlich erinnerte, wer er war – ein empfindsamer, traumatisierter junger Mann, der mich aufgesucht hatte, damit ich ihm half. Und wer ich war – eine reife, erfahrene Frau, die es besser hätte wissen müssen, als mit ihm auf der rotgelbkarierten Bettdecke eines Bettes in einem Motel an der M4 herumzuknutschen, in dem die Vorhänge gegen das Nachmittagslicht zugezogen waren. Und vor dem ein Peugeot parkte, dessen Fahrer ihn beobachtete und darauf wartete, dass wir herauskamen.

»Es tut mir leid, Gwydion«, sagte ich. »Ich denke, dass wir das wirklich nicht tun sollten.«

»Doch, das sollten wir.«

»Es ist nicht richtig.«

»Doch, das ist es. Vollkommen richtig.« Er flüsterte.

Ich schloss die Augen, genoss den Moment, dann entzog ich mich ihm sanft.

Er sah mich überrascht an. »Was ist denn? Was ist los?«

»Hör zu, ich will das nicht.«

»Doch, das tust du.« Seine Augen hatten etwas Flehendes. »Ich weiß, dass du das willst.«

»Das tut nichts zur Sache.« Ich setzte mich auf und brachte meine Kleidung in Ordnung. »Dein Vater wird des Mordes beschuldigt. Ich werde vielleicht als Zeugin vorgeladen. Es wäre nicht gut, wenn jemand hiervon erfährt.«

»Dann treffen wir uns eben heimlich.«

Ich versuchte es anders. »Und ich bin deine Therapeutin.«

»Du warst meine Therapeutin.«

»Ja, aber es ist trotzdem nicht in Ordnung. Und außerdem bin ich eine verheiratete Frau. Ich muss an meine Familie denken. Wenn das herauskäme …«

Er sah niedergeschlagen aus, und ich begriff, warum. Ich hatte ihm drei gute Gründe genannt, warum wir keine Affäre miteinander haben sollten, aber nicht einer davon hatte überzeugend geklungen. Für keinen von uns. Und der Grund war der, dass ich nicht die Wahrheit gesagt hatte. Und die sah so aus, dass wir uns nicht auf Augenhöhe begegneten. Er war ein verletzlicher junger Mensch, dessen anfälliger Geisteszustand sich manchmal am Rand der Geisteskrankheit bewegte. Ich war älter, vermeintlich weiser und stabiler. Ich hatte eine Verantwortung, eine Pflicht, ihn zu schützen, doch stattdessen machte ich mir seine Schwäche zunutze.

»Ich wünschte, du hättest mir früher gesagt, was du fühlst … bevor wir …«

»Es tut mir leid.« Ich gab keine weiteren Erklärungen. Ich hätte ihm die Wahrheit sagen können, doch sie hätte seinen Stolz verletzt.

Gwydion stand vom Bett auf. Er ging zum Fenster, schob die Gardine ein wenig zur Seite und sah hinaus.

»Ich glaube, ich gehe lieber als Erster.« Er sprach, ohne mich dabei anzusehen.

»Okay.«

Ich beobachtete ihn, wie er den Reißverschluss seines Kapuzenpullis zuzog, sich mit der Hand durchs Haar fuhr und einen Blick in den Spiegel an der Wand warf, bevor er ging.

»Warte mindestens eine halbe Stunde«, sagte er. »Und wenn dich jemand auf dem Weg nach Hause beschattet, lass es mich wissen.«

Ich nickte.

Er griff nach seinen Autoschlüsseln, die auf dem Nachttisch lagen. Als er sich über mich beugte, zögerte er.

»Es ist nicht so …?«, begann er und schwieg. »Es ist nicht so, dass du nicht …«

Er sah mich ängstlich an.

Ich hatte eine Vermutung, was er sagen wollte. »Natürlich nicht. Ich finde dich sehr attraktiv. Ich bin mir sicher, dass du das weißt.« Ich zögerte. »Es ist nur so, dass ich das Richtige tun möchte. Für uns beide. Das ist alles.«

Der ängstliche Blick wich ein wenig aus seinen Augen. »Okay. Aber vielleicht später, wenn das alles vorbei ist.«

»Vielleicht.« Ich wartete. Ich wollte ihn nicht enttäuschen, ich wollte mich nicht enttäuschen. Deshalb wandte ich ihm mein Gesicht zu, als er sich über mich beugte, um mich zu küssen.

Diesmal gab es keine lauernden Schlangen. Nur Lippen, die aufeinandertrafen und sich wieder voneinander lösten, und ein leichtes Bedauern, das noch lange Zeit nachklang, nachdem er gegangen war.

14

Auf dem Weg zurück nach Cardiff meldete sich mein Handy. Jedes Mal, wenn eine SMS eingeht, spielt es eine nervige kleine Melodie, und ich habe nie herausgefunden, wie man sie ändert. Ich warf einen Blick auf das Display, und als ich sah, dass die SMS von Nella war, griff ich nach dem Handy und rief sie auf, wobei ich noch dachte, dass ich wirklich heranfahren und halten sollte, doch ich sagte mir, dass es wichtig sein könnte, möglicherweise sogar ein Notfall. Auf dem Display stand: *Bleibe über Nacht in London. Bin morgen zurück. Nella.*

Meine Hand griff fester nach dem Lenkrad, während mich eine Panikwelle durchfuhr. Nicht nur Panik, sondern Schuld.

Es war absolut irrational, eine Verbindung zwischen den beiden Vorfällen herzustellen – meiner Eskapade mit Gwydion in dem Motel und Nellas Trip mit Emyr nach London –, aber ich konnte nicht anders. In meinen Augen wurde ich sofort zu einer verantwortungslosen Mutter, die sich mit ihrem Geliebten in einem billigen Motel amüsierte, während sie es ihrer Tochter erlaubte, mit einem vermeintlichen Kinderschänder nach London zu fahren, einem Mann, der junge Mädchen ausnutzte und der seinen Job als Lehrer aufgrund dieses Verhaltens verloren hatte. Warum hatte ich sie fahren lassen, fragte ich mich. Was um alles in der Welt hatte ich mir dabei gedacht?

Ich hatte nicht damit gerechnet, dass Nella mir so offen die

Stirn bieten würde. Das hatte sie bisher nie getan, gleichgültig, wie lautstark ihre Einwände auch gewesen waren. Ich war eine Närrin gewesen, nicht zu erkennen, dass Emyr sie beeinflussen und dass sie ihm glauben würde, dass er sie zu einem Star machen würde oder was immer er ihr erzählt hatte … Und wer war überhaupt dieser Produzent? Ich hatte nicht mehr als einen Namen: Tony Andreou. Ich hätte mich im Internet über ihn informieren, mehr über ihn herausfinden müssen, bevor Nella und Emyr nach London gefahren waren …

Sobald ich konnte, fuhr ich von der Autobahn ab, hielt und rief Nella zurück. Sie meldete sich nicht, deshalb schickte ich ihr eine SMS. Statt sie nach Hause zu beordern, wovon ich mir nichts versprach, schrieb ich einfach: *Bitte schick uns den Namen des Hotels und die Telefonnummer. Melde dich. ASAP. Mama.* Dann rief ich Bob an.

Offensichtlich hatte er auf seinem Display gesehen, dass ich es war, denn sein Ton war frostig.

»Hör zu, Bob, wir haben ein Problem.« Ich vermied bewusst das Wort »Katastrophe«. Ich wollte ihn nicht in Panik versetzen. »Nella hat mir gerade eine SMS geschickt, dass sie über Nacht in London bleibt. Mit Emyr.«

»Aber das hast du ihr doch verboten, oder?«

»Ja.« Meine Stimme begann zu zittern.

»Bist du okay?« Sein Ton wurde besorgt. »Wo bist du?«

»Ich .. ich fahre einfach durch die Gegend. Ich bin auf dem Weg nach Hause.«

»Okay, komm, so schnell du kannst.« Er klang beunruhigt. »Und dann besprechen wir, was zu tun ist.«

»Gut.« Ich zögerte. »Ich habe ihr eine SMS geschickt und sie gefragt, wo sie übernachtet. Ich habe gedacht, wenn wir den Namen des Hotels wissen, ist das immerhin etwas.«

»Warum hast du ihr nicht geschrieben, dass sie nach Hause kommen soll?« In seiner Stimme lag ein Anflug von Panik. »Ich rufe sie jetzt an. Ich werde ihr eine saftige Standpauke …«

»Nein, Bob. Sie meldet sich nicht. Und ich glaube auch nicht, dass das funktioniert. Am besten finden wir erst einmal heraus, was sie vorhat und dann … Ich weiß es auch nicht. Wenigstens wissen wir dann, wo sie ist.«

»Okay.« Er klang jetzt ein wenig ruhiger. »Aber ruf mich sofort an, wenn du etwas von ihr hörst, ja?«

»Natürlich.« Ich schwieg einen Moment. »Und, Bob, es tut mir leid.« Tränen traten in meine Augen.

Er räusperte sich. »Mir auch.« Seine Stimme klang angespannt.

Ein Schweigen entstand. Ich merkte, dass er ängstlich und beschämt war, genau wie ich. Wir hatten in der letzten Zeit nur gestritten. Vielleicht war das mit ein Grund, warum Nella uns die Stirn geboten hatte. Und wenn ihr jetzt irgendetwas passierte, wäre das unsere Schuld …«

»Tschüss.« Ich drückte das Gespräch weg, legte das Handy auf den Beifahrersitz, beugte mich vor und legte die Stirn auf das Lenkrad. Am liebsten hätte ich sie frustriert dagegen geschlagen, doch stattdessen begann ich zu weinen. In dem Moment erklang die fröhliche Melodie meines Handys.

Ich griff danach, betete, dass die SMS von Nella war, und zu meiner Erleichterung war sie es auch. Sie hatte nichts als die Adresse eines Hotels in Paddington gesimst, aber das reichte.

Sofort rief ich Bob zurück.

»Hör zu«, sagte ich. »Ich habe die Adresse des Hotels. Ich fahre dorthin.«

»Wie bitte? Jetzt?«

Ich dachte eine Minute nach. Es war ziemlich verrückt, doch ich war von Panik erfüllt, nicht nur wegen Nellas SMS, sondern auch deswegen, was in dem Motel passiert war. »Ich fahre zu dem Hotel und warte dort auf sie. Gleichgültig, wie lange es dauert. Dann nehme ich sie mit nach Hause.«

Eine Pause entstand. »Möchtest du, dass ich mitkomme?«

Ich dachte einen Moment nach. »Nein, du bleibst bei Rose. Ich schaffe das. Ich lasse das Handy eingeschaltet.«

Er seufzte tief. »In Ordnung. Aber sei vorsichtig, ja? Und halte mich auf dem Laufenden.«

Halte mich auf dem Laufenden. Diesen Ausdruck hatte Nella von ihrem Vater übernommen. Als ich ihn jetzt hörte, merkte ich, wie sehr ich sie liebte, und ihn, und Rose, wie sehr ich wollte, dass unsere Familie zusammen war, und sicher und glücklich. Und wie töricht ich gewesen war, das alles zu gefährden, indem ich auf Bob wütend gewesen war und wie eine Idiotin mit Gwydion herumgeknutscht hatte.

»Mach ich. Bis später.« Ich drückte das Gespräch weg und kramte in meiner Tasche nach einem Taschentuch, fand eins, wischte mir die Augen und putzte mir die Nase. Dann drehte ich den Zündschlüssel im Schloss, wendete und fuhr zurück auf die Autobahn, diesmal Richtung London.

Als ich nach einer anstrengenden Fahrt auf der M4 dort ankam, parkte ich hinter dem Bahnhof Paddington. Die Parkgebühren waren unverschämt, aber ich sagte mir, dass das ein Notfall war. Dann ging ich zu dem Hotel. Es war ein preisgünstiges B&B in einer dieser langen, weißen Häuserreihen mit Säulen und Pfeilern, die an den Bahnhof grenzen und in denen sich kein Haus von dem anderen unterscheidet, obwohl an diesem das Schild über der Haustür noch etwas schäbiger war als an den meisten anderen: Es war die Art Hotel, in dem man absteigt, wenn man London überhaupt nicht kennt, nicht viel Geld hat und am nächsten Tag mit dem Zug weiterwill. Typisch für Emyrs Mangel an Fantasie, Geschmack und Lebenserfahrung, dachte ich, als ich die Stufen zum Eingang hochstieg, was vielleicht ziemlich snobistisch war.

Die Rezeption war sehr eng, die Theke ragte in den engen Gang unter der Treppe hinein, die zu den Zimmern hoch führte. Da niemand hinter der Theke war, drückte ich auf die Klingel. Während ich wartete, schaute ich mich um. Soweit ich sehen konnte, gab es keinen Aufenthaltsraum, nur einen Sessel, der in eine Ecke neben einen kleinen Tisch mit einem Stapel Karten und Prospekten gezwängt war, bei denen es sich zum größten Teil um Werbung für Minicabs und Taxis handelte. Wenn ich wirklich warten wollte, bis Emyr und Nella heute Nacht zurückkamen, war die Lobby des Park Hotels eindeutig kein sehr komfortabler Platz dafür.

Schließlich erschien ein junger Asiate hinter der Theke. Er sah müde und blass aus und hatte Akne auf den Wangen. Ich fragte ihn, ob er für heute Nacht eine Reservierung für ein Doppelzimmer unter dem Namen Griffiths, Emyr Griffiths, hatte, und erklärte, dass ich Emyr dringend erreichen müsste. Zuerst sah er mich ausdruckslos an, doch nach einer Weile erklärte er sich bereit nachzusehen und warf einen Blick auf den kleinen Computerbildschirm auf dem Schreibtisch.

»Keine Reservierung für Griffiths, tut mir leid.«

Ich buchstabierte den Namen, nur um sicherzugehen, aber er blieb unerbittlich.

»Nein. Nichts.«

Die Eingangstür ging auf, und eine junge Frau kam herein, einen Koffer hinter sich herziehend. Sie war nicht viel älter als Nella, und sie schien allein zu sein. Bevor die Tür wieder zufiel, drang das Dröhnen des Verkehrs in die Lobby, und ich fühlte Panik in mir aufsteigen. Nella war verschwunden. Sie konnte überall sein in dieser großen Stadt. Ich hatte den Kontakt zu ihr verloren. Sie war mit einem Mann unterwegs, einem Mann, dem ich nicht traute, und sie war verschwunden …

»Entschuldigen Sie mich einen Moment«, sagte ich zu dem Mann hinter der Theke. Ich war überrascht, wie ruhig meine Stimme klang. »Ich muss nur eben mal telefonieren.«

Ich holte mein Handy heraus, das ich in der Tasche fest umklammert gehalten hatte, und schickte Nella eine SMS. *Du bist nicht im* The Park *gebucht. Ich habe das überprüft. Wo übernachtest du? Ich MUSS das sofort wissen. Mama.*

Ich wartete auf ihre Antwort, wartete, dass das Handy seine idiotische Melodie spielte. Aber das tat es nicht. Deshalb holte ich einen Stift aus meiner Tasche, bat um ein Blatt Papier und schrieb Nella eine Nachricht. *Nella, wenn du das bekommst, ruf mich bitte SOFORT an. Ich bin in London. Ich werde hier warten, bis ich von dir höre. Papa und ich machen uns große Sorgen. Mama.*

Ich faltete das Blatt zusammen, schrieb ihren Namen darauf und gab es dem Angestellten. Er nahm es ohne ein Anzeichen von Neugier entgegen und legte es neben den Computer.

»Meine Tochter ist in Begleitung von Mr Griffiths. Wenn sie hierher zurückkommen, würden Sie ihr das bitte geben? Es ist wichtig.« Ein armseliger, flehender Ton hatte sich in meine Stimme geschlichen.

Er nickte zerstreut und sah weiter auf den Bildschirm. Ich ging zur Tür. Bevor ich sie öffnete, warf ich einen Blick zurück in die Lobby. Das Mädchen hievte ihren Koffer lautstark die Treppe hoch. Während ich ihr zusah, fragte ich mich, wie viele Geschichten wie meine sich wohl in diesem Hotel abgespielt hatten, und stellte mir all die Mütter und Väter vor, die hier nach ihren Töchtern und Söhnen gesucht hatten, und die Kinder, die hier durchgegangen waren, während sie ihre ersten zögerlichen Schritte ins Erwachsenenleben gemacht hatten, die in dieser engen, stickigen Lobby mit dem vorbeidonnernden Verkehr angekommen und die Treppe hinaufgestiegen waren und …

Ich trat auf die Straße hinaus und ließ die Tür hinter mir zufallen.

Ich lief ungefähr eine Stunde durch Paddington, trank eine Tasse Tee in einem unscheinbaren Café in der Nähe des Bahnhofs – oder versuchte es zumindest. Sobald der Tee kam, stellte ich fest, dass ich nicht lange genug still sitzen konnte, um ihn zu trinken, und stand deshalb nach einigen Schlucken auf und nahm meine ziellose Wanderung wieder auf. Ich wollte Bob nicht anrufen, nicht ohne Neuigkeiten zu haben. Und ich wollte nicht nach Hause fahren. Ich klammerte mich an die Idee, dass Nella hier irgendwo war, dass ich vielleicht sogar in sie hineinlaufen würde. Doch als die Dämmerung in den Abend überging, wusste ich, dass das Wunschdenken war.

Ich machte mich auf den Weg zurück zum Parkplatz und wusste nicht, was ich tun sollte. Ich wollte noch nicht nach Hause fahren, dachte aber, dass es mir vielleicht helfen würde, klar zu denken und einen Schlachtplan zu entwerfen, wenn ich im Auto saß und von den vertrauten Utensilien meines Alltags umgeben war. Auf dem Weg zum Parkplatz schickte ich Nella eine weitere SMS, der ich diesmal ein Ultimatum hinzufügte: *Ruf mich bitte an, Nella. Wenn ich nichts von dir höre, gehe ich zur Polizei.* Als ich keine Antwort bekam, wurde mir schlecht.

Auf dem Weg die Praed Street hinauf kam ich an einem Internetcafé vorbei und hatte eine Idee. Vielleicht konnte ich diesen Tony Andreou aufspüren, seine Adresse ausfindig machen und auf diesem Weg Nella erreichen. Ich ging hinein. Das Café schien ein Treffpunkt für arabische Männer zu sein, die herumstanden und leise miteinander sprachen. Sie warfen mir misstrauische Blicke zu, als ich eintrat, doch sobald ich einen Platz gefunden, mich hingesetzt und eingeloggt hatte, vergaßen sie mich und nahmen ihre Gespräche wieder auf.

Es gab verschiedene Tony Andreous, aber glücklicherweise nur einen Entertainment- und Event-Manager dieses Namens. Ich klickte seine Website an. Sie war äußerst fragmentarisch, nur ein glänzend buntes Logo, ein kleines Foto eines ordentlich gekleideten, mittelalten Mannes mit zur Glatze neigenden schwarzen Haaren und diverse Links zu Seiten, die für zweifelhafte Tribute-Bands, Comedians, »Personen« – von denen ich noch nie gehört hatte – und etwas, das sich »Jugendliche Talente« nannte, Reklame machten. Unter »Jugendliche Talente« war eine Telefonnummer angegeben, die man anrufen konnte, um vorzusingen. Ich rief an, erreichte aber nur einen Anrufbeantworter, was mich nicht weiter überraschte – inzwischen war es fast elf. Ich rief auch die auf der Seite angegebene Büronummer an, kam aber zu dem gleichen Ergebnis. Schließlich speicherte ich beide Nummern in meinem Handy, um es eventuell später oder morgen früh noch einmal zu versuchen. Ich wollte gerade aufstehen und gehen, als mir etwas einfiel.

Vor einer Weile hatte ein früherer, mental instabiler Klient sehr zu meinem Bedauern meine Privatadresse herausgefunden. Er hatte mich nie aufgesucht, mir lediglich eine Reihe Schmähbriefe geschickt, doch es war trotzdem äußerst unangenehm gewesen, vor allem da ich meine Privatadresse nie an Klienten weitergebe. Später hatte ich herausgefunden, dass er mich nicht über meine Website aufgespürt hatte, auf der nur meine Büroadresse aufgeführt ist, sondern indem er recherchiert hatte, auf wen meine Website angemeldet ist. Branwen, die Empfangsdame bei uns im Büro, hatte mir erklärt, wie einfach das ist: Er hatte sich einfach in eine Suchmaschine eingeloggt und «Whois lookup« eingegeben und den Namen der Seite hinzugefügt. Darüber hatte er erfahren, dass ich die Besitzerin der Domain war, und wo ich wohnte. Ich hatte dafür gesorgt, dass die Adresse seitdem nicht mehr bei der Domain-Information erschien, doch ohne diesen Zwischenfall hätte ich nie erfahren, dass meine Privatadresse im Internet stand. Vielleicht wusste Tony Andreou das auch nicht.

Ich gab »Whois lookup« ein und fand Andreous Namen als Eigner der Website. Unter seinem Namen stand eine Adresse, von der ich hoffte, dass es seine Privatadresse war. Sie war irgendwo in King's Cross. Ich tippte sie in mein Handy ein und ging auf Google Maps, um den genauen Standort auszumachen. Nach reichlichem Heranzoomen lokalisierte ich die Adresse als Mietshaus neben der Hauptgleislinie nahe dem Bahnhof. Ich ging auf die Straßenkarte zurück, plante die Route von meinem Parkplatz in Paddington zu dem Mietshaus in King's Cross und druckte die Karte aus. Dann stand ich auf, bezahlte und verließ das Café.

Schnell ging ich zurück zum Parkplatz. Ich musste mich

fast zwingen, nicht zu laufen. Es bestand keine Eile, das wusste ich. Höchstwahrscheinlich verbrachte Tony Andreou den Abend nicht zu Hause – schließlich war er Entertainment-Manager. Aber irgendwann würde er zurückkommen, und ich würde ihn mir vorknöpfen und ihn fragen, wo Emyr Griffiths und meine Tochter waren. Deshalb nahm ich auch lieber das Auto als ein Taxi – für den Fall, dass ich lange auf Andreou warten musste. Ich war angespannt, aber jetzt, da ich einen Schlachtplan hatte, mischte sich Erleichterung in meine Nervosität. Ich hatte eine Spur. Zwar nur eine vage, aber zumindest etwas.

Doch sobald ich im Auto saß, kam mir alles nicht mehr so einfach vor. Ich kenne die Stadt einigermaßen, da ich immer wieder einmal dort gewohnt habe, doch das Einbahnstraßensystem hatte sich geändert und schien unergründlicher denn je. Ich wusste genau, wo ich war und wohin ich wollte, doch ich musste die Route so oft ändern, dass ich mich ständig verfuhr. Schließlich landete ich auf der Marylebone Road, auf der ich blieb, bis ich in King's Cross war, nur um mich ein weiteres Mal zu verfahren, als ich die Hauptstraße verließ. Schließlich war ich in der richtigen Straße und sah das Gebäude, ein viktorianisches Mietshaus, eins von mehreren gleichen Häusern.

Ich stieg aus, schloss das Auto ab und ging über die leere Straße zu dem Haus. Ich gab die Wohnungsnummer in die Tastatur am Eingang ein, aber es tat sich nichts. Ich versuchte es mit einer anderen Nummer und noch einer, und schließlich wurde der Türöffner betätigt, und die Haustür ging auf. In einem engen Flur war ein alter Aufzug. Ich drückte auf den Knopf. Das Licht schien nicht zu funktionieren, doch ich hörte den Aufzug herunterkommen. Als er unten war, gingen die Türen mit einem Quietschen auf. Sie ruckelten, als wäre der Mechanismus defekt. Einen Moment fragte ich mich, ob es sicher war, den Aufzug zu nehmen. Doch bis zu der Wohnung waren es mehrere Stockwerke, und ich entschloss mich, es zu riskieren.

Im Aufzug flackerte das Licht über meinem Kopf Unheil verheißend. Ich drückte auf den Knopf für den fünften Stock, und der Aufzug setzte sich in Bewegung. Auf halbem Weg kam er fast zum Stehen, und das Licht flackerte immer stärker, bis es fast dunkel war. Zu meiner Beruhigung holte ich das Handy heraus, nur um zu sehen, dass es keinen Empfang hatte.

Ruckelnd kam der Aufzug zum Stehen. Dann kletterte er Zentimeter um Zentimeter das letzte Stück hoch, bis er auf gleicher Höhe mit der Tür zum fünften Stock war. Ich stieg aus, atmete erleichtert durch und ging den Flur hinunter zu der Wohnung, wobei ich im Gehen die Nummern an den Türen studierte. Inzwischen hämmerte mein Herz heftig, doch ich nahm meinen Mut zusammen und schellte. Niemand öffnete. Ich lauschte einen Moment und meinte, etwas in der Wohnung zu hören. Die Tür hatte einen Spion, deshalb trat ich zur Seite und schellte noch einmal.

Diesmal ging die Tür auf, und ein junger Mann stand vor mir. Er sah gut aus, auf eine etwas farblose Weise, hatte blonde, kurz geschnittene Haare, die vorne zu einer kleinen Tolle gestylt waren. Er trug einen Morgenmantel im orientalischen Stil und hatte nackte Füße.

»Hi«, sagte er.

»Hallo«, antwortete ich und kam mir irgendwie albern vor, weil ich es nicht schaffte, auch »Hi« zu sagen. »Ich suche Tony Andreou.«

»Und wer sind Sie?«

»Ich bin … nun, eigentlich suche ich meine Tochter, Nella Cadogan. Ich hoffe, dass er mir helfen kann.«

Der Mann sah leicht alarmiert aus, versuchte aber, es nicht zu zeigen.

»Einen Moment«, sagte er, »ich hole ihn.« Er verschwand in der Wohnung und ließ die Tür offen. Ich spähte hinein und sah, dass die Wände weiß waren und eine flauschige, weiße Auslegware den Boden bedeckte. Am Ende des Flurs standen ein taubengrauer Korbstuhl – von der Art, in der ein Zuhälter aus den Siebzigern mit diversen halb nackten Mädchen auf den Knien hätte herumlungern können – und eine große Vase mit einer eingetopften Grünpflanze. Direkt neben der Eingangstür war ein Bugholzhutständer, an dem ein Strohhut hing. Das Ganze sah wie ein Filmset aus, ein auf bizarre Weise anachronistisches noch dazu.

Ein kleiner, untersetzter Mann tauchte im Flur auf, gefolgt von zwei weißen Hunden, die bellten, als sie mich sahen. Ich erkannte ihn als Tony Andreou, den Mann von dem Website-Foto. Er rief nach dem jungen Mann, der kurz wieder im Flur erschien und die Hunde ins Hinterzimmer scheuchte.

»Wie kann ich Ihnen helfen?« Der Mann lächelte mich höflich an, doch sein Blick war wachsam.

»Mr Andreou, es tut mir leid, Sie zu stören. Ich suche meine Tochter, Nella Cadogan. Ich glaube, sie hat am früheren Abend bei Ihnen vorgesungen.«

Der Mann zuckte nicht mit der Wimper, doch seine Schultern versteiften sich leicht.

»Ja. Nella. Ein nettes Mädchen. Und Ihr Name ist?«

»Jessica Mayhew.«

»Freut mich, Sie kennenzulernen.« Er streckte die Hand aus, und ich schüttelte sie. Er hatte einen leichten Akzent und das höfliche Benehmen eines Ausländers.

»Kommen Sie doch herein«, fuhr er fort, führte mich in den Flur und schloss die Tür hinter mir. »Würden Sie bitte Ihre Schuhe ausziehen.« Er zögerte. »Der Teppich.«

»Natürlich.« Ich wollte meine Schuhe nicht ausziehen, aber mir fiel keine Entschuldigung ein, es nicht zu tun, deshalb bückte ich mich und stellte sie neben die Tür, sodass ich danach greifen und wegrennen konnte, falls ich schnell fortkommen musste, dachte ich.

»Hier entlang, bitte.« Er führte mich zu einer Tür, öffnete sie, hielt sie mir auf und folgte mir in einen weißen Raum mit einem großen weißen Klavier und ebenfalls weißen flauschigen Teppichen. Der junge Mann war hier, und die beiden Hunde sprangen auf, um mich zu begrüßen.

»Kann ich Ihnen einen Drink anbieten?« Der junge Mann wieselte um mich herum. Er schniefte. Er konnte nicht einen Moment still stehen. Wahrscheinlich war er mit Kokain zugedröhnt, dachte ich. Und Andreou strahlte eine seltsame Ruhe aus, wie jemand, der glaubt, alles im Griff zu haben, aber unter Drogen steht. »Einen Tee, vielleicht?«

»Es tut mir leid, Sie zu drängen, Mr Andreou«, sagte ich. »Aber können Sie mir sagen, wo meine Tochter ist? Das ist sehr dringend. Sie ist erst sechzehn, wissen Sie, und …«

»Bitte.« Er hielt die Hand hoch. »Machen Sie sich keine Sorgen. Es geht ihr gut. Um genau zu sein, hat sie sich im Nebenzimmer hingelegt.« Er zeigte auf den Raum, der dem Wohnzimmer gegenüber lag. »Das Vorsingen hat sie etwas ermüdet.«

»Dann werde ich sie jetzt holen.« Ohne um Erlaubnis zu

bitten, drehte ich mich um, ging in den Flur und klopfte an die Tür.

»Einen Moment«, kam die halb lachende Stimme eines Mannes von drinnen. »Wir sind beschäftigt.«

Ich weiß nicht, warum ich tat, was ich als Nächstes tat. Vielleicht weil er lachte. Doch ohne noch einmal anzuklopfen, öffnete ich die Tür und trat ein.

Nella lag auf dem Bett. Ihre Bluse war offen, der BH über die Brüste hochgeschoben. Ich war erleichtert zu sehen, dass sie ihre Jeans noch anhatte. Emyr war mehr oder weniger ganz angezogen, obwohl der oberste Knopf und der Reißverschluss seiner Jeans offen waren.

»Fuck«, sagte er, als er mich sah, und sprang auf, als hätte er einen Stromschlag bekommen.

Ich schaute Nella an und sah den erleichterten Ausdruck auf ihrem Gesicht, bevor sie sich von mir abwandte und die Augen mit den Händen bedeckte.

»Komm«, sagte ich. Ich versuchte, so sachlich wie möglich zu klingen. »Zieh dich an, Nella. Wir fahren nach Hause.«

Emyr zog seinen Reißverschluss hoch. »Hören Sie, Dr. Mayhew. Es ist nicht so, wie Sie denken. Ich habe nur …«

»Ich warte vor der Tür«, sagte ich zu Nella und ignorierte ihn.

Ich schloss die Tür und blieb stehen. Tony Andreou und der junge Mann, die in der Tür zum Wohnzimmer standen, sahen mich schweigend an. Sie wagten nicht, den Mund aufzumachen. Nach ein paar Minuten kam Nella, die Bluse zu, die Jacke über der Schulter, die Schuhe in der Hand. Sie hielt den Kopf gesenkt, sodass die Haare ihr Gesicht verdeckten. Ich konnte ihren Gesichtsausdruck nicht sehen.

»Wir finden selbst hinaus.« Ich nickte Tony Andreou und

dem Sonnyboy zu. Tony zuckte verlegen mit den Schultern. Als wir durch den Flur gingen, schlugen die Hunde an, woraufhin der junge Mann ins Wohnzimmer ging, um nach ihnen zu sehen. An der Wohnungstür schlüpfte ich in meine Schuhe. Auch Nella zog ihre an.

Andreou stand am Ende des Flurs neben der Grünpflanze und beobachtete uns. Als wir gerade gehen wollten, hob er die Hand.

»Was *Jazz Quest* angeht, meine Liebe«, sagte er an Nella gewandt. Seine Stimme hatte einen hässlichen Unterton. »Du hast eine schöne Stimme, wirklich süß. Aber du bist nicht das, was wir suchen. Wir brauchen Künstlerinnen, die …«, er sah mich an, »etwas reifer sind.«

Nella sah verletzt aus, genau wie er es beabsichtigt hatte. Ich widerstand der Versuchung, ihm zu antworten, und wir verließen die Wohnung und schlugen die Tür hinter uns zu.

15

Ich führte Nella schweigend die Treppe hinunter, aus dem Haus hinaus und über die Straße. Doch sobald wir im Auto saßen und die Tür geschlossen hatten, konnte ich nicht mehr an mich halten. Ich griff sie am Revers ihrer Jacke und schüttelte sie, mein Gesicht direkt vor ihrem. Ich erinnere mich nicht genau, was ich gesagt habe, aber ich schrie sie an und beschimpfte sie. Und schämte mich danach nicht das kleinste bisschen, dass ich die Beherrschung verloren hatte. Ich wollte ihr unmissverständlich klarmachen, wie es gewesen war, durch London zu laufen und Angst zu haben, sie nicht zu finden, damit sie das nie wieder tat.

Als ich fertig war, ließ ich den Motor an, griff nach dem Lenkrad und fuhr Richtung Autobahn. Ich fuhr langsam und vorsichtig, konzentrierte mich auf die Straße. Ich war mir durchaus bewusst, dass ich sehr erregt war. Nach einer Weile, als wir aus der Stadt heraus waren, beruhigte ich mich langsam wieder.

Nella sah mit abgewandtem Kopf aus dem Fenster. Sie sagte kein Wort. Ich verstand, warum: Meine Reaktion hatte sie schockiert, und sie fühlte sich total gedemütigt. Wir schwiegen lange, bis sie schließlich den Mund aufmachte.

»Es tut mir leid, Mama.« Ihre Stimme zitterte leicht.

»Warum hast du das gemacht?« Meine Stimme bebte. »Du hättest einfach fragen können …«

»Aber das Vorsingen war abends. Und ich habe gewusst, dass du es mir nicht erlauben würdest.«

»Papa hätte dich gefahren und gewartet. Das habe ich dir gesagt.« Ich seufzte aufgebracht. »Du kannst nicht einfach so weglaufen, ohne uns etwas zu sagen …«

Nella begann zu weinen.

Ich hatte kein Mitleid mit ihr. »Versprich mir, dass du das nie, nie wieder tust.«

»Ich verspreche es.«

Sie brach in Tränen aus. Ich lehnte mich zu ihr hinüber und tätschelte ihr das Knie, dann zeigte ich auf meine Handtasche. Sie kramte darin herum, fand ein Taschentuch und weinte weiter.

Als die Tränen versiegt waren, sagte ich: »Hör zu, ich möchte, dass du mir genau erzählst, was mit Emyr war, von Anfang an. Ich will dir nicht hinterherspionieren, aber das ist wichtig.«

Sie schniefte und wischte sich die Augen. »Also, er ist bei dem Konzert zu mir gekommen und hat gesagt, dass ihm meine Stimme gefällt. Ich habe gesehen, dass ich ihm auch gefiel.« Einen Moment hielt sie verwirrt inne. »Und ich mochte ihn auch. Aber es ist nichts passiert, bevor wir nach London gefahren sind. Wenn wir uns getroffen haben, dann nur wegen der Aufnahme und so.«

Ein Schweigen folgte.

»Erzähl weiter«, sagte ich.

»Nach dem Vorsingen ist Tony Andreou mit uns in eine Bar gegangen, und wir haben Champagner getrunken. Emyr war aufgeregt. Glücklich. Und ich auch. Wir waren ein bisschen beschwipst, und dann hat er angefangen, mich zu küssen.«

»Hast du ihm gesagt, dass er damit aufhören soll?«

»Nein.« Sie senkte den Kopf, sodass die Haare ihr Gesicht verdeckten. »Es hat mir gefallen. Ich wollte es auch.«

»Dafür brauchst du dich nicht zu schämen, Nella.« Ich sprach sanft mit ihr. Ich wollte nicht, dass sie sich scheute, mir mehr zu erzählen.

»Dann sind wir zu Tonys Wohnung gegangen«, fuhr sie ermutigt fort. »Ich glaube, er und Sandy, das ist sein Freund, haben irgendwelche Drogen genommen …«

»Du auch?«

»Natürlich nicht.« Nella verneinte es entschieden. »Aber dann wurde es irgendwie komisch, und Emyr hat gesagt, dass ich mit ins Schlafzimmer kommen soll. Ich glaube, er wollte mich beschützen.« Sie zögerte. »Er ist kein schlechter Mensch, Mama, wirklich nicht.«

Ich ließ das unkommentiert.

»Egal, als wir auf dem Bett lagen, haben wir uns wieder geküsst und dann … ja, dann sind die Dinge irgendwie aus dem Ruder gelaufen.«

»Warum hast du nicht versucht, ihn aufzuhalten?«

Sie schaute zu mir hinüber. Selbst im Halbdunkel sah ich, dass ihre Augen ganz groß geworden waren.

»Weil ich es auch wollte. Irgendwann muss ich doch meine Unschuld verlieren. Ich dachte, dass das vielleicht meine Chance ist.« Sie klang ernst. »Nur als es so weit war, habe ich gemerkt, dass ich Angst hatte. Ich war noch nicht so weit.«

»Hast du ihm das gesagt?«

»Nein. Ich hatte das Gefühl, dass ich schon zu weit gegangen war.«

Es begann zu regnen. Ich stellte den Scheibenwischer an.

»Hör zu, Nella, du kannst immer noch Nein sagen. In jedem Stadium.« Ich zögerte. »Und was deine Unschuld angeht, mach das nicht mit einem Mann, den du kaum kennst. Such dir jemanden, den du magst, jemanden, dem du vertraust.

Jemanden, der dich liebt oder zumindest respektiert. Lass es langsam angehen. Wenn er keine Erfahrung hat, macht das nichts. Ihr könnt gemeinsam Erfahrungen sammeln.«

Nella sah mich skeptisch an. Und obwohl ich glaubte, was ich sagte, wusste ich aus meiner eigenen Erfahrung als junge Frau, dass Sex selten so unkompliziert ist.

Einen Moment lang sahen wir beide auf die Straße hinaus und beobachteten, wie die Scheibenwischer sich hin und her bewegten, um den Regen in Schach zu halten.

»Okay«, sagte ich schließlich. »Die Standpauke ist beendet. Hören wir ein bisschen Musik. Willst du deinen iPod anschließen?«

Als wir in den frühen Morgenstunden nach Hause kamen, war Bob auf dem Sofa eingeschlafen. Er hatte offenbar auf uns gewartet. Ich weckte ihn und erzählte ihm kurz, was passiert war, dann ging ich nach oben und fiel ins Bett. Er folgte mir nicht, und ich wartete auch nicht auf ihn. Sobald mein Kopf das Kissen berührte, schlief ich ein.

Am nächsten Tag stand ich erst spät auf. Bob unternahm morgens etwas mit Rose, und Nella schlief bis zum Mittag. Ich ließ sie ihr Essen mit hochnehmen, und sie verkroch sich für den Rest des Tages in ihrem Zimmer. Am Abend ging Bob zu ihr und sprach mit ihr. Als er wieder herunterkam, fragte ich ihn nicht, was sie besprochen hatten. Auch über unseren Streit sprachen wir nicht. Wir hatten uns am Telefon beide entschuldigt, doch jetzt, da das Drama vorbei und Nella wieder sicher zu Hause war, war klar, dass keiner von uns nachgeben würde. Vor den Mädchen gingen wir weiterhin überaus höflich miteinander um, doch wenn wir allein waren, ignorierten wir uns mehr oder weniger.

Als ich am Montag ins Büro kam, rief ich als Erstes bei Emyrs Arbeitgeber, Safe Trax, an. Ich ließ mich mit der Direktorin verbinden, erzählte ihr, was passiert war und drohte damit, mich offiziell zu beschweren. Sie war entsetzt – obwohl sie nicht sehr überrascht klang –, bat mich, das nicht zu tun, und versprach, sich sofort der Sache anzunehmen.

Als ich den Hörer auflegte, fragte ich mich, ob ich hätte weitergehen und darauf bestehen sollen, dass Emyr entlassen wurde; doch als ich darüber nachdachte, sah ich ein, dass er kein Verbrechen begangen hatte. Nella war nicht minderjährig, und es stand außer Zweifel, dass er sie nicht gegen ihren Willen mit nach London genommen hatte. Ob er sie gezwungen hätte, Sex mit ihm zu haben oder nicht, konnte ich nicht mit Sicherheit sagen; ihre eigenen Gefühle bezüglich des Vorfalls schienen ambivalent. Sicherlich war sein Verhalten moralisch falsch gewesen; sie war ein leicht zu beeinflussender Teenager, und er hatte sich das zunutze gemacht. Doch soweit ich es beurteilen konnte, hatte er nichts grundsätzlich Illegales getan.

Und um ehrlich zu sein, hatte ich noch einen anderen Grund zu zögern, Emyr wegen seines Verhaltens ernsthaft zur Rechenschaft zu ziehen. Ich war mir unangenehm der Tatsache bewusst, dass mein Begehren nach Gwydion im Grunde genommen nicht so viel anders gewesen war. Natürlich war Gwydion ein junger Mann Mitte zwanzig und kein Teenager, doch der Altersunterschied zwischen uns war groß, und außerdem war ich verheiratet. Darüber hinaus war ich für ihn so etwas wie eine Autoritätsperson gewesen. Gwydion hatte mir vertraut und mich respektiert, und ich hätte dieses Vertrauen beinahe – aber nur beinahe – missbraucht. Ich schämte mich, es zuzugeben, doch was das anging, waren meine Motive nicht viel ehrenvoller gewesen als Emyrs.

Mit fortschreitendem Tag fühlte ich mich immer erschöpfter. Am Vormittag hatte ich mehrere besonders strapaziöse Klienten. Zuerst kam Harriet, eine extrem übergewichtige junge Frau, die nicht in der Lage zu sein schien, ein ernstes Gespräch zu führen, und in den letzten Monaten in jeder Stunde einen nicht enden wollenden Strom von sprödem Small Talk von sich gegeben hatte; ihr folgte Bryn, ein Mann in den mittleren Jahren, der einen unerbittlichen Hass auf seine kontrollierende Mutter nährte, den er mit allem, was dazu gehörte, auf mich übertragen hatte und für dessen Abklingen in greifbarer Zukunft keine Anzeichen zu erkennen waren; dann kam Maria, eine stark depressive Hausfrau – »Haus-Managerin« sollte ich wohl besser sagen –, deren Ehemann sie verlassen hatte und die die meiste Zeit schwieg und gelegentlich in Tränen ausbrach, wenn ich darauf zu sprechen kam, wie sie Hilfe bekommen könnte, um sich um ihre emotional vernachlässigten Kinder zu kümmern; und schließlich Frank, ein fünfundsiebzigjähriger Mann mit Prostatakrebs, dessen Wut und Schmerz über die Krankheit sich in einer Sexsucht äußerten, wie er es nannte, oder in einem fixierten Starren auf meine Brüste und dem Äußern lüsterner Bemerkungen, wie ich es nannte.

Nachdem Frank gegangen war, konnte ich eine kurze Mittagspause einschieben und mir in dem Tante-Emma-Laden ein Sandwich zum Mitnehmen und einen Becher Kaffee holen. Es war ein schöner, sonniger Tag, und ich hätte in den Park hinübergehen können, aber ich kehrte in mein Büro zurück, um auf der Couch ein kurzes Mittagsschläfchen zu halten. Was mir jedoch nicht vergönnt sein sollte. Stattdessen musste ich mich mit einer Reihe ärgerlicher Unterbrechungen herumschlagen: Branwen kam mit einer Karte für Menhir, den Hypnosetherapeuten eine Etage höher, der nächste Woche aufhören würde und die ich unterschreiben sollte; Dougie, der Therapeut für kognitive Verhaltenstherapie, schaute vorbei, um mich um Rat bezüglich eines Klienten zu fragen; und um all dem die Krone aufzusetzen, begann ein Arbeiter draußen die Straße aufzureißen.

Gerade als ich das Gefühl hatte, losschreien zu müssen, klopfte es wieder an meiner Tür. Ich warf einen Blick auf meine Uhr. Mein erster Klient an diesem Nachmittag kam erst in einer Stunde. Doch dann fiel mir ein, dass ich einen Termin mit einer Polizistin eingeschoben hatte, die mit mir über den Morgan-Fall sprechen wollte. Obwohl ich noch nicht zugesagt hatte, als Zeugin aufzutreten, hatte sie mich angerufen und gefragt, ob ich ihr ein paar formelle Fragen beantworten könne, und wir hatten uns in meinem Büro verabredet. Ich hatte darüber nachdenken wollen, was ich ihr sagen wollte, den Termin aber völlig vergessen. Und jetzt war sie hier.

Ich atmete tief durch, stand auf, bat sie herein und bot ihr den Sessel an, in dem gewöhnlich meine Klienten sitzen. Ich fragte sie, ob ich ihr eine Tasse Tee oder Kaffee anbieten könne, doch sie lehnte ab, woraufhin ich mich in den Sessel ihr gegenüber setzte und wartete, während sie ihren Dienstausweis herausholte und mir kurz zeigte. Ich warf einen Blick auf das Bild, auf dem sie, vermutlich durch den Blitz der Kamera, ziemlich verblüfft aussah, und auf den Namen: Detective Sergeant Lauren Bonetti.

»Danke«, sagte ich, und sie steckte ihn zurück in die Tasche. Sie holte einen Spiral-Notizblock und einen Stift heraus. Es überraschte mich, dass sie nichts Elektronisches benutzte, um ihre Gedanken festzuhalten, sondern etwas so Altmodisches. Sie überraschte mich insgesamt. Ich hatte mit einer älteren Frau gerechnet, möglicherweise in Uniform oder zumindest in einem völlig unschicken, marineblauen Outfit, doch dem entsprach sie absolut nicht. Sie war ungefähr in meinem Alter, vielleicht etwas jünger, hatte lockiges, braunes Haar, dunkle Augen und Sommersprossen, und sie trug ein sehr modisches, asymmetrisches Oberteil, einen etwas kürzeren Rock, eine gemusterte Strumpfhose und Stiefel mit klobigen Absätzen.

»Ich habe nur ein paar Fragen«, sagte sie und schlug das Deckblatt ihres Notizblocks zurück. »Bevor Sie entscheiden, ob Sie eine Aussage machen oder nicht, möchte ich kurz ein paar Tatsachen klarstellen. Ich werde versuchen, nicht zu viel von Ihrer Zeit in Anspruch zu nehmen.«

Eine Pause entstand. Ich sagte nichts, wartete darauf, dass sie fortfuhr.

»Ich brauche ein paar grundlegende Informationen, das ist alles. Um mir ein Bild zu machen, wie Sie arbeiten.« Sie zögerte. »Es ist sehr ungewöhnlich für uns, mit derartigen Beweisen zu arbeiten, verstehen Sie. So einen Fall hatte ich bisher noch nicht.«

Ich nickte, unverbindlich, wie ich hoffte. Ich hatte nichts zu verbergen, aber ich war mir durchaus bewusst, dass es auch kein lockeres Gespräch sein würde. Deshalb achtete ich darauf, nicht mehr zu sagen, als unbedingt nötig.

»Wann ist Gwydion Morgan das erste Mal zu Ihnen gekommen?«

»Letzten September. Ich kann das genaue Datum nachsehen, wenn Sie möchten.«

»Das wäre hilfreich.«

Ich stand auf, trat an meinen Schreibtisch und schlug in meinem Terminkalender nach. »Hier ist es.« Ich las das Datum vor. »Und danach ist er noch mehrmals gekommen.« Ich blätterte in dem Kalender und nannte ihr die Daten in chronologischer Reihenfolge.

Dann setzte ich mich wieder.

»Danke. Das ist großartig.« Sie notierte sich etwas, dann sah sie zu mir hoch. »Er ist nicht lange zu Ihnen gekommen, nicht wahr?«

»Nein.« Auch das führte ich nicht weiter aus.

»Ist das normal? Dass jemand nur so wenige Male kommt?«

»Ja und nein.« Ich zögerte. »Manche Menschen kommen nur für ein paar Stunden zu mir, während andere jahrelang kommen. Es hängt immer ganz von den Umständen ab. Was sie glauben zu brauchen.«

»Verstehe.« Sie sah nachdenklich aus. »Und er hatte das Gefühl, nicht mehr zu brauchen, richtig?«

»Das hat er gesagt.«

»Und was war Ihre Meinung?«

Ich wählte meine Worte mit Bedacht. »Die Therapie schien ihm gutgetan zu haben.« Ich zögerte. »Aber ich denke, wir hätten mehr erreichen können, wenn wir weitergemacht hätten.«

Sie nickte. Ein kurzes Schweigen entstand, dann sagte sie: »Haben Sie eigentlich Aufzeichnungen über Ihre Klienten? Fallnotizen oder so etwas?«

»Ja. Aber sie sind meist sehr kurz. Inzwischen verlasse ich mich hierauf.« Ich klopfte gegen meinen Kopf.

»Auch gut.« Sie lächelte mich aufmunternd an. »Ich frage mich, ob Sie mir etwas über die Stunden mit Mr Morgan erzählen können. Mir mit eigenen Worten erzählen können, wie der Traum aufgetaucht ist.« Sie zögerte. »Machen Sie sich keine Gedanken, falls Sie irgendetwas durcheinanderbringen. Das ist nur ein Vorgespräch. Wir können später eine richtige Aussage aufnehmen.«

Ich tat mein Bestes, wiederzugeben, was in meinen Stunden mit Gwydion passiert war, begann mit der zweiten, in der er den immer wiederkehrenden Traum erwähnt hatte, in dem er in der Kiste eingesperrt war, und wie er sich in den folgenden Stunden an immer mehr erinnert hatte: an die Stimmen außerhalb der Kiste; wie er realisiert hatte, dass die Kiste ein Boot war; an einen Schrei und einen Aufprall, als würde etwas Großes, wie ein Körper, auf dem Wasser aufschlagen. Sie hörte aufmerksam zu und machte sich weiter Notizen, bis ich zum Ende meiner Geschichte gekommen war.

»Danke, Dr. Mayhew«, sagte sie. »Genau das habe ich gebraucht.« Sie zögerte. »Dieser Traum hat also nach und nach Mr Morgans bewusste Erinnerung an die Ereignisse, die vor all den Jahren auf dem Boot passiert sind, getriggert. Ist das richtig?«

»Ja. Das hat er mir so gesagt.«

»Kommt so etwas häufiger vor? Dass ein Traum auf diese Weise eine Erinnerung aus der Kindheit triggert?«

»Nein. Im Allgemeinen nicht. Aber es kommt vor. Es gibt in der Fachliteratur einige gut dokumentierte Studien.«

»Und kann man sich Ihrer Meinung nach auf die Erinnerung eines sechsjährigen Kindes verlassen?«

»Ich würde sagen, ja. Theoretisch ist ein Kind in diesem Alter durchaus in der Lage, die Signifikanz eines traumatischen Ereignisses zu verstehen und sich später daran zu erinnern.«

Sie sah zufrieden aus, und ich gratulierte mir zu meinem Respekt einflößenden Ton. Doch dann lief das Gespräch aus dem Ruder.

»Gut«, sie ging ihre Notizen durch, »da sind noch ein paar andere Dinge …«

»Fragen Sie.« Ich versuchte, nicht alarmiert zu klingen.

»Hatten Sie außerhalb der Stunden irgendeine Art von Kontakt zu Gwydion Morgan?«

Jetzt, da sie mich danach fragte, wurde mir klar, dass ich diese Frage gefürchtet hatte.

»Ja, das hatte ich.«

»Würde es Ihnen etwas ausmachen, mir mehr darüber zu sagen?«

»Ganz und gar nicht.« Mein Nacken fühlte sich langsam heiß an. »Seine Mutter hat mich nach unserer zweiten Stunde angerufen. Er sei deprimiert, sagte sie. Sie machte sich Sorgen, dass er selbstmordgefährdet sein könnte, deshalb stimmte ich zu, zu der Familie nach Hause zu kommen und ihn mir anzusehen.«

»Was ist dann passiert?«

»Nicht viel. Es war nicht so ernst, es ging ihm nur sehr schlecht. Ich habe mein Bestes getan, mit ihm zu reden, aber er war nicht sehr kommunikativ. Allerdings ist er in der folgenden Woche zu seiner Stunde erschienen.«

Ich sah keinen Grund, meine weiteren Treffen mit Gwydion zu erwähnen, weder das an der Creigfa Bay noch das in dem Motel – vor allem nicht das in dem Motel –, wenn Sie nicht weiter nachfragte, was sie zu meiner Erleichterung nicht tat.

»Besuchen Sie Ihre Patienten – Entschuldigung, ich meine Klienten – üblicherweise zu Hause?«

»In der Regel nicht.« Ich spürte die Hitze von meinem Nacken in den Hinterkopf aufsteigen und hoffte, dass sie sich nicht auf dem Gesicht ausbreitete. »Doch hier hatte ich das

Gefühl, es mit einem wirklichen Notfall zu tun zu haben. Und ich will auch nicht unflexibel sein.«

»Natürlich.« Sie zögerte. »Wir haben übrigens Kontakt zu der Mutter des Opfers, Solveig Lindberg, aufgenommen. Wie es scheint, haben Sie sich mit ihr in Stockholm getroffen?«

Die Frage schwebte in der Luft. Ein unangenehmes Schweigen entstand, während ich nach einer Antwort suchte.

»Warum haben Sie das getan?« Sie sah mich fragend an.

»Nun …«, ich wusste nicht genau, was ich sagen sollte. »Ich weiß, dass das seltsam klingt. Aber ich war dort auf einer Konferenz und hielt es für eine gute Gelegenheit, ein paar Dinge bezüglich meines Klienten zu klären. Aus reiner Neugier, nehme ich an.«

Ein kurzes Schweigen entstand, dann sagte sie: »Die gehört zu Ihrem Fachbereich, vermute ich.« Sie lächelte. »Mir geht es da nicht anders.«

Erleichtert lächelte ich zurück.

»Nun, ich glaube, das war es für heute.« Sie sammelte ihre Sachen ein. Der Block und der Stift wanderten zurück in die Tasche, sie zog ihr Oberteil gerade und strich ihren Rock glatt. »Danke für Ihre Zeit.«

Sie streckte mir die Hand hin.

»Keine Ursache.« Ich schüttelte sie und sah ihr kurz in die Augen. Irgendwie hatte ich den Eindruck, dass sie mir vertraute, auch wenn ich nicht wusste, warum. »Was passiert jetzt?«

»Nun, wir sammeln Beweise für die Anhörung, in der entschieden wird, ob der Fall vor Gericht kommt oder nicht.«

»Wann wird sie sein?«

»In ein paar Monaten, vermute ich. Vor uns liegt eine Menge Arbeit. Ich melde mich wieder, falls wir eine offizielle Aussage brauchen.«

»Glauben Sie, dass ich vorgeladen werde?«

Sie zögerte. »Ja, ich halte das für sehr wahrscheinlich.«

»Verstehe.« Ich war leicht beunruhigt, versuchte aber, es nicht zu zeigen. »Okay. Gut. Dann warte ich darauf, von Ihnen zu hören.«

Ich brachte sie zur Tür, öffnete sie und begleitete sie hinaus. Ich wartete, während sie den Flur hinunterging. Als sie an der Treppe war, drehte sie sich um, lächelte und winkte mir kurz zu.

Ich lächelte und winkte zurück. Dann ging ich in mein Büro, um auf meinen nächsten Klienten zu warten.

Am folgenden Freitag hatte ich nach dem Drama mit Nella, ganz zu schweigen von meinem eigenen Fiasko mit Gwydion und dem Besuch von DS Lauren Bonetti, das Gefühl, eine Auszeit verdient zu haben. Nachdem ich meinen häuslichen Pflichten nachgekommen war, zog ich mein schwarzes Seidenpartykleid, eine Kette aus pinkfarbenen Glasperlen, eine alte Lederjacke, Wildlederstiefeletten und meine Mütze aus Stockholm an und ging aus.

Als ich zum Kulturzentrum kam, traf ich Mari und die üblichen Verdächtigen, Sharon, Polly und Catrin, um einen Tisch in der Bar versammelt. Es waren auch noch ein paar andere Frauen da, die ich nicht so gut kannte. Ich bestellte eine Runde Drinks, setzte mich neben Mari und beteiligte mich an dem Gespräch. Ich hatte den Anfang nicht mitbekommen, und Mari setzte mich ins Bild.

»Hast du es schon gehört?«, fragte sie und drehte sich zu mir um.

»Nein. Was?«

»Das von unserem Freund, Evan Morgan.«

Die anderen hörten auf zu sprechen und sahen mich an.

»Mein Freund ist er nicht …«, begann ich, doch Mari unterbrach mich.

»Das Datum für die Anhörung steht fest. Es kam heute in den Sechs-Uhr-Nachrichten. Hast du sie nicht gesehen?«

Ich schüttelte den Kopf. »Nein. Ich hatte noch einen Klienten.«

Schweigen breitete sich aus.

»Wie kommt es, dass Bob ihn verteidigt?«

»Ich weiß es nicht.« Ich zuckte mit den Schultern. »Da musst du ihn fragen.«

Mari sah mich von der Seite an. »Du weißt schon, diese Sache mit dem schwedischen Au-pair-Mädchen, nach der du mich gefragt hast.« Sie machte eine dramatische Pause. »Offenbar hat Evan das arme Mädchen auf dem Boot mit hinausgenommen, versucht, sie zu vergewaltigen, und als sie nicht wollte, hat er sie über Bord gestoßen. Sie einfach ertrinken lassen.«

»Haben sie das gesagt?«

»Mehr oder weniger. Zwischen den Zeilen.«

Ich wusste, dass es nichts brachte, von Mari eine genaue Wiedergabe des Berichtes zu erwarten. Es war ihr einfach nicht gegeben, eine Geschichte ohne Übertreibungen zu erzählen. Deshalb versuchte ich, das Thema zu wechseln.

»Hast du die Rolle in dem Bassey-Film bekommen, Mari?«

Sie ignorierte meine Frage, kniff die Augen zusammen, ein verschmitztes Lächeln auf dem Gesicht.

»Du weißt etwas, was wir anderen nicht wissen, richtig?«

»Nein, wirklich nicht.«

Sie glaubte mir nicht. Und die anderen, die mich noch immer erwartungsvoll ansahen, glaubten mir auch nicht. Ich wusste nicht, was ich sagen sollte. Ich wollte nicht hochnäsig erscheinen, aber ich wollte mich auch nicht an dem Klatsch über die Familie Morgan beteiligen.

»Hört zu, wenn ihr es unbedingt wissen wollt …« Ich warf Mari einen vorwurfsvollen Blick zu. »Wie ich Mari bereits gesagt habe, gibt es eine Verbindung zwischen diesem Fall und einem meiner Klienten. Einem ehemaligen Klienten, sollte ich wohl besser sagen. Ich kann im Moment nicht darüber sprechen. Das hat was mit Berufsethik zu tun.«

Die versammelte Gruppe nickte ernst. Ich war froh, dass mir eine plausible Erklärung für mein Schweigen eingefallen war, für den Moment jedenfalls. Doch die Spekulationen gingen weiter.

»Ich habe gewusst, dass Evan kein Engel ist«, fuhr Mari fort, »aber das kann ich nicht glauben. Ich meine Vergewaltigung, Mord. Ich bin froh, mit dem Leben davongekommen zu sein.«

Weiteres ernstes Nicken folgte.

»Wisst ihr, was er gerade macht?« Maris Stimme nahm einen verschwörerischen Ton an, obwohl sie, wie üblich, so laut sprach, wie sie konnte. »Er bumst seine kleine Sekretärin.«

»Persönliche Assistentin nennt man das heute«, sagte Sharon wie aus dem Nichts. »Nicht Sekretärin.«

»Persönliche Assistentin, was auch immer. Sie heißt Rhiannon.«

»Doch nicht etwa Rhiannon Jenkins? Ein intelligentes Mädchen, sehr hübsch. Blond?« Sharan schien besorgt, dachte ich.

Mari nickte. »Ich weiß nicht, wie sie mit Nachnamen heißt, aber das muss sie sein.«

»Sie war vor ein paar Jahren auf dem College meine Schülerin.« Sharon sah leicht schockiert aus. »Sie kann nicht älter als fünfundzwanzig sein.«

»Da siehst du's. So ist Evan.« Mari runzelte die Stirn. »Das Seltsame ist aber, dass er es diesmal ernst zu meinen scheint, wie ich gehört habe.« Ihre Stimme nahm wieder diesen verschwörerischen Ton an. »Offenbar ist sie schwanger.«

»Wirklich?« Ich konnte meine Neugier nicht verbergen. Auf dieses Puzzleteil war ich bisher noch nicht gestoßen.

»Jepp.« Mari sah sich triumphierend um, während sie diesen Klatschhappen zum Besten gab.

»Woher weißt du das?«

»Ich habe so etwas läuten hören. Das Theater ist eine kleine Welt.«

»Und …«, ich versuchte beiläufig zu klingen, »bekommt sie das Baby?«

»Es scheint so. Sie will ihn heiraten. Trotz des Altersunterschieds und allem.« Mari zögerte. »Obwohl diese Mordanklage ihr die Tour vermasseln wird, nehme ich an.« Sie griff nach ihrem leeren Glas. »Okay, wer will noch einen Drink? Die Runde geht auf mich.«

Ich verließ das Kulturzentrum spät an diesem Abend. Ich hatte es nicht eilig, nach Hause zu kommen. Die Stimmung zwischen Bob und mir war noch immer sehr angespannt. Wir versuchten einander möglichst zu meiden. Er hatte angekündigt, dass er über das Wochenende seine Mutter in den Valleys besuchen wollte, und die Mädchen mitgenommen. Ausnahmsweise einmal hatte Nella nicht gemeckert. Ich hatte ihnen gesagt, dass ich nicht mitkommen konnte, dass ich Papierkram erledigen musste. Ich freute mich darauf, das Haus über das Wochenende für mich zu haben. Vielleicht würde mir ein wenig Einsamkeit guttun, dachte ich. Der Konflikt zwischen uns schien sich nach Nellas Eskapade in London eher verschlimmert als gebessert zu haben, und ich brauchte etwas Zeit, um Bilanz zu ziehen.

Ich merkte nicht, dass irgendetwas mit dem Auto nicht stimmte, bis ich zu Hause war. Ich parkte wie üblich unter der Laterne vor dem Haus, stieg aus, schloss das Auto ab, und da sah ich es. BITCH hatte jemand in roten Buchstaben auf die Motorhaube gesprüht.

Es musste schnell hingesprüht worden sein, doch das Wort war nicht misszuverstehen. Als ich es sah, durchfuhr mich Angst. Emyr, dachte ich. Man musste ihm gekündigt haben, und das war seine Rache. Oder konnte das Evan Morgan gewesen sein? Um mich abzuschrecken, bei der Anhörung als Zeugin auszusagen? Aber er konnte nicht wissen, dass DS Lauren Bonetti mich besucht hatte. Und seine Bekanntschaft mit Bob würde ihn auf jeden Fall davon abhalten, so etwas zu tun. Es musste Emyr gewesen sein, dessen war ich mir sicher.

Ich hätte jetzt Panik bekommen können, aber das geschah nicht. Stattdessen ließ ich das Auto, wo es war, und ging schnell ins Haus. Drinnen verriegelte ich die Haustür, schloss zweimal ab und legte die Kette vor. Dann rief ich die Polizei an. Man sagte mir, dass sie versuchen würden, am Morgen jemanden vorbeizuschicken, dass es aber durchaus auch Montag werden könnte. Bob rief ich nicht an. Ich fand es sinnlos, dass er sich Sorgen machte, während er nicht da war. Ich kochte mir eine Tasse Kamillentee als Einschlafhilfe, und bevor ich ins Bett ging, inspizierte ich das Haus, überprüfte alle Fenster und Türen zweimal, um sicherzugehen, dass sie verschlossen waren. Dann stieg ich die Treppe hoch.

Jemand da draußen versuchte mir Angst einzujagen. Es

konnte Emyr sein. Oder Evan. Oder jemand anders. Aber ich würde ihm diese Genugtuung nicht geben.

Ich ließ noch eine Weile das Licht brennen, während ich im Bett lag und auf jedes Geräusch im Haus, im Garten und auf der Straße hörte. Doch alles war still. Ich horchte auf ein Knirschen von Schritten auf dem Kiesweg draußen, das dumpfe Geräusch einer Brechstange, die gewaltsam ein Fenster öffnete, das Klicken eines Schlüssels im Schloss oder das Quietschen eines Türknopfes, der herumgedreht wurde, aber alles blieb still. Dann schaltete ich das Licht aus, drehte mich um und schlief bis zum Morgen.

Das Wochenende verstrich ereignislos, aber es fiel mir schwer, mich zu entspannen. Am Morgen wartete ich darauf, dass ein Polizist vorbeikam, doch als niemand erschien, fuhr ich am Mittag in die Werkstatt, wo man mir sagte, dass das Auto neu lackiert werden musste, was teuer war. Ich ließ es dort und fuhr mit einem Taxi nach Hause. Die restliche Zeit verbrachte ich damit, im Garten klar Schiff zu machen, mich um die Wäsche zu kümmern und meinen Papierkram zu erledigen. Während des Tages, als ich abgelenkt und beschäftigt war, ging es mir gut, doch in der Nacht kam die Angst zurück. Am Abend drehte ich pflichtbewusst eine Runde durch das Haus, sah nach, ob alle Türen und Fenster verschlossen waren, und als ich im Bett lag, erstarrte ich bei dem kleinsten Geräusch im Haus oder draußen. Am nächsten Morgen fühlte ich mich spürbar erleichtert, dass ich eine weitere Nacht ohne Zwischenfälle überstanden hatte. Ich redete mir ein, dass das Graffito auf meinem Auto wahrscheinlich das Werk eines zufällig vorbeikommenden Vandalen war und von niemandem stammte, den ich kannte; und dass, selbst wenn Emyr dahinterstecken sollte, sein Groll auf mich und die Welt damit befriedigt war und er mir künftig keine weiteren Probleme bereiten würde. Aber ich glaubte es trotzdem nicht so richtig.

Als Bob und die Mädchen am Sonntagnachmittag nach Hause kamen, war ich so angespannt, verkrampft und nervös, dass ich erleichtert war, sie zu sehen. Ich erzählte Bob, dass jemand mutwillig mein Auto beschädigt und dass ich es in die Werkstatt gebracht hatte, aber ich führte es nicht weiter aus. Nach allem, was zwischen uns vorgefallen war, mochte ich ihn nicht um Hilfe bitten. Ihm schien nicht aufzufallen, wie nervös ich war, denn er verschwand direkt in seinem Arbeitszimmer, um zu arbeiten. Nella verkroch sich wieder in ihrem Zimmer, und ich blieb in der Küche und unterhielt mich mit Rose. Als sie ins Bett gegangen war, ging ich hoch, um mit Nella zu reden.

Ich klopfte an und trat ein. Sie saß wie üblich vor ihrem Computer und chattete mit ihren Freunden auf Facebook. Ich ging zu ihr, stellte mich neben sie und sah ihr über die Schulter. Sofort klickte sie die Seite weg, doch bevor sie verschwand, sah ich noch ein kleines Foto von Emyr mit einem Text daneben.

Vermutlich lag es an meiner Angespanntheit, denn ohne nachzudenken, fuhr ich aus der Haut.

»Himmelherrgott noch mal, Nella, was soll das?«, schnauzte ich sie an. »Wie kannst du …«

»Beruhige dich, Mama.« Nella war verblüfft.

Ich senkte die Stimme. »Du hast mir versprochen, dass du nichts mehr mit diesem Mann zu tun hast.«

»Ich tue nichts Unrechtes. Emyr ist ein Freund, das ist alles. Er ist aufgebracht, weil er seinen Job verloren hat.« Sie zögerte. »Ich nehme mal an, dass das nichts mit dir zu tun hat, richtig?«

Ich versuchte, mich zu beruhigen.

»Ich habe mich über ihn beschwert, ja«, sagte ich. »Denn was er getan hat, war falsch. Er hat dich ausgenutzt …«

»Ich treffe mich nicht mit ihm«, unterbrach Nella mich. »Und auch wenn ich das …«

»Nella, hör zu. Das ist nicht lustig.« Ich hätte sie am liebsten geschüttelt, aber ich zwang mich, ruhig mit ihr zu reden. »Ich wollte dir das nicht erzählen. Aber jemand hat mutwillig mein Auto beschädigt. Etwas darauf gesprüht.«

»Wie bitte?« Betroffenheit löste den Zorn auf Nellas Gesicht ab.

»Du brauchst nicht zu wissen, was. Aber ich glaube, dass Emyr dahinterstecken könnte.«

»Woher willst du das wissen?«

»Das kann ich nicht wissen. Ich habe nur so einen Verdacht, das ist alles.«

»Du bist paranoid, Mama.« Nella klang abweisend, aber ich wusste, dass sie erschüttert war.

»Versprich mir, dass du ihn nicht wieder triffst. Nie mehr.« Nella sah mich rebellisch an, aber ich fuhr fort: »Und lösch ihn von deiner Facebook-Seite.«

Schweigen entstand. Ich blitzte sie an, sie blitzte mich an. Dann lenkte sie ein.

»Wie du meinst.«

Ich nahm das für ein Ja.

»Es tut mir leid, dass ich dich angeschrien habe«, sagte ich. Ich redete freundlich mit ihr. Es tat mir wirklich leid. Nella ist ein sensibler Mensch, und ich sah, dass ich sie verwirrt hatte. Aber ich hatte keine Alternative gehabt, fand ich.

Nella nickte, entschuldigte sich selbst aber nicht.

Ich ging zur Tür. Ich war verstimmt, und ich zitterte leicht, versuchte aber, es vor ihr zu verbergen.

»Weißt du was, Mama«, sagte sie, als ich gerade ihr Zimmer verlassen wollte. »Du bist nicht objektiv.« Sie zögerte. »Du wirst langsam alt, und du bist eifersüchtig, dass Männer mich attraktiv finden. Attraktiver als dich. Du kommst damit nicht zurecht, das ist alles.«

Wieder hätte ich sie am liebsten geschüttelt. Doch die Wut, die in mir aufstieg, führte dazu, dass ich mich fragte, ob an ihren Worten etwas Wahres war.

Ich widerstand der Versuchung, »Wie du meinst« zu antworten, und schloss leise die Tür hinter mir.

16

»Dr. Mayhew?«

Ich hatte diese Stimme schon einmal gehört, konnte sie aber nicht richtig einordnen.

Ich zögerte. Immer wenn ich mit Dr. Mayhew angeredet werde, verspüre ich den flüchtigen Impuls, etwas Großspuriges zu antworten, wie »Genau die«, aber ich schaffte es, dem zu widerstehen.

»Am Apparat.«

»Hier ist Evan Morgan.«

Ich war verblüfft. Evan Morgan war der Letzte, von dem ich erwartet hätte, dass er mich anrief. Trotzdem zögerte ich keinen Moment.

»Mr Morgan, was kann ich für Sie tun?«

»Wir müssen uns treffen, sofort.«

»Und warum?«

»Ich muss Ihnen ein paar wichtige Dinge mitteilen. Bevor Sie eine offizielle Aussage bei der Polizei machen.«

»Woher wissen Sie von der Aussage?«

»Das spielt keine Rolle. Ich will Sie nur warnen. Wenn Sie sich darauf einlassen, werden Sie sich total blamieren.«

Ich dachte kurz nach. »Das kommt von meinem Mann, nicht wahr?«

»Von Bob? Natürlich nicht. Er weiß nicht einmal, dass ich Sie anrufe.«

»Ja, sicher.« Ich versuchte, nicht sarkastisch zu klingen.

»Nein, das war allein meine Idee. Hören Sie, es gibt ein paar entscheidende Tatsachen, die Sie über die Angelegenheit nicht wissen. Gwydion und Arianrhod lügen Sie an. Sie lügen schon die ganze Zeit.«

Ein Schweigen entstand, während er auf meine Antwort wartete.

Ich war höflich, aber entschieden.

»Gut, ich danke Ihnen, dass Sie mich angerufen haben …«

»Wir müssen uns treffen und miteinander reden. Zu Ihrem eigenen Besten. Sie werden es bedauern, wenn Sie nicht …«

»Wollen Sie mir drohen?«

»Nein.« Die Stimme am anderen Ende der Leitung blieb leise und ruhig. Er machte nicht den Eindruck eines Mannes, der sich eine Dose Graffitifarbe nahm und mutwillig ein Auto beschädigte. »Ich will Sie nur warnen, Sie werden sich selbst zum Narren machen, wenn Sie in den Zeugenstand treten. Ihren guten Ruf ruinieren. Sie dürfen nicht auf sie hereinfallen.«

»Es tut mir leid, Mr Morgan, aber …«

Er ließ mich nicht ausreden.

»Gut, wenn Sie Ihre Meinung ändern, ich bin ab acht Uhr im Smuggler's Rest an der Penarth Marina. Ich warte an der Bar auf Sie.«

»Auf Wiederhören«, sagte ich und legte auf.

Ich surfte weiter im Netz. Bevor das Telefon geklingelt hatte, hatte ich versucht, die derzeitige PC-Meinung zu den Begriffen »adipös«, »stark übergewichtig« und »fett« herauszufinden. Die Debatten waren interessant – einige behaupteten, dass der Gebrauch des Wortes »adipös« absolut abzulehnen sei, andere hielten ihn für eine gute Möglichkeit, Leuten die Augen zu öffnen –, aber ich konnte ihnen nicht mehr folgen.

Erneut kochte Wut in mir hoch, Wut, dass Bob sich ein weiteres Mal in meine Angelegenheiten einmischte und mich davon abzuhalten versuchte, einem früheren Klienten zu helfen.

Um den Kopf klar zu bekommen, trat ich ans Fenster und sah hinaus. Die Straße war leer. Bis auf einen blassen, grauen Himmel und ein paar Blätter, die langsam von einem Baum heruntersegelten, um sich zu denen zu gesellen, die bereits verstreut auf dem Bürgersteig lagen, war nichts zu sehen.

Es klopfte an der Tür, und wenige Sekunden später watschelte meine nächste Klientin, Harriet, herein. Sie war außer Atem und hatte Schweißperlen auf der Oberlippe. Ich führte sie zu ihrem Sessel und nahm ihr gegenüber Platz.

Ich wartete, während Harriet beschwerlich mit dem Sessel kämpfte. Es ist ein solide gebautes Möbelstück, schön und breit, mit einem Gobelinkissen. Als sie sich hineinsetzen wollte, fiel mir auf, dass ich vergessen hatte, das Kissen wegzunehmen, und dass sie so noch weniger Platz hatte als sonst. Ich beobachtete, wie sie versuchte, sich trotzdem zu setzen, und sie tat mir leid. Es war peinlich. Als sie hereingekommen war, war es mir nicht aufgefallen, doch seit letzter Woche musste sie noch einige Pfunde zugelegt haben.

Unverdrossen nahm Harriet auf einer Armlehne Platz und setzte zu einer ihrer unterhaltsamen Geschichten an, bei der es diesmal um ihre Busfahrt zu mir ging.

Ich hob die Hand. Ich sprach in einem ruhigen und, wie ich hoffte, ermutigenden Ton. »Harriet, bevor wir weitermachen, möchte ich gerne über etwas mit Ihnen sprechen …«

Harriet ignorierte mich und fuhr mit ihrer Geschichte fort. Dann kippte der Stuhl nach einer Seite. Sie veränderte ihre Position, schwankte leicht und fuhr fort, doch der Stuhl geriet erneut ins Kippen.

Das war der Punkt, an dem sie in Tränen ausbrach.

Ich sagte nichts. Stattdessen reichte ich ihr die Schachtel mit den Taschentüchern.

Ich schaffte es nicht vor neun, zum Smuggler's Rest zu kommen. Bob war auf Dienstreise, und ich war für Kochen, Taxi-Service und Hilfe bei den Hausaufgaben allein zuständig. Außerdem wollte ich nicht zu eifrig erscheinen.

Seltsam, wie schnell die eigene Standhaftigkeit ins Wanken geraten kann. Als Evan Morgan am Morgen angerufen hatte, hatte mir mein Instinkt geraten, jeglichen Kontakt zu ihm zu meiden, und den Tag über hatte ich zu viel mit meinen Klienten zu tun gehabt, um weiter darüber nachzudenken. Doch am Ende des Tages, bevor ich nach Hause gegangen war, hatte ich mir über das, was er gesagt hatte, Gedanken gemacht. Daraufhin hatte ich ihn zurückgerufen und mich für den späteren Abend mit ihm verabredet.

Ich glaubte nicht, dass Gwydion und Arianrhod logen, was die Ereignisse auf der Jacht anging, wurde aber das quälende Gefühl nicht los, nicht das ganze Bild zu sehen. Außerdem wusste ich, dass Arianrhod Täuschung nicht fremd war; bevor die ganze Geschichte herausgekommen war, hatte sie mir einige Lügen aufgetischt, um alles zu vertuschen. Und nicht nur das, mehr als einmal hatte ich den Eindruck gehabt, dass das Verhalten der beiden als Mutter und Sohn seltsam war. Ich glaubte ihnen, doch mir war nur zu bewusst, dass ich in wenigen Tagen meine offizielle Aussage machen musste, wenn ich Ernst machte. Bestimmt wäre es nicht klug, das zu tun, bevor ich nicht auch Evan Morgans Version der Geschichte gehört hatte, dachte ich.

Der andere Grund, aus dem ich meine Meinung geändert

hatte, war Neugier, das muss ich zugeben. Wie DS Lauren Bonetti gesagt hatte, sind Psychotherapeuten von Natur aus neugierig – genau wie Polizeibeamte; das gehört zu ihrem Beruf. Und dafür muss man sich auch nicht schämen; wärst du kein Schlüssellochgucker, könntest du deine Arbeit nicht vernünftig machen.

Trotzdem spürte ich eine leichte Nervosität, als ich vor dem Lokal parkte. Gleich würde ich einen Mann treffen, der des Mordes beschuldigt wurde. Einen Mann, der mich durchaus unsympathisch finden, der daran interessiert sein könnte, mich daran zu hindern, eine Aussage bei der Polizei zu machen oder mich dazu zu bewegen, diese zu ändern. Natürlich war es höchst unwahrscheinlich, dass Evan Morgan mir irgendetwas antun würde – mich in diesem Stadium des Falls zu entführen, wäre der Sache kaum dienlich –, aber trotzdem hatte ich ein wenig Angst.

Das Smuggler's Rest gehört nicht zu den Lokalen, in denen man voraussichtlich irgendwelche Freunde trifft, und deshalb hatte Evan Morgan es wohl auch vorgeschlagen. Nicht dass es eine Spelunke ist; absolut nicht. Es ist eine dieser modernen Kneipen, die, überall wo man hinguckt, stolz ihre glänzenden, auf alt gemachten Trophäen zur Schau stellen. Über der Bar hängt ein wenig überzeugendes Schiffssteuerrad, und von der Decke baumeln Girlanden aus Fischernetzen, die ein erschreckendes Aufgebot an Hummerfangkörben, Seesternen und farbigen Glasflaschen beherbergen. Eine austauschbare, sauber geputzte Speisekarte, die austauschbares, kinderfreundliches Essen anbietet, ziert jeden glänzend lackierten Tisch. Es ist eines dieser Lokale, in denen man sich nicht behaglich fühlt. Es ist zu sauber, zu modern, und es versucht zu sehr, es nicht zu sein.

Der Raum war mit nur ein oder zwei Leuten an der Bar und ein paar kleinen Grüppchen, die an den Tischen saßen, ziemlich leer, als ich eintrat. Ich sah Evan Morgan mit einem Drink an der Bar sitzen. Sein Rücken war gebeugt, er hatte das Kinn in die Hand gestützt. Ich konnte nicht umhin festzustellen, dass er ein erstaunlich schöner Mann war. Nicht nur für sein Alter. Einer dieser wenigen Menschen, die mit grau werdendem Haar eher an Präsenz und Autorität zu gewinnen scheinen, als dass sie langsam in die Unscheinbarkeit abgleiten wie die meisten von uns.

Er sah mich nicht kommen, doch dann blickte er auf, und sein Gesichtsausdruck veränderte sich.

»Dr. Mayhew. Danke, dass Sie gekommen sind.« Er lächelte, streckte die Hand aus, und ich schüttelte sie kurz.

»Keine Ursache.« Ich wollte mich gerade entschuldigen, dass ich so spät kam, entschloss mich jedoch anders.

»Was möchten Sie trinken?«

»Einen Whisky, bitte. Einen kleinen.« Ich brauchte etwas Starkes, um meine Nerven zu beruhigen. Aber ich sagte mir, dass es bei einem bleiben musste, weil ich mit dem Auto da war.

»Eis?«

»Nein, danke.«

Er zeigte auf einen Tisch am Fenster. »Setzen wir uns dort hin, ja? Das ist bequemer.«

»Gut.«

Ich ging zu dem Tisch, setzte mich und sah aus dem Fenster. Das Lokal hatte Aussicht auf die Marina. Draußen lagen die Jachten ordentlich vertäut am Kai. Deshalb hatte er dieses Lokal vorgeschlagen, natürlich. Das Klirren ihrer Masten war trotz der leisen Konservenmusik im Hintergrund immer noch zu hören.

Evan kam mit den Drinks, stellte sie auf den Tisch und setzte sich mir gegenüber.

»Ich will Sie nicht lange aufhalten. Ich weiß, dass Sie eine viel beschäftigte Frau sind.« Er nippte an seinem Drink, der nach einem Gin Tonic aussah.

»Danke. Das ist nett.« Ich nippte an meinem. Es war ein guter Whisky, weich und wärmend und sehr viel größer, als ich ihn bestellt hatte.

»Ich will direkt zur Sache kommen.«

Er zögerte und sah sich schnell um. Außer ein paar Frauen mittleren Alters, die sich über ihrem Fischessen angeregt unterhielten, war niemand in der Nähe.

»Um ganz ehrlich zu sein«, fuhr Evan fort, »bin ich nicht ganz unschuldig in dieser Geschichte.« Er runzelte die Stirn, als würde er darüber nachdenken, wie er am besten anfangen sollte. »Aber eins ist sicher. Ich habe Elsa Lindberg nicht umgebracht. Das ist ein reines Lügenmärchen meiner Frau.« Er zögerte. »Und meines Sohns.«

Ich meinte, echte Betroffenheit in diesem Moment des Zögerns zu spüren, fast als könnte er den Gedanken nicht ertragen, dass sich sein Sohn gegen ihn gewandt hatte; aber dann erinnerte ich mich daran, dass Evan Schauspieler war und nicht nur Theaterregisseur. Es war sein Job, mich die Geschichte glauben zu lassen, die er erzählte, und das verstand er offensichtlich sehr gut.

»Ich habe Elsa an jenem Tag auf der Jacht mitgenommen«, fuhr er fort. »Sie war Gwydions Kindermädchen, sie ist überall mit ihm mitgegangen, das war also nur normal. Aber – und da will ich nicht lügen – mir war auch daran gelegen, dass sie mitkam, weil ich sie sehr attraktiv fand. Und … damals lief es nicht gut zwischen Arianrhod und mir.« Er zögerte erneut, doch diesmal schien er nichts zu bedauern, zeigte sich keine Traurigkeit auf seinem Gesicht.

Ich nickte, dann riss ich mich zusammen. Ich war nicht im Dienst, das war keine Therapiestunde, obwohl es langsam wie eine klang.

»Jedenfalls war es ein wunderschöner Tag«, fuhr er fort. »Die Sonne schien, und das Meer war so ruhig wie ein Mühlweiher. Man konnte nicht richtig segeln, deshalb trank ich. Ziemlich viel.« Er hielt inne und sah zu mir hoch. Diese Augen, dachte ich. Die Iris war genauso dunkel, genauso grün wie Gwydions, obwohl sich das Weiß mit dem Alter verfärbt hatte. »Ich bin Alkoholiker, das wissen Sie natürlich. Trocken inzwischen.« Er lächelte schief. »Wenn man das je werden kann.«

Ich lächelte nicht zurück.

»Elsa hat mitgetrunken. Nicht viel, sie war ein vernünftiges Mädchen. Nur, um mir Gesellschaft zu leisten.« Er seufzte. »Ich habe mich gut mit ihr verstanden. Sie war so fröhlich, so amüsant.« Wieder schlich sich Traurigkeit in seine Stimme. »Wir haben über Strindberg gesprochen, daran erinnere ich mich. Sie hatte ihn an der Uni durchgenommen. Dann … ich weiß nicht … eins führte zum anderen …« Er sah mir wieder in die Augen. »Ich leugne es nicht. Sie war ein wunderschönes Mädchen, und ich wollte sie. Sie wollte mich auch. Das war ziemlich klar.« Er sah weg.

»Wo war Gwydion währenddessen?« Ich versuchte, unvoreingenommen zu klingen.

»Oh, er hat nichts gesehen. Er war unten in der Kabine, lag in der Koje. Er wird auf der Jacht immer seekrank. Ich wollte es ihm abgewöhnen, ihn seefest machen.«

»Nicht gerade die beste Methode«, wandte ich vorsichtig ein. »Das Au-pair-Mädchen beim Segeln zu verführen.«

»Was soll ich sagen?« Evan zuckte mit den Schultern. »Ich war damals sehr egozentrisch. Das bin ich immer noch. Meine Ehe war unglücklich, und ich bin meinem Vergnügen nachgegangen, wo immer es sich mir bot. Aber ich habe auch anderen Vergnügen bereitet, das darf ich hinzufügen. Nein, ich bereue nichts davon, absolut nichts.« Er hielt inne.

Ein kurzes Schweigen entstand.

»Und warum ist Elsa von Bord gesprungen? Warum hätte sie das tun sollen?«, fragte ich.

»Nun, wie gesagt, das Meer war sehr ruhig an dem Tag. Wir waren nicht weit draußen, und Elsa wollte zurück in die Bucht schwimmen. Sie war eine hervorragende Schwimmerin, sodass mir das völlig sicher erschien. Ich habe sie beobachtet, wie sie weggeschwommen ist. Sie hat sich wundervoll im Wasser bewegt, wie ein Seehund …« Er verstummte. »Wie auch immer, ich habe nicht mit ihr gestritten, sie nicht über Bord gestoßen oder so etwas. Sie ist freiwillig von Bord gesprungen. Es war ganz und gar ihre Entscheidung. Und es war ein so ruhiger, schöner Tag, dass ich mich entschlossen habe, noch ein bisschen draußen zu bleiben, bevor ich auch umgekehrt bin. Das Wetter war fantastisch. Deshalb konnte ich auch nicht glauben … ich konnte einfach nicht glauben …«

Er schüttelte den Kopf. Die Erinnerung schien ihn aufrichtig zu bedrücken. »Ich kann mir wirklich nicht erklären, wie sie ertrunken ist. Als sie nicht zurückkam, war ich völlig panisch. Wir haben überall nach ihr gesucht. Ich wollte zur Polizei gehen. Aber Arianrhod …«

Ich wartete. Das war der Teil der Geschichte, den zu hören ich gekommen war.

»Zu meiner ewigen Schande hat Arianrhod mich überzeugt, es nicht zu tun. Sie hat gesagt, dass mein Ruf dann ruiniert wäre. Dass man mich anklagen würde, Elsa in betrunkenem Zustand ermordet zu haben oder so einen Unsinn. Ich hatte Angst …«

Einen Moment sah ich die Angst in seinen Augen, die ich so oft in Gwydions gesehen hatte, und ich begriff, dass es unter der Oberfläche, unter dem Flair des Mannes von Welt einen Teil gab, der genauso unsicher war wie sein Sohn.

»Und sie kann eine sehr dominante Frau sein …«

Das stimmte nicht mit meinem Eindruck von Arianrhod überein, aber ich sagte nichts.

»Also habe ich getan, was sie verlangte. Habe versucht, alles zu vertuschen. Die Polizei angelogen. Selbst Elsas Mutter angelogen, als sie herübergekommen ist.« Er runzelte die Stirn. »Das war seltsam. Sie hat ihrer Tochter so ähnlich gesehen. Es war unheimlich.«

Ich verspürte den Impuls, ihn damit zu konfrontieren, dass er versucht hatte, auch Solveig zu verführen, aber ich ließ es.

Evan griff nach seinem Drink und trank einen großen Schluck. Nicht der kleinste Hauch von Alkohol war zu riechen, und ich erkannte, dass es nur Mineralwasser war.

»Natürlich musste alles früher oder später herauskommen. Und in gewisser Weise bin ich froh darüber. Es hat all die Jahre auf meinem Gewissen gelastet, die Wahrheit vertuscht zu haben.« Er seufzte tief, dann sah er mir wieder direkt in die Augen. »Aber ich bin kein Mörder. Gwydion lügt – ich habe mich nicht mit Elsa gestritten oder sie über die Reling gestoßen.«

»Warum um alles in der Welt sollte er lügen?« Ich nippte an meinem Drink. »Mir gegenüber? Der Polizei gegenüber?«

»Das kann ich Ihnen sagen. Seine Mutter hat ihn dazu angestiftet. So einfach ist das.«

»Aber warum sollte sie eine falsche Anklage gegen Sie vorbringen? Wenn man Sie für schuldig befindet, wird auch sie viel verlieren, nicht?«

Für einen kurzen Moment meinte ich, so etwas wie Schuld auf seinem Gesicht zu sehen, doch wenn das so war, war es schnell vorbei.

»Weil sie mich hasst. Meine Frau verabscheut mich. Sie will mich untergehen sehen.«

»Warum sollte sie?«

»Das ist doch wohl offensichtlich: *Die Hölle selbst kann nicht so wüten wie eine verschmähte Frau*.«

Ich nippte noch einmal an meinem Drink. Ich wusste nicht, was ich von Evans Geschichte halten sollte. In gewissen Momenten war ich überzeugt, dass er log; in anderen, dass er die Wahrheit sagte. Und es lag nicht nur an seinen Worten. Ich verstehe es inzwischen ziemlich gut, die Körpersprache meiner Klienten zu deuten, ihre Gesten, ihren Ausdruck, die Kluft zwischen dem, was sie sagen und wie sie sich verhalten. Evan vermittelte mir den Eindruck, dass er größtenteils aufrichtig war; aber es gab auch Momente, in denen es mir so vorkam, als würde er nicht die Wahrheit sagen. Es war unwahrscheinlich, dass er mein Auto besprüht hatte, dachte ich; aber vielleicht nicht unmöglich.

»Nun, Mr Morgan …«

»Nennen sie mich Evan.«

Ich nickte, aber ich tat es nicht. »Danke, dass Sie mir das erzählt haben.« Ich sah auf die Uhr. »Aber ich denke, dass ich jetzt gehen sollte.«

Er sah mich verblüfft an. »Haben Sie nichts zu dem Ganzen zu sagen?«

»Ich kann dazu nichts sagen.« Ich sah aus dem Fenster zu

den Jachten hinüber. »Aber ich werde mit Sicherheit über das, was Sie mir erzählt haben, nachdenken. Es berücksichtigen.«

Evan folgte meinem Blick. »Das da draußen ist meine. Die mit dem gelben Rumpf. Die *Miss Julie*.«

»Ist es … ist es dieselbe?«

»Die, auf der ich Elsa mitgenommen habe? Ja, das ist sie. Darf ich sie Ihnen zeigen?«

»Es tut mir leid, ich bin im Moment ein wenig in Eile.« Ich trank meinen Drink aus und stellte das leere Glas zurück auf den Tisch.

Evan sah niedergeschlagen aus. »Hören Sie, wenn Sie gerne wiederkommen möchten, ich hätte morgen Zeit …« In seiner Stimme schwang leise Verzweiflung mit, aber er tat sein Bestes, um sie zu verbergen. »Ich wohne im Moment auf der Jacht, nur vorübergehend, bis …« Seine Stimme verklang mitten im Satz, als könnte er nicht ganz glauben, dass er bald vor Gericht wegen Mordes angeklagt werden würde.

»Danke.« Ich war zwar höflich, aber ich hoffte doch, ihm zu vermitteln, dass ich nicht die Absicht hatte, mich noch einmal mit ihm zu treffen.

»Und Sie haben meine Nummer, nicht wahr, falls Sie sie brauchen? In Ihrem Bürotelefon.« Die Verzweiflung war jetzt offensichtlich.

»Richtig.« Ich griff nach meiner Tasche, die offen auf dem Stuhl neben mir stand. Dabei bemerkte Evan das Buch, das aus der Tasche herausguckte.

»Oh«, sagte er und beugte sich vor, um den Titel lesen zu können. Sein Tonfall hatte sich verändert. »Die Jones-Biografie über Freud. Gefällt sie Ihnen?«

»Ja.« Ich fragte mich, ob er sich bei mir einschmeicheln

wollte, aber seiner Frage schien echtes Interesse zugrunde zu liegen. »Im Großen und Ganzen sehr. Nur die Schismen im hinteren Teil sind ein bisschen langatmig.«

»Wenn Ihnen die schlimm erscheinen, sollten Sie es mit der dreibändigen Version versuchen.« Er zögerte. »Aber Jones war schon ein unglaublich talentierter Mann.« Er klang begeistert. »Ein Schriftsteller, ein Denker … ganz abgesehen von seiner Brillanz als Arzt.«

Sein Enthusiasmus steckte mich an. »Und die vielen Sprachen …«

»Er hat die Psychoanalyse der englischsprachigen Welt erschlossen. Bücher über alle möglichen Themen geschrieben, von Albträumen über Vampire bis hin zu Eiskunstlauf. Freud vor den Nazis gerettet.« Er zögerte. »Nicht schlecht für einen Bergwerksjungen aus Swansea.«

Ich nickte. »Es ist erstaunlich, dass er nicht bekannter ist.«

»Das wäre er auch, wenn er nicht so viele Leichen im Keller hätte.« Evan grinste. »Ich habe oft darüber nachgedacht, einen Film über sein Leben zu drehen. Er bietet alles – Intrigen, Abenteuer …«

Ich nickte erneut. Ich merkte, dass ich Lust hatte, mich weiter mit ihm zu unterhalten, doch stattdessen verfiel ich in Schweigen. Dann stand ich auf, um zu gehen.

Evan erhob sich ebenfalls und streckte mir die Hand hin.

Ich schüttelte sie. Er hielt sie kurz fest, drückte sie leicht, bevor ich sie wegzog.

»Auf Wiedersehen«, sagte er. »Bis zum nächsten Mal.«

»Auf Wiedersehen«, antwortete ich.

Dann drehte ich mich um und verließ die Kneipe in dem Bewusstsein, dass seine Augen mir folgten.

Als ich nach Hause kam, war Bob zurück und saß mit seinem Laptop am Küchentisch. Er sah nicht auf, als ich eintrat. Ich hatte ihm nichts von meiner Verabredung mit Evan Morgan erzählt und hatte auch nicht vor, es jetzt zu tun. Das Einzige, worüber wir in diesen Tagen miteinander sprachen, war Organisatorisches, vor allem, was die Mädchen betraf. Und selbst das ging nicht ohne Spannung ab.

Ich deutete auf den Wasserkocher.

»Willst du eine Tasse Tee, bevor ich nach oben ins Bett gehe?«

»Nein, danke.«

»Schlafen die Mädchen?«

»Rose, ja. Was Nella angeht, weiß ich es nicht.« Er sah einen Moment auf. »Sie hatte heute Abend Besuch von einem Jungen. Mit einer Gitarre.«

»Ja?« Ich war neugierig. »Wie ist er?«

»Er machte einen netten Eindruck. Höflich.« Er runzelte die Stirn. »Aber als ich auf der Suche nach dem Telefon in ihr Zimmer geschaut habe, haben sie sich auf dem Bett geküsst.«

»Hattest du angeklopft?«, fragte ich und machte mich an dem Tee zu schaffen.

»Nein, aber …«

Ich drehte mich zu ihm um. »Das hättest du aber tun sollen, Bob. Das ist ihre Privatsphäre.«

»Mach dich nicht lächerlich. In meinem eigenen Haus mache ich, was ich will.« Ich war überrascht über seinen Ton. Das war neu für mich, dass Bob den autoritären Patriarchen heraushängen ließ. »Und ich will nicht, dass sie Jungen mit auf ihr Zimmer nimmt. Nach dem, was in London passiert ist …«

»Mein Gott, sie ist sechzehn.« Ich versuchte, die Stimme

nicht zu erheben, aber es gelang mir nicht. »Es gehört dazu, dass sie Jungen küsst, und wenn sie das in der Privatsphäre ihres Zimmers tun will, verstehe ich nicht, warum sie das nicht sollte. Ich werde ihr das mit Sicherheit nicht verbieten.« Ich zögerte. Ich erwog, ihm von meinen Gesprächen mit Nella zu erzählen und ihn nach seinen zu fragen. Doch diese Intimität schien es zwischen uns nicht mehr zu geben. »Ich bin der Meinung, wir sollten uns darüber freuen. Ein Freund in ihrem Alter …«

»Okay, dann mache ich es eben«, unterbrach mich Bob. »Ich sage ihr, dass sie unten im Wohnzimmer mit ihm zusammen sein kann, wenn er vorbeikommt. Ich will nicht, dass sie irgendwann schwanger ist.«

»Bob, jetzt überreagierst du.« Ich sprach sehr behutsam. »Nella wird langsam erwachsen. Das ist nicht leicht, nicht?« Ich wünschte, ich hätte auf taktvolle Weise hinzufügen können: »Und die Tatsache, dass du keinen Sex mit deiner Frau hast, macht es vermutlich nicht einfacher«, aber mir fielen nicht die richtigen Worte ein. Er war zu wütend, und obwohl ich versuchte, ihn zu beruhigen, ärgerte ich mich auch über sein für ihn untypisches Machogehabe.

»Oh, verschon mich damit.« Bob erhob sich und ging zur Tür. »Du bist nicht im Dienst, Dr. Mayhew.«

Er verließ die Küche und schlug die Tür hinter sich zu. Großartig, dachte ich. Eine Nacht auf dem Sofa.

An diesem Abend schlich ich mich, nachdem alle schlafen gegangen waren, mit einer Decke und einem Kissen unter dem Arm ins Wohnzimmer. Ich stellte den Wecker auf meinem Handy, damit es mich morgen um halb sieben weckte, bevor alle aufstanden. Ich wollte nicht, dass die Mädchen sahen, dass ich alleine unten schlief. Ich versuchte, es mir bequem zu machen, aber ich schlief unruhig: Das Sofa war zu kurz, und ich wachte nachts immer wieder mit einem steifen Nacken auf. Um vier, als ich gerade eingeschlafen war, klingelte das Telefon.

»Hallo?«, desorientiert meldete ich mich.

Es kam keine Antwort, nur leises, langsames Atmen, ein und aus, ein und aus.

»Wer ist da?«

Das Atmen ging weiter, wurde immer lauter.

Ärgerlich legte ich auf. Das Display zeigte »Unterdrückte Nummer«. Ich legte das Telefon zurück auf den Wohnzimmertisch, drehte mich um und versuchte wieder einzuschlafen.

Nach wenigen Minuten klingelte es erneut. Diesmal stellte ich es aus. Dann lag ich wach und starrte die Decke an, bis es Zeit war aufzustehen.

17

Als ich am nächsten Tag in mein Büro ging, wartete eine Überraschung auf mich. Arianrhod saß draußen auf der Mauer.

In dem Moment, in dem ich sie sah, ergriff Panik Besitz von mir. Was, wenn sie von meinem Treffen mit Evan wusste und gekommen war, um mich zur Rede zu stellen? Was, wenn es zu einem lautstarken Streit kam, hier draußen auf der Straße, vor dem Haus? Ich hatte angenommen, dass sie und Evan jetzt, da er auf dem Boot wohnte, keinen Kontakt zueinander hatten, doch die Familiendynamik der Morgans war, wie ich bereits gesagt habe, so verwickelt und verdreht, dass ich langsam das Gefühl hatte, immer einen Schritt hinterherzuhinken. Ein Gefühl, das mir absolut nicht gefiel.

Ich widerstand der Versuchung, so zu tun, als hätte ich sie nicht gesehen, die nächste Straße hinunterzugehen und wegzulaufen. Stattdessen ging ich direkt auf sie zu.

»Arianrhod, was machen Sie hier?« Nach meinem Treffen mit Evan konnte ich nicht anders, als sie in einem etwas anderen Licht zu sehen. Sie machte einen so schüchternen Eindruck, und trotzdem hatte er sie als grausam und rachsüchtig beschrieben. Wie unfair sein Urteil auch sein mochte, langsam begann ich mich zu fragen, ob etwas Wahres daran war.

Sie entschuldigte sich sofort. »Es dauert nur eine Minute. Das verspreche ich Ihnen. Es geht um Gwydion.«

Demnach wusste sie nichts von meinem Treffen mit Evan.

Ich seufzte erleichtert. »Kommen Sie lieber mit hoch«, sagte ich. »Aber in einer halben Stunde habe ich einen Klienten, es muss also schnell gehen.«

Arianrhod nickte. Sie sah müde aus, fiel mir auf. Sie hatte dunkle Ränder unter den Augen, und ihre Haut wirkte wächsern.

Wir gingen ins Haus. Branwen blickte verwirrt auf, als wir vorbeikamen. Sie wusste, dass mein erster Klient um neun kam. Ich warf ihr einen Blick zu, der sagte, kein Grund zur Sorge, und sie wandte sich wieder ihrem Computerbildschirm zu.

Arianrhod und ich gingen hoch in mein Büro. Sie wartete, bis ich die Tür aufgeschlossen hatte und sie hereinbat.

»Bitte.« Ich zeigte auf den Stuhl meinem Schreibtisch gegenüber. Dann ging ich auf die andere Seite, setzte mich, schaltete meinen Computer an und wartete, bis er aufhörte zu piepen. »Es dauert nur eine Minute.«

Indem ich ihn hochfuhr, wollte ich ihr klarmachen, dass ich nicht unbegrenzt Zeit hatte. Und dass ich diese ungeplanten Besuche an meinem Arbeitsplatz absolut nicht schätzte.

»Gut. Was kann ich für Sie tun?« Mein Ton war ungeduldiger als beabsichtigt. Es verwirrte mich seltsamerweise, jemanden in meinem Büro zu haben, bevor ich die Möglichkeit gehabt hatte, mich vorzubereiten. Das kam so gut wie nie vor und wenn doch, fühlte ich mich mehr als aus dem Konzept gebracht.

Arianrhod begriff den Wink und kam direkt zur Sache. »Gwydion ist im *The Grange*«, sagte sie.

Sofort bereute ich meine Schroffheit. Das *The Grange* ist eine Privatklinik im Vale of Glamorgan, vor den Toren von Cardiff. Ein Ort, an dem die Reichen mit den typischen Gefahren ihrer Privilegiertheit kämpfen: Alkoholismus, Essstörungen und so weiter.

»Nur für kurze Zeit«, fügte sie hinzu. »Ich hoffe, er wird bald wieder entlassen.«

Ihre Stimme zitterte beim Sprechen. Ich senkte den Blick und sah, dass sie den Stoff ihres Mantelärmels zwischen den Fingern drehte.

»Es tut mir leid, das zu hören«, sagte ich. »Sehr leid sogar.«

»Ich habe mich gefragt …« Sie spielte weiter an ihrem Ärmel herum. »Ich glaube, es würde ihm helfen, wenn Sie ihn besuchen könnten.«

Ich rutschte unangenehm berührt auf meinem Stuhl hin und her. Ich fragte mich, wie viel Arianrhod über mich und Gwydion wusste. Sie und ihr Sohn standen sich sehr nahe, das wusste ich. Hatte Gwydion ihr erzählt, dass er mich diverse Male außerhalb unserer Stunden getroffen hatte, dass es eine sexuelle Verbindung zwischen uns gab, wenn auch nur eine sehr fragmentarische?

»Arianrhod, ich muss Ihnen erklären …« Ich zögerte. »Es ist keine gute Praxis für einen Therapeuten, wieder Kontakt zu einem Klienten aufzunehmen, wenn dieser sich entschieden hat, die Therapie zu beenden.«

Sie sah mich vorwurfsvoll an. Mir wurde klar, dass der Jargon sie verletzt hatte. Deshalb versuchte ich, zu einer schlichteren Sprache zurückzufinden.

»Es gehört sich einfach nicht, sich mit früheren Klienten zu treffen.« Ich zögerte. »Das kann zu … Bindungsproblemen führen … auf beiden Seiten.«

Detaillierter konnte ich die Gründe für meine mangelnde Bereitschaft, Gwydion zu besuchen, nicht erklären. Ich mochte einfach nicht weiter darauf eingehen.

»Das verstehe ich. Es ist nur so, dass er so verzweifelt ist. Und er scheint Ihnen zu vertrauen.«

Ich wechselte das Thema. »Warum ist er in der Klinik?«

»Nun ja, er ist immer mehr aus dem Gleichgewicht geraten. War nahezu paranoid. Er war überzeugt, verfolgt zu werden.« Sie seufzte. »Aber da sind auch noch andere Dinge … Sie wissen ja, wie er ist. Besser als ich vermutlich.«

Lag da ein Anflug von Sarkasmus in der Stimme? Wenn ja, ignorierte ich ihn.

»Es ist der Stress der bevorstehenden Anhörung«, fuhr sie fort. »Das war alles zu viel für ihn.«

»Das kann ich mir vorstellen.« Einen kurzen Moment empfand ich Mitgefühl mit Gwydion, doch dann riss ich mich zusammen. »Aber ich bin mir sicher, dass er im *The Grange* in guten Händen ist.«

Mehrere meiner Patienten waren nach einem kürzeren Aufenthalt dort zu mir gekommen. Gwydion war der Einzige, bei dem es andersherum lief. »Das Personal dort ist sehr erfahren, sehr gut ausgebildet.« Ich zögerte. »Ich nehme an, dass er bald wieder entlassen wird.«

»Das macht mir auch Sorgen. Dass er vielleicht nicht früh genug entlassen wird.« Sie verstummte.

»Für die Proben?«

»Ja. Und …«

»Für die Anhörung?«

Jetzt begriff ich, um was es hier eigentlich ging. Arianrhods Hauptsorge war nicht der verzweifelte Zustand ihres Sohns oder der Schaden, den seine Karriere nehmen könnte, sondern dass er möglicherweise bei der Anhörung nicht gegen Evan aussagen konnte. Um genau zu sein, fiel mir auch auf, dass sie sich seit unserem letzten Treffen verändert hatte; die bevorstehende Anhörung schien sie nicht länger zu beunruhigen, sie schien ihr förmlich entgegenzufiebern. Vielleicht war doch etwas dran an dem, was Evan Morgan über sie gesagt hatte.

Arianrhod spielte wieder an ihrem Ärmel herum. Diesmal hielt sich mein Mitgefühl in Grenzen.

»Danke, dass Sie mich informiert haben, wo er ist.« Ich sah auf meine Uhr. »Aber ich fürchte, ich habe jetzt zu tun …«

»Sie werden ihn also besuchen?« Sie tat so, als würde sie meine Bemühungen, das Gespräch zu beenden, nicht bemerken. »Versuchen Sie, ihn wieder auf den richtigen Weg zu bringen.«

Den richtigen Weg. Ich fand das, unter den gegebenen Umständen, eine seltsame Art, sich auszudrücken, kommentierte es aber nicht.

»Ich werde darüber nachdenken.« Ich erhob mich. »Wenn Sie mich jetzt bitte entschuldigen …«

Diesmal erhob sich Arianrhod, um zu gehen. Gemeinsam gingen wir zur Tür.

»Bitte.« Sie blieb an der Tür stehen und griff nach meinem Arm. »Besuchen Sie meinen Sohn, Dr. Mayhew. Das ist unsere letzte Chance.«

Unsere letzte Chance. Auch das zu sagen, war seltsam, dachte ich.

»Auf Wiedersehen, Arianrhod.« Ich befreite vorsichtig meinen Arm. »Und Sie denken daran, mich nächstes Mal vorher anzurufen, ja?«

Sie nickte gehorsam, fast wie ein kleines Kind. Doch mir fiel auf, dass sie nicht Ja sagte.

Ich öffnete die Tür, wartete, bis sie gegangen war, und schloss sie fest hinter ihr. Dann ging ich zurück an meinen Schreibtisch und sah meine E-Mails durch.

An diesem Tag besuchte ich Gwydion nicht. Ich hatte mit meiner Arbeit und zu Hause viel zu tun. Bob war zurzeit nur selten da. Ich konnte es ihm nicht verübeln. Die Spannung zwischen uns hatte sich so hochgeschaukelt, dass es eine Erleichterung war, sich nicht zu sehen – aber es bedeutete auch, dass ich mehr als meinen gerechten Anteil leistete, was die Mädchen anging. Der andere Grund, aus dem ich mir Zeit ließ, war der, dass ich meine Zweifel hatte, ob es eine gute Idee war, Kontakt zu einem früheren Klienten aufzunehmen. Ich wollte ihn in seiner unangebrachten Zuneigung zu mir nicht ermutigen; natürlich konnte diese inzwischen vorüber sein, aber ich wusste es nicht. Andererseits musste ich von ihm mehr über den Unfall erfahren. Ich misstraute Evan, doch seit meinem Gespräch mit ihm misstraute ich auch Arianrhods Geschichte. Ich hoffte, dass Gwydion mir trotz seines labilen Zustands helfen konnte, mehr Licht in die ganze Sache zu bringen, sodass ich eine Entscheidung treffen konnte, ob ich als Zeugin zur Verfügung stehen wollte oder nicht.

Als ich am nächsten Morgen zum *The Grange* fuhr, regnete es. Es regnete nicht richtig, es nieselte vielmehr lustlos vor sich hin, als hätte selbst das Wetter es aufgegeben sich anzustrengen. Es war einer jener Tage, an denen Kälte und Feuchtigkeit bis in die Knochen dringen und an denen man zu einem farblosen Himmel hinaufblickt und Schwierigkeiten hat, sich vorzustellen, jemals auch nur einen blauen Fleck dort oben gesehen zu haben. Ich neige normalerweise nicht zum Trübsinn, doch als ich aus dem Auto stieg und den hässlichen Kasten musterte, fiel es mir schwer, mich nicht niedergeschlagen zu fühlen. An einem schönen Tag hätte das Gebäude imposant wirken können, vielleicht sogar prachtvoll, doch in der feuchten Luft eines nassen walisischen Morgens machte es bestenfalls einen entmutigenden und schlimmstenfalls einen bedrohlichen Eindruck – als wäre pure Trostlosigkeit als reinste Essenz in die Wände des Gebäudes gesickert und hätte an Stärke zugenommen, sodass sie jetzt drohte, alle zu überwältigen, die durch seine düsteren Portale schritten.

Als ich zum Eingang hochging, tauchte ein älterer Mann auf. Er war sorgfältig gekleidet, sauber und ordentlich, doch sein Blick hatte etwas Wildes. Ich nickte höflich in der Hoffnung, jeden weiteren Kontakt zu umgehen, doch als ich an ihm vorbeiging, streckte er den Arm aus, um mich aufzuhalten.

»Ich bin gebrochen«, sagte er. »Ich bin gebrochen und kann nicht repariert werden.«

Alzheimer wahrscheinlich, dachte ich. Er tat mir leid, deshalb blieb ich einen Moment stehen.

»Ja.« Er runzelte die Stirn. »Ich habe mich verirrt, verstehen Sie. Ich muss mich als vermisst melden.«

In dem Moment erschien eine Krankenschwester im Eingang. »Bitte entschuldigen Sie«, sagte sie mit einem starken osteuropäischen Akzent und nahm den Mann mit.

Ich folgte den beiden ins Foyer. Auf einem spiegelblanken Beistelltisch stand ein großer Strauß weißer Lilien in einer blau-weißen chinesischen Vase. Sie verströmten einen süßen, ekelerregenden Duft, der fast, wenn auch nicht ganz, den Geruch nach Krankenhausessen und abgestandenem Urin überdeckte, der durch den Gang waberte. Das Foyer war in einer geschmackvollen Farbkombination im Stil von Farrow & Ball frisch gestrichen und an den Wänden hingen Porträts alter Honoratioren in schweren Goldrahmen. Sie verscheuchten fast, wenn auch nicht ganz, den Eindruck, dass es ein Krankenhaus war: ein privates Krankenhaus der Extraklasse, aber ein Krankenhaus.

Ich fragte nach Gwydion, und eine Krankenschwester begleitete mich zu seinem Zimmer. Er saß am Fenster und starrte hinaus. Als wir hereinkamen, drehte er sich um, um uns zu begrüßen, ein strahlendes Lächeln auf dem Gesicht.

»Jessica, wie wundervoll, dich zu sehen.«

Die Krankenschwester warf mir einen warnenden Blick zu und verschwand.

Ich setzte mich auf den Stuhl ihm gegenüber. »Wie geht es dir, Gwydion?«

Sein Gesicht war gerötet, als wäre er gelaufen.

»Großartig. Es ist mir nie besser gegangen.«

Er lächelte mich an. Ich kannte dieses Lächeln. Es war manisch, extrem manisch. Ich fragte mich, was man ihm an Medikamenten gegeben hatte.

»Ich komme bald wieder hier raus«, fuhr er fort. »Ich werde entlassen. Weil ich mir befohlen habe, den Traum nicht mehr zu träumen. Und ich habe alle Knöpfe zugeknöpft.«

Wenn man in ein Krankenhaus für Geisteskranke kommt – in eine psychiatrische Heilanstalt, sollte ich wohl besser sagen –, scheint man oft eine andere Dimension zu betreten. Die Menschen sprechen eine andere Sprache – nicht nur die Patienten, auch die Ärzte. Das Seltsame ist jedoch, dass das, was die Patienten von sich geben, eine gewisse Logik hat, eine Wahrheit erzählt, wie die Gesunden sie niemals erzählen. Der Mann, der Alzheimer hatte und dem ich am Eingang begegnet war, war offensichtlich gebrochen und konnte nicht geheilt werden; und er war in einem allzu realen Sinn eine vermisste Person. Im freudianischen Sinn gesprochen, drückt sich der gestörte Geist in Codes aus, die geknackt werden können, manchmal leicht, manchmal schwer. Auch Gwydion hatte begonnen, in diesen Codes zu reden. Ich konnte sehen, dass sein Zustand sich verschlechtert hatte, seit ich ihn das letzte Mal gesehen hatte, und dass ihm die Realität entglitt; doch es war mein Job, zuzuhören und zu versuchen, in dem, was er erzählte, einen Sinn zu sehen, statt zu intervenieren.

Sein Lächeln wurde tiefer. »Sie werden nie wieder offen sein.«

Ich nickte. Ich fühlte mich schuldig und fragte mich, ob meine Zurückweisung in dem Motel mit zu seinem Zusammenbruch beigetragen hatte.

»Manchmal wollte sie sie zu«, fuhr er fort, »und manchmal wollte sie sie offen, verstehst du. Ich konnte mich nicht immer erinnern, was sie wollte. Ich war so ein Schussel.« Er fuhr sich mit der Hand durch die Haare. »Deshalb hatte ich meistens Angst vor ihnen. Aber jetzt nicht mehr. Siehst du?«

Er zog seinen Pullover hoch. Ich sah, dass er darunter ein blaues Baumwollhemd mit einer Knopfleiste trug. »Ich kann sie tragen, sie berühren und alles. Das haben sie mir hier beigebracht. Jetzt ist alles klar, und wenn ich entlassen werde, muss ich mir um die Proben keine Gedanken mehr machen.«

»Das ist großartig, Gwydion. Gut gemacht.« Ich wusste nicht, was ich sonst hätte sagen sollen.

»Es ist nur so, dass ich bald als Zeuge aussagen muss. Über Elsa.« Er sah plötzlich ängstlich aus. »Ich muss ihnen von dem Traum erzählen.« Er zögerte. »Ich werde mich doch daran erinnern können, ja?«

Ich nickte leicht. Ich war mir nicht sicher, wohin das führen würde.

»Ich meine, es kann doch nicht so schwer sein. Sie haben sich auf dem Boot gestritten, das weiß ich. Ich habe sie gehört, die beiden.« Gwydions Stimme nahm einen kindlichen Tonfall an. »Ich habe sie gesehen. Sie saßen am Steuer und haben sich geküsst. Mir ist ganz schlecht davon geworden, deshalb bin ich runter in die Kabine gegangen. Und später, als ich wieder heraufgekommen bin, habe ich gesehen, dass sie miteinander gerungen haben.« Er zögerte. »Elsa hat mir leidgetan. Sie war so nett. Ich dachte, sie wäre für mich da. Aber das war sie nicht. Sie war für Evan da.«

Er kann auf keinen Fall als Zeuge aussagen, dachte ich. Nie und nimmer.

»Evan hat ihren Mund aufgeknöpft. Ich habe ihn gesehen, oft. Und dann, als wir mit dem Boot hinausgefahren sind, hat er sie ins Wasser gestoßen. Das stimmt doch, Jessica, oder?«

»Ich weiß es nicht.« Ich sah Gwydion in die Augen. »Hast du das gesehen?«

Ein langes Schweigen folgte.

»Ja, das habe ich.« Er hielt meinem Blick stand. Seine Stimme nahm wieder ihren normalen, erwachsenen Tonfall an. »Evan hat sie über Bord gestoßen, ins Meer.«

»Bist du dir sicher?«

»Das bin ich.«

Vielleicht würde er doch als Zeuge aussagen können, dachte ich.

Einen Moment lang sahen wir schweigend aus dem Fenster. Das Gebäude war von einem großen Garten umgeben, der durch einen versenkten Grenzzaun von den dahinterliegenden Feldern getrennt war. Schafe weideten auf den Feldern, und in der Ferne konnte man das Meer sehen. Ich fragte mich, ob der Zaun die Schafe davon abhalten sollte, in den Garten zu kommen, oder die Patienten, hinauszukommen. Wahrscheinlich beides, mit der Betonung auf den Patienten.

Gwydion brach das Schweigen.

»Du siehst hübsch aus heute.« Er starrte mich an, als würde er mich zum ersten Mal sehen.

»Danke.«

Ich trug ein pflaumenfarbenes Wollkleid und schwarze Mary-Jane-Schuhe mit einer Schnalle an der Seite. Vorsichtshalber hatte ich meinen Mantel mit den Knöpfen im Auto gelassen.

»Vielleicht können wir uns auf einen Drink treffen, wenn ich hier raus bin.«

»Ich glaube nicht, Gwydion.«

Ich senkte den Blick und sah, dass er die Hand unter seinen Pullover geschoben hatte und geistesabwesend über die Knöpfe seines Hemdes strich.

Ich hatte das Gefühl, dass es Zeit war zu gehen. Ich sah, dass Gwydion manisch war, vielleicht hypomanisch, und ich wusste, dass Menschen in diesem Zustand manchmal intensive und in der Regel unpassende sexuelle Bedürfnisse haben.

»Kommst du mich wieder besuchen?«

»Ich versuche es.«

Ich lächelte ihn, wie ich hoffte, aufmunternd an und stand auf, um zu gehen.

Augenblicklich veränderte sich seine Stimmung. Er drehte sich von mir fort und starrte wieder aus dem Fenster.

»Pass auf dich auf«, fügte ich hinzu. Es tat mir leid, ihn alleine hier zurückzulassen, wie er da wie ein alter Mann, der seine letzten Jahre in einem Pflegeheim verbringt, saß und hinaussah.

Aber er antwortete nicht. Was ihn anging, hatte ich das Zimmer bereits verlassen.

Als ich wieder im Büro war, legte ich mich auf die Couch und starrte die Decke an, beobachtete, wie die Blätter der Bäume ihre Schatten darauf warfen und versuchte zu verstehen, was Gwydion mir gesagt hatte. In Gedanken ging ich unser Gespräch noch einmal durch, achtete dabei genau auf die Worte, die er gebraucht hatte. Das ist ein Rat, den ich von meinem Lehrer habe und von Lacan: Der Geist spielt mit Worten, lässt sie verschmelzen und bringt sie durcheinander, versucht, dem Sprecher und dem Zuhörer zu entwischen. Aber ich weiß, dass sie einen manchmal mit etwas Glück zu der Wahrheit vordringen lassen, wenn man ihrer Spur genau folgt.

Ich habe mir befohlen, den Traum nicht mehr zu träumen, hatte Gwydion gesagt. Nun, das war ziemlich eindeutig. Er hatte mir sagen wollen, dass sein immer wiederkehrender Traum nicht mehr kam, dass er davon erlöst war. Seltsam war nur, dass er sich so ausgedrückt hatte, als hätte er seinem Unterbewussten befohlen, ihn zu vertreiben, und als hätte das allen Hindernissen zum Trotz irgendwie funktioniert. Ein Anflug von Stolz hatte in seiner Stimme mitgeschwungen, als er mir das gesagt hatte, wie bei einem kleinen Kind, das es geschafft hat, eine schwere Aufgabe zu erfüllen. Und seine nächsten Worte hatten diesen Eindruck noch verstärkt: *Ich habe alle Knöpfe zugeknöpft. Sie werden nie wieder offen sein.*

Das war das Kind in Gwydion, das da sprach, natürlich, und es war das Kind, das fortfuhr: *manchmal wollte sie sie zu, und manchmal wollte sie sie offen, verstehst du.* Man musste kein großer Psychotherapeut sein, um darauf zu kommen, wer »sie« war, oder ein begeisterter Freudianer, um zu argwöhnen, dass alldem eine starke sexuelle Komponente anhaftete. Offensichtlich war »sie« Arianrhod, die Mutter, die Gwydion, dem Kind, Angst gemacht hatte mit ihren widersprüchlichen

Forderungen, die Knöpfe zuzuknöpfen und aufzuknöpfen, je nachdem, wie sie es befahl.

Doch wie hing das mit dem Traum zusammen? Konnte es sein, dass Arianrhod Gwydion befohlen hatte, sich »zuzuknöpfen« und »aufzuknöpfen«, was den Traum betraf? Diese Interpretation ergab einen gewissen Sinn. Falls Gwydion den Traum als Kind, als Arianrhod noch versucht hatte, ihre Ehe zu retten, geträumt und seiner Mutter davon erzählt hatte, konnte sie ihm durchaus befohlen haben, nichts davon zu sagen. Und jetzt wurde von ihm erwartet, nicht nur Arianrhod, sondern auch einem Richter und einer Gruppe von Geschworenen alles zu erzählen, um seinen Vater hinter Gitter zu bringen. Solch ein Interessenkonflikt konnte einen jungen Mann, der seiner Mutter noch immer sehr nahestand und der feindliche Gefühle gegenüber seinem Vater hegte, durchaus in schwere mentale Qualen stürzen, das war nur zu klar.

Ich ging zu meiner ersten Stunde mit Gwydion zurück. Er war mit der Knopfphobie zu mir gekommen, die jetzt offensichtlich geheilt schien. Doch was, wenn die Heilung ihn weiter in die Geisteskrankheit geführt hatte? Was, wenn die Knopfphobie sein Bollwerk gewesen war, sein Versuch, sich einen symbolischen, fast schon magischen Schutz gegen die Realität seiner Situation zu schaffen: dass er noch immer nach der Pfeife seiner Mutter tanzte, dass sie den Ton angab, ihm sagte, wann er den Mund aufmachen, aufknöpfen, und wann er ihn schließen, zuknöpfen, sollte. Und was, wenn er aufgrund seiner starken, vielleicht sogar sexualisierten Verbindung zu ihr und seinem Hass auf den Vater ihren Anordnungen weiter Folge leistete?

Ich dachte an die Worte, die Gwydion gebraucht hatte, um auszudrücken, dass Evan Elsa geküsst hatte, die Worte eines Kindes: *Evan hat ihren Mund aufgeknöpft.* Das dürfte ein weiterer Grund für den Hass auf seinen Vater gewesen sein: Evan, der untreue Ehemann, konnte soviel zu- und aufknöpfen, wie er wollte, im Gegensatz zu Gwydion, dem kleinen Jungen, der keine Kontrolle über die Frauen hatte, die er liebte: seine immer wieder wechselnden Au-pair-Mädchen und seine ängstliche, neurotische Mutter.

Der Ödipus-Komplex ist eine von Freuds unbeliebtesten Theorien, dessen bin ich mir nur zu bewusst. Sie ist schwer verdaulich, die Vorstellung, dass ein angebetetes Kind sexuelle Wünsche bezüglich seiner Mutter hegen und den Wunsch haben könnte, seinen Vater zu töten. Die Viktorianer waren entsetzt darüber, und mehr als hundert Jahre später sind wir es immer noch. Sie widerspricht unserer Grunderfahrung von Elternliebe und Kindesliebe und impliziert darüber hinaus noch indirekte Schlussfolgerungen Mädchen betreffend, wie den Elektra-Komplex, den Penisneid etc., die alle nicht richtig überzeugen. Doch meiner Meinung nach strapaziert es, vereinfacht ausgedrückt, die Plausibilität nicht bis ins Absurde, zu behaupten, dass es durchaus vorstellbar ist, dass ein Junge seine Mutter für sich haben will – schließlich ist sie in den meisten Fällen seine erste Quelle für Nahrung, Wärme, Fürsorge und Liebe – und dass er sich wünscht, dass sein Vater nicht unbedingt durch seine eigene Hand stirbt, aber doch zumindest für eine Weile von der Bildfläche verschwindet. Sophokles war etwas auf der Spur gewesen, als er sein *Oedipus Rex* schrieb, und Freud ebenfalls, als er sich den Ödipus-Komplex ausdachte. Darum haben diese Ideen Bestand: weil sie uns eine Geschichte über uns selbst erzählen, eine Geschichte, die wir nicht hören wollen, der zuzuhören wir uns trotz allem aber gezwungen fühlen.

Ein Auto fuhr draußen am Fenster vorbei und warf einen Lichtpfeil in die Schatten an der Decke, ließ die Blätter sich in rätselhaften, kreisförmigen Mustern bewegen. Es war erst vier Uhr, und trotzdem zog schon der Abend herauf. Das Fenster klapperte, als das Auto vorbeifuhr, und ich fühlte einen Luftzug. Ein Gefühl des Grauens durchfuhr mich, kurz aber intensiv. Vielleicht war es auch die unbehagliche Ahnung, langsam mehr über die Familie Morgan herauszufinden, als ich wollte, mehr als ich bereit gewesen war zu erfahren, als ich Gwydion mit seiner Knopfphobie als Klienten angenommen hatte, und dass ich mich jetzt, nachdem ich mich auf die Sache eingelassen hatte, verpflichtet fühlte, sie weiterzuverfolgen, wohin auch immer sie führte.

18

Donnerstagabend traf ich mich nach einer fast überstandenen, weiteren anstrengenden Woche mit Mari zum Late-Night-Shopping in der Stadt. Eigentlich bin ich nicht der Typ für eine Einkaufstherapie. Der Anblick der Kaufhäuser, die einen nie endenden Strom schlecht verarbeiteter, schlecht sitzender Kleidung ausspucken, die zweifellos von halb verhungerten Kindern im Pazifischen Raum genäht worden ist, deprimiert mich immer. Catrins Boutique in den Arkaden sowie einige wenige unabhängige Läden in der gleichen Gegend waren jedoch eine Oase des Geschmacks und der Ruhe. Wir schauten zu einer exzessiven Anprobesession vorbei. Catrin hatte mir ein paar Outfits in meiner Größe zurückgelegt und für Mari einige Vintage-Modeschmuckstücke zusammengestellt. Ich kaufte eine marineblaue Caprihose mit einem Reißverschluss an der Seite und einen dazu passenden kurzen, cremefarbenen Pullover. Mari entschied sich für eine Strassbrosche aus den Sechzigern, obwohl sie absolut nicht alltagstauglich war. Dann gingen wir mit unserer Beute auf einen Drink in das Café gegenüber der Boutique.

Wir setzten uns an einen Tisch in die Nähe des beschlagenen Fensters zur Straße hin und sahen zu, wie der Himmel über der Stadt langsam dunkel wurde. Mari bestellte einen Rotwein und ich einen Kaffee. Als er kam, war er heiß und süß. Während sie redete, nippte ich daran, wärmte meine

Finger an der Tasse und begann mich zum ersten Mal seit Tagen zu entspannen.

»Gibt es etwas Neues im Fall Morgan?« Mari neigte den Kopf und sah mich forschend an.

»Eigentlich nicht.«

Ich mochte über das Thema nicht sprechen. Wie ich bereits erwähnte, gehört Diskretion nicht zu Maris Tugenden, und ich wollte nicht, dass sie Gerüchte über den Fall und vor allem über meine Rolle darin verbreitete. Deshalb ging ich nicht weiter darauf ein.

»Wirst du als Zeugin aussagen? Für ... deinen Klienten?« Maris Ton sagte mir, dass sie unbedingt wissen wollte, wer der Klient war, aber ich ging darüber hinweg.

»Sie wollen eine Aussage von mir, ja.«

»Hast du sie schon gemacht?«

»Nicht offiziell, nein. Ich denke noch darüber nach.«

»Oh?«

»Ich bin mir über ein oder zwei Dinge nicht sicher. Aber das sind Kleinigkeiten.« Ich wollte nicht zu viel verraten. Andererseits wusste ich, dass Mari als Exfreundin von Evan eine gute Informationsquelle sein könnte. Und um ehrlich zu sein, war ich nach unserem Treffen neugierig, was Evan anging.

»Sag mal, Mari, warst du mal mit Evan auf seiner Jacht?«, fragte ich und versuchte, nicht zu interessiert zu klingen.

»Natürlich.« Sie zögerte. »Ich glaube, er hat all seine Freundinnen auf die Jacht mitgenommen ... ein Initiationsritus, könnte man sagen. Es ist sehr sexy, auf einer Jacht verführt zu werden. Ich vermute, deshalb haben reiche Männer auch eine.« Sie lachte kurz, dann riss sie sich bei der Erinnerung an Elsa Lindbergs Schicksal zusammen.

»Wart ihr oft draußen?«

»Höchstens drei-, viermal. Wie gesagt, wir waren nicht lange zusammen. Aber wir hatten viel Spaß zusammen.« Sie seufzte. »Im Rückblick denke ich, dass das ziemlich gefährlich war. Wir waren oft ziemlich betrunken. Ich erinnere mich an ein Mal, als ein Sturm aufkam. Evan hantierte auf dem Boot herum, machte sich an den Segeln zu schaffen, holte sie ein, reffte sie oder was immer man mit ihnen macht, und ich musste die Ruderpinne festhalten.« Sie lächelte bei der Erinnerung. »Ich habe keine Ahnung vom Segeln, und da stand ich und habe versucht, dieses verdammte, große Boot zu steuern, während er mir Anweisungen zubrüllte. Der Wind war natürlich so stark, dass ich nichts verstehen konnte. Und das Ruder war so schwer, dass ich es ohnehin kaum bewegen konnte. Am Ende wären wir fast gekentert.« Sie nippte an ihrem Wein. »Der reinste Wahnsinn.«

»Hattest du keine Angst?«

»Nein, nicht richtig. In jenen Tagen war alles ein großer Spaß.« In ihrer Stimme schwang ein Anflug von Traurigkeit mit, als wünschte sie, es hätte länger gewährt, vielleicht für immer. »Es ist seltsam, nicht«, fuhr sie fort, »ich hätte Evan nie für fähig dazu gehalten. Vergewaltigung. Mord.«

»Nein?«

»Absolut nicht. Er konnte manchmal wütend werden. Er hat eine ziemlich kurze Lunte. Aber ich habe nie gesehen, dass er jemandem etwas getan hat. Ich habe mich physisch nie von ihm bedroht gefühlt.« Sie runzelte die Stirn, als wollte sie ein Rätsel lösen. »Du meinst, du kennst jemanden. Aber das tust du nicht, stimmt's?«

»Ja und nein.«

Das war eine schwache Antwort auf ihre Frage, vor allem für eine Psychotherapeutin. Aber um ehrlich zu sein, war das meine Erfahrung. Mit den meisten Leuten, die man auf dem Weg durch das Leben trifft, macht man Fortschritte – versteht sie langsam, gewinnt ihr Vertrauen, beginnt, ihnen zu vertrauen. Aber es gibt auch immer die Sonderbaren, die unergründlich bleiben, einen überrumpeln, die den Glauben an die menschliche Natur ins Wanken bringen. Der Typ, den man einfach nicht ergründen kann, dessen Innenleben ein absolutes Rätsel ist. Mir sind nicht viele solcher Menschen begegnet, aber ein paar. Evan Morgan könnte in diese Kategorie gehören, nahm ich an.

Wir sprachen nicht weiter über Evan, und Mari kam auf die anstehende Bassey-Filmbiografie zu sprechen. Sie hatte einen Rückruf bezüglich der Rolle von Basseys Mutter, Eliza Jane, bekommen, allem Anschein nach ein außergewöhnlicher Charakter. Normalerweise hätte mich das, was Mari zu erzählen hatte, fasziniert, doch ich merkte, dass ich mich nicht konzentrieren konnte. Und dass ich mit meinen Klienten für heute genug an bizarren Persönlichkeiten und abweichendem menschlichem Verhalten gehabt hatte, wie amüsant es auch sein mochte. Deshalb entschuldigte ich mich, als ich ihr eine Weile höflich zugehört hatte, küsste Mari auf die Wange und ging.

Es war ein wunderschöner, klarer Vollmondabend mit einem überwältigenden Aufgebot an Sternen, die wie Diamanten auf Samt im Schaufenster eines Juweliers glitzerten. Ich fuhr langsam nach Hause, genoss das unheimliche Licht und freute mich, nicht das Geplapper menschlicher Stimmen um mich zu haben. Und als ich auf der Hauptstraße aus der Stadt hinausfuhr, begann ich über das, was Mari mir erzählt hatte, nachzudenken. Irgendetwas an ihrer Geschichte war mir seltsam vorgekommen, doch erst jetzt, als ich allein war, wurde mir klar, was. Sie hatte erzählt, dass die Jacht mit einem Ruder gesteuert wurde. Gwydion hatte dagegen erwähnt, dass Evan und Elsa am Steuer des Bootes gesessen hatten. Es war dieselbe Jacht, das hatte ich überprüft; das hieß, dass sich einer von ihnen geirrt haben musste, was die Steuerung des Boots anging. Ich fragte mich, wer.

Ich dachte an das Treffen mit Evan zurück. Er hatte mir die Jacht gezeigt, als wir in dem Lokal am Fenster gesessen hatten. Hatte sie ein Steuer oder ein Ruder, fragte ich mich. Ich konnte mich wirklich nicht erinnern. Ich war mir nicht einmal sicher, ob ich das aus dieser Entfernung hätte sehen können.

Ich warf einen Blick auf die Uhr am Armaturenbrett. Es war gleich acht. Im Schutz der Dunkelheit konnte ich kurz an der Marina vorbeifahren, mir die Jacht ansehen und wieder fahren, ohne dass jemandem das auffallen würde, dachte ich. Evan konnte natürlich an Bord sein, aber wenn ich draußen im Auto blieb und nur vorbeifuhr, würde er mich nicht einmal bemerken.

Als ich zur Marina kam, war alles ruhig. Selbst während der Saison ist dort nicht viel los, und an diesem Abend lag sie vollkommen verlassen da. Ich fuhr an dem Lokal vorbei, wobei ich ängstlich durch das Fenster spähte. Beinahe erwartete ich, dass Evan zu mir hinaussehen würde, doch ich konnte nur erkennen, dass Licht brannte und ein paar Leute drinnen saßen. Dann sah ich, dass der größte Teil des Kais, auch der, wo die Jacht vor Anker lag, für den Verkehr gesperrt war. Das war mir vorher nicht aufgefallen, doch eine Reihe von Pollern trennte ihn von der Straße. Ich würde das Auto in der Nähe parken und den kurzen Weg bis zum Kai gehen müssen.

Ich stellte das Auto an einer verlassenen Stelle am Hafen ab, schaltete das Licht aus und stieg so ruhig und unauffällig wie möglich aus. Ich schauderte in der kalten Abendluft und versuchte, den Reißverschluss meiner Jacke zuzuziehen, doch meine Hände zitterten, sodass ich stattdessen die Arme um mich schlug.

Es war ein windstiller Abend, und von den Bootsmasten kam nur ein gedämpftes Klirren. Ich ging den ruhigen Kai hinunter, bis ich zu Evans Jacht kam, die noch immer an ihrem üblichen Liegeplatz lag. Ich spähte hinein. Ich sah sofort, dass sie hinten kein Steuer hatte wie einige der größeren, moderneren Boote. Stattdessen hatte sie ein langes, elegantes Holzruder.

Ich seufzte erleichtert und zufrieden. Das war alles, was ich wissen musste. Ich wollte mich gerade umdrehen und gehen, als ein Licht anging, die Kabinentür sich öffnete und Evan Morgan heraustrat.

»Dr. Mayhew. Was machen Sie denn hier?«

Verdammt, dachte ich. Mir fiel keine Antwort ein. Deshalb tat ich, was ich gewöhnlich in Situationen tue, in denen es keinen Ausweg gibt. Ich sagte die Wahrheit.

»Es tut mir leid, Sie gestört zu haben, Mr Morgan.« Ich fragte mich, ob das lächerlich klang, ob ich ihn Evan hätte nennen sollen. »Ich musste mir nur über ein Detail an Ihrem Boot Sicherheit verschaffen, das ist alles. Für meine Aussage. Bei der Polizei.«

Einen Moment lang schien er alarmiert. Doch dann erholte er sich wieder.

»Nun, dann kommen Sie doch an Bord und sehen Sie sich um.« Er trat einen Schritt vor und bot mir seine Hand, sodass ich an Bord springen konnte.

Vermutlich war es Neugier, die mich nach seiner Hand greifen, auf das Cockpit des Boots springen und ihm hinunter in die Kabine folgen ließ. Ich wollte die Kabine von innen sehen, in der Kiste sein, die Gwydion in seinem Traum beschrieben hatte. Es selbst erfahren. Ich wollte wissen, ob das, was Gwydion mir erzählt hatte, stimmte; nicht, dass ich ihm eine Lüge unterstellen wollte, aber ich weiß nur zu gut, welche Streiche einem die Erinnerung im Besonderen und das Gehirn im Allgemeinen spielen können. Und ich hatte mit eigenen Augen gesehen, dass er sich, was das Steuer anging, definitiv geirrt hatte; Evans Jacht hatte kein Steuer. Wo waren seine Erinnerungen noch falsch? Vielleicht würde das Innere der Kabine mir mehr sagen.

»Ich war zufällig in der Gegend«, sagte ich, als ich hinter ihm herging. »Ich kann nicht lange bleiben.«

»Einen Drink?«, fragte er, meinen Kommentar ignorierend.

Ich sah mich um. Die Kabine sah sauber und ordentlich aus, das polierte Holz glänzte. Auf einer Seite war ein kleiner Tisch mit einer Sitzmöglichkeit, die in die Holzvertäfelung eingelassen war. Auf der anderen eine Kombüse und dahinter, im Bug des Boots, ein Bett in einem V-förmigen Rahmen.

»Okay, wenn Sie einen mittrinken.«

»Nein, das werde ich nicht. Wie ich Ihnen gesagt habe, trinke ich nicht mehr.« Er zeigte auf das Glas Mineralwasser, das neben einem Laptop und einem Stapel Akten auf dem Tisch stand.

Er ging zu der Kombüse hinüber, holte eine Flasche Whisky aus einem Schrank und ein Glas aus einem anderen und goss mir einen Drink ein.

»Kein Eis. Das stimmt doch?« Er reichte mir den Drink. Ich bemerkte, dass seine Hand leicht zitterte.

Ich trank einen großen Schluck, dann noch einen. Der Alkohol stieg mir sofort zu Kopf.

»Was wollten Sie denn auf dem Boot nachsehen?«

»Ach, nichts von Bedeutung.« Der Whisky brannte mir in der Kehle, aber er machte mich mutig. »Ich habe mich gefragt ... ob das Ruder schon immer da war?«

»Das Ruder?« Die Kabine war eng, sodass wir nahe beieinander standen. Ich musste ihn einfach ansehen. »Natürlich.«

»Sie haben es nicht ausgewechselt, oder?«

»Wie meinen Sie das?« Er sah mir direkt in die Augen.

Ich atmete seinen Geruch ein. Die Pheromone. Ich fragte mich, ob das in der Familie lag.

»Ich meine ...« Mir schien entfallen zu sein, was ich sagen wollte. »Hatte das Boot früher ein Steuer?«

»Ein Steuer?« Er runzelte die Stirn, schien echt verwirrt. »Warum sollte es ein Steuer gehabt haben?«

Ich zuckte mit den Schultern und guckte weg. »Ich habe mich das einfach gefragt, das ist alles.«

Ein peinliches Schweigen entstand, dann ging er zu dem Tisch, setzte sich und winkte mich herüber.

Ich setzte mich ihm gegenüber. Ich bemühte mich, dass unsere Beine sich unter dem Tisch nicht berührten, was aber durch die Enge nicht so einfach war.

»Das muss doch schwierig für Sie sein, diese Situation. Dass Bob mich verteidigt und so.«

»Eigentlich nicht«, log ich. »Wir reden nicht viel über die Arbeit.« Oder über irgendetwas sonst, hätte ich noch hinzufügen können, tat es aber nicht.

Er konnte sehen, dass ich das Thema wechseln wollte, und kam mir entgegen.

»Erinnern Sie sich, dass wir bei unserem letzten Treffen über Ernest Jones gesprochen haben?«

Ich nickte.

»Mich hat unser kleines Gespräch neugierig gemacht. Sie haben mich inspiriert, mehr herauszufinden. Sehen Sie sich das an.«

Er schob den Laptop zu mir herüber. Verlegen drehte ich meine Beine zur Seite und sah auf den Bildschirm. Darauf war ein sepiafarbenes Bild einer jungen Frau mit sanften, braunen Augen und vollen Lippen, die an einem Baum lehnte. Sie trug ein loses weißes Kleid, und ihr langes, dunkles Haar hing in einem unordentlichen Zopf, der von einer schiefen Schleife zusammengehalten wurde, über ihrer Schulter. Ich fragte mich, wer sie war.

»Morfydd Owen«, sagte Evan, als könnte er meine Gedanken lesen. »Ernest Jones' erste Frau. Sie waren nur ein Jahr verheiratet. Tragischerweise ist sie jung gestorben.«

»Sie ist sehr schön«, sagte ich.

»Sie war eine der wenigen Komponistinnen ihrer Zeit«, fuhr er fort. »Gesungen hat sie auch. Sie war sehr talentiert.«

Er beugte sich vor, schloss das Fenster und rief ein anderes Bild von einem braunäugigen Mann mit sorgfältig gescheiteltem Haar und einem gewaltigen Schnurrbart auf, der einen steifen weißen Kragen und eine gepunktete Krawatte trug.

»Das ist er. Ernest Jones. Freuds Mann für alle Fälle.«

Der Mann hatte leuchtende Augen und unter dem Schnurrbart einen kleinen Mund mit feuchten, glänzenden Lippen. Er sah nicht schlecht aus, doch er hatte etwas seltsam Unsympathisches an sich.

Evan lehnte sich von dem Laptop zurück. »Je mehr ich über ihn herausfinde, desto mehr fasziniert er mich, verstehen Sie.«

Ich nickte und erinnerte mich an das, was er bei unserem ersten Treffen gesagt hatte.

»Haben Sie das ernst gemeint, dass Sie einen Film über sein Leben machen wollen?«

»Ich weiß es nicht. Ich muss noch den richtigen Angriffspunkt finden. Aber die Möglichkeit besteht. Jedenfalls könnte ich eine Finanzierung bekommen …«

Seine Begeisterung war ansteckend. Ich dachte für einen Moment an Bobs Bewunderung für ihn und fragte mich, ob er vielleicht doch recht hatte. Aber dann fiel mir wieder ein, wie er seine Frau behandelt hatte, und ich fühlte einen wohlbekannten Ärger in mir aufsteigen.

»Ich meine, wenn der ganze Wirbel vorbei ist«, fuhr er fort. Er schluckte nervös, griff nach seinem Glas und nippte daran. Als er es absetzte, fiel mir auf, dass seine Hand noch immer zitterte.

Aber Ärger auf wen, fragte ich mich, als ich mich wieder beruhigte. War ich in Arianrhods Namen wütend, oder projizierte ich möglicherweise meinen Ärger auf Bob auf Evan?

»Natürlich habe ich im Moment viel um die Ohren«, sagte Evan, schloss das Fenster und klappte den Laptop zu.

Es wäre eine gute Gelegenheit gewesen, ihn nach Bobs Rolle, was seine Verteidigung anging, zu fragen, doch ich entschloss mich, sie nicht zu ergreifen. Ich hoffte noch immer, dass Bob aus Rücksicht auf mich einen Rückzieher machen würde und dass wir das Ganze ohne Einmischung von außen klären konnten.

»Was ich wirklich brauche, ist jemand, der das für mich recherchiert«, fuhr er fort. »Die Idee ein bisschen weiterführt. Jemanden mit Fachkenntnissen in dem Bereich.« Er zögerte. »Sie hätten nicht vielleicht Interesse, oder?«

Ich war verwirrt. »Ich? Nein, nein. Ich recherchiere nicht für Filme. So etwas habe ich noch nie gemacht. Außerdem habe ich eine gut laufende Praxis. Ich hätte gar nicht die Zeit …«

Ich zählte ihm alles auf, was dagegensprach, war aber trotzdem geschmeichelt, dass er mich gefragt hatte. Und begeistert von diesem unerwarteten, wenn auch unrealistischen Vorschlag.

»Ich würde Sie natürlich bezahlen. Gut genug, dass Sie ein Sabbatjahr nehmen können.« Er zögerte. »Die Aufgabe wäre mit einigen Reisen verbunden. Zu den Orten, die Jones in seinem Leben besucht hat. Toronto, Wien, New York, Paris, London. Und der Westen von Wales, natürlich.«

Ich antwortete nicht, spürte aber, wie mich ein Schauer der Aufregung durchlief.

»Ich glaube nicht.« Ich wandte den Blick ab.

»Denken Sie wenigstens darüber nach.« Er lehnte sich zu mir vor. »Ich würde gerne mit Ihnen zusammenarbeiten. Sie sind intelligent. Und …«

Er ließ den Satz in der Luft hängen. Ich hätte es dabei bewenden lassen sollen, aber etwas hielt mich davon ab. Ich wollte wissen, was er noch hatte sagen wollen. Ich wollte, dass man mir schmeichelte.

»Und was?«

»Nun, Sie verfügen über beides – über Verstand und gutes Aussehen.« Er zögerte. »Sie könnten alles tun, was Sie wollen, Sie wissen, dass Sie das könnten.«

Ich nippte wieder an meinem Drink. Ich musste zugeben, dass mich sein Vorschlag reizte. Und seine offenkundige Begeisterung von mir. Was immer seine Fehler sein mochten, ich konnte nicht leugnen, dass er ein dynamischer Mensch war, der ganz in seiner Arbeit aufging – und andere dafür begeistern konnte. Sein Enthusiasmus hatte etwas Großzügiges, das absolut anregend war. Das war mir vorher nicht aufgefallen. Und im Gegensatz zu meiner Beziehung zu seinem Sohn standen wir uns auf Augenhöhe gegenüber, waren einander ebenbürtig. Ich fragte mich, wie es wäre, mit ihm zusammenzuarbeiten. Wer wusste schon, was zwischen uns passieren würde, wenn er von der Mordanklage freigesprochen wurde, was ich inzwischen stark annahm. Und trotzdem, bei seinem Ruf …

Ich riss mich zusammen. Es hatte etwas Destruktives, dass ich mich so zu ihm hingezogen fühlte, das wusste ich. Es weckte in mir den Impuls, Bobs Vertrauen zu missbrauchen, ihn zu betrügen, wie er mich betrogen hatte. Noch dazu mit Evan Morgan, einem Mann, den er mochte und bewunderte. Was immer mich antrieb, es war, als würde ich über den Rand einer Klippe blicken, und ich verspürte den Drang zu springen.

»Ich sollte jetzt wirklich gehen.« Ich sah auf meine Uhr.

»Hören Sie«, sagte er und ignorierte meinen Versuch, aufzubrechen. »Warum gehen wir nächste Woche nicht zusammen essen? Wir könnten irgendwohin gehen, wo es ruhig ist, und das alles durchsprechen.«

Ich erwog erneut, Bob und die Anhörung und die Verteidigung zur Sprache zu bringen, doch wieder fand ich nicht die richtigen Worte.

»Ich weiß nicht. Ich rufe Sie an.« Ich stand auf, nahm meine Tasche und suchte nach meinen Autoschlüsseln.

Er erhob sich ebenfalls und beobachtete mich.

»Das ändert nichts, das wissen Sie«, sagte ich, als ich mich umdrehte, um zu gehen. »Ich beabsichtige noch immer, diese Aussage zu machen.«

»Natürlich.« Sein Gesicht nahm einen bekümmerten Ausdruck an. Einen Moment schien es, als wollte er noch mehr sagen, doch dann überlegte er es sich anders.

»Auf Wiedersehen. Ich hoffe, wir sehen uns wieder. Bald.«

»Auf Wiedersehen.«

Ich drehte mich um und ging. Das Letzte, was ich von ihm sah, war, wie er in der Kabine unter der Lampe stand und mir nachschaute.

Ich lief den Kai hinunter zurück zu meinem Auto. Die einzigen Geräusche waren das leise Schwappen des Wassers und das Klirren der Bootsmasten. Als ich zu der Stelle kam, wo ich mein Auto geparkt hatte, verschwand der Mond gerade hinter einer Wolke. Ich schauderte, als ich den Schlüssel ins Schloss steckte und die Tür aufmachte. Dann hörte ich eine Stimme hinter mir.

»Keine Bewegung.«

Arme griffen von hinten nach mir und hielten mich fest. Ich senkte den Blick und sah eine Hand mit einer Pistole, die Mündung auf meine Wange gerichtet.

Für einen Moment glaubte ich, ohnmächtig zu werden. Dann schien mein Magen sich umzudrehen, und ich spürte, wie mein Darm zu rumoren begann, als würde er sich in schmerzvollen Krämpfen zusammenziehen und wieder ausdehnen.

»Einsteigen.« Es war die Stimme eines Mannes, leise und kehlig.

Ich tat, was man mir gesagt hatte. Bleib ruhig, sagte ich mir, als ich die Tür aufmachte und mich auf den Fahrersitz setzte. Ich spannte den ganzen Körper an und zwang mich, nicht loszulassen. Aus irgendeinem Grund erschien es mir in diesem Moment erschreckender, die Kontrolle über meinen Darm zu verlieren, als von einem Fremden entführt zu werden.

Der Mann knallte die Tür zu und ging um das Auto herum auf die andere Seite. Ich hatte noch immer keine Ahnung, wer er war. Vor der Windschutzscheibe konnte ich nur seinen Oberkörper sehen. Ich machte mich an dem Schlüssel zu schaffen, war mir durchaus bewusst, dass ich ihn ins Zündschloss stecken und Gas geben könnte, bevor er auf dem Beifahrersitz saß, wenn ich nur schnell genug wäre. Doch meine Finger waren wie Wackelpudding, und der Schlüssel fiel in meinen Schoß.

Die Tür auf der Beifahrerseite ging auf, und der Mann setzte sich neben mich. Als er den Kopf einzog, um einzusteigen, sah ich mit Schrecken, wer er war: Emyr Griffiths.

»Du verdammte Schlampe«, sagte er, griff mich an der Jacke, zerrte sie bis zum Kinn hoch und riss mich an den Haaren. »Jetzt hast du Angst, was?«

Ich nickte heftig und presste die Pobacken zusammen. Ich zitterte vor Angst, war jedoch fest entschlossen, diese Krämpfe, die in meinem Unterbauch wüteten, zu ignorieren.

»Gut.« Er lachte, dann ließ er mich los und drückte mich auf das Steuer, das sich in meine Rippen grub.

»Fahr«, sagte er.

Irgendwie schaffte ich es, den Schlüssel ins Zündschloss zu stecken, das Licht anzuschalten und loszufahren. Ich wagte nicht, ihn direkt anzusehen, doch als ich in den Rückspiegel blickte, um zurückzusetzen, sah ich, dass sein Haar ungekämmt und er nicht rasiert war. Ein Geruch nach altem Schweiß ging von ihm aus, und er hatte eine Fahne.

Als wir vom Hafengelände fuhren, vorbei an dem Lokal, fragte ich mich, ob ich nicht anhalten, die Alarmanlage betätigen und um Hilfe rufen konnte. Evan Morgan war noch auf seinem Boot, das wusste ich. Doch Emyr hatte die Pistole im

Schoß. Sie war groß und schwarz und hatte irgendeine Zielvorrichtung, wie sie zum Jagen benutzt wird. Als der Frischluftfan und Pfadfindertyp, der er war, zweifelte ich nicht daran, dass er wusste, wie er mit ihr umgehen musste.

Wir fuhren schweigend die Straße entlang, die von der Marina wegführte. Dann befahl er mir, nach rechts in eine kleine Straße abzubiegen, die in eine Sackgasse mündete. Als wir langsam über den holprigen, schmalen Asphaltstreifen fuhren, wurden die Straßenlaternen seltener, bis sie ganz aufhörten. Am Ende der Straße kamen wir zu einer Reihe von Garagen, die von unbebautem Land umgeben waren.

»Raus«, sagte er. »Und keine Tricks.«

Ich warf einen Blick auf meine Handtasche, die zu seinen Füßen stand. Mein Handy war darin. Ich wünschte, ich hätte es in der Hosentasche gehabt.

Ich tat, was er verlangte, und schaltete Motor und Licht aus. Doch statt den Schlüssel aus dem Zündschloss zu ziehen, ließ ich ihn stecken. Er merkte es nicht.

Er stieg aus, kam auf meine Seite herum und zog mich grob aus dem Auto. Dann führte er mich zu einer der Garagen und drückte mir die Pistole in den Rücken. Ich leistete keinen Widerstand. Mit einer Hand holte er ein Schlüsselbund aus seiner Tasche, schloss die Metalltür auf und öffnete sie. Er zog sie hoch, stieß mich in die Garage hinein und zog die Tür wieder herunter. Sie schloss sich mit einem Knall.

Er schaltete das Licht an, und ich sah einen kleinen, engen Raum, der mit diversem musikalischem Equipment der verschiedensten Art vollgestopft war – Verstärker, Keyboard-Gestelle, Mikrofonständer, die mit Klebeband zusammengehalten wurden. In einer Ecke stand ein Mischpult, über dem große Lautsprecher hingen und in dessen Rückseite diverse

Kabel steckten. Ein unangenehmer Schimmelgeruch erfüllte die Luft.

»Willst du den Track hören, den ich mit Nella aufgenommen habe?«, fragte er und trat zu dem Mischpult. Er hatte noch immer die Pistole in der Hand, aber er hielt sie nicht mehr auf mich gerichtet.

»Ja, natürlich.« Ich fürchtete mich davor, den Klang ihrer Stimme in diesem kalten, klaustrophobischen Raum zu hören, aber ich hatte Angst, Einwände zu erheben.

Er schaltete das Mischpult ein, fuhr einen Computerbildschirm hoch, drehte an ein paar Knöpfen, und ihre Stimme kam über die Lautsprecher, laut und klar.

»Bitte, stellen Sie das aus.« Ich versuchte, die Worte zurückzuhalten, doch es gelang mir nicht.

Emyr kam auf mich zu. Schweiß glänzte auf seiner Stirn.

»Ist dir klar, was du getan hast?« Er stand jetzt dicht vor mir. Sein Atem roch sauer, ätzend. »Du hast mein Leben zerstört. Mir den Job genommen. Das …« Er zeigte mit der Pistole auf das Mischpult. »Das war meine letzte Hoffnung …«

»Es tut mir leid, Emyr.« Ich versuchte, das Zittern aus meiner Stimme herauszuhalten. »Ich wollte nicht …«

»Doch, das wolltest du.« Er begann zu schreien. »*Jazz Quest* war mein großer Durchbruch. Nellas großer Durchbruch. Du hast sie gegen mich aufgehetzt …«

»Sie müssen verstehen, dass ich persönlich nichts gegen Sie habe.« Ich war überrascht, wie ruhig ich klang. »Aber ich musste meine Tochter beschützen. Ich bin ihre Mutter …«

»Das reicht!« Er brüllte mich nieder, doch ich wusste, dass etwas von dem, was ich gesagt hatte, eine Seite in ihm berührt hatte. »Sie war bei mir sicher. Absolut sicher. Ich war wie ein Vater zu ihr …«

Dieses Mal sagte ich nichts. Ich sah ihm einfach in die Augen.

»Hör auf, mich so anzustarren!«, schrie er. Er richtete die Pistole auf meinen Kopf. Ich zwang mich, ihn nicht wegzudrehen und ihn weiter ruhig anzusehen.

Ich beobachtete aus dem Augenwinkel, wie er die Pistole sinken ließ. Dann richtete er sie zu meinem Entsetzen auf sich.

Die Pistole ging los, und ich machte einen Satz. Ich fühlte etwas Warmes, Nasses aus meinem Körper gleiten. Und dann – nichts. Kein Blut. Keine Schmerzensschreie. Nichts. Emyr hatte sich erschossen, und nichts war passiert.

Ich ging zu ihm, nahm ihm behutsam die Pistole aus der Hand und legte ihm den Arm um die Schulter.

»Es ist in Ordnung, Emyr. Es ist vorbei …«

Er begann zu weinen, bebte vor Schluchzen, sein ganzer Körper sank gegen mich. Ich sah auf die Pistole hinunter, drehte sie in der Hand. An der Seite stand in kleinen Buchstaben: Excel X83 68er-Kaliber Paintball-Pistole. Da er aus nächster Nähe auf sich geschossen hatte und sein Nacken keine Anzeichen einer Verletzung aufwies, wurde mir klar, dass er sie nicht einmal mit einer Farbpatrone geladen hatte.

Ich stieß einen Seufzer der Erleichterung aus, der wie Stöhnen klang. Dann steckte ich die Pistole in meine Jackentasche. Nellas Stimme kam noch immer von dem Mischpult. Ich ging hinüber und stellte es aus.

»Bleiben Sie hier«, sagte ich. »Ich hole Hilfe.«

Ich drehte mich um, zog die Garagentür hoch und ging zu meinem Auto. Ich öffnete die Tür, griff nach meiner Tasche, holte mein Handy heraus und drückte eine Nummer, die in meiner Kontaktliste gespeichert war.

»Hallo, Barbara? Ich bin's, Jessica Mayhew. Es tut mir leid, dich zu stören. Ich habe einen Notfall.« Die Flüssigkeit lief mir in der Hose die Beine hinunter, aber ich kümmerte mich nicht darum. Das würde ich später tun, wenn ich zu Hause war.

»Ein früherer Klient«, fuhr ich fort. »Es geht ihm nicht gut, fürchte ich. Kannst du bitte jemanden herschicken? Ja, einen Polizeibeamten und einen Sozialarbeiter. Sofort.«

19

Am kommenden Tag und über das Wochenende gönnte ich mir so viel Ruhe wie möglich, doch als ich wieder zu arbeiten anfing, konnte ich mich nicht konzentrieren. Ich litt noch unter den Nachwirkungen meiner Begegnung mit Emyr Griffiths, doch ich war erleichtert, dass das Problem gelöst war.

Er war ordnungsgemäß in eine psychiatrische Klinik eingewiesen worden und jetzt unter der fachgerechten Betreuung meiner Kollegin Barbara Brown sicher im *Whitchurch Krankenhaus* untergebracht. Ich entschloss mich, auf eine Anzeige zu verzichten. Bob und Nella erklärte ich in knappen Worten, was passiert war. Ich lieferte ihnen nur die rudimentärsten Details, ich sah keinen Grund, ihnen zu erzählen, wie traumatisch das Erlebnis für mich gewesen war. Ich war noch immer wütend auf Bob und zu stolz, ihm einen Einblick in mein Gefühlsleben zu gewähren; und Nella hatte ihre Lektion bereits gelernt, fand ich. Ich hoffte, dass Emyr endlich sein Leben wieder in den Griff bekam, und war ziemlich zuversichtlich, dass er uns in Zukunft nicht mehr belästigen würde. Nein, es war nicht Emyr, der mir Sorgen machte, sondern die fortwährende Frage, ob ich mich darauf einlassen sollte, bei der Anhörung, die in weniger als einem Monat stattfinden sollte, im Interesse von Gwydion auszusagen.

Das Schlimmste war, dass ich keine Zeit zum Nachdenken hatte. Der übliche Strom an Klienten floss durch meine Praxis, zusammen mit einigen Neuzugängen, von denen jeder seine eigene Geschichte zu erzählen und seine eigenen komplexen emotionalen Ansprüche hatte. Doch ich war nicht in der Lage, ihnen meine volle Aufmerksamkeit zu schenken. Stattdessen beobachtete ich sie teilnahmslos und wünschte, dass sie zur Hölle gehen und mich in Frieden lassen würden, wie ich zu meiner Schande gestehen muss.

Als meine Nachmittagsklienten kamen, war meine Geduld bis aufs Äußerste strapaziert. Ich reagierte ungeduldig auf Harriets angstbeherrschte Klagen über ihr Versagen, eine Diät zu halten, obwohl ich erst vor Kurzem begeistert gewesen war, dass sie es endlich schaffte, in unserer Stunde das Gespräch auf ihr Gewicht zu bringen. Ich hätte ihr am liebsten gesagt, sie solle sich endlich zusammenreißen und sich nicht mehr so gehen lassen und aufhören, Mitleid von mir zu erwarten. Bryns wütende Tiraden gegen mich erfüllten mich mit Ärger; ich hatte Lust, ihn anzuschreien, endlich erwachsen zu werden, nicht mehr seine Mutter – und mich – für alles verantwortlich zu machen und sein Leben in die Hand zu nehmen. Auch das anhaltende Elend von Maria, der Hausfrau, ließ mich kalt; als sie leise zu weinen begann, empfand ich kein Mitleid mit ihr, sondern dachte an ihre Kinder und bedauerte sie im Stillen, eine solch unbrauchbare Mutter zu haben. Und als Frank, mein letzter Klient an diesem Tag, über seine Sexsucht zu jammern und auf meine Brüste zu starren begann, musste ich meine ganze Selbstbeherrschung aufbringen, nicht aufzustehen, ihn an der Jacke zu packen und im Polizeigriff aus dem Zimmer zu führen.

Als Frank gegangen war, schloss ich die Tür hinter ihm, lehnte mich in meinem Sessel zurück, streckte meine Arme, schüttelte meine schmerzenden Schultern und seufzte erleichtert. Endlich hatte ich einen Moment für mich. Ich schaute aus dem Fenster, beobachtete, wie die letzten gelben Blätter von dem Baum draußen flatterten, und konnte wieder denken.

Am meisten beschäftigte mich die Frage, ob Gwydion mich, wenn auch unwissend, über das, was vor so vielen Jahren auf der Jacht passiert war, angelogen hatte. Er hatte beschrieben, wie er Evan und Elsa zusammen am Steuer des Boots hatte sitzen sehen – obwohl die Jacht kein Steuer hatte. Die Jacht wurde mit einem Ruder gesteuert –, das hatte ich mit eigenen Augen gesehen. Es war nur ein kleines Detail und an sich unbedeutend, doch es reichte, mich die Richtigkeit seiner ganzen Geschichte anzweifeln zu lassen. Gwydion hatte von einer Erinnerung erzählt, offensichtlich in gutem Glauben, doch es war nicht auszuschließen, dass er sich irrte. Evans Schicksal hing nicht allein von meiner Aussage ab – natürlich würde es noch viele andere Aussagen geben wie die von Gwydion, Arianrhod und Solveig –, doch da mir eine tragende Rolle zukam, war es wichtig, dass ich mir dessen, was ich sagte, völlig sicher war, bevor ich mich bereit erklärte, eine Erklärung abzugeben. Falls Evan unschuldig war, wollte ich mit meiner Aussage nicht diejenigen unterstützen, die ihn wegen Mordes verurteilt sehen wollten, noch wollte ich mich lächerlich machen oder meinen guten Ruf gefährden.

Ich stand aus meinem Sessel auf, trat zu dem Bücherregal hinten im Raum, nahm einen Ordner heraus und blätterte darin, bis ich gefunden hatte, was ich suchte. Es war ein Artikel mit dem Titel »Die Entstehung falscher Erinnerungen« von der amerikanischen Psychologin Elizabeth Loftus.

Ich erinnerte mich wieder daran. Es ging um ihre kontroverse »Lost in the Mall«-Studie über das Implantieren falscher Erinnerungen. Sie führte aus, dass unsere Erinnerung an ein Ereignis in vielen Fällen nicht zuverlässig ist, sondern von dem verzerrt wird, was vorher und nachher war. Um das zu beweisen, hatte sie einen Versuch angeordnet, bei dem den Probanden wiederholt von Familienangehörigen erzählt worden war, dass sie als Kleinkind in einem Einkaufszentrum verloren gegangen waren, obwohl es kein solches Ereignis gegeben hatte. Die Probanden berichteten später, dass sie sich genau an dieses Ereignis erinnerten, lieferten sogar Details über die Örtlichkeit, die Person, die sie gerettet hatte usw.

Ich las weiter, fasziniert von der Beschreibung der Ausschneide-und-einfüge-Technik, derer sich unser Gehirn bedient, indem es Bruchstücke von wirklichen Ereignissen benutzt, um eine nett konstruierte, aussagekräftige Erinnerung an ein Ereignis zu produzieren, das größtenteils fiktiv ist, von den Probanden aber mit absoluter Sicherheit als real angesehen wird. Sie schlussfolgerte:

Menschen können dazu angeleitet werden, sich an ihre Vergangenheit auf verschiedene Weisen zu erinnern, sich an komplette Vorfälle zu erinnern, die sie nie wirklich erlebt haben. Treten solche Verzerrungen auf, sind sich die entsprechenden Personen ihrer verzerrten oder falschen Erinnerungen manchmal absolut sicher und beschreiben Pseudo-Erinnerungen in umfangreichen Details. Diese Erkenntnisse erhellen Fälle, in denen an falschen Erinnerungen leidenschaftlich festgehalten wird. Sie befähigen uns jedoch nicht, zuverlässig zwischen realen und falschen Erinnerungen zu unterscheiden, denn ohne eine unabhängige Bestätigung sind solche Unterscheidungen gewöhnlich nicht möglich.

Ich dachte darüber nach, inwieweit das auf Gwydion zutraf. Seine durch den Traum getriggerte, zurückerlangte Erinnerung konnte durchaus falsch sein, auch wenn er sie selbst für wahr hielt. Er konnte, völlig unbewusst, Details von realen Ausflügen auf realen Booten genommen, »ausgeschnitten« und in diese spezielle Kindheitserinnerung von dem Bootsausflug mit Evan und Elsa »eingefügt« haben. Diese Erklärung passte zu dem, wie ich ihn erlebt hatte. Ich hatte gespürt, dass er mir die Wahrheit sagte, was seine Erinnerung betraf, obwohl ihm dies große Qualen bereitete. Doch wenn er sich irrte und diese Erinnerung falsch war, blieb die Frage: Wer hatte sie ihm implantiert? Und warum?

Ich konzentrierte mich auf meine letzte Begegnung mit Gwydion. Was hatte er über die Knöpfe gesagt? *Manchmal wollte sie sie zu. Und manchmal wollte sie sie auf.* Damals war mir das ödipal erschienen, in klarem Bezug zu seiner gestörten Beziehung zu seiner Mutter, Arianrhod, stehend.

Und wenn Arianrhod diese Erinnerung in Gwydion implantiert hatte? Ihm nicht nur befohlen hatte, mich anzulügen, sondern ihn über eine lange Zeit – vielleicht von Kindheit an – wiederholt und konsequent das hatte glauben lassen? Ihm erzählt hatte, wie sein Vater ihn zusammen mit Elsa auf dem Boot mit hinausgenommen hatte, wie er das Unglück, oder den Mord, zu dem es bei einem Wutanfall seines betrunkenen Vaters gekommen war, beobachtet hatte? Und ihm dann vielleicht noch erzählt hatte, dass das ein Geheimnis war? *Manchmal wollte sie sie zu.* Nur jetzt war das anders. Jetzt wollte sie, dass er vor Gericht ging und alles erzählte. *Und manchmal wollte sie sie auf.*

Ich las den Artikel zu Ende, schloss den Ordner und stellte ihn zurück ins Regal. Als ich mich nach oben streckte, wurde mir kurz schwindelig, als würde ich gleich ohnmächtig. Ich lehnte mich einen Moment gegen das Regal, schloss die Augen und wartete darauf, dass das Schwindelgefühl vorbeiging. Ich machte mir nicht allzu große Sorgen. Nach einem langen Tag, an dem ich einen Klienten nach dem anderen gesehen hatte, fühlte ich mich oft etwas benommen, als wäre ich zu weit und zu schnell gelaufen oder hätte ein Glas Wein zu eilig getrunken. Es war einfach die Anstrengung, sich einen ganzen Tag konzentrieren zu müssen, mit einem Strom von Klienten und einer bedrückenden Menge an »Neurosen«, wie Freud sie genannt hatte, in diesem einen Raum eingeschlossen zu sein. Er ist regelmäßig in den Alpen gewandert, um Abstand zu bekommen. Da ich kein viktorianischer Familienvater bin, habe ich diese Option nicht. Ich wusste, dass die Mädchen jetzt zu Hause sein und auf ihren Tee warten würden und dass sie mich brauchten, damit ich ihre Hausaufgaben durchsah, sie zum Ballett fuhr, zu ihren Bandproben oder was auch immer es an diesem Abend war, oder einfach, um da zu sein, mit einer Tasse Tee und der Zeitung bei ihnen zu sitzen, während sie fernsahen.

Ich ging zu dem Kleiderständer, nahm meine Jacke und sah in den Spiegel. Die Ringe unter meinen Augen waren wieder da, genau wie die attraktiven halbkreisförmigen bläulichen Schatten. Mein Gesicht war leicht gerötet, meine Wangen ein wenig fleckig. Auch mein Haar war alles andere als in Bestform. Wenn ich müde bin, neigt es dazu, nicht zu sitzen. Strähnen stehen ab, egal wie oft ich sie glatt streiche. Doch obwohl ich erschöpft und ein wenig schlampig aussah, wirkte mein Gesicht heute irgendwie anders; da war ein Funkeln in den Augen, ein Hauch von Neugier und Lebendigkeit spiegelte sich in meinen Zügen. Vielleicht fühlte ich mich durch Evans Interesse an mir attraktiver, oder ich spürte, dass ich der Lösung des Rätsels um den Tod dieses Mädchens langsam näherkam, was sehr viel wichtiger war. Was immer es war, und es konnte durchaus von beidem etwas sein, es zauberte ein Lächeln auf meine Lippen, als ich an meinen Haaren herumzupfte, um etwas ansehnlicher auszusehen. Ich fühlte mich wieder lebendig, geistig rege und trotz meiner Müdigkeit voller Tatkraft.

Menschen sind sich ihrer verzerrten oder falschen Erinnerungen manchmal absolut sicher und beschreiben Pseudo-Erinnerungen in umfangreichen Details. Ein Steuer oder ein Ruder? Diese kleine Abweichung in Gwydions Bericht von den Ereignissen auf dem Boot konnte mich vielleicht zu der Wahrheit führen. Doch um das herauszufinden, musste ich noch einmal zum *The Grange* fahren und mit ihm reden.

Als ich nach Hause kam, guckte Nella mit ihrem neuen Freund im Wohnzimmer fern. Ich sah sie durch das Fenster, als ich den Weg heraufkam, ein dunkler Kopf und ein heller, wie sie auf dem Sofa saßen und Händchen hielten. Rose war nicht bei ihnen; sie war in der Schule geblieben, um für ein Konzert zu proben, das in ein paar Tagen in der Kirche stattfand. Das hatte ich ganz vergessen, was bei mir leichte Schuldgefühle verursachte.

Ich ging in die Küche, machte eine Kanne Tee, legte ein paar Kekse auf einen Teller und brachte ihnen alles auf einem Tablett. Als ich nach einem kurzen Klopfen eintrat, stand der Junge auf und machte auf dem Sofatisch Platz, damit ich das Tablett abstellen konnte.

»Das ist Gareth, Mama.« Nella blieb auf dem Sofa sitzen und sah auf den Bildschirm, mehr aus Verwirrung als aus Unhöflichkeit, hatte ich das Gefühl.

»Hallo, schön, dich kennenzulernen, Gareth.«

»Gleichfalls, Mrs …«

»Jessica.«

Er nickte und lächelte mich an. Er war klein und schlank und hatte sanfte, braune Augen und ein Nasenpiercing, das den allgemeinen Eindruck von Unschuld, der ihm anhaftete, kaum zerstören konnte.

Er nahm mir das Tablett ab und stellte es vorsichtig auf den Sofatisch. Nella beugte sich vor und nahm sich einen Keks.

»Danke, Mama«, sagte sie. Eine Pause entstand. Dann fügte sie hinzu: »Hattest du einen schönen Tag?«

»Ganz okay.« Ihre Nachfrage berührte mich. Seit dem Vorfall mit Emyr war sie sehr aufmerksam, was völlig untypisch für sie war.

Ich sah zum Fernseher hin. »Was seht ihr euch an?«

»Eine Kochshow.« Gareth setzte sich wieder. »Das ist der reinste Schrott, aber wir sind süchtig danach.«

Ich lächelte, irgendwie erleichtert. Nella hatte einen Freund gefunden, einen selbstbewussten, liebenswürdigen jungen Mann, der nicht zu schüchtern war, mit ihrer Mutter zu reden.

»Eigentlich wollten wir etwas aufzeichnen«, fuhr er fort. »Ich habe alles für eine Aufnahme mitgebracht, und wir wollen es in Nellas Zimmer aufbauen. Ich hoffe, es ist Ihnen recht.«

»Sicher. Kein Problem.«

»Wir wollen nur ein paar Demos machen«, fuhr Gareth fort. »Dann gehen wir in ein Studio in Newport, das meinem Cousin gehört, und nehmen die Lieder richtig auf.«

»Gareth hat gesagt, dass die Tracks, die ich mit Emyr gemacht habe, ziemlich schwach sind«, fügte Nella hinzu. »Ich werde sie wegwerfen und noch einmal anfangen.«

Ich wäre am liebsten zu Gareth gegangen, hätte ihn in die Arme genommen und geküsst. Stattdessen sagte ich: »Das klingt doch gut.«

Gareth goss Tee ein. »Möchten Sie ein Tasse?«, fragte er, an mich gewandt.

»Nein, danke«, sagte ich. »Ich muss noch mal weg. Noch ein Termin, dann bin ich fertig. Bis später, vielleicht.« Ich lächelte Gareth an und versuchte, nicht zu strahlen. »Und viel Erfolg bei der Aufnahme.«

Es ist nicht weit von unserem Haus zum *The Grange*. Ein paar matschige Feldwege, die auf jeder Seite von tropfenden Hecken eingerahmt werden, ein trostloses Stück Landstraße mit nichts Spektakulärerem als einem Blick auf den nichtssagenden weiten Himmel, eine kurze Strecke durch eine ordentliche, wohlhabende Pendlersiedlung voller Anwälte und Medienleute, eine ausgebesserte Asphaltstraße zu einer großen, weiß gestrichenen Anstalt hoch, die in den Zwanzigerjahren gebaut wurde, und schon ist man da.

Ich stieg aus dem Auto, schloss ab und ging zum Eingang. Unter dem dunkler werdenden Himmel sah der Ort hässlicher aus denn je. Ich drückte auf die Klingel und wartete, bis eine Krankenschwester auftauchte. Genau wie die, der ich bei meinem letzten Besuch hier begegnet war, sprach sie Englisch mit einem starken osteuropäischen Akzent und schien nichts dagegenzuhaben, mich hoch zu Gwydion gehen zu lassen, obwohl ich mich nicht angemeldet hatte. Diesmal fand ich den Weg allein, da ich wusste, wo er lag. Ich ging den Gang entlang, die knarrenden Holzdielen kündigten meine Ankunft an, und klopfte zögernd an die halb offene Tür seines Zimmers.

Es kam keine Antwort, und ich steckte den Kopf ins Zimmer. Ich sah Gwydion am Fenster sitzen. In dem Raum war es dunkel. Die Vorhänge waren nicht vorgezogen, und er blickte hinaus.

»Ich bin es, Jessica. Darf ich hereinkommen?«

Er drehte den Kopf nicht herum, deshalb ging ich zu ihm und berührte sanft seine Schulter. Er schaute mich kurz an, dann sah er wieder aus dem Fenster.

»Soll ich mich hierhin setzen?«

Er nickte.

Ich setzte mich ruhig in den Sessel neben ihm und schaute ebenfalls hinaus. Draußen konnte ich nur den Grenzzaun am Ende des Gartens erkennen und die glänzenden weißen Rücken der Schafe auf den Feldern dahinter. In der Ferne sah man die Lichter des Kraftwerks an der Küste und in der Nähe die des Flughafens. Es war nicht gerade eine schöne Aussicht, doch auf ihre Weise war sie beeindruckend. Sie hatte etwas Unnatürliches und Jenseitiges und sehr Theatralisches wie eine Radierung von Gustave Doré oder die Animation für ein Fantasy-Spiel.

Ich schaute kurz zu Gwydion hinüber und versuchte, seine Stimmung einzuschätzen. Er sah ausgemergelt aus, seine Wangenknochen standen vor, doch es konnte auch sein, dass die Schatten in dem halb dunklen Raum das Kantige seiner Züge betonten.

»Wie geht es dir?«

Er zuckte mit den Schultern. Ich sah, dass er depressiv war, doch ich machte unbeirrt weiter. Sein Verhalten ermutigte mich sogar etwas, zumindest war er nicht mehr so manisch wie das letzte Mal, als ich ihn gesehen hatte.

»Fühlst du dich besser?«

Er zuckte erneut mit den Schultern und schaute weiter aus dem Fenster.

Es schien nichts zu bringen, diese Unterhaltung in die Länge zu ziehen, deshalb kam ich schnell zum Punkt.

»Gwydion, ich möchte mit dir über das sprechen, was auf dem Boot passiert ist. Wenn du nichts dagegen hast.«

Ich sah, dass er sich leicht versteifte, fuhr aber trotzdem fort.

»Ich brauche Klarheit in der Geschichte, bevor ich meine Aussage bei der Polizei machen kann, verstehst du.«

Ich schwieg kurz, um zu sehen, ob er reagierte, aber das tat er nicht, deshalb fuhr ich fort: »Es gibt da ein paar Kleinigkeiten, die ich nicht ganz verstehe …«

Diesmal drehte er den Kopf zu mir hin. Seine Augen waren größer denn je, große, grüne Seen, die in ihren Höhlen schwammen.

»Was für Kleinigkeiten?«

»Nun, zum Beispiel …«

»Willst du sagen, dass du mir nicht glaubst?«

Er klang eher überrascht als ärgerlich, als hätte ich ihn gekränkt, ihn angegriffen.

»Nein.« Mir war klar, dass meine Fragen ihn verletzen würden, aber ich würde ihm nicht aus der Klemme helfen. »Es ist wichtig für mich, dass du mir genauer erzählst, was passiert ist. Ich meine, du hast gesagt, dass die Jacht ein Steuer hat, aber das hat sie nicht, um nur ein kleines Beispiel zu nennen. Das Boot hat ein Ruder. Ich habe mich selbst davon überzeugt. Deshalb …«

»Was spielt das für eine Rolle?«

Ich versuchte, taktvoll zu sein. »Nun, ich habe mich gefragt …«

»Ob ich lüge?«

»Ob du dich richtig erinnerst.« Ich zögerte. Ich wollte ihn nicht verärgern, aber ich hatte keine Wahl. »Es ist lange her, Gwydion. Und du warst ein kleines Kind. Es könnte doch sein, dass du dich irrst, nicht? Jeder macht Fehler …«

»Mir reicht es langsam, weißt du«, unterbrach er mich. »Die Leute stecken ihre Nase in mein Leben, versuchen mich dazu zu bringen, das zu sagen, was sie wollen, und das zu einem Vorfall, an den ich mich kaum erinnern kann. Kein Wunder, dass ich … krank bin. Ich wünschte, ihr würdet alle verschwinden und mich in Ruhe lassen.«

»Hör zu«, ich sprach so sanft ich konnte, »es tut mir leid. Ich weiß, dass das schwer für dich ist. Aber ich muss entscheiden, ob ich eine Aussage mache oder nicht. Und bevor ich das tue, musst du mir die Wahrheit sagen. Um deines Vaters willen. Und um deinetwillen.«

Ein Schweigen entstand. Dann wandte er sich von mir ab und sah aus dem Fenster. Ich spürte, dass er sich fragte, was er sagen sollte, deshalb schwieg ich. Dann begann er zu reden.

»Es ist passiert.« Er sah mich noch immer nicht an. »Ich war mit Evan und Elsa auf dieser Jacht, und ich habe gesehen, wie er sie über Bord gestoßen hat. Das ist meine früheste Erinnerung. Ich kann mich ganz klar daran erinnern. Ich habe immer gewusst, dass er sie umgebracht hat. Ich musste es die ganze Zeit geheim halten und jetzt wird von mir erwartet …«

Seine Stimme brach plötzlich ab. Wieder wartete ich, dass er fortfuhr.

»Arianrhod hat mich zur Verschwiegenheit verpflichtet. Sie hat mir gesagt, dass Evan ins Gefängnis kommt, wenn ich das jemals jemandem erzähle. Und dass es dann alles meine Schuld ist.« Er hielt inne. »Ich habe es akzeptiert, wie man so etwas als Kind akzeptiert. Es war unser Geheimnis, ihres und meins. Ich habe nie daran gezweifelt, dass es richtig war, nichts zu sagen.«

Ich folgte seinem Blick und sah aus dem Fenster, sah, wie der Himmel am Horizont dunkler wurde.

»Natürlich hat das Geheimnis einen großen Schatten auf meine Kindheit geworfen«, fuhr Gwydion leise fort. »Ich habe Probleme bekommen, wie die Knopfphobie. Es hat mein Vertrauen untergraben. Erfüllte mich mit Angst vor Evan. Ruinierte vollständig unsere Beziehung. Ich meine, er konnte sehr liebevoll sein, obwohl er mir gegenüber immer sehr herrisch war – aber danach habe ich ihn völlig zurückgewiesen. Und mit den Jahren habe ich mich an die Situation gewöhnt, auch wenn ich periodenweise ziemlich labil war. Dann …«

Er hielt inne, drehte sich um und sah mich an, als wollte er sich vergewissern, ob ich ihm zuhörte, und als ich nickte, wandte er den Blick wieder ab.

»Ari hat ihre Meinung bezüglich der Polizei geändert. Nach all den Jahren hat sie plötzlich beschlossen, ihnen alles zu sagen. Ich nehme an, dass sich die Dinge zwischen ihr und Evan mehr als verschlechtert haben.« Er rieb sich zerstreut den Nacken. »Ich meine, die beiden waren immer wie Hund und Katze, aber seit Evan diese Neue hat … ich weiß nicht, wie ich sie nennen soll … Freundin, Geliebte, wie auch immer. Sie ist jedenfalls jünger als ich.« Er zögerte. »Ich glaube, als er etwas mit ihr angefangen hat, ist Ari endlich klar geworden, dass sie so nicht weitermachen kann, dass die Ehe kaputt ist. Deshalb …«

Er schwieg. Mir wurde bewusst, dass ich auf der Stuhlkante saß. Ich lehnte mich zurück und versuchte, entspannt zu wirken.

»… hat sie beschlossen, ihn zu verraten«, fuhr er fort. »Und sie hat sich eine Geschichte ausgedacht, warum sie nicht schon vorher zur Polizei gegangen ist. Wir wollten sagen, dass ich immer wieder von dem Mord geträumt habe und dass die verschüttete Erinnerung auf diese Weise wieder aufgetaucht ist. An dem Punkt kommst du ins Spiel.«

Er sah mich an, wie um Verständnis bittend, doch diesmal fiel es mir schwer, darauf einzugehen.

»Wir haben dich im Internet gefunden. Bei dem britischen Verband für irgendwas. Du warst unter den Therapeuten in Cardiff aufgeführt. Dein Name stand an erster Stelle. Deshalb haben wir … habe ich … dich angerufen. Und dann habe ich einen Termin ausgemacht und dich aufgesucht.«

Sterne standen inzwischen am Himmel, kleine Lichtpunkte, die scheinbar plötzlich, wie durch Magie, aufgetaucht waren. Obwohl wir die ganze Zeit auf den Horizont geblickt hatten, hatten wir sie nicht herauskommen sehen.

»Der Termin bei dir sollte glaubhaft klingen, deshalb habe ich dir zuerst von ein paar realen Problemen erzählt. Von der Knopfphobie und meiner Schlaflosigkeit. Aber dann bin ich auf den Traum zu sprechen gekommen, den ich erfunden habe. Und …« Er zögerte, als er meinen verwirrten Gesichtsausdruck sah. »Es tut mir leid, Jessica. Ich habe dich angelogen. Es gab keinen immer wiederkehrenden Traum. Oder eine plötzlich zurückerlangte Erinnerung. Aber ich habe den Mord gesehen. Ich weiß, dass ich das habe. Der Teil stimmt.«

»Lass mich das verstehen«, sagte ich. Es fiel mir schwer zu begreifen, was er mir gerade erzählt hatte. »Deine Mutter sagt dir, du sollst zu einem Psychotherapeuten gehen und vorgeben, dass du einen immer wiederkehrenden Traum hast und dass im Zuge dieses Traums die Erinnerung zurückgekehrt ist, wie dein Vater vor zwanzig Jahren auf seinem Boot ein junges Mädchen umgebracht hat. Auf diese Weise kann Arianrhod erklären, warum sie damals, als der Vorfall passiert ist, Evan nicht angezeigt hat. Ist es das, was du mir sagen willst?«

Gwydion nickte. Er sah erleichtert aus, dass ich nicht wütend war. Seltsamerweise war ich es nicht. Ich war vor allem überrascht.

»Die Sache war nur die«, fuhr er fort, »dass ich dir nicht länger etwas vortäuschen konnte. Du warst so nett, so verständnisvoll …« Er senkte den Blick. »Ich habe mich furchtbar dabei gefühlt, dich anzulügen. Deshalb bin ich das erste Mal gegangen. Ich konnte dich nicht länger täuschen. Und als ich zurückkam, wurde mir klar, dass du mir bei meinem realen Problem helfen konntest, deshalb habe ich weitergemacht. Ich hatte wirklich das Gefühl, dass mir das etwas brachte. Aber Ari hat mich gedrängt, die Therapie zu beenden, dir den letzten Teil des Traums zu erzählen, in dem ich den Aufprall auf dem Wasser höre, damit sie ihren Plan in die Tat umsetzen konnte. Deshalb habe ich so unvermittelt aufgehört.«

»Verstehe.« Ich fühlte mich verletzt, sagte aber nichts. Stattdessen sahen wir beide weiter in den Himmel. Die Sterne glänzten jetzt heller, und es wurden immer mehr, während wir aus dem Fenster schauten.

»Und außerdem …« Er unterbrach sich.

»Ja?«

Er starrte vor sich hin, konnte mir nicht in die Augen sehen.

»Fand ich … finde ich … dich sehr attraktiv. Obwohl du so

viel älter bist als ich. Und nicht der glamouröse Typ, auf den ich gewöhnlich stehe.«

Vielen Dank, dachte ich.

»Deshalb habe ich Ari über uns angelogen.« Er rieb sich wieder den Nacken. »Über … du weißt schon … unsere Fast-Affäre …«

Unsere Fast-Affäre. Eine lakonische Art, es auszudrücken, dachte ich.

»Und schließlich wurden mir die ganzen Lügen zu viel, nehme ich an. Es hat mich verwirrt.« Er atmete tief ein, hielt einen Moment die Luft an und atmete sie langsam wieder aus. »Und jetzt bin ich hier.«

Schweigen breitete sich aus. Wir sahen beide aus dem Fenster und beobachteten, wie auf dem Flughafen in der Ferne ein Flugzeug in den Himmel aufstieg, dessen blaue und rote Lichter in der Dunkelheit blinkten. Zu sehen, wie es dort in die Luft stieg, zu weit weg, um irgendein Geräusch hören oder seine Umrisse erkennen zu können, wirkte seltsam beruhigend. Einen Moment wünschte ich mir, in diesem Flugzeug zu sitzen, in der Schwebe zu sein, auf dem Weg zu einem neuen, unbekannten Ziel, weit weg von diesem Wirrwarr aus Vergangenheit und Gefühlen hier unten. Und ich spürte, dass es Gwydion möglicherweise ähnlich ging.

»Ich bin froh, dass du mir die Wahrheit gesagt hast«, sagte ich. »Ich denke, du wirst dich jetzt besser fühlen.«

Er nickte.

»Meistens ist es besser, ehrlich zu sein, selbst wenn es wehtut«, fuhr ich fort. »Es belastet einen zu sehr, wenn man es nicht ist.«

»Meinst du?«

Ich nickte.

»Nun, dann sollte ich dir vielleicht auch erzählen …«

Ich fragte mich, was als Nächstes kommen würde.

»Ich glaube, ich liebe dich, Jessica.« Er drehte sich herum, um mich anzusehen. Seine Pupillen hatten sich geweitet, sodass sie dunkler und weicher wirkten.

Übertragung, dachte ich. Es ist alles beim Alten. Und dann erinnerte ich mich, wie ich ihn auf dem Steg an der Creigfa Bay geküsst und mich in dem Motel mit ihm im Bett gewälzt hatte, und schämte mich, seine Fantasien ermutigt zu haben. Ich hatte ihn begehrt, nicht geliebt. Ihn benutzt, aus egoistischen Gründen.

»Ich glaube nicht, dass du das wirklich tust, Gwydion«, sagte ich sanft. »Es ist sehr verbreitet, dass Klienten sich auf diese Weise mit ihren Therapeuten verbunden fühlen …«

»Und du? Was ist mit dir? Reagierst du normalerweise so?«

»Nein, natürlich nicht.« Jetzt war es an mir, mich zu schämen. »Das tut mir auch sehr leid. Ich habe mich hinreißen lassen.«

»Dann empfindest du nichts für mich?« Er sah mich intensiv an. »Sag die Wahrheit. Komm. Dir liegt doch so viel an Ehrlichkeit.«

»Gwydion«, sagte ich. Ich war verwirrt, versuchte jedoch, es nicht zu zeigen. »Du bist ein sehr attraktiver Mann. Das musst du wissen. Ich habe einfach darauf reagiert …«

Er runzelte die Stirn. »Heißt das, dass du nur eine schnelle Affäre wolltest? Und sonst nichts?«

»Nein.« Ich fühlte, wie ich rot wurde, und ich wusste, dass ich log, als ich weitersprach. Jetzt, da er das Thema zur Sprache gebracht hatte, wurde mir bewusst, dass ich vermutlich genau das gewollt hatte. Aber das konnte ich ihm auf keinen Fall sagen. Manchmal verletzt die Wahrheit, und es ist besser, sie nicht zu sagen.

Er sah mich fragend an, als würde er erwarten, dass ich mich näher erklärte.

»Ich bin eine verheiratete Frau, Gwydion«, ich zögerte. »Das weißt du, nicht? Und du bist … du warst … mein Klient. Es wäre nicht richtig gewesen, diese Beziehung fortzusetzen, deshalb habe ich Schluss gemacht.«

Das war natürlich auch wahr. Manchmal gibt es viele Wahrheiten, und man muss sie nicht alle erzählen.

»Ich glaube nicht, dass du mich wirklich liebst«, fuhr ich fort. »Ich glaube, du bist verletzt und verwirrt und suchst nach einer Mutterfigur.«

»Vielleicht. Aber was ist daran so falsch?«

Er hatte nicht ganz unrecht. Man muss kein eingeschworener Freudianer sein, um zuzustimmen, dass es absolut normal, wenn nicht sogar alltäglich ist, in einem Partner ein entferntes Echo eines Elternteils zu suchen.

Ich schüttelte den Kopf. »Es geht einfach nicht, Gwydion. Tut mir leid.«

Gwydion seufzte, aber nicht sehr tief, fiel mir auf. Ich spürte, dass seine Fantasie, mich zu lieben, zerbrechlich war, mehr eine Art Tagtraum als eine tiefe, schmerzliche Bindung, und dass sie mit der Zeit vorübergehen würde, wenn er stärker und fähiger geworden war, es mit der Welt aufzunehmen. Aber ich sah, dass es ihm schwerfiel, sie so plötzlich aufzugeben.

Er sah wieder aus dem Fenster. Einige Minuten saß ich schweigend neben ihm. Ein Teil von mir wollte auf die Anhörung und darauf zu sprechen kommen, wie sich die Tatsache, dass er mich in den Therapiestunden angelogen hatte, darauf auswirken würde, doch ich spürte, dass das weder die richtige Zeit noch der richtige Ort war.

Schließlich sagte ich: »Ich muss jetzt gehen. Viel Glück mit allem.«

»Danke.« Er zögerte. »Ich vermute, es besteht die Chance, dass ich zu der Anhörung hier heraus bin. Ich bin ziemlich deprimiert, aber ich schlafe besser. Und das Knopfproblem scheint gelöst. Im Moment jedenfalls.«

»Das ist gut.« Ich stand auf, trat zu seinem Sessel und klopfte ihm leicht auf die Schulter. Zu meiner Überraschung griff er nach meiner Hand.

»Danke, Jessica. Danke für alles.«

»Möchtest du, dass ich dich noch einmal besuche?«

»Nein.« Er drückte meine Hand. »Das muss ich jetzt selbst schaffen. Aber ich weiß, dass ich das kann. Ich komme bald hier heraus. Ich denke, ich werde wieder gesund.«

»Das denke ich auch.« Ich drückte seine Hand.

Er senkte den Kopf und drückte seine Wange hinein. Es war eine rührende Geste, wie von einem kleinen Jungen.

Ich beugte mich hinunter und streifte seinen Kopf mit meinen Lippen. »Gute Nacht«, sagte ich.

Wir wussten beide, dass das ein Abschied war, aber wir sagten es nicht. Irgendwie wären die Worte zu brutal gewesen.

»Fahr vorsichtig«, sagte er. »Draußen ist es dunkel.«

»Das werde ich.«

Er stand auf, brachte mich zur Tür und schloss sie hinter mir. Ich ging die Treppe hinunter und verließ das Gebäude durch die Haupttür. Als ich zu meinem Auto kam, blickte ich zu seinem Fenster hoch und sah ihn dort stehen und zu mir hinunterschauen. Er winkte, und ich winkte zurück.

Manchmal muss man die Wahrheit nicht sagen, weil sie bereits gesagt ist.

20

Am nächsten Tag sagte ich alle Termine ab und fuhr nach Creigfa House, um Arianrhod einen Besuch abzustatten. So etwas mache ich nicht aus einem nichtigen Anlass heraus; derartig kurzfristig abzusagen, löst bei meinen Klienten Misstrauen und endlose Gegenbeschuldigungen aus. Aber ich war wütend. Wütend auf Arianrhod, weil sie mich hereingelegt hatte, aber noch wütender, weil sie Gwydion aus reiner Boshaftigkeit benutzte, um an seinen Vater heranzukommen. Ich wusste, dass sie jeden Grund hatte, Evan zu hassen; er hatte sie über viele Jahre fortlaufend betrogen und gedemütigt, aber nichts konnte die Art und Weise rechtfertigen, auf die sie sich zu rächen gedachte. Ich wollte sie mit dem konfrontieren, was sie getan hatte, um sicher sein zu können, dass sie die ganze Geschichte widerrief, bevor noch mehr Schaden angerichtet wurde.

Ich sagte Bob nicht, wohin ich fuhr. Ich wollte ihn zum jetzigen Zeitpunkt nicht in die Geschichte einbeziehen. Wir standen noch immer auf Kriegsfuß und, um ehrlich zu sein, kam ich mir extrem dumm vor, was meine Leichtgläubigkeit im Fall Morgan anging. Ich hatte es nicht eilig, ihm zu erzählen, was für eine Idiotin ich gewesen war – vor allem da ich zu argwöhnen begann, dass meine Bereitwilligkeit, Gwydions Geschichte zu glauben, in gewissem Maße von meiner Empörung über Bobs Untreue beeinflusst worden war.

Projektion nennt man das. Bei anderen ist sie ziemlich

leicht zu erkennen, doch in diesem Fall war ich meinem eigenen Verhalten gegenüber völlig blind gewesen.

Deshalb war es mein Plan – wenn ich überhaupt einen richtigen Plan hatte, was ich im Nachhinein bezweifele –, mit Arianrhod zu reden, sie dazu zu bringen, zur Polizei zu gehen und zuzugeben, dass sie gelogen hatte, und dann weiterzusehen. Vermutlich würde die Klage gegen Evan, der gegenwärtig der einzige Verdächtige war, schon bald in sich zusammenfallen; Bob würde nicht länger gebraucht werden, um ihn zu verteidigen, zumindest auf kurze Sicht; ich könnte als Zeugin zurücktreten, hoffentlich ohne das Gesicht zu verlieren; und wir könnten das alles – vielleicht – hinter uns lassen. Natürlich wäre das ein Schlag für Solveig, und wir wären der Lösung des Rätsels, was mit Elsa wirklich passiert war, keinen Schritt nähergekommen. Doch falls man Evan überhaupt etwas vorwerfen konnte – und dessen war ich mir inzwischen keineswegs mehr sicher –, würde man die Anklage von Grund auf neu aufbauen müssen. Das war das einzig mögliche Vorgehen. Zweifellos musste die Wahrheit ans Licht, wie immer die Konsequenzen aussahen.

Es war ein kalter Spätherbsttag, die letzten Blätter stellten ein letztes Mal ihre Farbenpracht zur Schau, als ich nach Westen Richtung Pembrokeshire fuhr. Sie säumten die Fernstraße wie verblühte Tänzerinnen in den Folies-Bergère, ihre zerfetzten roten, gelben und goldenen Petticoats flatterten im Wind. Zunächst bemerkte ich sie kaum, so sehr war ich in meine eigenen Gedanken vertieft. Doch nach einer Weile fiel mir die reine Schönheit der Landschaft auf, und ich begann, mich frischer und heiterer zu fühlen. Ich würde diese Situation meistern, sagte ich mir. Arianrhod war offensichtlich sehr viel rachsüchtiger und manipulativer, als ich mir klargemacht hatte; doch letztendlich war sie nur eine unglücklich verheiratete Frau, die nach einem Ausweg aus dem Fiasko suchte, in das sich ihr Leben verwandelt hatte. Ich dagegen war eine erfahrene Psychotherapeutin, die ihre Intrigen verstehen und ihr helfen konnte, sie loszulassen und ausnahmsweise einmal ehrlich zu sein. Ich war diejenige, die hier die Oberhand hatte. Was auch immer geschah, ich war ihr einen Schritt voraus, und ich würde gut daran tun, das nicht zu vergessen.

Doch als ich von der Fernstraße auf die Straße nach Creigfa House abbog, wurden die Bäume dichter, drängten sich am Straßenrand und reckten ihre nackten Hälse in den Himmel. Trockene Blätter flatterten vor der Windschutzscheibe her, wurden von der Bewegung des Autos hierhin und dorthin getrieben. Als ich durch das wirbelnde Blattgestöber fuhr, schwand meine Selbstsicherheit.

Ich kam zu dem Haus mit dem großen Eisentor. Heute musste ich nicht die Klingel betätigen. Das Tor stand offen. Es kam mir wie ein böses Omen vor, obwohl ich nicht wusste, warum. Einen Moment fragte ich mich, ob ich umdrehen und nach Hause fahren sollte. Ich konnte nicht umhin, mir zu wünschen, den ganzen Plan ein bisschen besser durchdacht zu haben, bevor ich die Fernstraße hinuntergedonnert war, um Arianrhod zur Rede zu stellen. Ich war wütend gewesen, ja; und neugierig, mehr herauszufinden. Aber ich hatte mir keine besonderen Gedanken darüber gemacht, dass Arianrhods Verhalten zutiefst beunruhigend war; sie hatte ihren verletzlichen Sohn benutzt, um an ihren untreuen Mann heranzukommen; und sie hatte auch versucht, mich zu benutzen, und Gwydion gezwungen, mir einen Haufen Lügen über einen immer wiederkehrenden Traum aufzutischen, damit ich als Zeugin vor Gericht aussagte; und sie hatte ganz allgemein die Tatsachen verdreht, um Evan eines Mordes zu beschuldigen, von dem sie nicht sicher sein konnte, dass er ihn begangen hatte. Was für eine Mutter tat ihrem Kind so etwas an? Ihrem Ehemann, so sehr sie ihn auch hasste? Was für eine Frau war Arianrhod?

Ich zuckte zusammen, als ich den Schrei eines Pfaus hörte. Es war ein schriller Schrei, als würde das Tier Schmerzen leiden. Aber es lag auch etwas Wütendes darin, etwas Aggressives, Boshaftes. Als ich ihn hörte, wurde mir klar, dass es ein Fehler gewesen war, hierherzukommen. Was immer ich mit Arianrhod zu besprechen hatte, ich hätte es am Telefon oder in meiner Praxis in Cardiff mit ihr besprechen können. Ich hätte sie nicht zu Hause aufsuchen sollen. Das war unangemessen. Um nicht zu sagen, extrem unklug.

Ich wollte gerade wenden und wieder fahren, als ich eine große, dunkle Gestalt den Kiesweg entlang auf mich zukommen sah. Als sie näher kam, erkannte ich Arianrhod. Sie winkte mir zu hereinzufahren.

Es war zu spät, mich umzuentscheiden. Und als sie näher kam, sah ich auch, dass sie kein bisschen bedrohlich oder böse aussah. In ihrem dunkelblauen Pullover, den Jeans und den abgenutzten, braunen Slippern sah sie eigentlich aus wie immer. Ihre Haare machten vielleicht einen etwas wilderen Eindruck als das letzte Mal, als ich sie gesehen hatte, das Grau war ein wenig mehr geworden. Und wie sie dort an dem Tor stand und mir zuwinkte, erschien mir auch ihr Gesicht etwas faltiger und verhärmter als beim letzten Mal. Aber sie wirkte nicht im Mindesten bedrohlich. Sie sah nach dem aus, von dem ich wusste, dass sie es war: eine Frau, die einmal wunderschön gewesen war, die begehrt worden war, doch die wie so viele andere schöne, begehrte Frauen nie richtig ihren

Platz im Leben gefunden hatte und die sich jetzt, mit zunehmendem Alter, von den langen, bitteren Ehekriegen besiegt fühlte. Vielleicht wie jemand, der einem leidtun, jemand, mit dem man Mitgefühl haben musste. Es hätte schließlich auch einen selbst treffen können. Aber sie sah nicht wie jemand aus, vor dem man Angst haben musste.

Ich fuhr durch das Tor, den Kiesweg zum Haus hoch, wobei ich den schreienden Pfau erschreckte. Er verschwand in einer Hecke, und als ich aus dem Auto stieg, war er nirgendwo mehr zu sehen. Genauso wenig wie seine Brüder und Schwestern. Bis auf Arianrhod war niemand da. Der Ort hatte etwas sehr Hoffnungsloses, das mir vorher nicht aufgefallen war: Nicht zusammengeharkte Blätter bedeckten den Rasen, die Farbe an den vergitterten Fenstern blätterte ab und brauner Schimmel sprenkelte die Steingirlanden, die den Eingang schmückten. Mir fiel ein, dass Arianrhod jetzt, da Gwydion in der Klinik und Evan auf der Jacht in der Marina waren, hier alleine lebte. Es musste einsam für sie sein, dachte ich.

Einsam und deprimierend, die Familie aus dem Haus, auseinandergerissen, und sie allein, um das Anwesen und die dazugehörigen Ländereien gegen die Feuchtigkeit und die Kälte und den salzigen Wind, der von der Creigfa Bay hereinkam, zu verteidigen.

Arianrhod führte mich ins Haus. Sie war höflich, aber nicht so freundlich wie früher, fiel mir auf. Ich schob das auf die Tatsache, dass sie offenbar seit einiger Zeit alleine lebte und mit ihren eigenen Gedanken beschäftigt war. Manchmal kann man es sehen, wenn jemand zu lange die Gesellschaft anderer menschlicher Wesen entbehrt hat: Er verliert das Gefühl für die sozialen Gepflogenheiten, die wir gewöhnlich als selbstverständlich betrachten, und spricht zu viel oder verfällt in grüblerisches Schweigen. So war es auch bei Arianrhod. Nachdem sie mich in die Küche geführt, mir einen Platz angeboten und eine Tasse Tee gemacht hatte – ohne mich zu fragen, ob ich lieber Kaffee oder etwas anderes wollte –, machte sie keine Anstalten, mich in ein Gespräch zu verwickeln, sondern widmete sich ganz dem Drehen einer Zigarette.

Ich sah mich in der Küche um. Sie quoll über vor Zeitungen, halb leeren Kekspackungen und Rauchutensilien. Schmutzige Tassen und Untertassen stapelten sich zusammen mit Werkzeug – einem Schraubendreher, Nägeln, einer Dose Graffitifarbe – neben dem Spülbecken. Die Luft roch sauer nach altem Rauch. Arianrhod hatte sich offensichtlich hier verkrochen, Tee getrunken und Kekse gegessen, Zeitungen gelesen und geraucht. Nichts wies darauf hin, dass noch jemand anders hier war außer den Katzen, deren Fressnäpfe an der Hintertür in einer Reihe standen und von denen ein Geruch nach verdorbenem Fleisch aufstieg. Eine der Katzen schlief auf einem Stuhl neben dem Herd.

Ich wartete, während Arianrhod sich ihre Zigarette anzündete und den Rauch tief inhalierte. Sie fragte mich nicht, ob es mich störte, dass sie rauchte, wie sie es das letzte Mal getan hatte. Sie schien sich mit solchen gesellschaftlichen Nettigkeiten nicht mehr aufzuhalten.

Ich beschloss, das Schweigen zu brechen. »Sie wissen, warum ich hier bin?« Meine Stimme klang ruhig und emotionslos.

Sie stieß den Rauch aus und wedelte die Rauchwolke, die sie umgab, mit der Hand weg. Seltsam, dass ich es früher schön gefunden hatte, ihren dunklen Kopf, umgeben von dem sich kräuselnden, blauen Rauch. Diesmal erschien es mir eher deprimierend, eine alternde Frau, die sich in ihrer unordentlichen Küche zu Tode rauchte und der nur Katzen Gesellschaft leisteten.

»Keine Ahnung.« Es klang nicht feindlich, wie sie es sagte, aber auch nicht sonderlich herzlich.

»Haben Sie kürzlich mit Gwydion gesprochen?«

»Nein. Er scheint im Moment nicht darauf erpicht, mit mir zu reden. Er sagt, dass er sich auf die Anhörung vorbereiten muss. Abstand braucht, wie er es nennt.« Sie schnitt eine Grimasse.

Bis zu einem gewissen Grad hatte ich Verständnis für sie. Ich halte selbst nichts von Abstand. Genau genommen halte ich von dem ganzen selbstgefälligen Psychogeschwätz nichts, mit dem die Leute heutzutage um sich werfen, ob es sich nun um negative Modeworte handelt wie »kodependent«, »Verdrängung« oder – schlimmer noch – um die positiven wie »Empowerment«, »geerdet sein« und so weiter. Wann immer jemand mit diesen Begriffen ankommt, misstraue ich ihm instinktiv. Doch in diesem Fall verstand ich, worauf Gwydion hinauswollte. Er brauchte Abstand zu seiner Mutter, je mehr, desto besser.

»Nun …«, ich zögerte. Ich wusste nicht genau, wie ich das, was ich sagen wollte, am besten sagen sollte. »Ich habe ihn gestern besucht. Das alles macht ihm sehr zu schaffen.«

»Ja?« Arianrhod schien nicht sonderlich interessiert.

»Ja. Sehr.«

Arianrhod seufzte tief. »Es tut mir leid, das zu hören.« Sie klang nicht so, als täte es ihr wirklich leid. »Aber ich glaube nicht, dass ich das alles wissen muss. Ich habe mein Bestes getan, um zu helfen …«

»Nein, das haben Sie nicht.« Ich versuchte, ruhig zu bleiben, doch ihre Gleichgültigkeit begann mich zu ärgern. »Genau genommen liegt die Schuld an dem psychischen Zustand Ihres Sohns bei Ihnen, soweit ich das sehen kann.«

Psychotherapeuten benutzen nicht gerne das Wort »Schuld«. Es gehört nicht zu den anerkannten Modeworten. Doch in diesem Fall fand ich es angebracht.

»Was in aller Welt meinen Sie damit?«

»Sie haben Gwydion gesagt, dass er mich aufsuchen soll. Dass er mir einen Haufen Lügen über einen angeblich immer wiederkehrenden Traum auftischen soll. Einen Traum, in dem er beobachtet haben soll, wie sein Vater Elsa Lindberg von Bord der Jacht gestoßen hat.«

»Hat er das gesagt?«

»Ja. Und ich glaube ihm.«

Arianrhod sah auf ihre Zigarette hinunter und klopfte die Asche in einen Aschenbecher.

»Er hat das alles auf Ihre Veranlassung hin vorgetäuscht«, fuhr ich fort. »Er ist mit dieser Geschichte von dem immer wiederkehrenden Traum zu mir gekommen und hat dann vorgegeben, sich wieder an den Mord zu erinnern. Er hat das getan, damit Sie eine glaubwürdige Erklärung hatten, warum Sie Evan bisher nicht angezeigt haben, und um mich dazu zu bewegen, als Zeugin aufzutreten. Habe ich recht?«

Arianrhod zog noch einmal an ihrer Zigarette und behielt den Rauch kurz in den Lungen, bevor sie ihn wieder ausstieß.

»Und Sie haben mir auch die Fotografie von Evan mit den schwarz ausgemalten Augen geschickt, richtig? Um das Ganze anzukurbeln?«

Ein Schweigen entstand, dann nickte sie bestätigend.

»Wollen Sie sich nicht wenigstens entschuldigen?«

»Entschuldigung.«

Ihre Stimme war tonlos. Sie klang wie ein trotziges Kind,

das man dazu gezwungen hatte, sich für ein geringfügiges Vergehen zu entschuldigen. Ich hätte sie am liebsten geschlagen.

»Es ist schlimm genug, dass Sie mich angelogen, mich für Ihre Zwecke missbraucht haben«, fuhr ich fort, »aber was ich wirklich nicht verstehe, ist, wie Sie das Gwydion antun konnten. Sie wissen doch, wie verletzlich er ist.«

Arianrhod antwortete nicht.

»Eigentlich mache ich Sie für Gwydions Zusammenbruch verantwortlich.« Ich war jetzt in Fahrt. »Sie haben ihn manipuliert, mich angelogen und das alles, um es Evan heimzuzahlen.« Ich zögerte. »Aber ich verstehe nicht, warum.« Nach meinem Gespräch mit Gwydion wusste ich natürlich, warum. Doch ich wollte ihre Erklärung hören. »Wenn Ihnen so viel daran gelegen ist, Evan hinter Gitter zu bringen, warum sind Sie dann nicht schon vor zwanzig Jahren zur Polizei gegangen? Warum haben Sie bis jetzt gewartet?«

»Ich werde Ihnen sagen, warum.« Arianrhod sprach langsam und bestimmt. Sie schien absolut keine Reue zu empfinden angesichts dessen, was sie getan hatte. »Weil ich kürzlich etwas herausgefunden habe. Sie wissen, dass Evan zum Ritter geschlagen werden soll?«

Ich nickte.

»Nun, ich habe gehört, wie er am Telefon mit Rhiannon, seiner sogenannten Assistentin, darüber gesprochen hat. Er wusste nicht, dass ich mithörte. Er hat ihr gesagt, dass er vorhat, auf der Jacht zu bleiben, bis man ihn zum Ritter geschlagen hat, und dass er sich dann von mir scheiden lassen will. Um mit ihr eine Familie zu gründen. Sie zu heiraten. Sobald der Tag des Ritterschlags vorbei ist, will er die Scheidung einreichen.« Sie zögerte. »Ich konnte es nicht glauben. Er könnte ihr Vater sein, der Bastard.« Sie schien mehr mit sich selbst zu reden. »Er ist fast alt genug, um ihr Großvater zu sein. Das ist widerlich.«

Sie zog noch einmal an der Zigarette und sah mich an, als erinnerte sie sich plötzlich daran, dass ich noch da war. »Das war der Tropfen, der das Fass zum Überlaufen gebracht hat. Evan hat immer seine Frauen gehabt, aber dass er mit dieser jetzt eine Familie gründen will … sie ist schwanger, wie ich gehört habe. Sie weiß nicht, worauf sie sich einlässt, die kleine Närrin.«

Sie hielt einen Moment inne, und ein Anflug von Schmerz zeigte sich auf ihrem Gesicht, verschwand aber ebenso schnell wieder, wie er aufgetaucht war.

»Egal«, fuhr sie fort, »bis jetzt habe ich ihn immer verteidigt, unsere Ehe zu retten versucht. Aber das hat jetzt keinen Sinn mehr. Deshalb habe ich beschlossen, seine Pläne zu vereiteln. Zu tun, was ich schon vor vielen Jahren hätte tun sollen, und sein Verbrechen bei der Polizei anzuzeigen, statt ihn weiter zu decken.«

»Aber warum haben Sie nicht einfach angerufen und ihn angezeigt? Warum mussten Sie Gwydion in all das hineinziehen?«

»Ich musste erklären, warum ich nicht schon früher zur Polizei gegangen bin. Gwydion zu Ihnen zu schicken und vorgeben zu lassen, dass er sich wieder an den Vorfall erinnert, erschien mir glaubhafter. Vor allem wenn Sie noch bei dem Prozess als Zeugin auftreten würden.« Sie senkte die Stimme, als würde sie mit sich selbst reden. »Es war ein guter Plan. Wenn Gwydion ihn nicht vermasselt hätte, hätte es funktioniert. Aber jetzt …« Sie verstummte.

Meine Wut flaute ein wenig ab. Arianrhod hatte mich benutzt, hatte Gwydion benutzt, um ihre Pläne voranzutreiben, doch bis zu einem gewissen Grad hatte ich Mitleid mit ihr. Evan war offensichtlich ein Mann ohne jegliches Scham- oder Schuldgefühl – das wusste ich aus eigener Erfahrung. Er nahm sich, was er wollte, wann er wollte. Und jetzt, da er langsam alt wurde, wollte er mit einer jungen Frau eine Familie gründen. Die Frau verlassen, die er so viele Jahre schlecht behandelt hatte, die Frau, die treu mit ihm durch dick und dünn gegangen war, seine Frauengeschichten ertragen und den Skandal um Elsa Lindberg vertuscht hatte. Es war nicht überraschend, dass Arianrhod beschlossen hatte, sich zu rächen und ihren Mann als letzten Akt des Aufbegehrens auf die Anklagebank zu bringen, nachdem er sie endgültig verraten hatte.

»Erzählen Sie mir, was wirklich mit Elsa passiert ist, Arianrhod?«, fragte ich. »Was wissen Sie? Was weiß Gwydion?«

Arianrhod legte ihre Zigarette vorsichtig im Aschenbecher ab und begann mit ihrer Geschichte. Ich merkte, dass sie ihre Worte sorgfältig abwägte.

»Ich erinnere mich sehr gut. Es war ein wunderschöner Tag zum Segeln, aber ich wollte nicht, dass Evan Gwydion mit auf das Boot nahm. Er war erst sechs, und er konnte nicht schwimmen. Es war nicht sicher für ihn, und er hat es gehasst. Aber Evan hat darauf bestanden. Ich habe etwas unternommen an dem Tag, um mich abzulenken, und als ich nachmittags nach Hause gekommen bin, habe ich Gwydion alleine im Haus vorgefunden. Elsa war nicht da und Evan auch nicht. Gwydion war in seinem Zimmer, er lag auf dem Bett und weinte. Etwas hatte ihn traumatisiert, und ich konnte ihn dazu bringen, mir zu erzählen, was es war. Er hat mir gesagt, dass er gesehen hat, wie sein Vater Elsa an Deck geküsst hat, und dass er seekrank geworden und in die Kabine hinuntergegangen ist, um sich hinzulegen. Von dort hat er sie streiten gehört, deshalb ist er wieder hinaufgegangen und hat gesehen, wie Evan Elsa über Bord gestoßen hat. Ich konnte ihn beruhigen, und als Evan am Abend nach Hause kam, habe ich ihn gefragt. Er hat gesagt, dass Gwydion lügt und dass es keinen Streit gegeben hat, dass Elsa sich aus freien Stücken entschieden hat, vom Boot aus nach Hause zu schwimmen.«

Sie hielt inne, als würde sie zurückblicken, dann fuhr sie fort. »Elsa ist an dem Abend nicht nach Hause gekommen. Als ihre Leiche am nächsten Tag am Strand angespült wurde, hat Evan mir erzählt, dass es ein Unfall gewesen, dass sie beim Schwimmen ertrunken sein musste. Er war verzweifelt oder hat zumindest so getan. Dann hat er zugegeben, dass er am Vortag versucht hatte, sie zu verführen. Mir gesagt, dass seine Karriere ruiniert wäre, wenn herauskäme, dass sie mit ihm auf dem Boot war. Mich angefleht, ihm zu helfen.« Sie seufzte. »Deshalb habe ich getan, worum er mich gebeten hat, und als die Polizei eintraf, habe ich seine Geschichte bestätigt.«

»Dann hat Gwydion Ihnen also erzählt, dass er gesehen hat, wie Evan Elsa ins Wasser gestoßen hat?«

»Ja.«

»Es gab keine anderen Beweise?«

»Nein.« Arianrhod schien verwirrt. Ich sah, dass sie sich fragte, worauf ich hinauswollte.

»Er war erst sechs. Ist Ihnen nie der Gedanke gekommen, dass er die Geschichte erfunden haben könnte? Aus Wut auf seinen Vater vielleicht?«

»Kinder erfinden so etwas nicht.«

Ich versuchte es anders. »Die Sache ist die, dass mir aufgefallen ist, dass Gwydion ein Detail falsch wiedergegeben hat, als er mir die Geschichte erzählte. Er hat gesagt, dass Evan und Elsa am Steuer der Jacht saßen, als sie sich geküsst haben.« Ich zögerte. »Ich bin sogar nach Penarth zu Evans Jacht gefahren und habe mich davon überzeugen können, dass sie ein Ruder hat und kein Steuer.«

Arianrhod schien einen Moment verwirrt. Dann hatte sie sich wieder gefasst. »Vielleicht hat er es auswechseln lassen.«

»Warum hätte er das tun sollen?«

»Woher soll ich das wissen? Ich verstehe nichts von Booten. Ich kann sie nicht ausstehen.« Sie war jetzt verärgert. Sie nahm ihre Zigarette und zog daran, doch sie war ausgegangen, und sie legte sie in den Aschenbecher zurück.

»Und noch etwas. Elsa war eine gute Schwimmerin.« Ich sagte nicht, woher ich das wusste. Ich wollte ihr nicht zu viel verraten. »Und es war nicht weit bis zum Ufer. Wie sollte sie auf dem Weg zurück ertrunken sein?«

Arianrhod zuckte mit den Schultern. »Die Strömungen da draußen sind tückisch. Und die Flut kommt sehr schnell in die Bucht. Bei Flut findet man auf den Felsen keinen Halt. Man hat kaum eine Chance.«

»Ja, aber sie hätte doch auf den Steg klettern können.«

»Auch das kann schwierig sein.« Sie schwieg einen Moment. Ich sah, dass sie über etwas nachdachte. Etwas, das sie mir nicht sagte.

Sie stand auf, als hätte sie plötzlich einen Entschluss gefasst.

»Kommen Sie«, sagte sie. »Ich gehe mit Ihnen hinunter und zeige es Ihnen, wenn Sie möchten.«

21

Draußen frischte der Wind auf. Die Bäume raschelten leise, als wir über den Rasen hinter dem Haus zu Arianrhods Küstengarten gingen, der von hohen Mauern umgeben war. Durch den sich nähernden Winter sah er nicht mehr so schön aus wie das letzte Mal, als ich sie besucht hatte. Im Vorbeigehen fiel mir auf, dass er vernachlässigt wirkte. Sie hatte die Rosen nicht zurückgeschnitten, die Blumenbeete waren voller vertrockneter, brauner Halme, und das Gemüsebeet sah ungepflegt aus, als wäre es sich selbst überlassen worden.

Sie öffnete die kleine Holztür in der Mauer und ging mir voran zu dem Weg, der über die Klippen führt. Wir folgten ihm vorsichtig, versuchten dem Matsch auszuweichen, und blieben einen Moment oberhalb der Stufen stehen, um den Blick über das Meer schweifen zu lassen. Heute war nicht viel zu sehen. Dicker Nebel hing über dem braunen Wasser, und der Himmel war von einem bleiernen Grau.

Ich sah auf die glitschigen, in den Fels gehauenen Stufen zum Strand hinunter. Es war Flut, und das Wasser reichte bis zum Fuß der Klippen. Ich hatte die Bucht noch nie so gesehen, das Wasser bedeckte vollständig den Grund aus vulkanischen Felsen tief unter uns. Ich schauderte unwillkürlich bei der Erinnerung an das erste Mal, das ich hier gewesen war und mit Arianrhod am Klippenrand gestanden und auf das Meer hinausgeschaut hatte; und an das zweite, als ich mit Gwydion die Stufen zum Strand hinuntergestiegen war.

Arianrhod bemerkte, wie ich die Stufen nervös ansah.

»Kommen Sie. Ich gehe voraus.«

Sie machte sich an den Abstieg, drehte sich um und winkte mir, ihr zu folgen. Sie hielt sich nicht an dem Geländer fest, hielt das Gleichgewicht, indem sie die Arme zu beiden Seiten ausstreckte. Ich war vorsichtiger. Ich griff nach dem Geländer, setzte bedächtig einen Fuß auf die oberste Stufe und stieg langsam und vorsichtig eine nach der anderen hinunter, ertastete ihre Dellen und Ritzen mit dem Fuß, bevor ich mein volles Gewicht darauf setzte.

Arianrhod drehte sich um und lachte. »Wir treffen uns unten.«

Sie sprang fast die Stufen hinunter. Sie schien plötzlich voller Energie, sorglos nahezu. Ich hatte sie noch nie so gesehen. Ich wunderte mich flüchtig, ob es die Gefahr war, die Möglichkeit, zu fallen, die sie derart erregte. Doch vor allem konzentrierte ich mich auf meine eigenen langsamen Schritte und betete, dass ich nicht stolperte und mich verletzte. Ich bin keine Draufgängerin, bin es nie gewesen; ich weiß, dass es manchen Menschen einen Kick versetzt, Risiken einzugehen, aber mir nicht – jedenfalls keine physischen.

Als ich endlich am Fuß der Stufen angekommen war und auf den Steg trat, schaute Arianrhod auf das Meer hinaus. Sie drehte sich nicht um, als ich auf gleicher Höhe mit ihr war.

»Es ist ziemlich tief hier, nicht?«, fragte ich. »Bei Flut, so wie jetzt.«

»Mmmm.« Arianrhod hörte nicht zu. Sie schien abgelenkt. »Gehen wir zum Ende des Stegs«, sagte sie, den Blick weiter auf den Horizont gerichtet. »Dort hätte Elsa hereinkommen müssen. Ich zeige es Ihnen.«

Ich sah auf die Planken zu meinen Füßen. Es war mir bisher nicht aufgefallen, aber einige fehlten. Andere waren glatt von dem Meerwasser.

»Ist das ungefährlich? Bei dem Wind, meine ich?«

Arianrhod drehte sich um und sah mich an. Ich sah so etwas wie Belustigung in ihren Augen aufblitzen, was mir unter den gegebenen Umständen seltsam erschien.

Sie nickte, nahm meinen Arm und führte mich zum Ende des Stegs. Dort standen wir einen Moment, der Wind blies uns ins Gesicht, das Wasser um uns herum gab ein seltsam klatschendes Geräusch von sich, wenn es gegen die Holzplanken unter unseren Füßen schlug. Ich musste daran denken, wie Gwydion und ich uns hier geküsst hatten. Das Geräusch des Meeres, das gegen die Planken schlug, hatte mich damals erregt, jetzt machte es mir nur Angst.

Ich wünschte, sie würde meinen Arm loslassen. Es bereitete mir Unbehagen, dass sie ihn festhielt, doch ich empfand es als unhöflich, ihn ihr zu entziehen.

»Warum hätte Elsa es nicht schaffen sollen, hier hochzuklettern?«, fragte ich, als wir dort standen und auf das Meer hinaussahen. Ich sprach mehr zu mir selbst. »Es müsste doch eigentlich ziemlich einfach gewesen sein, nicht? Es sei denn …«

Ich fühlte, wie Arianrhods Griff um meinen Arm fester wurde.

»Es sei denn, jemand hätte hier gestanden. Jemand, der sie daran gehindert hätte …«

Ich weiß nicht genau, was als Nächstes passierte. Mein Arm wurde fest gedrückt, und Entsetzen erfüllte mich, als mich ein Schlag von hinten traf. Entsetzen und Verwirrung.

»Was …« Ich kämpfte, um mich zu befreien, doch ich war überrumpelt worden, und Arianrhod stieß mich, stieß mich mit aller Kraft über den Rand des Stegs.

Ich schwankte kurz, sah in das undurchdringliche, braune Wasser unter mir. Da kam schon der nächste Stoß, fester diesmal, und dann ließ sie mich los. Ich fiel, und als ich auf dem eisigen Wasser aufschlug, spürte ich einen stechenden Schmerz in Bauch, Armen, Schultern, Kopf und Rücken, im ganzen Körper.

Mein Kopf geriet unter Wasser, und ich schnappte nach Luft.

Als ich wieder hochkam, war ich nur wenige Zentimeter von dem Steg entfernt, sodass ich instinktiv die Hand ausstreckte, nach einer der Holzplanken griff und mich daran festklammerte.

Arianrhod stand über mir. Ihr Gesichtsausdruck war finster und strahlte reine Wut aus. In diesem einen Moment wurde mir klar, dass sie fest entschlossen war, mich daran zu hindern, aus dem Wasser zu kommen.

Ich versuchte, mit der anderen Hand nach dem Steg zu greifen und hochzuklettern, doch sie trat einen Schritt vor, hob den Fuß und trat mir absichtlich fest auf die Finger.

Ich schrie vor Schmerz auf und ließ los. Eine Welle kam herein und schwappte über mich hinweg, sodass sich mein Mund mit Wasser füllte. Als das Wasser über meinem Kopf zusammenschlug, musste ich würgen. Meine Hand schmerzte furchtbar. Doch die Welle zog sich wieder zurück, ich tauchte auf und schwamm erneut auf den Steg zu.

Wieder wollte ich die Hand ausstrecken, um danach zu greifen, zögerte aber. Stattdessen hielt ich mich daneben, trat Wasser und sah zu Arianrhod hoch.

Sie beugte sich herunter. Für eine winzige Sekunde glaubte ich, sie würde ihre Meinung ändern und mich herausziehen, doch stattdessen grinste sie mich an.

»Jetzt wissen Sie es«, sagte sie und erhob ihre Stimme gegen den Wind. »Das ist mit Elsa passiert. Sie ist ertrunken. Und Sie werden auch ertrinken.«

Ich fand es schwer zu glauben, was sie da sagte, doch der Ausdruck auf ihrem Gesicht jagte mir Angst ein.

»Bitte …«, flüsterte ich, aber meine Stimme wurde vom Wind fortgetragen. »Lassen Sie mich …«

Meine Finger griffen nach dem Steg.

Sie richtete sich auf, bereit, mir wieder auf die Finger zu treten. »Das haben Sie davon, meinen Mann zu ficken. Sie. Elsa. Und all die anderen.«

Ich zog meine Hand weg.

»Aber ich habe nicht … »

»Okay, vielleicht haben Sie es nicht. Noch nicht. Aber früher oder später hätten Sie es, nicht?« Ihre Stimme nahm einen hämischen Tonfall an. »Was hat er Ihnen versprochen? Sagen Sie mir nicht, dass er einen Film mit Ihnen machen will. Dafür sind Sie ein bisschen zu alt, würde ich meinen.«

Es war ein Schuss ins Blaue, dessen war ich mir sicher. Arianrhod konnte nichts von meinen Treffen mit Evan wissen. Selbst wenn sie irgendwie Wind davon bekommen hatte, hatte ich nicht getan, was sie mir vorwarf. Ich protestierte, aber dann wurde mir mit zunehmender Betroffenheit bewusst, dass sie der Wahrheit nicht so fern war, obwohl sie nur Mutmaßungen äußerte. Ich war auf Evans Süßholzgeraspel – mir Komplimente für meine Intelligenz und mein Aussehen zu machen – ebenso hereingefallen wie all die anderen. Ich hatte mich wie ein dummes, junges Ding benommen, nicht anders als Elsa bei dem Strindberg-Trick. Und mich würde das gleiche Schicksal ereilen.

Eine weitere Welle traf meinen Kopf, und ich geriet abermals unter Wasser. Diesmal drehte sie mich herum, und ich stand kopf. Oder wusste nicht mehr, wo oben und unten war.

Ich befahl mir, nicht in Panik auszubrechen. Stattdessen hielt ich die Luft an und den Mund geschlossen und wartete, bis die Welle sich zurückzog und ich mich aufrichten, nach oben kommen und Luft schnappen konnte. In meinem Kopf hörte ich eine Stimme, meine eigene Stimme. *Das ist lächerlich*, sagte sie. *Es kann nicht sein, dass du so stirbst. Das ist nur Wasser, kaltes Wasser. Du kannst herauskommen, auf diesen Steg klettern. Du darfst es nicht zulassen, dass eine Verrückte dich daran hindert.*

Als das Wasser um meinen Kopf wirbelte, spürte ich die kleinen Steine und Kiesel, die sich in meine Nase, meine Ohren und mein Haar setzten.

Ich hielt weiter die Luft an.

Dann hörte ich eine andere Stimme, eine Stimme, die ich nicht kannte, strömte durch meinen Kopf. *Ja, das ist lächerlich*, sagte sie. *Aber hast du das nicht gewusst? Der Tod ist lächerlich. Der Tod jedes Menschen.*

Ich begann mit den Armen zu rudern. Ich brauchte Luft. Ich musste hochkommen, doch ich wusste nicht, wo oben war.

Das ist dein Tod, Jessica Mayhew. Und er wird lächerlich sein. Extrem lächerlich. Wie der Tod jedes Menschen.

Nella, dachte ich. Rose. Bob.

Eine weitere Welle traf mich, und ich spürte, wie ich gegen etwas Hartes krachte. Jetzt ist es vorbei, dachte ich.

Ich kann jetzt nicht sterben. Sie brauchen mich.

Ich streckte die Hände aus. Es war ein Pfosten. Ein Eisenpfosten. Der Pfosten des Stegs. Wenn ich das Ende fand …

Meine Lungen schienen zu bersten. Ich arbeitete mich langsam an dem Pfosten hoch, hoffte, dass es die richtige

Richtung war, doch ich kam der Oberfläche nicht näher. Das brachte nichts, wurde mir klar. Früher oder später, Wasser oder kein Wasser, würde ich atmen müssen.

Ich wollte gerade eine Lunge voll Wasser einatmen, als mein Kopf aus dem Meer auftauchte.

Ich weinte vor Erleichterung und schnappte nach Luft. Es bestand also Hoffnung. Ich war noch immer im Meer, hatte keine Chance, auf den Steg zu kommen, aber zumindest bekam ich für einen Moment Luft …

Ich blickte zu dem Steg hoch. Meine Sicht war unscharf. Zuerst meinte ich, niemanden dort oben zu sehen. Doch dann entdeckte ich Arianrhod, die noch immer dort stand, mich überragend.

Ich klammerte mich an den Pfosten, fest entschlossen, ihn nicht loszulassen.

Sie kam auf mich zu, bereit, mich wegzustoßen. Unter Wasser schlang ich die Beine um den Pfosten und ließ meinen Körper davon wegtreiben, sodass sie nicht an mich herankam. Als sie sich zu mir herunterbeugte, sah ich ihr wutverzerrtes Gesicht.

Ich nutzte meine freien Arme, um sie nass zu spritzen. Es war nur eine schwache Geste, doch sie erzürnte sie.

»Das haben Sie sich alles selbst zuzuschreiben«, zischte sie, während sie sich das Wasser aus den Augen wischte. »Sie wussten ganz genau, was Sie taten. Sie hatten kein Recht, so mit den Leuten umzuspringen. Sich so zu produzieren, sich zu nehmen, was immer Sie wollten, wann immer Sie wollten. Es war nicht fair …«

Sie sah mich beim Sprechen an, schien jedoch mehr mit sich selbst zu reden, eine alte Litanei der Verbitterung herunterzuleiern.

»Ich tue nur, was ich tun muss«, murmelte sie leise. »Sie haben das verdammt noch mal verdient. Mit diesem netten, freundlichen Lächeln dazusitzen, als könnte Sie kein Wässerchen trüben.« Ihre Stimme stieg an. »Dämliches, kleines Miststück. Das ist dein eigener blöder Fehler, nicht meiner …«

Sie setzte sich an den Rand des Stegs und versuchte, mich mit den Beinen von dem Pfosten wegzutreten. Dabei fiel einer ihrer Schuhe neben mir ins Wasser.

Ich griff danach und warf ihn ihr an den Kopf. Sie duckte sich, und er verfehlte sein Ziel. Auch das war nichts als ein schwacher Verteidigungsversuch, doch er brachte sie noch mehr auf.

Sie zog auch den anderen Schuh aus und warf damit nach mir. Er traf mich voll ins Gesicht, und ich spürte einen scharfen Schmerz auf der Stirn. Ich keuchte, mein Mund füllte sich mit Wasser, und meine Beine lösten sich von dem Pfosten. Eine weitere Welle traf mich, doch dieses Mal gelang es mir, mich aufrecht zu halten, als mein Kopf unter Wasser geriet.

Als das Wasser sich zurückzog, zog ich meine Jacke aus, die von dem Wasser schwer geworden war, und sah zum Steg hoch. Irgendwie hoffte ich jedes Mal, wenn ich untertauchte, dass ich hochkommen und erkennen würde, dass alles nur ein böser Traum gewesen war. Doch jedes Mal war Arianrhod noch da, zeichnete sich ihr dunkler Kopf gegen den Himmel ab.

»Bitte, lieber Gott, hilf mir«, flüsterte ich.

Ich spürte meine Zehen und Hände nicht mehr, und die schmerzhafte Kälte breitete sich von meinem Kopf in meinen Rumpf und meine Glieder aus. Wenn ich nicht bald aus dem Wasser herauskam, würde ich mich zu Tode frieren, das wusste ich. Es war nur eine Frage der Zeit.

Ich schwamm wieder zu dem Steg, so nahe heran, wie ich es wagte.

»Sie wissen, dass Sie das nicht machen können«, rief ich. »Sie kommen ins Gefängnis …«

Sie hörte mir nicht zu. In dem Wind, der ihr um die Ohren pfiff, konnte sie mich wahrscheinlich nicht verstehen. Trotzdem redete ich beharrlich weiter.

»Ich kann Ihnen erklären, was mit Evan war. Lassen Sie mich aus dem Wasser. Dann können wir darüber reden …«

Sie starrte auf das Meer hinaus und ignorierte mich.

Für eine Zeit, die mir wie Stunden vorkam, blieb ich in sicherem Abstand zum Steg dort draußen, Wasser tretend. Ich spürte, wie die Kälte meinen Körper erstarren ließ, erst meine Füße, dann meine Beine, dann meine Hände und Arme.

Es ist nur eine Frage der Zeit, sagte ich mir. Doch die Zeit war auf ihrer Seite, nicht auf meiner.

In diesem Moment blickte ich auf und sah eine kleine Gestalt an den Stufen oben stehen. Ich wandte den Blick ab. Bildete ich mir das nur ein, wie ein ausgedörrter Reisender in der Wüste, der eine Fata Morgana erlebt? Doch als ich wieder hinsah, kam die Gestalt die Stufen hinunter, auf den Steg zu. Aus der Art, wie sie sich bewegte, schloss ich, dass es ein Mann sein musste.

Ich schrie nicht. Der Mann war zu weit entfernt, um mich zu hören. Und ich wollte Arianrhod nicht warnen. Ich wusste nicht, wer er war und ob er gekommen war, um mir zu helfen. Doch wenn er zu dem Steg kam, würde ich auf jeden Fall eine Chance haben, aus dem Wasser zu klettern und zu überleben, das wusste ich. Die Zeit war wieder auf meiner Seite.

Deshalb blieb ich, wo ich war, und trat Wasser. Dreimal trafen mich die Wellen, spülten über mich hinweg. Jedes Mal, wenn ich wieder auftauchte, fürchtete ich, dass der Mann verschwunden sein könnte. Doch jedes Mal war er noch da, kam näher und näher, bis er schließlich auf dem Steg war.

Ich sah, wie Arianrhod sich überrascht umdrehte.

Es war Gwydion.

Bei seinem Anblick machte mein Herz einen Satz. Ich wusste nicht, wie oder warum, doch ich war mir sicher, dass er gekommen war, um mich zu retten.

Bevor er das Ende des Stegs erreicht hatte, rannte Arianrhod auf ihn zu. Ich konnte nicht klar sehen, doch sie schien ihm in die Arme zu fallen. Sie schienen sich zu umarmen. Plötzliche Panik ergriff Besitz von mir, als ich mich fragte, ob ich mich geirrt hatte. Vielleicht war Gwydion gar nicht gekommen, um mich zu retten. Vielleicht hatten er und Arianrhod das gemeinsam geplant. Vielleicht war er gekommen, um ihr zu helfen, mich zu ertränken. Oder um sich daran zu ergötzen.

Ich begann zu weinen. Keine richtigen Tränen, mehr ein theatralisches Wimmern, wie es ein Kind von sich gibt, wenn es nicht bekommt, was es will. Das war zu viel, sagte ich mir. Erst die Aussicht auf Hoffnung. Und dann …

Ich beobachtete, wie aus der Umarmung ein Kampf wurde. Ich hörte Geschreifetzen, die vom Wind zu mir getragen wurden. Dann kam Gwydion auf mich zugerannt, kam zum Ende des Stegs, beugte sich zu mir herunter und streckte mir die Hand entgegen.

Ich schwamm darauf zu. Doch inzwischen waren meine Beine völlig taub. Ich musste mich mit den Armen vorwärtsbewegen, um den Rand des Stegs zu erreichen.

In dem Moment tauchte Arianrhod hinter Gwydion auf. Sie schrie ihn an, zog ihn an der Schulter. Doch er ignorierte ihr Geschrei und stieß sie fort.

Ich streckte die Hand aus und bekam seine zu fassen. Ich sah sein Entsetzen, als er die Wunde auf meiner Stirn entdeckte.

»Lass sie, wo sie ist, die Hure.« Arianrhod war jetzt außer sich, sie schrie ihm ins Ohr. »Sie hat sich an deinen Vater herangemacht, die Schlampe, wie all die anderen.«

Ich fühlte, wie Gwydion bei ihren Worten zusammenzuckte. Er sah mir direkt in die Augen, und ich erwiderte seinen Blick. Er fragte mich nichts, und ich sagte nichts, aber ich wusste, dass er wusste, dass etwas Wahres an dem war, was sie gesagt hatte.

Er zögerte einen Moment, doch sein Griff lockerte sich nicht.

Wäre ich geistesgegenwärtig genug gewesen, hätte ich gelogen. Ihm gesagt, dass ich nie auch nur in die Nähe seines Vaters gekommen war, hätte alles gesagt, um aus dem eisigen Wasser zu kommen. Aber das tat ich nicht. Stattdessen schrie ich: »Hilf mir, Gwydion. Bitte, hilf mir.«

Er streckte mir die andere Hand hin. Ich ergriff sie, und er zog mich mit einem schnellen Ruck aus dem Wasser.

Sobald er mich auf den Steg gezogen hatte, hob er mich auf seine Arme, schwankte leicht und legte mich vorsichtig auf die Planken. Mein Körper fühlte sich an wie ein lebloses Gewicht. Wasser lief aus meinen Kleidern. Mir drehte sich der Kopf, und ich fragte mich einen Moment, ob es zu spät war, ob ich jetzt sterben würde.

Gwydion beugte sich über mich, hielt mich an den Schultern fest, als ich zu würgen begann und das Wasser aus meinen Lungen hustete.

Ich ließ den Kopf hängen, umklammerte ihn mit den Händen und hoffte, dass das Drehen aufhören würde. Aber es hörte nicht auf. Dann begann ich, heftig zu zittern.

»Wir müssen sie zurück ins Haus bringen«, sagte er hart zu Arianrhod. »Komm, hilf mir.«

Arianrhod antwortete nicht.

Gwydion versuchte, mich hochzuheben, doch ich bedeutete ihm zu warten. Ich fühlte mich zu krank, um bewegt zu werden. Deshalb zog er stattdessen seine Jacke aus und wickelte mich darin ein.

Ich hörte ihn sein Handy herausholen und eine Nummer wählen.

»Ja, und die Polizei«, sagte er als Antwort auf das, was die Person am anderen Ende gesagt hatte. Dann erklärte er ihnen, wo wir waren.

Ich weiß nicht, was als Nächstes passierte. Ich dämmerte weg und tauchte kurz aus der Bewusstlosigkeit wieder auf, sah nichts als Wasser und Felsen und Meer und Himmel. Ich fühlte mich so krank und hatte solche Schmerzen, dass ich sterben wollte, friedlich in die Dunkelheit gleiten, die darauf wartete, ihren Anspruch auf mich geltend zu machen.

Dann hörte ich ein entferntes Brausen. Ich blickte auf, kaum in der Lage, den Kopf zu heben, und sah ein großes, fettes Insekt am Himmel brummen. Es war noch weit weg, aber es kam rasch näher, und vage begriff ich, dass es ein Hubschrauber war. Und dass er kam, um uns zu helfen.

In dem Moment hörte ich einen Schrei und ein Platschen. Ich blickte über meine Schulter und sah, dass Arianrhod vom Rand des Stegs gesprungen war und ins Meer hinausschwamm.

»Gwydion«, sagte ich. Meine Stimme schien irgendwo in meiner Brust verschwunden zu sein, und alles, was herauskam, war ein Krächzen. »Tu was.«

Aber Gwydion bewegte sich nicht. Er blieb bei mir und

schirmte mich vor dem Wind ab, als die Blätter des Hubschraubers über uns schwirrten und er immer näher kam, um zu landen.

22

Es dauert nicht lange, sich an das Krankenhausleben zu gewöhnen. Ich war erst eine Woche da, doch ich freute mich bereits auf meine Tasse Tee am Vormittag, stellte langwierige Überlegungen darüber an, was ich als Mittagessen ankreuzen sollte, und war neugierig auf den Besuch der anderen Patienten. Ich wurde langsam ein Teil der Institution. Es war Zeit, dass ich entlassen wurde. Mir fehlte nicht ernsthaft etwas, meine Lungen hatten sich erholt, aber man wollte mich nicht gehen lassen, bevor ich nicht wieder zu Kräften gekommen war. Im Bett ging es mir gut, doch sobald ich aufstand, fühlte ich mich schwach und wackelig auf den Beinen. Und ich schlief viele Stunden am Tag – was ich zu Hause ohne das ganze Kommen und Gehen und die dauernden Unterbrechungen durch die Krankenhausroutine sehr viel besser gekonnt hätte, dachte ich.

Eine Krankenschwester näherte sich meinem Bett. Ich schloss die Augen und tat, als würde ich schlafen. Ich wollte keine Medikamente mehr. Mir reichte es langsam, Tag und Nacht benebelt zu sein.

»Sie haben Besuch«, sagte sie. Ich nahm an, dass es Bob war, der mich jeden Tag besuchte, gewöhnlich mit den Mädchen, doch als ich die Augen öffnete, stand Mari am Ende des Bettes.

»Hallo«, sagte ich. Ich zeigte auf einen Stuhl neben dem Bett. »Setz dich.«

Mari trat zu mir und umarmte mich.

»Wie geht es dir, *cariad*, Liebe? Ich wollte schon eher kommen, aber Bob sagte immer, dass es noch zu früh sei.« Sie sah leicht verstimmt aus.

»Er macht viel zu viel Wirbel. Es geht mir gut, wirklich. Ich bin überzeugt, dass ich bald entlassen werde.«

Sie setzte sich auf den Stuhl, kramte in ihrer Tasche und holte eine kleine Schachtel Pralinen heraus, die in goldenes Papier mit einer gelben Schleife und einer gelben Papierblume obendrauf eingepackt war.

»Oh«, ich griff nach der Schachtel. »Danke.«

»Das ist handwerkliche Kunst, Schatz«, sagte sie mit einem Hauch von Selbstironie. »Sie haben ein Vermögen gekostet.«

Ich löste die Schleife, öffnete die Schachtel und nahm mir eine Praline. Ich machte mir nicht die Mühe, nachzusehen, was es für eine war. Dann reichte ich ihr die Schachtel.

Sie studierte sorgfältig die Beschreibung und wählte eine aus. Es war eine weiße Praline mit einer kleinen Rose darauf.

Wir schwiegen eine Weile und lutschten unsere Pralinen. Ich genoss meine, obwohl mir ein wenig übel davon wurde.

»So.« Sie neigte beim Sprechen den Kopf zur Seite. Mir fiel auf, dass sie ausnahmsweise einmal ihre Worte sorgfältig wählte und ihr Bestes tat, taktvoll zu sein. »Du hast ganz schön was abgekriegt, habe ich gehört.«

»Mmmm.«

»Willst du darüber reden?«

»Ich glaube, ja.« Ich schluckte den letzten Rest Schokolade hinunter. »Ich habe mich ein bisschen idiotisch angestellt, um die Wahrheit zu sagen. Ich wusste nicht, dass Arianrhod Morgan so eine …« Ich zögerte einen Moment und merkte, dass ich eigentlich doch nicht über all das reden wollte.

Es brachte beängstigende Erinnerungen zurück, Erinnerungen, von denen ich nachts wirre Träume hatte, Albträume, in denen ich blind und taub und stumm war und kopfüber im Wasser trieb und zusah, wie mir die Finger von der Hand abfielen, und in denen ich keine Luft bekam …

Ich hielt einen Moment inne, mochte das Gespräch nicht fortsetzen. Mari bot mir noch eine Praline an, aber ich lehnte ab.

»Was ist übrigens mit Arianrhod?«, fragte sie und nahm sich selbst noch eine.

»Sie ist ertrunken. Die Polizei hat …«, ich zögerte, unfähig weiterzusprechen.

»Ihre Leiche gefunden?« Mari sprach leise, sie hatte mein Zögern bemerkt.

»Sie ist in der nächsten Bucht an den Strand gespült worden.« Ich schwieg. »Sie kann nicht bis dorthin geschwommen sein, sagte die Polizei. Es ist zu weit. Und das Wasser war so kalt, dass sie wahrscheinlich … dass sie ihm wahrscheinlich erlegen ist … schon sehr bald.«

Aus irgendeinem Grund brachte ich das Wort »gestorben« nicht über die Lippen. »Erlegen« war allerdings keine schlechte Alternative. Ernest Jones hatte sich so ausgedrückt, wann immer einer seiner Patienten aufgrund seiner Fürsorge das Zeitliche gesegnet hatte. Einer von Freuds Freunden war den extra hohen Dosen an Kokain »erlegen«, die er ihm verordnet hatte, um ihn aufzumuntern. Ich habe noch nie jemanden so den Tod durch Ertrinken umschreiben hören, aber es war ganz allgemein ein guter Euphemismus, fand ich. Ich könnte ihn vielleicht in Zukunft öfter verwenden.

Mari lutschte nachdenklich ihre Schokolade, wobei sie die Wangen einzog. »Gott sei Dank«, sagte sie. »Sie war eine widerliche Psychopathin. Sie hätte …« Sie wollte noch mehr sagen, riss sich aber zusammen, als sie meinen Gesichtsausdruck sah.

Ein kurzes Schweigen entstand, dann fragte sie: »Und was passiert jetzt?«

»Jetzt muss sich die Situation wieder normalisieren, nehme ich mal an.« Ich zögerte. »Alle Anklagen gegen Evan Morgan sind fallen gelassen worden. Und Bob hat Kontakt zu der Mutter des Mädchens, Solveig Lindberg, aufgenommen, um ihr zu erzählen, was passiert ist. Wie du siehst …« Meine Stimme verlor sich erneut, mir waren die Worte ausgegangen. »Als ich mit Arianrhod am Steg war, hat sie mir erzählt, dass sie … nun ja, sie hat zugegeben, dass sie für Elsas Tod verantwortlich war.«

Meine Stimme zitterte leicht während des Sprechens. Mari bemerkte es und zügelte ihre Neugier. Sie spürte, dass ich noch nicht bereit war, ins Detail zu gehen.

»Wie hat die Mutter des Mädchens die Nachricht aufgenommen?«, fragte sie und wechselte das Thema.

»Solveig? Sie scheint sehr emotional reagiert zu haben. Aber jetzt kann sie das alles endlich abschließen. Nach all den Jahren.«

»Hast du mit ihr gesprochen?«

»Noch nicht. Aber das werde ich noch. Bob hat erzählt, dass sie zu einem Besuch herkommen wird, wenn ich entlassen bin.«

Mari griff nach meiner Hand und drückte sie.

»Dann ist wenigstens etwas Gutes bei dem Ganzen herausgekommen«, sagte sie. »Und Gwydion? Bob hat gesagt, dass er dich gerettet hat.«

Ich zögerte einen Moment. »Ja. Er muss gewusst haben,

dass ich nach dem, was er mir erzählt hat, zu Arianrhod fahren würde. Und dass sie … nicht positiv darauf reagieren würde. Er hat sie sehr geliebt, aber ich nehme an, dass ihm klar geworden ist, dass es Grenzen gibt.« Ich schwieg. »Er hängt sehr an mir, verstehst du.«

Ein kurzes Schweigen entstand, und ich fragte mich, ob Mari vermutete, dass etwas zwischen uns gewesen war.

»Wie kommt er jetzt zurecht?«, fragte sie schließlich.

Ich wusste nicht viel über Gwydions Gemütszustand. Aus offensichtlichen Gründen hatte ich es vermieden, mit Bob über ihn zu sprechen. Auch Evan hatte ich nicht erwähnt, aus denselben Gründen. Doch Bob half Evan bei den Nachwirkungen des Falls und hatte erzählt, dass Evan sich nach Arianrhods Tod liebevoll um Gwydion gekümmert hatte und dass es Gwydion schon sehr viel besser ging.

»Recht gut, vermute ich, den Umständen entsprechend«, antwortete ich. »Er ist aus der Klinik entlassen worden, soweit ich gehört habe. Und Evan arbeitet mit ihm zusammen; es geht um eine neue Fernsehrolle. Ich denke, die beiden nähern sich wieder einander an.«

Ich lächelte, und Mari lächelte zurück. Dann seufzte ich und legte den Kopf auf das Kissen. Ich war plötzlich müde.

»Dieses Puzzle hat so viele Teile«, sagte ich. »Das Problem ist, dass ich im Moment nicht klar denken kann.«

»Das brauchst du auch nicht, Jess.« Maris Stimme klang ungewöhnlich sanft. »Alles ist gut. Konzentrier dich einfach darauf, gesund zu werden.«

Das Gespräch kam erneut ins Stocken. Ich hatte Schwierigkeiten, die Augen offen zu halten, aber ich tat mein Bestes, es mir nicht anmerken zu lassen. »Noch eine Praline?«

Mari musste gemerkt haben, wie müde ich war. »Nein,

nein. Die sind für dich. Und ich gehe jetzt auch lieber.« Sie stand auf. »Wir können uns ein anderes Mal weiter unterhalten.«

Ich hätte es schön gefunden, wenn sie noch geblieben wäre, aber ich war zu schwach, um zu protestieren. Sie küsste mich zum Abschied, und ich sah zu, wie sie das Zimmer verließ und mir dabei lässig zuwinkte.

Es war nett von ihr vorbeizukommen, dachte ich. Ich schloss die Augen und glitt langsam in den Schlaf.

Kurz darauf öffnete ich sie wieder und sah Bob neben mir stehen.

Ich warf einen Blick auf die Uhr. Zwei Stunden waren vergangen. Das passierte dauernd, wie mir schien. Ich erinnerte mich nicht, geschlafen oder geträumt zu haben, und merkte nicht, wie die Zeit verging. Große Teile des Tages waren fort, verloren. Es wurde langsam besser, mit jedem Tag, der verging – aber es war ein langsamer Prozess. Ich war ungeduldig, wollte meine Kräfte zurückgewinnen, und fragte mich langsam, ob das jemals der Fall sein würde.

Bob beugte sich zu mir herunter und küsste mich auf die Wange. Dann setzte er sich auf das Bett.

»Pass auf, dass die Krankenschwestern das nicht sehen«, sagte ich.

»Warum?«

»Wegen der Keime.«

»Herrgott noch mal.« Er griff nach meiner Hand. »Du bist doch meine Frau, oder nicht? Also kann ich mit dir machen, was ich will.«

Ich lachte, und das tat er auch.

Wir hatten uns mehr oder weniger versöhnt. Wir hatten nicht weiter darüber gesprochen – das würde noch kommen –, doch er hatte gesagt, dass er einen Neuanfang wollte, wenn ich aus dem Krankenhaus kam. Die ganze Geschichte hatte ihm klargemacht, wie sehr er mich liebte, wie sehr er sich wünschte, dass unsere Ehe funktionierte. Um ehrlich zu sein, war ich nicht sicher, ob ich das Gleiche empfand, aber das sagte ich nicht; ich musste warten, bis mein Gehirn wieder normal funktionierte, bevor ich irgendeine Entscheidung treffen konnte.

In Wahrheit war ich verblüfft über die Konsequenzen, die Bobs kleiner Seitensprung gehabt hatte. Weil ich unbewusst meinen Ärger auf Bob, den untreuen Ehemann, auf Evan projiziert hatte, hatte ich nicht bemerkt, dass Arianrhod versuchte, Evan einen Mord anzuhängen, geschweige denn, dass sie selbst die Mörderin war. Was zur Folge hatte, dass ich beinahe selbst umgekommen wäre. Ich war auch nicht weit davon entfernt gewesen, durch meine Aussage bei der Anhörung im Fall Evan Morgan an einem potenziellen Justizirrtum mitzuwirken. Und das alles, weil ich mich nicht auf die Hauptsache konzentriert hatte, sondern zugelassen hatte, dass Bobs kleiner Fehltritt mein Urteil vernebelt hatte.

Ich bin keine Moralistin, was eheliche Untreue angeht. Ich habe in meiner Praxis genug hässliche Geschichten zu diesem Thema gehört, um zu verstehen, dass es mit menschlichen Wesen in Bezug auf Monogamie nicht weit her ist und sie meist damit zu kämpfen haben, das zu befolgen, was einige als unterdrückende kulturelle Norm bezeichnen. In der Regel habe ich Mitgefühl, nicht nur mit denen, die betrogen werden, sondern auch mit denen, die betrügen; wie Menschen mit ihren sexuellen Trieben zurechtkommen oder nicht zurechtkommen, ist ein Thema von enormer Komplexität und enormen Widersprüchen, wie Freud vor vielen Jahren aufgezeigt hat; und seitdem hat sich nicht viel verändert. Allerdings bin ich immer verblüfft über meine jüngeren Klienten, die auf eine lässige, vulgäre Weise über Sex reden können, jedoch oft sehr voreingenommen sind, wenn es um Treue in einer lange bestehenden Beziehung geht.

Deshalb überraschte mich meine Reaktion umso mehr, als ich selbst mit dem Problem konfrontiert wurde. Und, was noch schlimmer ist, meine Blindheit gegenüber meinem eigenen Handeln. Ich hätte die Situation zumindest mit einem Kollegen besprechen oder zu meinem Supervisor Kontakt aufnehmen müssen, um klarer zu sehen, was ich tat. Stattdessen hatte ich bedenkenlos weitergemacht und geglaubt, dass ich auf eine ruhige, vernünftige Weise mit meiner Eifersucht und meinem Zorn umging. Manchmal glaube ich, dass Psychotherapeuten eher weniger als mehr Einsicht in ihr eigenes Verhalten haben als andere Leute; wir werden anmaßend, glauben, den anderen einen Schritt voraus zu sein, unsere eigenen Schwächen zu kennen und mit ihnen umgehen zu können; und das ist verhängnisvoll. Der größte Selbstbetrug überhaupt. Ich hatte etwas aus meinem Martyrium gelernt, auf die harte Weise. In Zukunft musste ich vorsichtiger sein. Demütiger …

Was immer noch nicht die Frage beantwortete, was aus mir und Bob werden sollte. Sein kleiner Seitensprung war alles andere als »unbedeutend« gewesen, wie er gesagt hatte. Er hatte unser beider Leben auf eine Weise durcheinandergebracht, die keiner hatte vorhersehen können. Spielte das jetzt eine Rolle? Nun, ich hatte mich revanchiert, mit Gwydion, oder zumindest die Möglichkeit dazu gehabt. Wenn Maris Sicht auf die Ehe als Machtkampf richtig war – und nachdem ich mitbekommen hatte, was in der Familie Morgan passiert war, stimmte ich ihrer Einschätzung mehr und mehr zu –, war nun ein gewisses Gleichgewicht hergestellt. Aber vertraute ich Bob jetzt? Ja, mehr oder weniger. Sein Gefühl, was Evan anging, war richtig gewesen, meins falsch. Ich respektierte ihn noch immer, bewunderte ihn noch immer. Liebte ihn noch immer. Aber möglicherweise nicht auf die einfache, bedingungslose Art wie bisher …

»Jess, bist du okay?« Bob sprach mit mir.

Mir wurde klar, dass ich wieder abgedriftet war, mich in meinen eigenen Gedanken verloren hatte.

»Wie geht es den Mädchen?«, fragte ich in dem Bemühen, den Gesprächsfaden wieder aufzunehmen.

»Gut. Sie haben dir Schokoladenplätzchen gebacken. Hier.« Bob zeigte auf eine Plastikdose, die auf dem Fernsehtisch stand.

»Wie lieb von ihnen. Ich esse später eins zum Tee.« Ich zögerte. »Was ist mit Wie-heißt-er-doch-gleich?«

Bob sah mich verwirrt an.

»Du weißt schon. Nellas Freund.«

»Oh, Gareth. Er war heute wieder da. Sie scheinen viel Zeit miteinander zu verbringen. Spielen Gitarre und singen und so was.« Er schwieg kurz. »Er macht einen ganz vernünftigen Eindruck.«

Er zuckte mit den Schultern, und ich begriff, dass er Nellas neuen Freund akzeptiert hatte.

»Und Rose? Wie geht es ihr?«

»Ihr geht es gut. Sie hat beschlossen, dass Miffy einen Kameraden braucht.«

»Wer?«

»Das Kaninchen.«

»Oh.«

Ich war beunruhigt, dass ich sowohl den Namen des Kaninchens als auch den von Nellas Freund vergessen hatte.

»Mach dir keine Sorgen«, sagte Bob, als hätte er meine Gedanken gelesen. »Uns allen geht es gut. Aber wir brauchen dich wieder zu Hause, Jess. Ich brauche dich.« Er sah plötzlich gequält aus. »Mir war nie klar, wie sehr, bis jetzt.«

Ich griff überrascht nach seiner Hand. Bob ist in der Regel nicht der Typ für leidenschaftliche Beteuerungen. Er schien selbst überrascht und ein wenig verlegen.

»Oh«, sagte er und ließ meine Hand los. »Das hätte ich fast vergessen. Heute ist etwas für dich mit der Post gekommen.«

Er holte ein kleines Päckchen heraus und gab es mir. Ich sah auf den gedruckten Aufkleber vorn. Es kam von einem Internetversand, der alten Schmuck vertrieb, und war an meine Privatadresse adressiert. Es war sorgfältig verpackt, sodass es eine Weile dauerte, es zu öffnen. Genau genommen musste ich auf halbem Weg aufgeben und Bob den Rest machen lassen.

»Guck mal«, sagte er und reichte mir ein kleines Kästchen. Es war keine Karte dabei. Ich machte den Deckel auf, und in dem Kästchen lag, in Seidenpapier eingewickelt, eine Halskette. Ich nahm sie heraus.

Es war eine dünne Silberkette, die mit kleinen, grauen Edelsteinen besetzt war. An ihr hing ein antiker Perlmuttanhänger. Er war rund und fein gearbeitet und zeigte ein altmodisches Schiff auf einem stürmischen Meer, jedes pralle Segel und jeder Wellenkamm waren detailreich in die glatte Oberfläche gearbeitet.

Ich sah mir den Anhänger genauer an und hielt ihn gegen das Licht. Das Perlmutt war durchscheinend und wolkig, wie Nebel, der das Schiff in einen unheimlichen Schimmer tauchte, doch in der Mitte, über dem Mast, kam die Sonne durch vier kleine Löcher hinter einer Wolke hervor.

In diesem Moment begriff ich, was es war.

Ich senkte den Kopf, und Bob legte mir die Kette um.

»Sie ist schön«, sagte er. »Von wem ist sie?«

»Von einem früheren Klienten«, antwortete ich. Ich schaute auf den Anhänger und sah das kleine Schiff im Licht schimmern. »Von einem Mann, der Angst vor Knöpfen hatte.«

Danke

Viele Menschen haben diesem Buch auf dem Weg zu seiner Veröffentlichung geholfen. Mein ganz besonderer Dank gilt Helen Williams, die mir von Anfang an mit Rat und Tat zur Seite gestanden hat; Margaret Halton, die mitgeholfen hat, das Manuskript in Form zu bringen; Peter Straus, der ihm ein Zuhause gegeben hat, und Trisha Jackson für ihr fundiertes und einfühlsames redaktionelles Urteil.

Ich danke Natasha Harding und allen anderen bei Pan Macmillan für ihre Arbeit mit diesem Buch.

Des Weiteren danke ich Izabel Jurewicz für ihre Ratschläge in Bezug auf technische Aspekte des Textes sowie Carol Jones und David Rees für das Lesen der früheren Versionen.

Ich danke meiner Mutter Susan für die vielen hilfreichen Diskussionen und John für seine allumfassende Unterstützung.

Ich danke Literature Wales für das Autoren-Stipendium, das mir für das Schreiben dieses Buches zuteilwurde.